A Fragrância da Enseada

John Lanchester

A Fragrância da Enseada

TRADUÇÃO
Therezinha Monteiro Deutsch

2004

EDITORA BEST SELLER

Título original: *Fragrant Harbour*

Coordenação editorial
Janice Flórido

Editores
Eliel Silveira Cunha
Fernanda Cardoso

Editoras de arte
Ana Suely S. Dobón
Mônica Maldonado

Revisão
Ubirajara Idoeta Cará

Editoração eletrônica
Dany Editora Ltda.

EDITORA NOVA CULTURAL LTDA.
Direitos exclusivos da edição em língua portuguesa no Brasil
adquiridos por Editora Nova Cultural Ltda.,
que se reserva a propriedade desta tradução.

EDITORA BEST SELLER
uma divisão da Editora Nova Cultural Ltda.
Rua Paes Leme, 524 – 10º andar
CEP 05424-010 – São Paulo – SP
www.editorabestseller.com.br

2004

Impressão e acabamento:
RR Donnelley América Latina
Fone: (55 11) 4166-3500

Em memória de minha mãe

Este livro é um trabalho de ficção. Todos os personagens e incidentes nele existentes são imaginários.

As convenções a respeito dos nomes chineses mudaram no decorrer do século vinte. Agora, Cantão é Guangzhou; Pequim é Beijing; Fukien é Fujian e assim por diante. Os personagens desta novela usam as formas de nomes apropriadas ao seu tempo e lugar.

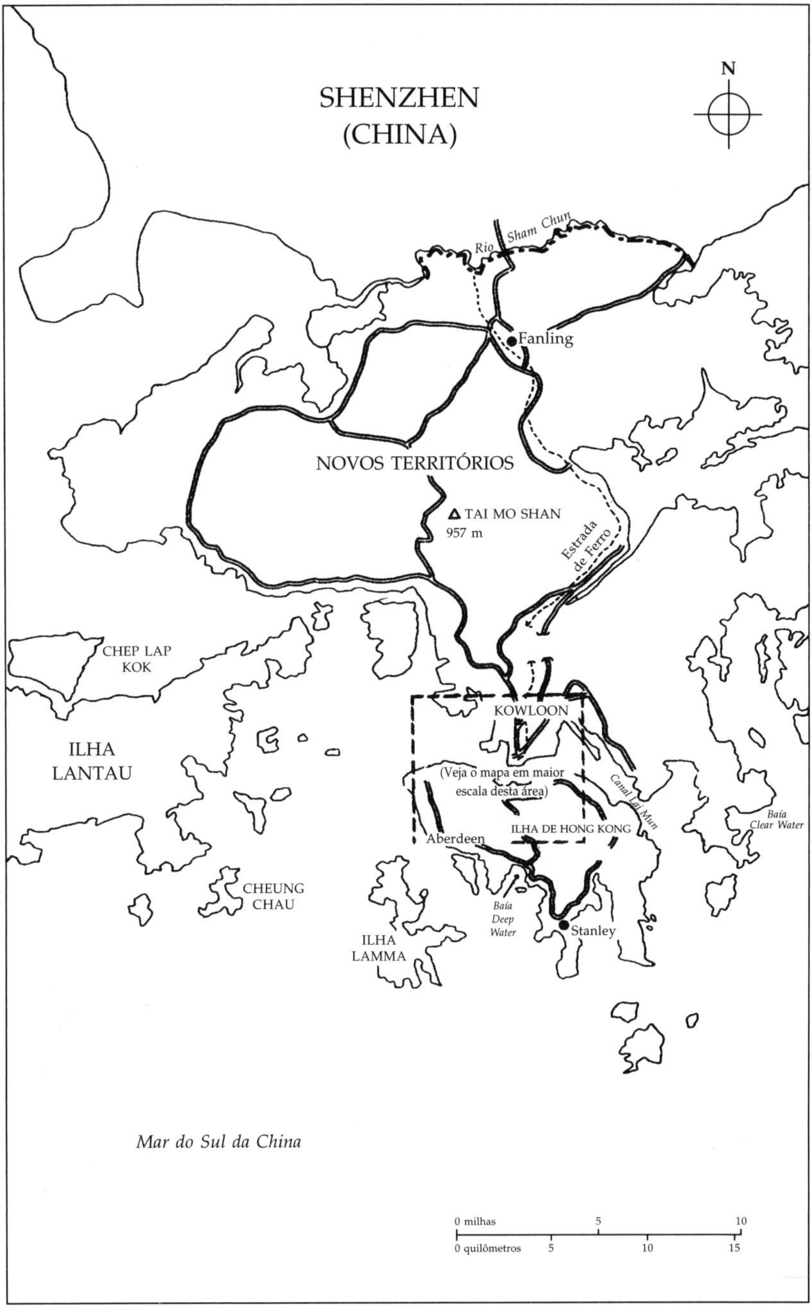
SHENZHEN
(CHINA)
N
Rio Sham Chun
Fanling
NOVOS TERRITÓRIOS
TAI MO SHAN
957 m
Estrada de Ferro
CHEP LAP KOK
KOWLOON
ILHA LANTAU
(Veja o mapa em maior escala desta área)
Canal Lei Mun
Baía Clear Water
ILHA DE HONG KONG
Aberdeen
CHEUNG CHAU
Baía Deep Water
Stanley
ILHA LAMMA
Mar do Sul da China
0 milhas
5
10
0 quilômetros
5
10
15

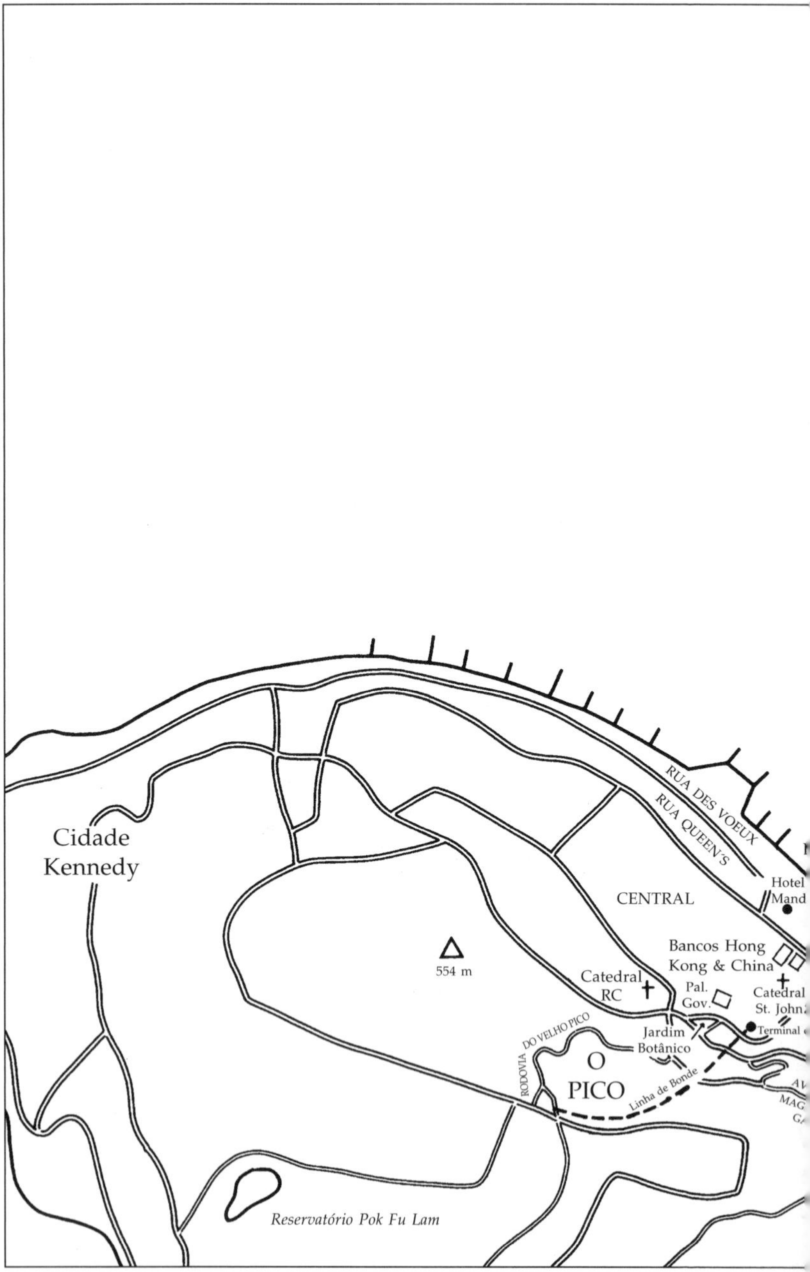

Cidade Kennedy
RUA DES VOEUX
RUA QUEEN'S
CENTRAL
Hotel Mand
554 m
Bancos Hong Kong & China
Catedral RC
Pal. Gov.
Catedral St. John
Jardim Botânico
Terminal
RODOVIA DO VELHO PICO
O PICO
Linha de Bonde
Reservatório Pok Fu Lam

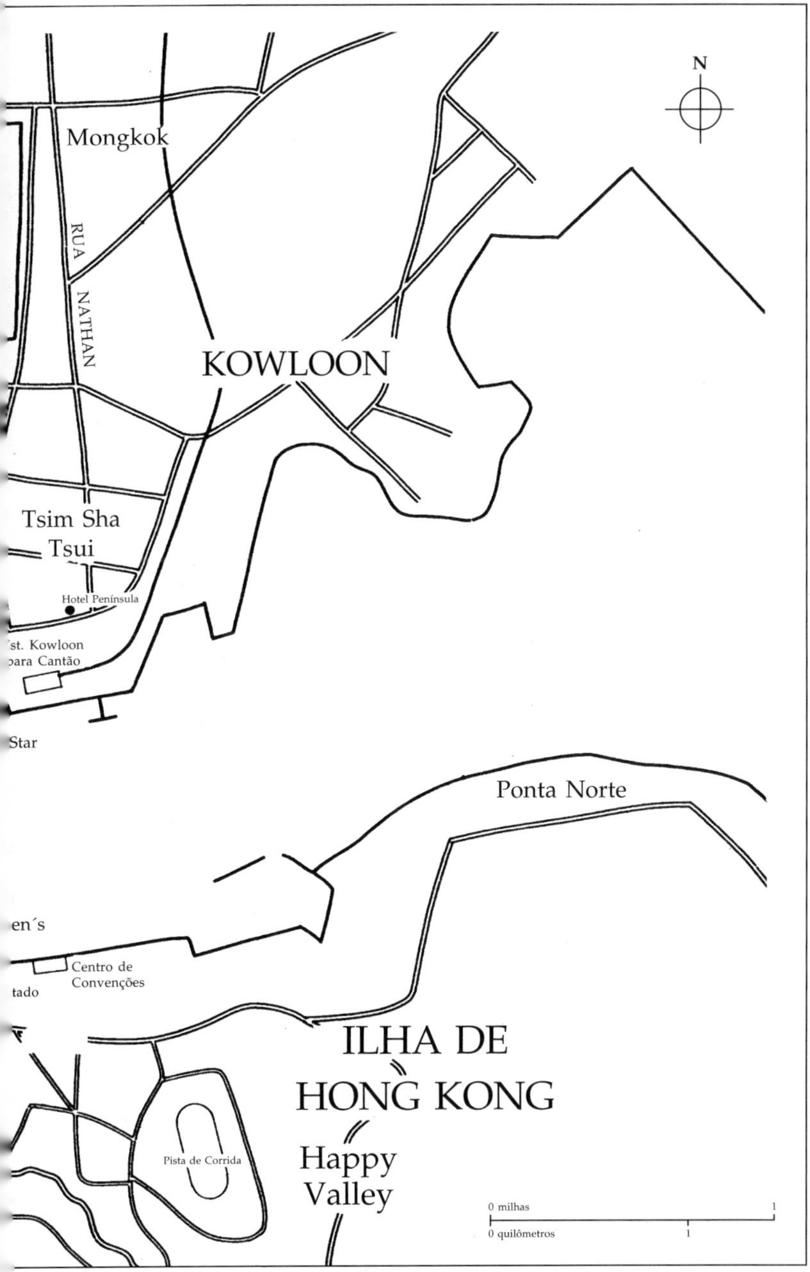

N
Mongkok
RUA NATHAN
KOWLOON
Tsim Sha Tsui
Hotel Península
'st. Kowloon
›ara Cantão
Star
Ponta Norte
en's
Centro de Convenções
tado
ILHA DE HONG KONG
Happy Valley
Pista de Corrida
0 milhas
1
0 quilômetros
1

Prólogo

Tom Stewart

A longevidade pode ser uma espécie de malvadez. Hoje em dia sou um homem velho e reconheço os sintomas.

Nesta manhã, quando descia para a aldeia, encontrei meu vizinho mais próximo, Ming Tsin-Ho. Ming mora a uns noventa metros adiante de mim, numa casa com um horroroso portão vermelho. Em cima do portão há um dragão púrpura com olhos verdes e língua amarela. Ming comprou essa monstruosidade nos Novos Territórios e, sem desmontar, trouxe-a de navio para depois ser carregada colina acima por *coolies*[1].

Os chineses gostam de dragões. Consideram-nos benignos. Os dragões chineses têm muitos atributos mágicos, inclusive a habilidade de serem ou não invisíveis.

Gosto do fato de o Mar do Sul da China variar muito. Às vezes a água é azul e translúcida, em outras é de um sujo e turbulento marrom. Naquele dia ela estava cinza-esverdeada e toda crespa. Uma névoa suave velava a paisagem da ilha de Hong Kong. Era uma manhã fria para os padrões locais. Ming achava-se parado mais adiante, olhando para o seu portão. Vestia largas calças pretas, túnica branca e sua cabeça absolutamente careca brilhava. Havia em seu rosto uma expressão que eu nunca havia visto e os olhos estavam tão vítreos que

---

1 COOLIE — Trabalhador indiano ou chinês. (N.T.)

cheguei a pensar que estivesse bêbado. Quando cheguei mais perto percebi que a expressão estranha na verdade era um sorriso, uma alegria que ele era incapaz de conter. Tinha o ar de quem queria conversar. Eu disse:

— Bom dia, sr. Ming.

— Sr. Stewart... Esta é uma triste manhã. Acabo de receber a notícia de que meu pobre irmão morreu — respondeu ele, radiante, em cantonês.

Então, era isso. O irmão de Ming era um astro da ópera cantonesa, uma autêntica celebridade naquela forma rebarbativa de arte. Meu neto um dia me levara a ver um filme dele. Deus me ajude! Tratava-se de uma comédia dominada por palhaçadas e pelo rude humor físico que na Inglaterra caberia apenas no *music hall*, o teatro de revista. Ming permanecera de relações cortadas com seu famoso irmão por mais de meio século. Esse era um dos temas preferidos das conversas na ilha de Cheung Chau, onde os dois viviam. Uma vez, quando Ming havia processado um dos restaurantes locais de frutos do mar por ter tropeçado numa cadeira e levado um tombo, os donos haviam se vingado exibindo pôsteres do irmão dele em suas vidraças, até que o caso foi levado ao tribunal.

Naquele momento, estava mais do que evidente que o sr. Ming sentia-se feliz com o falecimento do irmão. Ele exibiu-me um exemplar do *Today*, um dos piores jornais chineses.

— Ainda não deram a notícia. Deverá sair nos jornais da tarde — comentou, resplandecente.

Parte Um

Dawn Stone

Capítulo Um

Quando eu era adolescente fazia um jogo chamado Quantas Mentiras? A idéia era muito simples: apenas tomava nota mentalmente toda vez que alguém dizia uma mentira cabeluda e calculava quantas mentiras ouvia num dia. Era um jogo de uma pessoa só, uma espécie de solitário. Às vezes eu começava o jogo depois de alguma das mais rotineiras hipocrisias ou mentiras na escola; em outras o jogo era desencadeado por alguma coisa que eu via na tevê, escutava no rádio ou lia num jornal, revista ou livro. No entanto, na maioria das vezes o que me levava a jogar o Quantas Mentiras? eram meus pais. Não se tratava tanto de algo muito específico que eles dissessem, mas da atmosfera familiar. Era o ar que nós — até mesmo o termo "nós" era uma espécie de mentira — respirávamos. Certos dias, as mentiras que eu enumerava começavam com um "Bom dia" (Por quê? O que havia de bom naquele dia?), passando por "Queremos que você volte até as onze e meia" (Não, vocês queriam mesmo é que eu não voltasse) e terminavam com "Boa noite" (a mentira aqui residia em: pouco lhes importava se minha noite ia ser boa ou não).

Se eu tivesse de explicar com palavras por que vim para Hong Kong e por que hoje em dia faço o que faço, esta frase explicaria tudo: o dinheiro não mente.

O dinheiro não mente. Ele não pode mentir. As pessoas mentem a respeito de dinheiro, mas isso é diferente.

* * *

Não tenho falsa modéstia quanto às minhas habilidades — se por acaso parecer que sou modesta, deixe-me esclarecer para registro que me acho uma grande pessoa —, mas nem por isso deixo de admitir espontaneamente que só consegui chegar onde estou à custa de quatro massacrantes rompimentos. O primeiro deles foi com meu trabalho num jornal tablóide de circulação média, no centro da Inglaterra, o *Toxic*. (Não é seu nome verdadeiro.) Antes disso minha vida se resumira em casa, escola, Universidade Durham, curso de jornalismo em Cardiff, trabalho num jornal local em Blackpool. Convém que eu explique que sou velha o bastante para ter crescido numa época em que era preciso treinar jornalismo em jornais regionais antes de ir para Londres, trabalhar nos nacionais. Estávamos na era paleolítica, antes que Eddie Shah tomasse conta dos sindicatos e Murdoch os dividisse. Mastodontes urravam nas margens do Tâmisa. Algumas tribos ainda não haviam descoberto o fogo. Homens eram homens, mulheres eram mulheres, pequenos animais peludos viviam em constante pavor justificado, e as únicas pessoas a quem permitiam operar uma fotocopiadora A3 num canto do escritório eram membros da Associação Nacional dos Gráficos. Diga você o que bem entender da sra. Tatcher.

Hoje em dia, uma pessoa brilhante, ambiciosa e atrevida como eu penso que sou começaria escrevinhando artigos para revistas e jornais estando ainda na universidade, e a idéia seria passar por cima de toda aquela merda de reportagens e chegar o mais rápido possível nas suaves e elevadas planícies dos comentaristas e colunistas com a sua segunda melhor fotografia no alto. (A segunda melhor, porque se você escolher a melhor mesmo (a) seus colegas vão cair de pau em você acusando-a de vaidade e (b) quando a conhecerem pessoalmente todo mundo vai pensar "Oh, ela parece linda na foto, mas na vida real poderia passar por uma cadelinha boxer".) Mas isso é agora. Nos velhos tempos, passei um ano e meio em Blackpool, no jornal diário *Argus*, cuidando do noticiário costumeiro sobre feiras locais, esportes e acontecimentos (Granny tomba num despenhadeiro com seu Reliant Robin e sobrevive) passando gradualmente para os mais interessantes casos de julgamento, reportagens de peso e eventualmente — sim — uma coluna. Uma vez que a escolha dos instantâneos da minha cara cabia a Eric, o fotógrafo da equipe, a idéia de uma fotografia sensacional era relativa. Tratava-se mais de encontrar uma em que eu não me parecesse com Mussolini.

O outro rompimento aconteceu quando troquei de nome. Fui registrada como Dóris. Dóris! Se fosse hoje, provavelmente eu poderia processar meus pais por perdas e danos, mas iria ter problemas porque alguém idiota o bastante para dar o nome de Dóris a uma filha jamais teria dinheiro suficiente para justificar um processo. Dawn Stone fica muito melhor logo abaixo do título de uma coluna.

Há uma infinidade de jornais locais. Blackpool não foi uma escolha ao acaso. Regularmente, essa cidade é local de reunião de partidos e reconheço que se eu não conseguisse entrar em contato com os figurões nacionais durante as reuniões, poderia desistir do jornalismo, cursar advocacia e me especializar em representações (aliás, era esse o Plano B). Espero que eu dê a sensação exata de como andava obcecada naquela época com a perspectiva de me ver entre figurões nacionais. Atrevo-me a dizer que se eu tivesse ido para Oxbridge teria pelo menos meia dúzia de amigos íntimos com os quais ir para a cama e conseguir ajuda para ocupar úteis e promissoras posições no tipo de jornal para o qual eu queria trabalhar. Mas não o fiz e não o fazendo sabia que teria de tentar conseguir os contatos necessários para o que desejava atingir. Era um conforto dizer a mim mesma que não havia atingido a minha meta daquela outra maneira.

Tive as primeiras escaramuças com figurões nacionais uns dois meses antes da minha primeira temporada de reunião de partidos, durante o caso de desaparecimento de uma criança que se transformou na busca de um cadáver e, em seguida, seis meses depois, num caso de assassinato. (Tratava-se do padrasto. Imagine a surpresa de todos.) Essa história teria ficado fora do meu campo de ação no jornal, como iniciante que era, mas eu havia escrito o primeiro "Onde está o Pequeno Jimmy?" e continuei martelando no tema até que saí desse emprego. Os picaretas londrinos caíram em cima do caso mais encarniçados, insistentes e mais sensacionalistas do que eu esperava, se bem que um homem que conheci e de quem me tornei amiga, Bob Berkowitz, não era nada disso. Ele apareceu na redação, um dia, procurando Ken, um velho companheiro dele no *Brighton Courier*, que se tornara chefe de reportagem do *Argus*. Ergui os olhos da minha máquina de escrever mecânica — um espécime da era dos Flintstones — e vi um homem baixinho, tímido, de cabelos pretos encaracolados e óculos, carregando um capote e parecendo explicitamente desnorteado; desnorteado daquele modo que as pessoas parecem quando querem que você repare nelas e lhes ofereça ajuda.

— Posso ajudá-lo? — perguntei, mas certamente não parecendo capaz de uma ajuda muito eficiente, já que era uma garota de vinte anos, exibindo um ar muito sério, atrás de uma escrivaninha.

— Ken está por aqui?

— Ele está em outro andar.

Ele consultou o relógio, com a testa franzida.

— Mas os bares ainda não abriram — comentou.

Dei uma daquelas risadas que você dá quando quer demonstrar que apreciou o esforço de alguém em fazer uma piada e começamos a conversar.

Berkowitz era o tipo do jornalista comum — pelo menos era a impressão que ele dava. Escrevia longas reportagens para o *Toxic* e saíra-do-armário-menos-para-sua-mãe-que-provavelmente-sabia-mas-nunca-mencionara-a-palavra *gay*. Uma noite, em seu apartamento perto de Tower Bridge ele me disse que era "um intelectual", tornando-se o único jornalista que vi utilizar esse termo a respeito de si mesmo. Nós esclarecemos isso desde o começo.

— Não se trata *per se* de um artigo sobre o desaparecimento do menino — explicou-me Berkowitz mais tarde, do outro lado da rua, no bar que chamávamos The Dead Brian, O Brian Morto. (Nome verdadeiro, The Red Lion, O Leão Vermelho.) — Estou interessado no efeito desses crimes sobre as pessoas e as comunidades. Os choques posteriores. O que ocorre quando a história já não aparece mais na primeira página dos jornais? Como as pessoas levam a vida adiante?

Eu estava em condições de ajudá-lo com alguns contatos e informações práticas. E ele era simples o bastante para pedir essa ajuda, coisa que dificilmente as pessoas faziam. A maior parte delas preferia a bajulação e dizia "Estamos juntos nisto" sempre que precisavam de um favor, mas o restante do tempo agiam como se tivessem todos os direitos do mundo e a bosta deles não fedesse. Se houve um acontecimento naquela conferência que apreciei um bocado foi o espetáculo que Kinnock[1], o segundo como líder do Partido e o primeiro depois do primeiro, deu ao cair de bunda na água quando se pôs a caminhar pela praia com pose de visionário cheio de dignidade. Aquela reunião me deixou lembranças felizes porque ocorreu na ocasião do meu primeiro rompimento. Na minha penúltima noite, saí para tomar uns aperitivos com Berkowitz e dois de seus amigos londrinos. Um deles era um completo picareta e o outro, um burocrata do Tory[2], funcionário de importância secreta para alguns dos figurões e que se achava na cidade para espionar e escrever um artigo com análises e opiniões pessoais para jornais conservadores.

---

1 KINNOCK — Neil (Gordon) 1942 — Político britânico, líder do Partido Trabalhista (1983-92). (N.T.)

2 TORY — Membro do Partido Conservador. Plural: Tories. (N.T.)

Berkowitz foi embora cedo para revisar algumas matérias e nós fomos para o meu apartamento, onde acabamos excepcionalmente bêbados. Não me lembro de como a noite acabou, a não ser que fiquei enjoada e fui para a cama ali pelas cinco horas; alguém chamou um táxi para o burocrata antes de apagar. O picareta desabou no sofá e dormiu um instante depois.

Caramba, não tenho saudade de muita coisa do tempo dos meus vinte anos. Eu tive de ir trabalhar no dia seguinte. A manhã foi difícil de agüentar. Não parei de me arrastar até o banheiro para vomitar. Na hora do almoço fui chamada pela recepção, alguém estava me procurando. Era o secreta do Tory. Estava com óculos escuros e pareceu-me o ser humano mais acabado que eu já vira. Quando cheguei perto percebi que tremia um pouco. Trocara de roupa, porém ainda cheirava à bebida.

— Podemos ir para algum lugar?

Por uma fração de segundo imaginei se teríamos feito sexo em algum ponto obscuro da nebulosa noite anterior. Não. Eu poderia ter esquecido os detalhes, mas me lembraria do fato se tivesse ocorrido.

Havia um hotel de segunda com um bar de segunda ali perto. Fomos para lá e ele pediu dois *Bloody Mary*[1]. Àquela altura eu já havia conseguido me lembrar de que o nome dele era Trevor.

— Estou me sentindo um tanto estragado — disse ele, brincando com o bastãozinho de mexer a bebida.

Quando tirou os óculos escuros, vi que seus olhos estavam vermelhos. Tomamos uns goles das nossas bebidas.

— Saí da linha ontem à noite — comentou Trevor. — Isto é, eu lhe disse algumas coisas que não deveria ter dito. Você sabe... Informações confidenciais. Quero pedir-lhe que as conserve, hum, em segredo. Eu poderia perder o emprego.

---

1 BLOODY MARY — Coquetel feito com suco de tomate, vodca e tempero, em geral sal, pimenta-do-reino e limão. (N.T.)

Ele estava tendo problemas com o tom de voz. Não deu para perceber se a última frase era um pedido ou uma ameaça. Coloquei minha mão sobre o pulso dele, por um segundo.

— Não revelarei uma só palavra.

— Verdade?

— Verdade.

— Não tenho como demonstrar quanto sou grato.

— Não esquente com isso.

— Nunca vou esquecer.

Ele terminou a bebida e olhou o relógio.

— Bem...

— Não se prenda por mim. Obrigada pelo drinque.

— Não. Eu é que agradeço.

E Trevor foi embora quase correndo.

Só então percebi que não tinha, e até hoje não tenho, idéia dos segredos aos quais ele se referira, porém cinco meses depois recebi um telefonema do editor do *Toxic* que havia sido colega de universidade de Trev. Ele me perguntou se podia enviar-lhe alguns recortes de matérias minhas e dar um pulo até Londres para conversarmos. Foi, então, o meu primeiro rompimento.

Robin Robbins, o editor do *Toxic*, foi a primeira pessoa refinada que cheguei a conhecer bem. Ele tinha a afetação dos grã-finos de usar uma linguagem que exagerava ou minimizava a quantidade de esforço empregado para fazer qualquer coisa. No seu mundo, as pessoas "passeavam" pela Zona Leste para cobrir o funeral de um gângster e "agrediam" o armário do almoxarifado do escritório à procura de uma fita nova para a máquina de escrever. "Detonar" significava fazer uma viagem de trem de seis horas até Londres e "bater-papo" era fazer uma entrevista.

Ele me levou para almoçar. O restaurante era arejado, claro, barulhento e metropolitano. Os garçons usavam aventais com listras azuis e brancas abertos nas costas para exibir o bumbum. Um deles flertou comigo, o que me ajudou a me sentir, ainda que muito perplexa, como se soubesse o que ocorria por ali. Robin falou um pouco sobre Durham/Cardiff/Blackpool e perguntou-me como eu havia conhecido Berkowitz que, disse ele, tinha algo de terrivelmente nova-iorquino em si. (Ele queria dizer que Berkowitz era judeu.) Depois quis saber o que eu achava do gosto da princesa Diana para se vestir. Eu a chamei de lady Diana e ele me corrigiu sem a mínima ênfase, usando a locução certa. Algo nele me fez compreender que era a primeira vez na minha vida que encontrava alguém que seria capaz de vender a avó literalmente, desde que as circunstâncias fossem as corretas. Era uma sensação empolgante.

— Qual é a coisa mais importante para um jornalista que trabalha em jornais?

Pensei: odiar a si mesmo. Respondi:

— Contatos!

Quando chegamos ao café ele estava me falando a respeito do trabalho.

— O jornal é onde os novos dão seus primeiros passos. É o nosso jardim-de-infância, o nosso campo de experiência e do nosso aprendizado. É onde a maioria das pessoas começa, inclusive o indivíduo aqui presente. Como eu disse quando lhe telefonei, em si este não será um trabalho permanente. Três meses, com a perspectiva de mais trabalho se nos dermos bem, tanto do seu ponto de vista quanto do nosso. Ao fim deste tempo, provavelmente você será a minha chefe ou será a editora de um dos jornais que rivalizam conosco.

E se não desse certo, azar meu. Quando eu voltasse para Blackpool iríamos ao Dead Brian e, depois, bêbados, iríamos brincar de trombada nos carrinhos elétricos do parque de diversões.

A publicação era especializada em mexericos, e a minha coluna — que se chamava Diário de Dexter Williams, de acordo com seu fictício criador — era a costumeira mistura de insinuações anônimas de malevolências e meias-verdades, concentradas nos mundos da mídia, do show, da política e no explosivamente fértil campo dos famosos-por-serem-famosos. Nada de errado com isso, você poderia dizer, uma vez que se sabe que é o que os leitores querem saber — e a pesquisa de mercado do *Toxic* demonstrava que Dexter era um dos primeiros colunistas que as pessoas liam pela manhã. O problema era que eu detestava tudo que se relacionava com ela. Para conseguir histórias era preciso ter contatos e eu não tinha nenhum; outra coisa, nunca tendo feito nada parecido até então, achava que não seria capaz de ir catar rebotalhos, de criar fofocas do nada e tudo o mais. Um dos caminhos que esse tipo de colunista usa para conseguir informações é chupar os amigos — isto é, utilizar coisas que amigos lhe revelam em confidência e transformá-las depois em apimentadas notas. Gente bacana e que tenha contatos em Londres tem garantido um bom começo.

Para piorar a situação, eu não era a única pessoa encarregada do "meu" trabalho. Esse era um dos comportamentos-padrão da diretoria do *Toxic*, parte da sua cultura: os diretores davam o mesmo trabalho e os mesmos recursos para duas pessoas, verificavam qual das duas obtinha melhor resultado e descartavam a outra pondo-a de lado e para baixo numa função que lhe seria impossível aceitar. Como técnica de direção isso era incrivelmente horrível. A pessoa a quem deram o mesmo trabalho que a mim era um rapaz gorducho, vindo de faculdade pública, chamado Rory Waters.

No meu primeiro dia de trabalho tive o cuidado de chegar três minutos antes do horário e o encontrei sentado à mesa ao lado da minha datilografando alguma coisa (O quê? O quê?).

— Hu-hum... Sou Dawn — apresentei-me.

— Como vai? — indagou Rory.

— Este é o Rory — disse Robin.

Ele aparecera de não sei onde com se fosse o suspeito óbvio do assassinato de um livro da Agatha Christie.

— Ele acaba de se juntar a nós — prosseguiu — e vai nos ajudar a obter mais informações. Tenho certeza — e isso soou como uma ameaça — que vocês vão se sair muito bem.

Rory era posudo, agressivo e gordo. Seu rosto era branco e redondo, com uma faixa de erupção rosada junto ao colarinho da camisa listrada, causada pelo barbear, e, como todos os rapazes da redação, usava terno o tempo todo. O pior era que todo o pessoal do *Toxic* parecia gostar muito dele. Acho que isso ocorria porque ele não ligava para as gozações, o que tornava melhor brincar e rir com ele em vez dele e talvez até trabalhar com ele. O modo como Rory e os demais homens do jornal — havia Robin, mais quatro homens e eu — se uniam numa frente masculina não poderia me atingir mais do que atingia. Eu vivia ansiosa, na defensiva, consciente todo o tempo de que estava numa cidade nova, num emprego novo, sendo testada e desprezando meus colegas, mas ao mesmo tempo querendo me entrosar com eles; fazia um trabalho que era completamente diferente do que esperava fazer e para o qual eu não tinha o menor jeito. Todas as manhãs acordava com a sensação de ter engolido algo que ainda estava pesando no meu estômago.

Quando meu terceiro dia no *Toxic* chegava ao fim, depois que redigi uma importante nota sobre um ator viciado em cocaína que expulsara um *paparazzo*[1] do San Lorenzo´s, Berkowitz convidou-me para um drinque no Fábrica de Paranóia, como era conhecido o bar do jornal. Contou-me, então, que ia sair do *Toxic* para trabalhar num jornal maior que chamarei de *Sensible.*

— Querem que eu escreva artigos com narrativas que expliquem situações — disse-me ele, com uma expressão que

---

1 PAPARAZZO — Em italiano, no original; repórter especializado em cavar e divulgar escândalos e fatos sensacionalistas. (N.T.)

ficava em algum ponto entre orgulho e acanhamento. — Pelo jeito, gostaram do que escrevi sobre o pequeno Jimmy, em Blackpool.

Eu não fiquei exatamente chorosa, mas cheguei perto das lágrimas. Conhecia apenas Berkowitz no *Toxic,* e ele ia embora.

— Legal — eu disse. — Legal, mesmo. Estou contente por você.

Pode haver quem produza o melhor de si num ambiente onde se sinta rejeitado, isolado, paranóico, perseguido, desagregado e indesejado. Eu não sou uma dessas pessoas. Não vou me referir aos detalhes dos três meses seguintes. Em Blackpool, eu morava num apartamento de cobertura com vista para o mar; podia ir e vir sem tropeçar em ninguém e se deixava meio litro de leite na geladeira ao me deitar podia confiar que ele estaria lá quando me levantasse pela manhã. Não era obrigada a ouvir música dos outros, atender telefonemas alheios, a consolar ninguém por suas magias nem a remover pêlos púbicos do ralo da banheira. Em Londres, morando numa casa partilhada com uma advogada amiga de Durham e três de seus amigos londrinos, tudo isso acontecia. Havia sons de sexo, de Londres, de banheiro, de discussões ("*Você* é a rainha do drama"); quando eu chegava do trabalho, querendo apenas me enfiar na minha toca e trancar a porta atrás de mim, era envolvida pelos acontecimentos, submersa pelas situações da vida comunal. Sentia-me como se tivesse dado um enorme passo para trás. E, se bem que estivesse ganhando bem melhor, em Londres a vida era muito cara, portanto praticamente eu tinha menos dinheiro. Isso também me chateava muito.

Para piorar tudo, minha vida amorosa — esta é uma daquelas expressões que você pode enfeitar com aspas de várias maneiras: minha "vida amorosa", minha vida "amorosa", minha "vida" amorosa — não florescera. Em Blackpool eu saía com um fotógrafo chamado Michael Middleton. Ou melhor, ele poderia ser classificado de "fotógrafo" se fosse americano;

como era inglês, dizia que trabalhava numa livraria e só revelava gradualmente que a fotografia era seu interesse maior, seu talento principal e o que ele queria fazer pelo resto da vida. (O britânico considera esse modo de agir como uma espécie de modéstia. Os americanos — e os estrangeiros em geral — a vêem como uma forma individual de orgulho e complexo de superioridade. Hoje em dia concordo com eles.) Ele gastava o que ganhava na livraria tirando desoladas fotografias dos "monumentos pitorescos" de Blackpool: os cais e as arcadas, condomínios esparramados à beira-mar, sacos de salgadinhos jogados no chão, lojas fechadas com tábuas, gaivotas mortas etc.

Conheci Michael no seu local de trabalho, a única livraria meio decente da cidade. Encontrava-me junto a uma estante com publicações recomendadas, pegando um exemplar de *Nights at the Circus* [Noites no Circo], de Angela Carter, da prateleira que tinha um cartaz dizendo "Ainda o melhor dela!", assinado "M.M". Os outros dois livros na estante eram um exemplar do *Good Food Guide* [Guia da Boa Alimentação], de 1985, com um cartaz que garantia "Vai fazer você ter muita fome, Kevin; o outro era uma novela de Martin Amis, *Money* [Dinheiro], com o cartaz: "Amy garante: fabuloso estilo de prosa". Eu estava ali, pensando: tinha lido os avisos por acaso, por que não ir em frente? Ao mesmo tempo, avaliava o fato de pagar 8,95 libras por um livro. E creio que uma outra parte de mim estava gostando da idéia de bancar o tipo da *femme sérieuse* de vinte e quatro anos que compra um novo livro de ficção de capa dura.

— O livro é bom de morrer — disse uma voz atrás de mim.

O sotaque refinado era o de um *geordie*[1]. Voltei-me. Vi um rapaz da minha idade, magro, com boa aparência, de jeans preto e camiseta, levemente desleixado, porém o sotaque compensava isso.

---

1 GEORDIE — Designação de nativo ou habitante de Newcastle upon Tyne, na Inglaterra, ou dos seus arredores. (N.T.)

— Sou eu quem cuida da estante dos livros recomendados. — E ele acrescentou, muito simpático: — Nós-fãs-de-Angela-Carter-estamos-na-mesma-onda.

— Você é o MM?

— Michael.

— Esse livro é melhor do que o *The Bloody Chamber* [O Quarto Ensangüentado]?

— Se não gostar — respondeu ele —, traga-o e lhe devolverei seu dinheiro, desde que não conte ao meu patrão.

Comprei o livro, li, voltei lá depois de mais ou menos uma semana, conversamos, saímos para um drinque e daí por diante. Foi assim que começamos a nos encontrar.

Foi tudo maravilhoso entre mim e Michael no começo, como essas coisas são quando começam, depois passamos para as costumeiras descobertas mútuas e em seguida para um relacionamento basicamente bastante bom. O problema é que eu não fazia segredo da minha intenção de entrar para os jornais nacionais, enquanto que Michael, determinado a não arredar pé da sua política "O Norte é melhor", não concordava em absoluto com isso e, portanto, não tínhamos um futuro juntos. Na verdade era comum esse fato passar pela minha cabeça de vez em quando, quando eu pensava em Michael e no quanto gostava dele: não tínhamos um futuro juntos.

Poucos relacionamentos sobrevivem quando as pessoas envolvidas moram a mais de quatrocentos quilômetros uma da outra. Quando mudei para Londres, tudo começou a correr mal, inclusive o sexo, aliás pela primeira vez. Eu me aborrecia menos de ver Michael a cada quinze dias do que passar aqueles fins de semana inteirinhos na cama, que era apenas o que ele queria fazer. Ficava feliz por ver que era tão desejada, ao mesmo tempo que me incomodava que ele não quisesse mais do que trepar comigo. E devo admitir que ficava imaginando o que Michael fazia quando eu não estava por perto, uma vez que se tratava de um homem atraente e Blackpool era um local de turismo. Havia também uma boa quantidade de sentimentos complicados investidos no fato de que se eu fracassasse em Londres desapareceria um dos maiores obstáculos a vivermos juntos; eu estaria livre para regressar a Blackpool ou, quem sabe, Michael estaria livre para vir morar comigo, como dizia querer. Então, a certa altura, comecei a desconfiar que ele estava torcendo para que eu fracassasse. Senti que devia pôr um freio nas minhas queixas contra o *Toxic*, porque ele estava adorando ouvi-las. Em resumo, eu me achava numa situação nada boa.

Na véspera de me mudar para Londres, Michael me confessara que aquela história da estante dos recomendados era pura tapeação. Ele e Amy escolhiam aleatoriamente livros que poderiam atrair compradores e faziam recomendações fantasiosas com base nas orelhas e capas. Amy detestava os Martin Amis e Michael jamais lera uma só palavra dos livros de Angela Carter. Kevin, um gordo assexuado, havia dado a única opinião sincera.

Capítulo Dois

Ainda restava uma semana — para ser mais exata, quatro dias de trabalho — dos meus três meses de experiência quando ocorreu o segundo rompimento. Estava mais do que claro que eu não iria ficar no jornal. O gorducho Rory vinha se dando tão bem com todo mundo no *Toxic* que até tinham visto o próprio editor (apelido: Cabeção) sorrir para ele no corredor, que para ele é o equivalente a ser convidado por outro homem para ir à sua casa a fim de ser chupado por sua esposa. As águas estavam se fechando acima da minha cabeça, e eu percebia pelo modo bem-educado, porém distante, do pessoal ao lidar comigo — comum a todo mundo desde Robin até Davina, a secretária do jornal — que nenhum deles achava que eu ficaria ali por muito mais tempo. Fazia parte do sintoma da situação que eu trabalhasse numa substituição do domingo à segunda-feira da que deveria ser minha última semana. Os domingos eram esquisitos na redação de um jornal diário e tendiam a atrair para lá uma alta porcentagem de infelizes no lar; pessoas que acham mais fácil trabalhar na redação sem competidores; que não podem (ou não podiam, já que isso mudou muito) suportar o domingo inglês; e pessoas como eu, que viam o domingo como um dia a menos com todos os colegas presentes. É também um dia difícil para gerar notícias de jornal, e eu trabalhava com duas porcarias de temas: um artigo antecipado sobre uma noite de autógrafos na segunda-feira, na qual dois biógrafos que tinham atirado garrafas de vinho um no outro iam se reencontrar, e um lixo sobre o filho de um figurão que havia conseguido emprego na BBC, apesar da absoluta falta de qualificação. Eu não estava com o meu lado Martha Gellhorn desperto...

O telefone tocou. Uma voz masculina e com respeitável sotaque da classe trabalhadora de Londres indagou:

— Dexter Williams está?

Onze semanas antes aquela indagação me teria feito sorrir.

— Sim, aqui é Dawn Stone. Em que posso ajudá-lo?

Houve uma longa pausa durante a qual pude ouvir o barulho da rua ao fundo. Ele estava num telefone público.

— Tenho uma coisa para você.

Aquilo não era comum. Além dos contatos regulares e fornecedores habituais de tititi — ou de "bocados saborosos", como Robin costumava chamá-los —, muita gente procurava as redações para aliviar algum peso no peito e ter um pouco de lucro no processo. Às vezes conseguíamos boas matérias dessa maneira, mas esses informantes irregulares tinham também o potencial de se tornar uma tremendo pé no saco.

— Posso saber qual é o assunto?

— Sim, pode, mas não vou lhe dizer.

Seis entre sete telefonemas eram inúteis e cerca de metade deles vinha de doidos de atar. A maior parte desses informantes era formada por homens, se bem que exista uma distinção no modo de agir de cada sexo: as mulheres loucas costumam mandar cartas e os homens tendem a ser paranóicos (trata-se do paranóico no sentido não-coloquial).

— Você tem de me dar um indício — insisti.

E pensei: ele vai recusar; então, vou dizer que não posso ajudá-lo; aí, ele vai retrucar com ofensas e eu desligo; em seguida, ele telefona para Nigel Dempster, do *Mail*, e eu volto para a minha tranqüilíssima atividade de biógrafa de domingo-a-segunda. Só que naquele momento o homem disse uma coisa que me fez pensar de outro modo.

— É a respeito da Fancy Nancy — adiantou meu novo amigo.

Fancy Nancy, a Extravagante Nancy... Tratava-se daquele membro mais jovem da Família Real com pretensões teatrais (um dos motivos do apelido) que diziam ser homossexual (o outro motivo) e que ficara noivo seis meses antes de uma recepcionista de hospital, filha de um duque. O casal se conhecera num fim de semana em uma casa de campo onde havia passado "metade do tempo molhando o biscoito e a outra metade também", de acordo com Robin, que parecia saber muito bem do que estava falando.

— Estou interessada — disse eu, escorregando para baixo na minha cadeira e olhando ao redor para ver o enorme salão quase sem mais ninguém.

No outro extremo, uma colunista regava a planta que mantinha em sua mesa, ao mesmo tempo que falava ao telefone, com o aparelho seguro entre o ouvido e o ombro.

— Onde e quando quer, então, que nos encontremos? — acrescentei.

Num bar-café na avenida Gloucester, dali a quarenta minutos. Eu lhe disse que ele me reconheceria pelo casaco amarelo e um exemplar do *Toxic* embaixo do braço.

Duncan — era como o informante se chamava, São Duncan, como preferi chamá-lo — era um homem muito alto, elegante e bem-cuidado, de cabelos curtos, uns vinte e cinco anos, com ar de quem não era militar, mas também não deixa de ser. Ele servira três anos na Cavalaria do Palácio e fora dispensado desse serviço devido a um problema de pneumotórax, que paralisara os pulmões durante exercícios no Canadá. Não, não era um maluco, mas estava muito zangado. Acabava de perder o emprego que tivera desde que deixara o exército, e esse emprego — neste ponto da história o fundo musical se tornava de hosanas e louvores — era de lacaio no "Palácio" ou seja, no Palácio de Buckingham. Tinha havido uma encrenca, ele havia sido despedido e queria dar o troco.

São Duncan presenciara uma briga aos berros entre Fancy Nancy e a noiva que resultara no fato de que agora ela era ex-noiva. Tinha ouvido também uma referência a esta última em relação a um membro da família real um tanto mais velho de quem preferia, bondosamente, não citar o nome.

— É cem por cento verdade — garantiu ele.

Eu disse que precisaria conversar com meu chefe, verificar a história; se tudo estivesse em ordem iríamos em frente e lhe pagaríamos dez mil libras em dinheiro. Aí, tratei de ficar esperta. Voltei para a redação, tirei o casaco, guardei a bolsa, coloquei uma folha de papel na minha detonada máquina de escrever e não disse uma palavra a ninguém do que tinha acontecido. Fiz isso em parte pela esperteza de rato que todos os jornalistas precisam ter e em parte pela necessidade de aliviar o que eu sentia pela obrigatoriedade de dizer tudo com antecedência para Robin ou para Derek, o Porquinho Cor-de-Rosa (substituto dele na direção aos domingos). Escrevi a história de acordo com o tom fofoqueiro do meu jornal, em seguida uma outra no estilo careta da BBC e fui para casa.

O grande acontecimento na vida diária de qualquer jornal chama-se Reunião de Pauta, ou apenas Pauta para os íntimos. É quando os editores das várias seções — Notícias, Reportagens, Exterior, Esportes, Agendas, Editoriais, Opiniões e assim por diante — sentam-se ao redor de uma mesa com o editor e seu assistente para discutir sobre o que será publicado na edição do dia seguinte. É a grande jogada em todos os sentidos e para todo mundo. Nesse momento há milhões de oportunidades de ser esmagado e de esmagar, esta última principalmente para os que têm uma ampla variedade de técnicas para roubar as idéias dos outros.

No *Toxic* a pauta era às onze horas. Às dez e meia Robin costumava fazer uma pauta diária antes da pauta, assim não tinha de "entrar nu na sala de pautas". (Por acaso, Robin era um desses ingleses que a gente tem dificuldade de imaginar nus.) Para uma segunda-feira, eu me vesti cuidadosamente demais com um conjunto Chanel vermelho-escuro, a roupa mais cara que já comprei, aproximadamente trezentos por cento, que era muito anos 1980 e já um tanto usada (mas ainda em excelente estado e que me ficava bem). Eu era literalmente uma cara-pintada e carregava todas as armas. Assim, quando Robin perguntou "Algum bocado saboroso, hoje?" fui a primeira a falar. O estilo Dexter era mostrar-se desinteressado e entediado, por mais quente que a história fosse.

— Algo sobre Fancy Nancy — adiantei. — O último na linha para o trono. Parece que o noivado foi para o espaço.

Houve uma certa agitação de traseiros sobre os assentos das cadeiras e sobrancelhas se ergueram. Claro, Robin parecia preste a adormecer.

— Fonte?

— Desculpe... não posso revelar.

— Quanto?

— Dez.

— Qualidade?

Sacudi os ombros e assumi um ar modesto. Essa atitude significava um ponto em algum lugar entre bom e muito bom.

— Detalhes?

— Brigas cabeludas e cheias de berros. Ela armou um barraco na quinta-feira e disse que estava tudo acabado. Na sexta os demais membros da Casa foram avisados.

— Hummm. Mais alguma coisa?

Sacudi a cabeça. Passamos para outros temas, mas dava para perceber que Robin estava doido de curiosidade para saber com quem eu conseguira a minha história e se poderia confiar em mim o bastante para incluí-la na pauta. Meu isolamento em relação aos colegas, a falta de interesse que havia em mim e na minha vida trabalharam a meu favor: eles não tinham como descobrir de onde viera a informação e, assim, eram obrigados a confiar na minha habilidade jornalística.

Uma hora e meia depois, Robin se aproximou da minha mesa ao sair da sala de pautas.

— Contei a sua história para David e Peter — disse-me.

David era o editor, Robin jamais usava o apelido Cabeção. Peter era Peter Stow, o encarregado dos assuntos reais, no conceito geral era considerado o mais repelente na profissão, humanamente falando, e dono de apreciável força no *Toxic*.

— Peter disse que é pura besteira — acrescentou. — Mas não ligue: isso quer dizer que ele não sabia do fato... — e foi para sua sala.

Ninguém me dirigiu uma só palavra durante o resto do dia. Fui cedo para casa, folguei na terça-feira — como fora determinado na escala de serviço, uma vez que trabalhara de domingo à segunda —, fui visitar minha amiga Jenny, recebi massagem no centro de saúde, comprei um vestido de Joseph, que fui devolver três dias depois, e nos intervalos chorei de maneira intermitente, porém convicta. Na quarta-feira, quando ia para o jornal, vi a primeira página do exemplar do *Toxic* exposto numa banca de jornais e revistas:

ACABOU-SE

estava escrito em tipo corpo setenta e dois. Logo abaixo se lia:

"Por Peter Stow, correspondente real".

O nome era acompanhado por um pequeno timbre, como que para sugerir ao leitor desavisado que o próprio Peter pertencia à realeza. Quando entrei no jornal, fui direto para o banheiro e chorei por quinze minutos. Consegui chegar à minha mesa sem fazer contato visual com nenhum dos meus colegas. Sentei-me e tive a sensação de uma presença atrás de mim. Voltei-me. Era o Cabeção.

— Você chegou atrasada — disse ele.

Ficou ali parado, de pé, com as mãos nos bolsos e começou a balançar-se para a frente e para trás, sobre os pés. Então, continuou, como que se dirigindo para uma grande audiência, mas sem erguer os olhos.

— É o nome de Peter que está lá, mas a história é sua e o trabalho também.

Foi o meu segundo grande rompimento.

Dois dias depois, ao chegar em casa dei com Michael sentado em cima do estojo da máquina fotográfica e equipamentos, na soleira da porta, sob a chuva, com uma enorme mala ao lado. Ele comentou:

— Pelo jeito, parece que há livrarias aqui em Londres também.

O engraçado é que quando fui demitida aconteceu meu terceiro rompimento. Isso ocorreu dez anos depois.

Algumas coisas mudaram na década intermediária. O Cabeção teve um "esgotamento nervoso"; passou seis meses num sanatório e abandonou o jornalismo. Peter Stow caiu duro e morto. Robin continuou no emprego apenas para ser posto no olho da rua quando o *Toxic* decidiu contratar o inimigo dele que ocupava o mesmo cargo no *Express*. Berkowitz foi editor do *Sensible* por algum tempo antes de se tornar vítima da sua própria administração política e ir trabalhar como editor de uma revista chamada *Ásia*, em Hong Kong. O gorducho Rory agora é Dexter; quando nos encontramos numa festa, caímos um nos braços do outro aos gritos de "Não acredito!".

Quanto a mim: deixei a escrivaninha de Dexter e fui para a das notícias; ganhei um prêmio por matérias sobre Arauto da Livre Iniciativa; passei para reportagens; fui roubada pelo *The Times* e o deixei depois de três meses para ser editora de notícias no *Sensible*; fiquei ali durante dois anos, aí fui desempenhar o mesmo cargo em seu irmão *Sunday* (melhor pagamento, mais *status*, menos trabalho — você não ama o jornalismo do *Sunday*?); passei a editora de reportagens no *Sentinel* quando recusaram uma licença a meu ex-chefe direto para escrever um livro e ele se demitiu. Esse meu novo trabalho era "executivo", o que significava mais dinheiro e vantagens adicionais como um carro, além da responsabilidade por miudezas como orçamentos, pautas, estratégias, pesquisas de mercado e tudo mais. Então, nosso editor foi para a editoria do *Guardian* e um homem chamado William Pinker apareceu: dois dias depois fui demitida. Foi aí que Berkowitz me telefonou e me ofereceu trabalho em Hong Kong por duas vezes o que eu recebia no *Guardian*.

Aos trinta e quatro anos você já sabe algumas coisas a seu próprio respeito, das quais não tem noção na década dos vinte. E descobri, para minha surpresa, que sou uma mulher ligada aos homens. Não acho que isso ocorra por minha culpa: os homens gostam de mim e confiam em mim, enquanto que as mulheres, não. Ou, pelo menos, não da mesma maneira. E essas coisas tendem a ser mútuas. Tenho apenas uma verdadeira amiga, Jenny. Foi minha colega na universidade Durham. Continua sempre a mesma — baixinha, morena, elétrica — e agora é agente teatral. Uma vez, abri a geladeira dela e encontrei apenas uma porção de galinha ao molho de limão, da Cozinha Lean, comprada havia um mês, meio litro de leite já com cheiro duvidoso e uma garrafa sem rolha do vinho Rosemount Chardonnay, que se tornara vinagre há muito tempo. Contei-lhe sobre a oferta de Berkowitz no dia seguinte ao telefonema dele, durante um almoço num restaurante tailandês.

— E Michael? — perguntou ela.

Dei-lhe meus motivos para estar interessada na oferta de emprego de Berkowitz que eram, nesta ordem, o inerente interesse pelo emprego em si, dinheiro e a influência no meu futuro — especificamente havia a idéia de que, acontecesse o que acontecesse, eu poderia escrever um livro a respeito. Poderia ir para Hong Kong, observar o ambiente por algum tempo, avaliar a situação e voltar uns oito meses depois, como uma *femme sérieuse* de trinta e poucos anos, com um importante livro sobre a Ásia embaixo do braço. Na verdade, o livro seria tão fácil de escrever que era uma pena eu ter de ir até lá para fazê-lo. *Na Toca do Tigre: Uma Jovem Mulher na Ásia. Tempo dos Tigres. Quando os Tigres Despertam. Uma Visão do* Tigre. *Exis-*

tem Suficientes Tigres Malditos. Quantas mulheres jovens, fotogênicas e profissionais, podem existir na Ásia?

— Mas e o Michael? — insistiu Jenny.

— Eu sei, eu sei.

Mas, realmente, não sabia. Michael e eu nos encontrávamos naquele limbo que envolve jovens casais que não se casam no ponto certo do relacionamento e que, em vez disso, se encaixam na condição de ficarem juntos eternamente, sem planejar ter filhos.

— Talvez eu dê um pé na bunda dele — acrescentei. — Não quero dizer que em Hong Kong não haja uma porção de coisas que merecem ser fotografadas. O fato é que preciso escolher. Não podemos continuar perdendo tempo juntos. Não podemos continuar juntos na inércia em que estamos. Ou ele quer mesmo ficar comigo ou não.

Se no momento eu estivesse com outra disposição teria notado que "inércia" poderia perfeitamente entrar para o Quantas Mentiras? Claro que se pode continuar junto na inércia, exatamente como faz a maioria dos casais.

— Você quer que ele vá? Quando imagina que ele vai ou não vai, o que a faz sentir-se melhor?

— Não sei, Jen.

Ela deu um profundo suspiro depois de acender o que deveria ser seu vigésimo cigarro durante o almoço. Passava das três horas da tarde e o único funcionário que permanecera a postos começara a emitir o que eu chamo de vibrações desconsoladas de um garçom. Jenny o chamou com um aceno de mão e ele, todo feliz, apressou-se a nos trazer a conta.

— Você disse que se trata da proposta mais interessante, mais desafiadora que já teve e que será muito melhor paga; que é uma chance de viver num país estrangeiro, coisa que você sempre quis fazer; que um fracasso não terá conseqüências drásticas e que levará Mike a fazer uma necessária avaliação da realidade... — Jenny apagou o toco do cigarro com um gesto decidido. — Então, vá em frente.

E eu fui.

* * *

O aeroporto de Heathrow é muito diferente quando você sai do país sem saber quando e em que base voltará do que quando sai para passar uns quinze dias em Ibiza.

Michael me deu carona até lá. Recebera bem a minha decisão, com suficiente tristeza para que eu não ficasse triste com sua falta de tristeza. O plano oficial era que ele poderia ir para Hong Kong dentro de três a seis meses, quando ficasse evidente que não faria a grande exposição, quando recebesse as comissões atrasadas etc. Ficou evidente para nós dois que queríamos um tempo para ver como nos sentiríamos. Creio que ele deve ter pensado que Berkowitz e/ou o lugar me deprimiriam e eu voltaria para casa disposta a continuar como antes — o que, é claro, significaria uma vitória moral dele. No entanto, eu estava determinada a não permitir que isso ocorresse. Mandei por navio um monte de coisas encaixotadas para Hong Kong — de acordo com uma projetada ausência de seis meses — e viajei com uma bagagem, se bem que não totalmente leve, bem pouco pesada: roupas, objetos essenciais para a sobrevivência, vestidos da Premier League, *laptop*, alguns livros e CDs. Meu plano era renovar o guarda-roupa no Shopping Capital do Mundo. Berkowitz me arranjara um lugar para morar em algum ponto do Nível Médio, o que quer que isso fosse.

Michael e eu nos despedimos na rua, como havíamos combinado, para não ter de passar por uma daquelas despedidas breves no terminal do aeroporto.

Capítulo Três

Perdi minha virgindade naquele dia. Era a minha estréia em vôos na classe executiva.

— Você vai para a esquerda, claro — disse Berkowitz, que havia mandado uma caixa de champanhe Harrods ao meu apartamento quando lhe respondi que aceitava o emprego.

— Claro! — concordei, sem saber o que isso queria dizer.

Mas só fiquei sem saber até o momento em que apresentei meu cartão de embarque de classe executiva, da empresa Cathay Pacific, para a comissária de bordo chinesa, que assentiu e indicou à direita dela, portanto à minha esquerda, em direção à frente do 747. Sim, claro: eu tinha de ir para a esquerda... Era algo que eu jamais tinha feito até então. Um chinês de terno e gravata dirigiu-me um aceno de cabeça bem-educado quando me acomodei na poltrona ao lado da dele, depois de ter socado, com estardalhaço, a minha surrada mala no compartimento de bagagens. Outra comissária presenteou-me com uma bolsa contendo apetrechos de várias utilidades (meias, máscara para proteger os olhos, frasco *spray* com água destilada para o rosto, pente, escova para dentes, um pequeno tubo com creme dental, espelho compacto, minipára-quedas — se bem que talvez minha memória falhe neste ponto) e encerrou com uma taça de champanhe. Não há outro modo de voar. Até então eu não sabia que essa era a absoluta verdade. Poucos metros adiante se achava o inimaginável esplendor da Primeira Classe. O que será que ocorria lá? Colegas que haviam progredido e alcançado os benefícios que a imprensa recebia das empresas aéreas comentavam com olhos lacrimosos a experiência que os impossibilitara para sempre de aceitar o terror da classe econômica "lá de trás".

O rechonchudo Rory havia produzido um artigo que beirava o anti-semitismo a respeito das operações nos bastidores de A Indústria. Cabeção adorou a matéria. Depois de ter subido na escala a ponto de ir cobrir uma entrega do Oscar, Rory me disse:

— Você não entende... Aquilo me destruiu.

E pensei que ele estivesse brincando.

Quando já estávamos no ar, o chinês, que mantivera os olhos fechados durante a decolagem, abriu-os, olhou para mim e sorriu.

— Esta é a minha parte preferida — comentou, num inglês impecável, e voltou ao seu exemplar do *Business Week*.

Eu me ajeitei para assistir ao filme *Legends of the Fall* [Lendas da Queda]. Era um saco. Então, serviram uma refeição e vinho. Em seguida, tentei dormir. O chato de dormir em aviões é que a gente sempre desperta em sobressalto. A inconsciência se instala de repente e a consciência volta com um baque, como se você estivesse caindo. É um momento extremamente irritante; você acorda e olha o relógio: passaram-se seis horas ou quinze minutos? Daquela vez não foi tão ruim. Estávamos na metade do vôo. O chinês empenhava-se num jogo do seu *laptop*. Quando viu que eu o observava, desligou a máquina.

— Eu a acordei?

— De jeito nenhum.

Conversamos um pouco — coisa que, fiquei sabendo depois, não ocorre freqüentemente na classe executiva. Depois dessa primeira vez viajei quilômetros e quilômetros sem falar com o homem sentado junto a mim. Aquele rapaz tinha um rosto agradável e expressivo, além de falar um inglês perfeito. Seu nome era Matthew Ho e dirigia uma empresa de aparelhos de ar-condicionado que tinha fábricas em Hong Kong, Guangzhou, além de planos de se expandir para a China e, quem sabe, para o mundo. A matriz da empresa era alemã, mas a subsidiária com a qual ele mantinha mais contato ficava perto de Luton.

— Você deve passar um tempão em aviões...

— É a chamada síndrome do astronauta. A idéia é que se você passar muito tempo voando é a mesma coisa que ser astronauta. — Ele pegou num bolso uma carteira de couro fino e tirou dela a fotografia de um bebê gordinho. — Minha filha, Mei-Lin — explicou.

Não me perguntou se eu tinha filhos.

Para mim, todos os bebês são iguais.

— Ela é linda — garanti.

Já me haviam falado sobre a aterrissagem no aeroporto de Kai Tak, mas assim mesmo eu não podia acreditar nos meus olhos. Voávamos sobre um arquipélago de pequenas ilhas, 235, que formavam o território de Hong Kong — esclareceu-me meu guia de viagem. Quando descemos um pouco mais, foi possível ver as esteiras de espuma deixadas por barcos, que se assemelham estranhamente aos rastos de fumaça dos aviões a jato, e pouco depois deu para ver os barcos.

— É ali que estão construindo o aeroporto novo — contou-me Matthew, quando passamos por cima da ilha Lantau. — Convidaram o seu primeiro-ministro para a cerimônia da assinatura do contrato. Foi o primeiro líder ocidental a visitar a China depois de Tiananmen[1].

Havia raiva na voz dele, mas sua expressão se mantinha neutra.

— Não olhe para mim, olhe para fora — recomendou Matthew. — Lá está a enseada.

---

1 TIANANMEN — Praça de. Uma extensa área aberta em Beijing Central, na China, adjacente à Cidade Proibida, que foi por muito tempo palco de festivais, comícios do governo, paradas e manifestações, principalmente em 1989. (N.T.)

Agora estávamos a uns trinta mil metros de altitude, acima da mais movimentada enseada que eu já vira. O avião inclinou-se para a direita, em cima da cidade, e começamos a descer cada vez mais e mais. Dava para ver roupas estendidas em sacadas e até mesmo sentir o cheiro do tráfego. Podia-se enxergar mais ou menos dentro dos apartamentos. O ar não estava calmo. Era como se estivéssemos voando direto para a cidade e o piloto pretendesse tentar uma aterrissagem num dos *canyons* entre os prédios estupidamente cheios de gente.

— Jesus... — murmurei.

— Ele é bom, não é? — retrucou Matthew.

Então, de repente, estávamos sobre a pista do aeroporto, descendo para ela, e os motores rugiram com a reversão enquanto avançávamos para a enseada. Só consegui falar de novo depois que o avião parou e deu meia-volta, dirigindo-se para os edifícios do terminal.

— De vez em quando os aviões caem na água?

— Claro — sorriu Matthew. — O tempo todo.

Mais tarde descobri que isso não era verdade. Ele me deu seu cartão de visita que, eu estudara etiqueta asiática, peguei com ambas as mãos. Você nunca sabe se vai ou não precisar de uma pessoa conhecida assim, casualmente; e acabei precisando de Matthew para o artigo sobre a síndrome do astronauta, que escrevi alguns meses depois.

Desembarcamos confortavelmente antes dos proletários da classe turística que ficava mais atrás no 747. O ar estava pesado. Fazia calor. Porém, mais do que tudo, a atmosfera era pegajosa e úmida. Parecia que o corpo da gente se achava envolvido num pano quente e molhado. Kai Tak era mais antiga e decadente do que eu esperava; tudo era chinês — uma vez que 98 por cento das pessoas ao redor eram chinesas, que tudo estava escrito em chinês e só falavam chinês — e, ao mesmo tempo, era inglês daquela estranha maneira colonial, o que se manifestava em detalhes como os esquisitos uniformes cáqui, tipo safári, dos policiais. Berkowitz ficara de ir me pegar, se bem que eu tivesse resistido um pouco, mas por fim viera o já-que-você-insiste e naquele momento me senti feliz por não ter de me virar sozinha. Não existe choque mais cultural do que o choque mas-que-merda-vim-fazer-aqui?

Naqueles dias, verão de 1995, os cidadãos britânicos não precisavam de visto para ir a Hong Kong e ficar por quanto tempo quisessem. (Aliás, devo dizer que o inverso não ocorria.) Em cerca de um minuto e meio minhas malas apareceram na esteira e eu as arrastei pelo *hall* de desembarque, olhando e sendo olhada por uma parede de rostos chineses. É sempre um momento de tomada de consciência quando se desembarca de um avião e se caminha pelos corredores até a sala de desembarque. Então, vi Berkowitz de pé, com os braços cruzados, no ponto mais distante da multidão, marginalmente mais gordo e careca, porém essencialmente o mesmo. Ao seu lado estava um chinês fardado e com quepe pontudo. As pessoas se achavam surpreendentemente bem-vestidas; havia muito maior quantidade de ternos e gravatas do que num desembarque equivalente no Heathrow. Fiquei contente por ter ido ao toalete de senhoras, penteado o cabelo e ajeitado o rosto. Os sapatos apertavam meus pés inchados, depois de doze horas e meia numa altitude de duzentos e vinte mil metros. Meu carrinho de bagagem puxava exaustivamente para a esquerda.

Berkowitz veio ao meu encontro e deu-me um forte abraço, em vez do cumprimento formal que eu esperava.

— Dawn — disse ele.

— É, acho que sim. Pelo menos eu era Dawn quando saí de lá. É bom ver você, Bob.

— Deixe que Ronnie leva sua bagagem. Dawn, este é Ronnie Lee, motorista, intérprete e meu Faz-Tudo. Ronnie, esta é Dawn Stone.

De perto, percebi que o que eu tomara por uma farda era, na verdade, um raro e moderno terno italiano de paletó todo abotoado (ou, pelo menos, uma boa imitação). Ronnie tinha um metro e setenta e seis de altura, rosto inteligente emoldurado pelo invencível cabelo negro e liso dos cantoneses. Fez um aceno de cabeça para mim, pegou as duas malas do carrinho e saiu andando para o elevador.

Berkowitz não parou de falar o tempo todo durante o trajeto até o centro de Kai Tak.

— Está vendo o muro de pedra ao redor do perímetro do aeroporto? Aqui era a Cidade Murada de Kowloon. Durante a guerra os japoneses destruíram parte dele e instalaram campos de prisioneiros de guerra no perímetro do aeroporto. A cidade permaneceu onde estava, tornando-se uma área totalmente interditada para os tanques de guerra; algumas ruas antigas ficaram sob uma jurisdição entre chinesa e britânica. Literalmente fervilhava de bandos de desordeiros, de drogados vagueando entre bordéis, fábricas em péssimas condições onde se explorava os empregados e lojas, se é que se poderia chamá-las assim... Acho que dá para você imaginar. Se olhar pelo vidro de trás, vai ver algo mais edificante: as montanhas que rodeiam Kowloon. Elas ficam nos Novos Territórios, que é o último pedaço de continente antes da China, propriamente dita. Os chineses dizem que as montanhas eram dragões. Havia oito deles. Quando o último dos imperadores da dinastia Sung chegou aqui, no século treze, fugindo dos mongóis, Kubla Khan entre eles, instalou-se no domo de prazer, junto ao rio sagrado Alph. Lembro-me de que quando ouvi essa narrativa pela primeira vez achei que Alf era um nome esquisito para um rio. O imperador menino olhou para as colinas e disse "Veja, há oito dragões". Seus cortesãos responderam, "Mas, majestade, o senhor também é um dragão"... coisa que todo imperador era por tradição. Então ele falou "Está bem, vamos dar a este lugar o nome de nove dragões... *gau lung*... que acabou se transformando em Kowloon. Porém, esse fato não trouxe nada de bom ao imperador menino, uma vez que os mongóis o apanharam, mataram e depois passaram uns duzentos anos fazendo misérias pela China inteira. Você reparou em algo estranho nesses luminosos a néon?

Àquela altura começava a anoitecer, e luzes acendiam-se por todo lado. A cor do néon era a única naquela parte da cidade, e os edifícios pareciam agressivamente escuros — pardos, marrons, cinzentos, sem cor. As ruas eram estreitas, estavam repletas de gente e eram muito, muito asiáticas. E o tráfego! O que eu pensava, em Londres, que era a experiência máxima em tráfego de merda, perto daquilo parecia o máximo da organização. Aquele, sim, era um tráfego de merda.

— Você quer dizer além do fato de estarem escrito em chinês?

— Essa é boa. Não. Refiro-me ao fato de que nenhum deles pisca. Não existe nenhum anúncio luminoso piscante em Hong Kong nas proximidades do aeroporto. Eles temem que muitas luzes piscando possam fazer um avião pegar o rumo errado e aterrissar desastrosamente nos bares de garotas nuas em Wanchai, o que resultaria em altas despesas e publicidade negativa. Minha opinião é que por mais que isto aqui pareça uma miscelânea capitalista livre, a "mais pura economia de livre concorrência do mundo", conforme afirma a Heritage Foundation de Washington... você não adora esse "mais pura"?... na verdade Hong Kong é uma sociedade severamente regulada e legalmente supervisionada. As leis de zoneamento e restrições a construções são extremamente severas. Se bem que todo mundo viva falando em mercado e combustível livres, que isto aqui é um sucesso sem igual na história do capitalismo, eles não percebem que graças ao imposto máximo de 15 por cento... que acho já ter mencionado para você... Hong Kong tem também o maior programa de moradias públicas do mundo, com quase metade da população morando em casas públicas construídas desde os anos 1950, quando a má publicidade levou os britânicos a ter vergonha e eliminar as favelas. Vai daí, Hong Kong pode ser descrita exatamente ao contrário de como a descrevem: como um triunfo da legislação, do planejamento e da política socialista. Veja que estou falando como o único socialista *bona fide* num raio de cinco mil quilômetros. Não é verdade, Ronnie?

— É como o senhor diz, sr. B.

Naquele momento estávamos na fila para pagar o pedágio do túnel que atravessava a enseada. Acima da entrada e da água vi a ilha de Hong Kong: uma intrincada paisagem citadina com uma colina, ou montanha, erguendo-se diretamente atrás dela. Em geral, quando você chega a um aeroporto, depara com uma paisagem rural, de campos abertos ou, no máximo, cortados por estradas que levam ao subúrbio, antes de chegar à cidade grande para onde você está indo. Ali não era nada disso. O ambiente era superurbano por todos os lados.

— Não fique decepcionada pela aparência das construções... Todas elas parecem blocos de conjuntos comerciais ou de apartamentos, mas na verdade são também fábricas, pequenos restaurantes, prostíbulos, cassinos, pode-se chamá-los assim. E lojas... principalmente lojas.

Começamos a nos arrastar pelo túnel.

— Você já aprendeu a falar chinês?

— Claro que não. De acordo com todos os propósitos práticos, é impossível aprender o cantonês... que, aliás, é o idioma que se fala aqui. No continente o idioma oficial é o que antigamente se chamava mandarim e hoje é conhecido como *putonghua*, porque é assim que o governo determinou que se chamasse. Os chineses de Hong Kong falam cantonês, que é o dialeto da província de Guangdong. É fácil perceber a diferença porque o mandarim soa como alguém mastigando um copo de conhaque cheio de vespas e o cantonês soa como se as pessoas estivessem discutindo. A linguagem escrita de ambos os dialetos é a mesma. Você vai se dar bem.

Já havíamos emergido do túnel do lado de Hong Kong e percorríamos uma rodovia elevada que passava por arranha-céus e blocos de conjuntos de escritórios, alguns com aparência de novos, outros ainda em construção. Berkowitz apontou para um terreno que se arqueava em direção da enseada e que estava sendo recuperado.

— Ali vai ser construído o novo centro de convenções, onde será realizada a reunião dos *soi-disant*[1] comunistas, em 1997. O prédio do outro lado da enseada, com o muro em frente, é o novo centro cultural, inaugurado pela princesa e pelo príncipe de Gales. Repare que apesar de estar diante de uma das mais maravilhosas vistas do mundo o prédio não tem janelas. Alguns gostam de pensar que se trata de uma piada a respeito do nível cultural do território. Por falar nisso, "território" é o eufemismo obrigatório: jamais se deve dizer "colônia". A palavra C é completamente *verboten*[2]. Chamá-lo de território não impede que nosso amado governador Patten, o "Pang Gordo", como os locais o chamam, seja uma entidade legalmente autorizada a fazer tudo que bem entender, mas usar esse termo ofende menos os chineses e tem a suprema virtude de não significar coisa alguma.

Viramos uma esquina e começamos a subir a colina.

— Aquele, à direita, é o Banco da China, a obra-prima de I. M. Pei[3], o cara que pôs aquela pirâmide em cima do Louvre. Esse edifício não é muito popular entre os locais, que acham seu *feng shui* muito agressivo. Um dos cantos dele aponta para o Palácio do Governo que, você vai se surpreender, é onde o governador mora. Tem uma horrorosa torre no topo, que os japoneses acrescentaram quando dominaram a colônia. Ninguém sabe o que se vai fazer com ele depois de 1997. As expectativas e apostas dos financistas residem no Museu das Atrocidades Coloniais. Estamos passando agora pelo terminal do teleférico do Pico, que é um bondinho que sobe até o Pico. E, agora, vamos entrar na rua Robinson, que é onde você vai morar.

---

1 SOI-DISANT — Em francês, no original: pretensos, intitulados. (N.T.)

2 VERBOTEN — Em alemão no original: proibido. (N.T.)

3 I. M. PEI — Ieoh Ming Pei, arquiteto americano nascido na China, que projetou o Centro Governamental de Boston e o Place Ville Marie, em Montreal. (N.T.)

Minha nova casa ficava num prédio com doze apartamentos, que se chamava *Harbour Vista*, Paisagem da Enseada, que tinha um pequenino, detonado e inconfiável elevador. Mas o apartamento em si era adorável, com um quarto grande, um pequeno escritório, ou quartinho da bagunça, e uma sala de estar dupla com uma mesa de jantar numa das extremidades. Atrás da mesa havia um armário envidraçado com porcelanas chinesas azuis e brancas; do outro lado ficava uma pequena estante com livros de arte e livros de bolso, um aparelho de som, uma tevê e dois sofás. O soalho era de tacos de madeira, o que o tornava um apartamento masculino, meio coberto por uma coisa quadrada, que poderia ser um tapete, tendo em cima uma poltrona tipo brigadeiro-colonial-reformado. A vista do balcão era esquisita, praticamente sem sinal da enseada, se fosse excluída a estreita faixa de água que mal se percebia entre o arranha-céu circular exatamente em frente (fiquei sabendo que era conhecido localmente como Palácio do Falo) e o quadrado, mas igualmente alto, edifício que se erguia logo atrás dele, na encosta da colina, à esquerda.

— Este local tem um bom *feng shui* — garantiu Berkowitz. — Pode-se ver tanto a água quanto a montanha, não muito de nenhuma das duas, admito, mas não é preciso muito, mesmo. Quando você já houver descansado, vou lhe contar algumas histórias de horror sobre *feng shui*. Elas sempre envolvem um casal que se separa, um marido que se supervaloriza, pessoas que se mudam para a vizinhança de alguém; o homem do *feng shui* é consultado, diz que o *chi* está corrompido, muda o aquário com peixinhos uns três centímetros para a direita e instala um espelho... nas histórias de *feng shui* sempre há um espelho estrategicamente colocado... e todo mundo volta a viver feliz. O jardim botânico fica deste lado. Vai gostar dele. O Parque Hong Kong é logo ali, onde há um aviário. Estou na folha de pagamento dos rotarianos. Bom, agora vou deixar você se ajeitar.

Capítulo Quatro

Em vários momentos do começo daquele ano, pessoas que se preocupavam comigo, ou não, me perguntaram se eu "já me adaptara" ou quanto tempo havia levado para eu me "adaptar". Mesmo nas conversas casuais surgia essa pergunta idiota. O que quer dizer "estar adaptado" a Hong Kong para um expatriado (qualquer expatriado) que luta para sobreviver? Esse não é o tipo de lugar ao qual a gente "se adapta". Eu sentia continuamente uma mistura de excitação, pânico, choque cultural e alienação na qual se misturava o sentimento, talvez mais intenso, de finalmente ter chegado a casa. Dinheiro era tudo que importava. Durante os dez anos que trabalhara no jornalismo no Reino Unido houvera muito falatório sobre materialismo na Grã-Bretanha — toda aquela agitação sobre Tatcher ter dito que lá não havia algo sequer parecido com essa coisa chamada sociedade. Bem, morei em Hong Kong durante alguns anos e posso afirmar que qualquer simples declaração sobre materialismo no RU é besteira. O país inteiro é um mosteiro franciscano comparado com Hong Kong. É como uma antiquada empresa familiar cujo patriarca morrera há anos e os herdeiros houvessem continuado agindo exatamente do mesmo jeito, a não ser pelo fato de alguém ter introduzido na firma uma caixa registradora de 1924 há cerca de um ano e daí por diante todos passassem a se congratular, orgulhosos, por serem tão modernos. O dinheiro é um tufão e a Grã-Bretanha sentiu apenas a primeira e fraca rajada dele.

Num nível especificamente mais prático, a minha primeira e profunda impressão tem a ver com o fato de ninguém falar inglês. Tudo bem, estou exagerando um pouco, algumas pessoas falavam inglês em Hong Kong: todo o pessoal da revista, por exemplo, em suas ofuscantes salas de alta tecnologia, na redação localizada num horroroso arranha-céu no Almirantado, onde três quartos da equipe são formados por *gwailos*; alguns garçons em alguns restaurantes; policiais, porém apenas os que tinham em vermelho o número de identificação no ombro da farda; os funcionários de lojas de luxo e/ou do centro da cidade. (Por falar nisso, aquela minha pretensão de fazer um novo guarda-roupa elegantíssimo a preços baixíssimos — eu já me via vestida dos pés à cabeça com os preciosos artigos Prada, que acabara de descobrir — se transformou em amarga decepção quando percebi que Hong Kong era uma das cidades mais caras do mundo. O mesmo ocorria com os imóveis, no entanto, se os aluguéis das lojas do centro eram mais altos do que os da Quinta Avenida, nos Champs-Elysées ou na Bond Street, a grana da gente não valia muito. Agora, em se tratando de finos artigos falsos, era outra coisa.) Mas, à parte isso, fiquei surpresa ao verificar quão pouco o inglês havia se espalhado por lá — afinal, os britânicos controlavam a colônia há cento e cinqüenta anos. Estranhei, também, que certos grupos fossem monoglotas, quando era de esperar que falassem inglês, como por exemplo os taxistas aos quais você tinha de entregar um papel com o seu local de destino escrito em chinês, a menos que fosse para os conhecidos lugares turísticos como a Balsa Star ou ao Mandarim. Era um indício de como havíamos afetado pouco a vida real do lugar. Acho que uma parte de mim havia se convencido de que Hong Kong era um lugar essencialmente britânico com um monte de chineses espalhados pela ilha, para dar cor local.

Mas o melhor de tudo é que essas coisas todas pouco importam se você for um dos estranhos cem mil expatriados do território. (Quarenta mil britânicos e rebotalhos europeus, cinqüenta mil mestiços, na maioria ianques sino-americanos, mais dez mil indefinidos e pronto. Estou deixando de lado os quarenta ou cinqüenta mil criados filipinos que neste caso não contam.) Você pode viver isolado numa bolha e a maior parte deles, ou melhor, a maior parte de nós fazia isso, ganhando um montão de dinheiro, trabalhando e se esforçando muito, concentrando-se apenas em ganhar dinheiro, que é uma coisa com a qual todos no território concordavam.

A vida *gwailo* em Hong Kong é como viver no parado e protegido centro de um furacão. Para começar, a maior parte de nós tinha criados, fator esse que não deve ser subestimado quando torna tudo mais fácil e protege a comodidade em sua vida. Eu tinha Conchita e seu trabalho custava muito menos do que o apartamento, que me levava alguns mil dólares de Hong Kong por mês. Ela trabalhava também para um banqueiro britânico que morava dois andares acima do meu e que eu via apenas no elevador; ele tinha a palidez doentia e masturbatória de um homem que se dedica dezesseis horas por dia ao trabalho. Conchita era uma filipina mais ou menos da minha idade (achei que seria indelicado perguntar) que estava sempre alegre e usava como uniforme uma camiseta amarela e jeans; morava em algum lugar de Mongkok, com um grupo de outras criadas. Berkowitz foi quem me revelou as filipinas.

— A maioria delas é de mulheres bem-educadas, capazes, com estudo, experiência e sei lá mais o quê. Muitas delas têm marido e filhos — garantiu-me. — Elas vêm para cá porque em sua terra não há trabalho e lá são subservientes às sogras, que costumam morar com o casal e se dedicam a tornar a vida das noras um inferno. Mandam dinheiro para casa, assim têm o orgulho de ser o sustento da família, além da vantagem de não ter de agüentar a bosta dos tormentos da sogra o dia inteiro.

A presença de Conchita e seus esforços eram maravilhosamente tranqüilizadores. Ela limpava, lavava, passava e cozinhava para mim três vezes por semana e em geral providenciava uma bem-vinda distância entre mim e os intoleráveis princípios das calcinhas sujas e da arrumação de cama. A excepcional boa disposição e a sempre presente amabilidade de Conchita tornam difícil esta afirmativa, porém eu achava (ou esperava) que ela gostava mais de mim do que da patroa anterior, uma vez que na minha casa não era obrigada a trabalhar demais. E o melhor de tudo era fazer Jenny se morder de inveja quando eu lhe falava de Conchita.

O lazer mais gratificante que podia ocorrer aos que viviam na bolha era *junking*[1]. Não se deixe levar pela falsa impressão do termo. Na acepção asiática, *juncar* significa sair pelo mar num grande barco e passar o tempo todo bebendo, jogando conversa fora, dizendo bobagens, exibindo-se em companhia de outros *gwailos* e (às vezes) de poucos e cuidadosamente escolhidos locais. Era divertido e nos levava para longe da ilha de Hong Kong que é um dos lugares do mundo que mais provocam angústia pela monotonia e falta de estímulo. O único defeito de *juncar* é que toda vez que você sai de barco alguém lhe conta a lenda local preferida a respeito de um *gwailo*; certa ocasião, um sujeito estava mijando em pé na amurada da popa do junco e caiu no mar; foi socorrido por outro barco que vinha uns quatrocentos metros atrás e reuniu-se aos companheiros de passeio na ilha de Cheung Chau sem que ninguém tivesse notado sua ausência.

Eu soube que estava me saindo bem em Hong Kong quando fui convidada para *juncar* no *Tai Pan*, um junco que pertencia a um figurão local chamado Philip Oss. Encontrava-me no território há seis meses e já chamara a atenção, devo dizer sem falsa modéstia. A Ásia está repleta de assuntos saborosos, implorando que alguém os divulgue. O melhor deles se achava nada mais nada menos do que em Hong Kong mesmo, porque a situação difamatória no território fazia Londres

---

1 JUNKING — Em inglês, *junkie*, viciado em heroína. No caso *junking* significa sair de *junk*, isto é, "juncar", ou seja, ir passear naqueles barcos chineses denominados juncos. (N.T.)

parecer um verdadeiro Carnaval da liberdade de expressão. Um ou dois heróis locais simplesmente entravam com processo toda vez que seus nomes eram mencionados pela imprensa. Então, uma das minhas primeiras matérias foi um ostensivo relato do caso de Nick Leeson e de quão bem o rechonchudo rapaz de Essex estava na sua distante cela em Cingapura — porém o verdadeiro conteúdo do artigo era sobre o extraordinariamente horrível lugar que era Cingapura. Os táxis tinham alarmes para limitar a velocidade, as ruas eram cem por cento limpas, a família era fundamental e a cidade era morta. No entanto, tratava-se de uma necrópole próspera. Se bem que os *gwailos* locais fossem um grande bando de grossos amorais, até mesmo para os padrões de Hong Kong, você também iria querer aproveitar suas horas de lazer quebrando pára-brisas de carros ou bebendo vinte e cinco litros de cerveja até ir parar no mundo da lua — sim, com certeza você faria isso se morasse em Cingapura. Este artigo levou a outro, a respeito do violento terremoto que abalara o Japão. (Foi o terremoto Kobe, que fez o Mercado de Valores do Japão cair até que Leeson apostou seu banco na sua subida.) Passei duas estranhas semanas no Japão, principalmente em Tóquio, mas com bocados de Kobe, Osaka, Kyoto intercalados, dormindo em pequenos e limpos quartos de hotel, sendo iludida, tratada de modo paternalista e enganada por uma série de nipônicos de ternos azul-marinho. A essência da história deles afirmava que as prevenções japonesas contra terremotos eram a melhores do mundo. Este não era um código muito sutil para a certeza "Nós somos o Número Um". E a essência da minha reportagem, por outro lado, residia na idéia de que se isso era mesmo verdade, por que um terremoto de seis ponto quatro — que um tranqüilo e confiável arquiteto de São Francisco me disse ser "tão suave quanto sacudir um martíni" — matara vários milhares de pessoas? Essa minha colocação caiu bem. Artigos sobre a arrogância dos japoneses sempre caíam bem no sudeste da Ásia, assim como nas regiões do mundo onde se fala inglês.

* * *

O convite para sair no *Tai Pan*, o junco de Philip Oss, veio por um telefonema de Berkowitz que estava quase tendo um ataque nervoso por causa da importância do fato.

— Eu o vi apenas umas três ou quatro vezes, em situações fodidas. Ele é o patrão do meu chefe. É o único *gwailo* que se aproxima de Wo. Se existe a máfia do cinema, ele é o *consigliere*. Há algo de vagamente militar no passado dele. Mas nem toque nesse assunto. Bem, você sabe o que não deve perguntar.

— Sim, sim! Quanto maior o acontecimento, mais cuidado com o comportamento. Nada de mencionar a guerra. Vou ser ajuizada.

A visão geral de Berkowitz a respeito da riqueza em Hong Kong era que "o primeiro milhão ou o segundo são os mais difíceis. Alguns desses caras surgem da noite para o dia, com dinheiro obviamente das Tríades[1] ou dos comunistas. Então, compram propriedades, que é onde está o verdadeiro dinheiro em Hong Kong, e começam a ficar de fato ricos". O principal proprietário da nossa empresa, T. K. Wo, controla uma firma multilateral e superengenhosamente estruturada que, por sua vez, controla todos os tipos de negócios no mundo inteiro, entre eles o interesse que o *Ásia* apresenta como mídia. Wo é famoso por suas *guanxi*, ou seja, conexões, influências políticas e tráfico de narcóticos em geral com Beijing. Ele é filho do homem que nos anos 1960 fugiu para Taiwan a fim de escapar do julgamento por tráfico de drogas. Há rumores a respeito de como foi feita a fortuna de Wo. No contexto de trabalho, esse assunto havia sido considerado apenas uma vez, e de maneira bastante estranha, como parte de uma série de artigos sobre jovens empresários. Na época fui visitar Matthew Ho, o rapaz que viajara a meu lado no avião, e durante a conversa ele mencionou que seu avô se recusava a permitir que

1 TRÍADE — Sociedade secreta da China, espécie de máfia. (N.T)

qualquer publicação referente aos Wo entrasse em sua casa. Nem é preciso dizer que descartei a idéia.

Minha visão a respeito dos rumores que corriam sobre Wo pode se resumir no que se segue. E daí? Comparadas com as feitas contra outros figurões locais, um dos quais era o representante do traficante de ópio Shan, líder militar Khun Sha — cujo dinheiro obtido do jogo em Macau foi lavado por meio de metade dos prédios erguidos durante o desenvolvimento de construção na Europa — as alegações contra ele não eram tão impressionantes assim. De qualquer modo, nenhum daqueles sujeitos pertencia ao mesmo grupo das empresas fornecedoras de drogas que haviam iniciado Hong Kong, como a Jardines. Não era à toa que o quartel-general da Jardines ficava num arranha-céu, com centenas de janelas que pareciam vigias de navios, conhecido como O Palácio dos Mil Cus. Se você trabalhasse para Wo, poderia ocorrer que algumas pessoas o convidassem para suas festas, até perceberem que você simplesmente não ligava a mínima para isso.

Naquele sábado, de acordo com as instruções, cheguei ao Pier Queen´s, minutos antes das onze horas. Dois ou três juncos balouçavam na espuma da água suja e entre o lixo flutuante — latas, garrafas, sabe Deus o que mais. Um dos barcos, que acabava de desencostar do píer, exibia a bandeira do Banco de Hong Kong no mastro de popa e carregava o costumeiro e excitado grupo de funcionários estrangeiros, esposas, amigos e filhos. A enseada cheirava do mesmo modo de sempre. Um britânico já bem entrado na década dos quarenta anos de idade, com uma caríssima roupa-de-tempo[1] tipo veja-eu-posso-navegar-ao-redor-do-mundo, achava-se de pé na praia diante de um junco no qual divisei Berkowitz e mais uma dúzia de pessoas se movimentando desordenadamente, já com o primeiro drinque do dia na mão.

---

1 ROUPA-DE-TEMPO — Denominação que velejadores dão aos agasalhos, calças e blusão, impermeáveis, usados para velejar. (N.T.)

— Senhorita Stone — disse o homem sorrindo e afável, com entusiasmo controlado —, que prazer recebê-la. Philip Oss. Bob falou-me muito a seu respeito. E, como todo mundo aliás, tenho apreciado seus artigos no *Ásia*.

A calma que eu demonstrara quando Berkowitz me transmitira o convite fora falsa. Eu estava profundamente curiosa a respeito de Oss. Ele era o faz-tudo de T. K. Wo, sua mão direita e o homem que dava um jeito no que saísse errado. Essa era uma coisa fora do comum, pois os cantoneses tendiam a considerar os britânicos grosseiros e pouquíssimos magnatas chineses os admitiam como companheiros. No começo, contavam, Oss fora trabalhar com Wo para ajudar nas situações em que fosse preciso falar e entender bem o inglês, depois se tornara indispensável para todos os tipos de negócios de Wo. Diziam que havia uma sra. Oss, uma elegante alemã que ninguém jamais vira. Deu para perceber que ele era superafável; não apenas suave, mas também absolutamente livre de qualquer atrito.

— Foi muita bondade sua convidar-me para o seu...

A palavra que eu ia dizer era *junk*[1], junco, mas de repente achei-a ridícula, pois não havia nada menos parecido com uma sucata de madeira velha naquele opulento palácio flutuante, com sua antena de radar aéreo girando confiante no ar úmido, quente e pesado. Oss ofereceu-me o braço.

— Bote — ordenou com seu jeito breve.

Era claro que fizera aquilo muitas vezes e que sorrira ao fazê-lo; desta vez também sorriu. Deu-me apoio até entregar-me a um dos seus marinheiros, um cantonês de meia-idade, com uniforme azul e branco, e fui gentilmente levada num bote até a popa do iate para embarcar.

A única pessoa que eu conhecia a bordo — a não ser meu recente amigo sr. Philip Oss — era Berkowitz. Fui ficar de pé ao lado dele.

---

1 JUNK — Junco, barco chinês, e outra acepção desta palavra inglesa é "lixo". (N.T.)

— Bob... — comecei.

Chamá-lo de Berkowitz, como todos o chamavam no trabalho, pareceria íntimo demais. Ficamos ali, de pé, conversando sobre tudo e sobre nada, enquanto o barco ia se enchendo de gente. Um grupo subiu a bordo, chamando a atenção com seus modos exagerados. Ricky Tang, conselheiro legislativo dos advogados do Distrito Eleitoral, ex-colunista do *South China Morning Post* — homem também agradável e com a estentórea voz dos ex-estudantes da Oxford; um jornalista mais ou menos conhecido chamado Mat qualquer coisa, "correspondente da Costa do Pacífico" para uma revista de Seattle da qual eu jamais ouvira falar; Susan Lee, elegantíssima chinesa, da minha idade, que trabalhava para Oss num cargo não especificado; Sammy Wong, empresário sino-americano e, coisa altamente incomum em um homem rico, violento anticomunista de um modo que chegava às raias da loucura, ligado à ala dos saia-da-China-nuclear-enquanto-ainda-é-tempo do Partido Republicano; sua esposa e uma outra mulher chamada Lily Zhang, que era a versão-padrão-incompleta da Dama Dragão (ela dava sinais de ter lido um livro, certa vez). Eu já havia percebido que, como regra geral, Hong Kong exigia que as pessoas se apresentassem uma e meia vez mais bem-vestidas do que se apresentariam na Inglaterra. Isso se aplicava não só aos homens, que eram obrigados a usar terno e gravata mesmo na sauna permanente que é Hong Kong no verão, mas como também a participar de reuniões tais como festas e passeios de junco. Na Inglaterra, num dia como aquele, o passeio de barco se tornaria um pesadelo de exposição de carnes cor de toucinho, sardentas e cheias de borbulhas — a menos que o tempo houvesse sido bom durante alguns dias e o sol deixasse você com aquela queimadura que confere a cor de lagosta cozida. Mas ali, não. Ali havia pessoas de uma brancura viçosa, vestindo calças compridas Agnès B, de cor púrpura-imperial, camisas John Smedley de algodão americano de primeira qualidade — isso apenas os homens. Eu estava com minha calça comprida inglesa mais brilhante (Joseph, de um tom creme quepode-manchar-com-facilidade) e uma blusa de seda azul-escura Marc Jacobs, barata-demais-para-ser-falsa, comprada em uma loja nova da arcada Tsim Sha Tsui — e olhe que eu estava chegando agora. Minha arma secreta era um maiô Gucci de uma peça, preto. Berkowitz acalmou-me com um elogio.

— Você está tão linda que dá vontade de comer — disse-me.

Susan Lee e eu estávamos conversando sobre compras de roupas e acessórios — a bolsa Fendi dela havia custado dois mil e quinhentos dólares de Hong Kong o que, assegurei-lhe, era barato para os padrões europeus — quando Philip Oss embarcou. Já estavam todos lá e começamos a nos movimentar pela enseada cortando as esteiras deixadas pelos outros barcos, que se entrecruzavam no costumeiro tráfego pesado. Três ou quatro jovens mulheres já estavam estendidas em espreguiçadeiras na proa do barco; aquele era um dos raros dias sem nuvens em Hong Kong, e elas tinham vindo para tomar sol. O restante dos convidados achava-se de pé dividido em pequenos grupos, bebendo, tagarelando e rindo.

— Bob me disse que você está gostando do passeio — disse-me Oss.

Susan pegou seu copo e foi tratar de enchê-lo de novo. Ou fingiu que foi.

— Bem, ainda é cedo para dizer, mas acho que sim — respondi. — Aliás, o barco é lindo.

— Você gosta de barcos?

— Como até agora não fiquei enjoada, acho que posso dizer que sim.

Ele deu uma sonora risada de magnata. Foi naquele momento que percebi: Oss estava flertando comigo. Esse fato me levou a fazer uma reavaliação. Em boa forma, com quarenta e poucos anos, vigoroso, apaixonado por si mesmo, era difícil que ele não fosse egoísta na cama; no entanto, eu ainda não o vira comendo (sou uma das que acreditam no que isso indica); em resumo, um caso provável, mas não realmente *possível*. Além disso, Oss era moreno de sol a um ponto que é difícil ver desde que se espalhou o medo do câncer de pele. Outra coisa, eu jamais lidara com avanços de um milionário até então. Numa espécie de espasmo emocional, apanhei-me pensando em Michael e na sua contínua exposição da dúvida masculina sobre se deveria ou não ir para Hong Kong. Por um lado, sua representação dera certo e surgira um motivo para ficar e trabalhar o máximo possível enquanto seu moral se mantivesse alto; por outro, o fato do seu trabalho só então estar começando a ser conhecido o tornava mais apto a ir embora para onde bem entendesse, portanto ele poderia ter-se mudado para Hong Kong sem se preocupar com a possibilidade de sumir do mapa. E também, se por um lado ele sentia saudade de mim, por outro achava que o fato de darmos um tempo iria trazer novo alento à nossa relação, blablablá.

Perguntei:

— A sra. Oss está aqui?

Tenho de reconhecer, ele sabia se controlar: nem sequer piscou.

— Daphne, ao contrário de você, enjoa no mar. O segredo — acrescentou, inclinando-se para mim — é não se reprimir. Isso se aplica a uma porção de coisas.

A partir daí, Oss me submeteu a meia hora de interrogatório sobre meu passado jornalístico no Reino Unido, inclusive para quem eu trabalhara, contatos e fontes nos jornais e quis saber meu ponto de vista sobre as fortunas econômicas do país e as perspectivas políticas dos Tories. Ele agia de maneira encantadora, mas ao mesmo tempo fazia-me sentir como se estivesse me fritando. As perguntas, feitas daquele modo britânico usado em testes de inteligência, eram insidiosas como se tivessem a precondição de levar você a sério. Ao mesmo tempo, ele não parava de flertar. Uma mistura estranha. Por fim ele encerrou a sessão.

— Se puder me dar licença por uns momentos... Tenho de me livrar de um problema de trabalho.

Oss dirigiu-se para a popa e juntou-se a um grupo de homens que pareciam versões dele, mais jovens e menos realizadas. Fui para junto de Berkowitz.

— Bem — disse ele, erguendo um copo de champanhe, evidentemente seu terceiro ou quarto. — Esse é que foi um papo rápido. Dawn, você já está aqui há tempo suficiente para ter uma idéia da coisa... Então, diga-nos: qual a filha de Patten[1] que você prefere?

Velejamos até uma baía diante de Cheung Chau e ancoramos a dez metros da praia. Conversei com Oss, com Berkowitz, com a esposa de um homem chamado Mitchell — que disse chamar-se Sônia ou Sonja e que tinha planos para abrir uma galeria de arte especializada em móveis franceses abertamente falsos — e com outra mulher chamada Katy que afirmou escrever artigos para jornais londrinos e tratou de se distanciar de mim quando comecei a fazer perguntas a respeito. Ela me evitou o resto do dia. Falei também com uma mulher que se chamava Peta, tinha uns vinte e cinco anos, era filha de uma amiga de Oss e ia viajar pelo mundo durante três meses antes de iniciar o curso de fotografia no Colégio St. Martin. Alguns de nós nadamos antes do almoço, outros se dedicaram a mais BTR (beber, tagarelar e rir) conversando sobre a disputa das classes executivas da Cathay Pacific e da British Airways, falando dos velhos tempos quando um vôo para Hong Kong levava vinte e uma horas porque os aviões não podiam sobrevoar a China nem o Vietnã, das regiões de Londres onde os chineses estavam comprando propriedades e dos anúncios de propriedades londrinas nos jornais de Hong Kong; conversamos sobre um novo restaurante em Macau chamado Lusophonia, cujo arquiteto viera de Lisboa, o *maître* de Kowloon e o *chef* de Moçambique, via Rio; falamos do novo terminal do teleférico do Pico; de piscinas; comentamos que os jornais de Londres estavam sendo muito negligenciados; houve uma altercação sobre se uma viagem ao sul da Austrá-

---

1 PATTEN — Gilbert Patten, escritor americano que criou o herói Frank Merriwell e escreveu numerosas histórias de aventuras de crianças. (N.T.)

lia era tão boa quanto uma à Toscana, só que com catorze horas a menos de vôo; alguém disse que FILTH (depravação, *Failed In London Try Hong Kong,* Fracassou Em Londres Tente Hong Kong) era um acróstico que só se ouvia de turistas e recém-chegados que não iriam permanecer nem por dez minutos no território; fizeram uma fofoca sobre o novo diretor executivo do Jockey Club (veredicto: americano — mas quem se importa?); houve uma conversa sobre a última vez em que qualquer pessoa ali presente houvesse feito alguma compra de Lane Crawfords; disseram que era apenas entre nós, mas não era verdade que o pessoal estava começando a se cansar do China Club? Falamos de David Tang; sobre a temperatura da água como indício de tufões e sobre as maneiras de se aposentar na França sem pagar os impostos franceses. Comemos frango à *king,* rosbife frio, salada de tomate com mussarela, salada Thai de amendoim com macarrão, sopa de tomate gelada, salada de frutas, volovã Pont L´Évêque, tomamos sorvete duplo de chocolate do Ben e Jerry Chunky Monkey ou do Häagen-Dazs. Bebemos gim-tônica, Virgin Marys com molho Worcestershire e sal de aipo, Veuve Clicquot com ou sem suco de laranja fresco, Chardonnay da Reserva de Rothbury, Guigal Côtes du Rhône, conhaque Hennessey XO, água Lagavulin e Ty Nant, café, chá de hortelã e cerveja Tsingtao porque Oss disse que a San Miguel deixara de ser tão boa quando a cervejaria fora comprada pelos Marcose. Nadamos; alguns convidados fizeram esqui aquático; poucos outros ficaram tomando banho de sol; um casal tentou fazer *windsurf* e outro disse que ia para a cabina descansar um pouco. Meu maiô foi bastante notado. Ao entardecer o vento parou e pudemos ouvir as risadas e vozes que vinham de outros barcos como o nosso e eles pareciam mais perto porque suas superestruturas eram contornadas por luzes. Então, quando as estrelas surgiram, levantamos a âncora e voltamos para o Pier Queen´s. A vida numa bolha.

Capítulo Cinco

Cerca de três meses depois do passeio no *Tai Pan*, Michael veio me visitar. Eu estava ocupada como diabo e a visita era muito inconveniente, mas não podia culpar Michael inteiramente por isso uma vez que houvera um motivo para a escolha do momento: estávamos na Páscoa. Eu estivera em casa uma vez desde que me mudara para Hong Kong, porém as circunstâncias haviam impedido Michael de retribuir imediatamente minha visita. O fluxo de trabalho que se seguira à exposição não aumentara, mas continuara se mantendo de maneira tão consistente que ele se tornara confiante — não que confiar em coisas práticas fosse próprio de Michael, mas você pegou o sentido da coisa... — e achara que poderia tirar duas semanas de folga sem que todo mundo de repente decidisse que ele era um mau fotógrafo. Eu queria e ao mesmo tempo temia a visita dele. A parte menos otimista de mim tinha uma pesada e aflita — em parte zangada, em parte culpada e em parte irritada — sensação de que Michael era um inútil, para usar a palavra preferida das britânicas quando falam dos britânicos. O que queria dizer, entre outras coisas, que ele estava apaixonado por suas próprias dúvidas e dificuldades, que era incompetente em ações práticas, convencido e travado. Hong Kong tinha despertado em mim um forte apetite por ver que as coisas (e as pessoas) estavam progredindo, fazendo alguma coisa, indo para algum lugar. Esse é um prisma de visão que traz conseqüências para velhos relacionamentos.

No entanto, no começo não foi tão ruim. Pode-se até dizer que foi bom. Assim que pus os olhos nele e o vi, piscando, parado na sala de chegada do Kai Tak, com sua mala, sacola do *free shop* e nos ombros um suéter de lã ridiculamente fora de lugar, senti uma onda de antecipado prazer sensual que me fez compreender (a) que eu andava faminta de sexo e (b) escondera até de mim mesma a falta que sentia dele. Às vezes, quando você vê uma pessoa que a está procurando e ainda não a viu pode enxergá-la com clareza e foi o que me ocorreu em relação a Michael, quando ele empurrou o cabelo rebelde de lado e mudou o peso do corpo de um pé para outro, enquanto percorria o salão com o olhar. Dava impressão de ter voltado dos trinta e cinco anos para os catorze, com aquele jeans e sua magreza.

— Michael! — chamei. — Aqui!

— Garota! — alegrou-se ele. E trotou na minha direção com o rosto aberto num sorriso, talvez surpreendido pelo seu próprio prazer, como eu. — Querida!

E eu pensei: "Ufa! Vai dar tudo certo".

Mas não foi assim tão fácil. O esquisito residia no desequilíbrio entre o aspecto físico e tudo mais. Antes eu jamais sentira de modo tão forte que meu corpo disparava em frente e agia por conta própria, deixando que eu me arranjasse como pudesse. Para o meu corpo era apenas o sexo: sim; bom; obrigado; mais, por favor; deixe-me em paz (esta exigência era dirigida para o meu cérebro). Na primeira tarde e na primeira noite, por exemplo — com Michael defasado por causa do atraso do avião a jato e as oito horas de diferença no fuso horário —, fizemos amor quatro vezes. Acho que nunca havíamos conseguido tal proeza desde que começáramos a sair. Foi grande. Do ponto de vista do meu corpo, aquelas duas semanas prometiam ser as melhores da minha vida. Mas meu cérebro parecia não querer pegar carona naquela viagem. Depois de mais ou menos as primeiras trinta e seis horas, drogada como eu estava pelo sexo e pelo prazer — eu confesso — de ter companhia, de ter alguém do meu lado o tempo todo, a irritação e a impaciência começaram a ferver como magma embaixo de uma fratura da crosta terrestre, ameaçando provocar terremoto.

Eu não tive a menor consciência dessa fervura subterrânea até no domingo subseqüente à sexta-feira em que Michael chegara. Ele disse que queria sair para dar um passeio, e eu concordei. Descemos a colina em direção a um dos mais surpreendentes espetáculos dos domingos em Hong Kong: a reunião das trocas que as criadas Filipinas faziam na praça da Estátua, derramando-se para o Legco, o parque. Você as ouve muito antes de vê-las, um alto e modulado som, mistura de bramidos e trinados, como se fossem milhares de pássaros cantando; um som humano como você jamais ouviu. O barulho feito por dez mil filipinas falando todas ao mesmo tempo não é o mesmo que se ouve num evento que reúne uma multidão, numa parada, num rali ou numa disputa esportiva, uma vez que elas não estão concentradas em uma entidade exterior, mas sim umas nas outras — comendo e trocando as iguarias que cada qual levou para o piquenique, trocando novidades, lendo as cartas que receberam de casa, ouvindo música, fazendo compras no improvisado mercado que oferece mercadorias cuidadosamente escolhidas (como enormes, dobráveis e baratas bolsas para viagem, toalhas e camisetas a preços ultrabaixos), mostrando fotos, porém mais e principalmente falando, o tempo todo. Em Hong Kong você se acostuma, sem perceber, ao fato de que todo mundo fala sempre e somente em cantonês, idioma que dá impressão de que as pessoas discutem direto; então, na praça da Estátua, aos domingos, de repente você se vê num espaço em que todos se comunicam pelo exótico som de trinado do *tagalog*. Michael não fez comentários, mas seu silêncio e seu olhar eram de puro enlevo. Depois pegamos o teleférico do Pico para ir jantar no Pico Café, uma espécie de cabana sofisticada, tipo anos 1930, que dava para o Mar da China, na parte posterior da ilha. É um lugar lindo e é encantador o trajeto no bondinho verde, com o eterno condutor chinês mestiço, que sobe trezentos e quatro metros em poucos minutos em ângulos que, principalmente em determinado ponto, fazem você se sentir elevando-se no ar. Michael agia como se eu o estivesse levando ao Museu de Madame Tussaud ou a qualquer outro local estritamente para turistas.

— Eu deveria ter trazido minha máquina fotográfica — disse ele.

Por momentos achei que se tratava de uma alusão ao panorama espetacular, mas em seguida percebi que era um comentário irônico. Respondi:

— Creio que uma paisagem de cartão-postal como esta é indigna de um artista sério como você.

As palavras saíram assim, num impulso. Eu não planejara dizer aquilo. Se ainda estivesse na Inglaterra provavelmente não o faria — teria mostrado os dentes num sorriso, enquanto que mentalmente morderia os lábios e tomaria nota para permanecer indiferente na próxima vez em que Michael me mostrasse alguma coisa. Ele ficou perplexo.

— O que está querendo dizer? — perguntou.

Só quando estávamos na metade do prato principal é que voltamos a conversar normalmente.

Esse incidente define o padrão do que a visita dele se tornou daí por diante. Durante nosso passeio, misto de caminhada e piquenique, pela ilha Lamma; a ida ao cinema para ver o novo filme de Ricky Lam; o dia que passamos na praia em Shek-O; o dia em que saímos no barco de alguém, com colegas da minha revista; o dia em que fomos de bonde da Cidade Kennedy à Ponta Norte e depois o retorno a pé, parando em lojas de roupas, de material fotográfico e de outros artigos; o dia em que percorremos os Novos Territórios usando apenas transporte público; isso sem falar na maior parte do tempo que passávamos à toa no apartamento quando não fazíamos sexo, que por enquanto continuava bom... Pois bem todas essas vezes e em todos esses lugares foi a mesma coisa. A irritação crepitava em mim como estática. E não ajudava nada o farto de eu perceber que havia sinais da possível influência de outro alguém na vida dele. Michael passara a usar roupas mais caras, inclusive cuecas Calvin Klein; uma vez, num jantar *chez* Berkowitz, quando a conversa derivou para o sistema de cobrança de impostos de Hong Kong ele fez algo sem precedentes: deu sua opinião política a respeito. No dia seguinte fizemos uma desastrosa expedição à República do Povo, na forma de uma viagem noturna a Shenzen, onde nos perdemos e, incapazes de conseguir que alguém entendesse as informações que precisávamos, vagueamos pela cidade e já começávamos a entrar em pânico quando fomos salvos por um luminoso que tínhamos visto quando saímos do hotel — um néon pisca-pisca que anunciava jeans Versace. Dormimos cada qual numa extremidade da cama.

Acredito que estivéssemos prestes a travar uma tremenda briga. Agüentei firme até a segunda semana, congratulando-me comigo mesma por não ter partido a cabeça de Michael até então; em compensação, misturei exigências físicas com impaciências ocasionais, reclamando e choramingando. Muito atraente, não acha? E sentia cada vez mais que a erupção vulcânica se aproximava. Contudo, a grande piada é que o primeiro a explodir foi Michael; piada essa especialmente boa em todos os sentidos uma vez que ele jamais tivera gênio explosivo.

Aconteceu que acordei às quatro horas da madrugada, com uma dor de dente que me perfurava o crânio. Bem, eu disse que acordei, porém foi muito mais do que isso — foi como se a dor de dente fosse se acumulando e invadindo o cérebro como vapor e então sacudisse um dos meus ombros dizendo "Acorde, está na hora de sentir dor". A dor se localizava no fundo da boca, do lado esquerdo, num determinado ponto, perto de onde deveria estar o meu dente do siso se ele houvesse nascido; era imensamente aguda, específica e, ao mesmo tempo, entorpecida, contínua. Parecia haver dois tipos de dor misturados. Fui ao banheiro, lavei o lado doloroso do rosto com água fria, bochechei com conhaque, tomei dois Nurofen, voltei para a cama e acordei Michael.

— Telefone para um dentista — foi a superútil sugestão dele.

— Para começar, você acha que se eu tivesse a porra de um dentista estaria neste estado?

— Tem de haver um pronto-socorro dentário num hospital ou em algum lugar, não é?

Então, Michael se levantou e entrou na rotina da luta de um super-homem com a lista telefônica e um guia de viagem que trouxera consigo. (Para dizer a verdade, eu ficara irritada também com isso: para que um guia de viagem se tinha a mim?) Ele acabou encontrando o número telefônico de um pronto-socorro dentário. Mas a essa altura a dor desaparecera tão misteriosa e rapidamente quanto aparecera.

— Acho melhor esperar até de manhã — disse eu. — Vai ver que é um principiante que está atendendo e provavelmente vai arrancar todos os meus dentes assim que olhar para mim. É melhor esperar que o titular esteja lá.

Com certeza diagnosticando corretamente minha covardia, Michael se limitou a voltar para a cama, apagou a luz e adormeceu. Cinco horas depois, fui acordada de novo pela mesma dor com o mesmo sobressalto que me causaria um alarme de incêndio. Sentei-me na cama, dei uma cotovelada em Michael e disse:

— Ela voltou.

Ele fez uma série de ruídos tipo *nhumpf, nhumpf* e foi para a sala a fim de ligar para o pronto-socorro dentário. Dois minutos depois voltou trazendo no seu rastro uma Conchita com o rosto corado. Segunda-feira era um dos seus dias. Era demais o conjunto formado por um homem caucasiano, com um metro e oitenta e oito de altura, num roupão cor-de-rosa com babados, pequeno demais para ele, e uma filipina com um metro e cinqüenta e dois, chinelos de dedo, jeans, camiseta amarela e luvas de borracha. Michael estava com sua cara de homem de ação.

— Hum... Michael... — comecei.

Gosto de pensar que se eu me encontrasse em circunstâncias normais, se meu dente não estivesse doendo tanto, naquele momento eu teria feito uma piada a respeito de não estar a fim de um programa a três.

— Conchita é dentista — disse Michael.

— O quê?

— Conchita é dentista. Era a profissão dela em Manila. Diga-lhe o que está havendo.

— É verdade, srta. Stone — confirmou Conchita, com um sorriso embaraçado.

E se aproximou de mim, tirando as luvas.

— Apenas diga a ela o que sente — aconselhou Michael.

Eu deslizei para o lado, fazendo lugar para Conchita na beira da cama, e pedi a Michael, em tom cortante:

— Quer nos dar licença, por favor?

Então, descrevi a dor penetrante, falei do Nurofen, do repentino e bem-vindo desaparecimento da dor, do igualmente repentino e indesejado retorno.

— A dor é sempre no mesmo local? — perguntou Conchita, espiando dentro da minha boca.

A dentista Conchita era, comparada com a sempre sorridente faxineira Conchita, suave, porém perceptivelmente séria e decidida.

— Mesmo local.

— A senhora ainda tem o dente do siso?

— Não... Eles não nasceram.

Por fim, Conchita disse:

— Bem, é uma das duas coisas. Talvez seja o dente do siso, porém acho que a senhora está velha demais para ele nascer agora. É mais provável que se trate de outro dente, em algum outro lugar. Às vezes um dente está com problema aqui — ela pressionou o colchão perto dos meus pés —, mas a dor se manifesta aqui — e pressionou o colchão perto da minha cabeça.

— O que devo fazer?

— Ir ao pronto-socorro dentário — respondeu Conchita, que já estava recolocando as luvas. — Lá eles vão tirar uma radiografia.

— Certo.

— Sinto não poder fazer nada.

— Não, tudo bem.

— As dores de dente são piores à noite — comentou ela, saindo do quarto.

Eu me vesti devagar, como quem acaba de sofrer uma derrota, depois fui para a sala de estar.

— Chamei um táxi — disse Michael, com firmeza. — Vou com você e espero lá.

Estávamos de novo no táxi, voltando para casa, uma hora e meia, uma radiografia e o diagnóstico de uma raiz de dente infeccionada depois. Conchita estava certa no que dissera, o abscesso era no molar direito e a dor parecia estar no outro extremo.

— Está bem, vai me dizer que porra está acontecendo? — eu disse para Michael. — É a *minha* cabeça que parece querer explodir e é *você* que fica aí sentado com cara de que lhe fiz uma coisa terrivelmente malvada! O cheiro da sua carne martirizada a fogo é tão forte que quase me faz esquecer a maldita dor de dente.

Na verdade, isso era mentira. Naquele momento eu não sentia dor. O dentista, chinês e bonitão, me dera uma dose hospitalar de analgésico, e mais duas para tomar nos dois dias seguintes, até que o antibiótico fizesse efeito.

Michael fora esquentando devagar; tornara-se pálido, mantinha-se calado e levei alguns momentos para perceber que estava zangado de um jeito que eu jamais vira.

— Quanto tempo acha que você ainda vai levar para cair na real? — perguntou ele, quando nos arrastávamos pela avenida Magazine Gap atrás do ônibus número 15.

— Michael, do que você está falando?

Ele não olhou para mim.

— Você está aqui há quase um ano e Conchita trabalha na sua casa três vezes por semana. Ela fica por três horas no seu apartamento de cada vez. Conhece essa mulher há tanto tempo e jamais lhe fez uma só pergunta sobre a vida dela? Anda ostentando sua arrogância por aí, cheirando a bosta dos ricos, passeando de barco, indo a festas em barcos e descobrindo lojinhas onde vendem *espadrilles* Prada, ou sei lá como se chamam esses malditos sapatos, a preços incrivelmente baixos, dizendo "Não, por favor, chega de champanhe para mim, hoje é apenas quarta-feira"... "Você gostou do meu novo celular? O toque dele é *A Marselhesa*"... babando diante das pessoas muito ricas que conhece e de toda esta merda, esta *merda*, e jamais fez à Conchita, que cata as suas calcinhas do chão do quarto, lava-as e recoloca na gaveta onde devem ficar, jamais fez a ela uma só pergunta a respeito da sua vida, não sabe bosta nenhuma sobre ela. Será que a enxerga quando ela está na sua casa?

— Ei, espere aí, Michael! Eu...

— A verdade é que não a reconheço mais. Você ri quando ouve essas palavras na tevê ou nos filmes, não? É o tipo da frase que realmente a diverte. Mas sou eu que a estou dizendo e é a pura verdade. Você se transformou em uma... em alguém que não conheço. Você ria das pessoas obcecadas por sucesso, por dinheiro e que faziam pose. E esse era um traço verdadeiro em você. Agora, tem uma empregada filipina e nem a olha sequer.

— Nossa! Aí vem São Michael na porra da sua carruagem de luz! Ele beija as chagas dos leprosos, tira uma série de fotos artísticas em preto-e-branco, depois vai para casa sentindo-se bem consigo mesmo.

— O que você queria quando veio para cá? O que pensa que queria?

— Principalmente, queria ficar longe de você, seu imprestável de merda! — respondi.

Estávamos parados no tráfego engarrafado da rua Happy Valley. Saí do carro, batendo a porta e, com um rápido olhar para trás, percebi a expressão preocupada do motorista. Torci para que o inglês dele não fosse melhor do que parecia. Saí caminhando pela rua Bowen acima, sem nenhum plano a não ser andar durante uma hora ou mais e com a esperança de que Michael morresse num horroroso acidente de carro. Aí, fui ver o filme *Cassino*, num cinema em Wanchai. Era mais ou menos. Quando cheguei a casa, Michael remarcara sua passagem de avião do próximo domingo para a quarta-feira anterior, fizera a mala e fora para um hotel.

Capítulo Seis

Se eu não estivesse tão furiosa com Michael talvez não tivesse feito o que fiz em seguida. Berkowitz vivia insistindo em que eu escrevesse uma série de artigos a respeito do perfil de bilionários locais — entenda-se que o termo define alguém com um capital de 1 bilhão de dólares americanos. (No primeiro artigo haveria um pequeno *box* para ajudar os leitores a calcular em que moeda eles eram bilionários. Boa piada. Naqueles dias eu não era habilitada a fazer cálculos nem em liras italianas.) A maioria dos milionários vive no sudeste da Ásia, portanto havia uma boa quantidade de assunto. A única dificuldade residia no fato de que entre todos os tipos de pessoas que existem os bilionários são os menos chegados à publicidade. Não estava claro que tipo de acesso eu teria a eles e não me agradava a idéia de passar semanas sendo evitada e empenhada em telefonemas para Relações Públicas e Secretários Particulares.

— Isso faz parte do interesse — disse Berkowitz. — Inacessibilidade. Indiferença. Segredos ocultos. O ponto comum entre esses rapazes, principalmente em Hong Kong, é que ninguém sabe de onde o dinheiro deles vem. Não o dinheiro em que nadam agora, mas o dinheiro com que começaram. Focalize sua atenção no começo.

— Pensei que você tinha me dito que a combinação das leis britânicas contra a difamação, as idéias chinesas sobre a dignidade e algumas centenas de milhões de dólares no banco significam uma garantia férrea para que ninguém jamais dissesse uma só palavra verdadeira a respeito — comentei.

— Publicamente, não. Mas — prosseguiu Berkowitz, meneando as mãos diante do rosto como um homem tentando fazer a Dança dos Sete Véus sem mover o corpo — pode-se *intuir*.

Então, levada pela fúria, fui em frente e escrevi a respeito de bilionários — só que não segui o conselho de Berkowitz sobre intuição. Ao contrário, meti as mãos na massa e passei um mês recolhendo, completando e escrevendo a inexpugnável história dos *über*-ricos de Hong Kong, focalizada no ponto de onde o dinheiro deles viera. No caso de várias das maiores fortunas locais as respostas envolviam os comunistas, as Tríades, Khun Sa com seu império do ópio e os direitos ao jogo em Macau. Utilizei todas as histórias que se ouvem durante e depois de beber: a respeito do dinheiro que havia ido de Macau para os partidos socialistas de Portugal e da França, como recompensa a misteriosos favores; do dinheiro que chovera sobre o Partido Conservador Britânico no decorrer da Eleição Geral de 1992, assunto que fizera pulular rumores em Hong Kong; de como a escolha do governador Patten — que como presidente do Partido Conservador estivera no comando do fundo de reserva do partido para a guerra naquela mesma eleição — fora vista em alguns círculos locais com um discreto gesto de aprovação e de muitas outras coisas mais. Em resumo, revelei tudo que tinha ouvido da história secreta de Hong Kong.

Houve uma omissão na matéria: a família Wo. Todo mundo sabia dos rumores sobre a Tríade no passado da família. Como não havia a menor esperança de publicar qualquer coisa a respeito dos Wo na revista que era deles, deixei-os fora deliberadamente na esperança de que esse fato por si só seria uma indicação de como as coisas funcionavam em Hong Kong. Já perto do último prazo para a entrega, escrevi o dia inteiro, a noite inteira e terminei a história na madrugada do dia seguinte. Aquele artigo, disse a mim mesma, era do caralho — era a melhor coisa que eu já escrevera. Às dez horas, Berkowitz me telefonou entusiasmado. Tomei um banho de espuma, li um pouco de Mills e Boon, marquei massagem para as quatro horas daquela tarde e fui me deitar.

Ali pelas seis eu flutuava pelo apartamento no estupor pós-massagem, sentindo-me um pouco exausta, fora de foco e satisfeitíssima comigo mesma quando o telefone tocou de novo. Atendi esperando mais elogios.

— Senhorita Stone?

— Ela mesma.

— Aqui é Winston Tang, assistente pessoal do sr. Oss. Ele me pediu que lhe apresentasse os cumprimentos e quer saber se pode ir encontrá-lo no Pier Queen´s, dentro de uma hora.

— Hum... Claro. Posso saber se... Não, tudo bem.

Mais um entusiasmado, tive certeza. As novidades se espalhavam depressa pela organização Wo.

Cheguei ao píer alguns minutos mais cedo, vestida como executiva, num elegante conjunto falso Chanel, com escarpins Gucci, bolsa Prada e, graças a um impulso de último momento, óculos escuros Calvin Klein. Perfeito, creio que disse a mim mesma. Os homens superestimam o conceito de que as mulheres se vestem para se exibir e subestimam o fato de que usamos as roupas como uma armadura.

Eu não tinha certeza de quem estaria me esperando. Mas era o próprio sr. Oss que se encontrava de pé junto a uma coluna, lendo o *Wall Street Journal*, usando óculos de meia-lua. Estava com um terno de linho de excelente corte, muito bem passado, e ergueu os olhos quando me aproximei. Aos seus pés achava-se um chinês agachado numa posição que no primeiro instante me pareceu sexual — o prólogo ou o epílogo de uma espécie de ato de auto-imolação de felação pública. Um olhar mais atento no segundo seguinte e percebi que o chinês engraxava os sapatos de Oss. É comum ver-se chineses executando esse trabalho; europeus, muito difícil. Quando cheguei mais perto, Oss sorriu.

— Eu estava dando alguns conselhos sobre aplicações de dinheiro ao meu amigo Ah Loo, aqui — disse. — Ele é o melhor engraxate de todo o território e recebe as mais polpudas gorjetas.

— As ações da Pó Lam subiram, na semana passada ganhei quinhentos dólares — comentou Ah Loo, numa aparente confirmação.

— Isso quer dizer que esta minha engraxada vai ficar de graça? — perguntou Oss.

A julgar pela reação do engraxate, aquela era uma piada comum entre os dois. Ele pagou para Ah Loo que executou a prolongada rotina de agradecimento — era evidente que não se tratava de uma gorjeta comum. Ah Loo pegou sua caixa de engraxate e se dirigiu para o terminal da Balsa Star numa calçada rolante.

— Eu estava pensando em darmos um passeio no *Tai Pan*. Você está de acordo? — disse-me Oss.

Engraçado como as pessoas sempre reagem bem a esse tipo de pergunta retórica que nada significa, uma vez que nem em um milhão de anos você responderia não.

— Encantada — respondeu a jovem Katharine Hepburn.

— O capitão Mok deverá estar aqui a qualquer mom... Ah, lá está ele — animou-se Oss, que dobrou o jornal e colocou-o embaixo do braço, como um bastão.

Muitos dos seus gestos tinham uma qualidade um tanto exagerada ou teatral. Ele parecia mais jovem do que ela se lembrava, um bem conservado homem de uns quarenta e cinco anos que aparentava dez menos.

O barco estava atracando. Dois cantoneses com uniforme de marinheiro se achavam de pé na extremidade de uma prancha de embarque e desembarque dobrável com o que parecia um corrimão aveludado. Por algum motivo inexplicado descer de um barco, o que deveria ser mais difícil porque nunca se está inteiramente sóbrio quando se chega, é muito mais fácil do que subir. Com o bater das ondas no pontão flutuante do píer, ele e o *Tai Pan* não eram muito estáveis. Oss segurou minha mão com firmeza e me fez passar da prancha para os braços estendidos de um cantonês personagem do filme *The Pirates of Penzance* [Os Piratas de Penzance]. Então, ele mesmo subiu, ágil e sem espalhafato, a bordo e lembrei-me de que haviam mencionado haver algo de militar no seu passado. Oss falou em chinês para o marinheiro mais velho, que sorriu.

— Eu disse a ele que não perdemos sequer um passageiro até agora — disse-me Oss. — Podemos ir para a popa, que é mais interessante pela vista, ou para a cabina inferior, que é mais confortável com suas poltronas.

Votei pela cabina inferior. Havia decidido que se Oss estava bastante à vontade para me propor escolha, eu deveria ficar bastante à vontade para escolher.

— Boa idéia.

Entramos na primeira cabina, que era uma sala de estar, e passamos para a seguinte, que era um escritório. A porta no fundo estava aberta e pude ver que dava para um quarto. A única decoração do escritório era uma série de xilogravuras emolduradas do Monte Fuji e, acima da lareira, algumas fotos de T. K. Wo ao lado de várias personalidades importantes. Havia uma dele com o primeiro-ministro da China e outra com o primeiro-ministro do RU. Coisa que dava o que pensar. Provavelmente tinha significado. Oss sentou-se numa poltrona diante da escrivaninha, e eu me sentei na que estava a seu lado. Logo em seguida segurávamos copos gêmeos de cristal.

— Sabe? Ele é um milionário... — disse Oss. — Ah Loo, o engraxate. Trabalha doze horas por dia, joga na Bolsa, sustenta uma enorme família e tem uma grande casa nova construída nas terras do seu clã nos Novos Territórios.

— Só mesmo em Hong Kong! — comentei.

Era para soar como uma piada, porém Oss olhou-me com seriedade.

— Sim — concordou. — Só mesmo em Hong Kong. Por acaso já pensou que a Inglaterra é uma criança comparada com isto aqui? Que somos todos infantilizados no nosso país de origem? Não existe pobreza real na Inglaterra. Se houvesse, as pessoas fariam o que fazem as daqui... engraxariam sapatos. Graxa e escovas custam apenas umas duas libras esterlinas e dá para iniciar um negócio. Mas eles ficam lá sentados nos seus traseiros e choramingam pelo seguro-desemprego. Aqui as pessoas trabalham. E se ganham dinheiro, o que fazem? Na Inglaterra torram tudo. Deixam o dinheiro escorrer por entre os dedos como se fosse água. Os proletas jogam pétalas de rosas uns nos outros, e os figurões compram casas enormes e se iludem, achando-se os senhores da mansão. Aqui um homem rico continua trabalhando todos os dias e se empenha em cuidar da família. Desde que o mercado de valores se tornou importante, aqui temos milionários dirigindo táxis, trabalhando como camareiros em hotéis e como ascensoristas. Todos continuam fazendo o que faziam porque não se tornaram crianças. Eles sabem, danadamente bem, que o dinheiro é a única coisa que de fato importa neste mundo.

— Foi por isso que me trouxe para o seu barco?

Enquanto falava, Oss fora se aproximando cada vez mais de mim; vinha dele um agradável cheiro de colônia.

— Gostei muito do seu artigo a respeito dos milionários locais — disse ele. — Terrivelmente divertido. Maravilhoso o detalhe sobre o primeiro sócio de Bob Lee na construção das fundações do túnel sob a enseada.

— Obrigada.

Houve uma pausa. Não era esse tipo de cumprimento que eu estava esperando. No entanto, se o chefe do chefe do seu chefe gosta de algo que você fez, não deve reclamar da forma como ele o demonstra. Então, Oss voltou a falar:

— Mas temo que não vamos poder publicá-lo.

Fiquei sem saber o que dizer. Uma ou duas vezes, apenas, eu tinha visto alguém ficar de queixo caído. Desconfio de que naquele momento isso aconteceu comigo.

— O quê?

— Talvez eu devesse ter-lhe dito logo que tenho boas e más notícias. A má, como eu já disse, é que não podemos publicar sua matéria. Hong Kong passa por um momento extremamente delicado atualmente. O território está para entrar num período muito difícil. Os olhos do mundo estão fixos em nós. O olhar da publicidade. Trata-se de uma fase de transição. Daqui a trinta anos, quando a China for um dos países mais ricos do mundo, as pessoas terão de tomar cuidado com o que disserem. Não vão querer atrair a ira dela. Mas por enquanto há algumas pessoas que se acham com o direito de dizer o que bem entenderem, de fazer qualquer crítica, por mais excessiva que seja. Hong Kong, ou melhor a futura prosperidade de Hong Kong, tem muitos inimigos. O seu artigo, tal como é, seria uma tremenda vantagem para eles. Sinto muito.

Levantei-me e subi a escadinha para a coberta. Precisava de ar, sentia-me enjoada. Ainda estávamos na sombra da ilha e ali o mar era calmo, portanto não era isso. Tratava-se de uma reação infantil. Tinham tirado alguma coisa de mim. Comecei a chorar.

Oss deixou-me sozinha por uns dez minutos, então se aproximou da amurada, a meu lado, com um lenço e mais champanhe.

— Vou levá-la a Po Lam. O sr. Wo tem uma casa nessa ilha — esclareceu.

— Grande, fabuloso, de qualquer jeito — consegui dizer.

Ele assentiu. Não falamos mais até chegarmos à ilha e quando chegamos, Oss falou:

— Esta é a boa notícia.

Eu nunca tinha visto nada como aquela casa. E por que teria de ver? Não conheço um monte de bilionários. Mas se fizesse um pouquinho de esforço, creio que teria imaginado que Wo morava em algum lugar enorme e tradicional. Sua residência era de fato muito grande e moderna, idealizada por um arquiteto sino-americano. Parecia surgir de um terraço de bambu e se entrelaçar pela encosta da colina, com vista para pequenas ilhas mais externas. Fui deixada à vontade na sala de estar ao lado de um envernizado aparelho de som estéreo Bang e Olufsen que tocava alguma música moderna minimalista, plinque-plinque. Oss retirou-se para "cuidar de algumas coisas". Por algum tempo as únicas pessoas que vi foram silenciosos criados chineses vestidos com calças pretas compridas e aventais brancos. Eu estava puta da vida, mas também muito curiosa. Aquele lugar tinha, mais do que qualquer outro que conheci, a aura da riqueza intensa e concentrada até se tornar uma essência — e a essência nada tinha a ver com luxo ou com o fato de poder possuir qualquer coisa material que se quisesse. Tinha a ver, sim, com isolamento. Ali a gente se achava isolada de todas as conseqüências. Nada que acontecesse em qualquer lugar do mundo lá fora poderia atingir você naquela casa. Mas não porque você se achasse em segurança — porque a idéia de estar em segurança admitia que você poderia estar insegura e implicava a potencial existência do oposto. Você podia fazer qualquer coisa que quisesse sem correr o risco de qualquer reação.

Abriu-se uma porta na qual eu não havia reparado e Oss disse:

— Dawn, você se importa de juntar-se a nós?

Atravessei a sala, ouvindo os saltos dos meus sapatos batendo no chão, e entrei no que devia ser o escritório de Wo, ou um dos seus escritórios. Era uma enorme sala brilhante com uma grande e extravagante escrivaninha antiga à qual Wo em pessoa estava sentado, de camisa e gravata, mas não de paletó, atrás das lentes grossas dos óculos. Sem sorrir, ele se levantou e me estendeu a mão.

— Senhorita Stone... — disse.

— Senhor Wo, é uma grande honra.

Ele indicou uma cadeira — uma Mies van der Rohe, acho. Oss permaneceu de pé.

— Queremos oferecer-lhe um trabalho — disse Wo, sem preâmbulos.

— O quê? — perguntei.

— Um trabalho. — repetiu ele.

— No barco, eu falei sobre algumas das circunstâncias especiais de se encarar Hong Kong — interferiu Oss. — Circunstâncias especiais criam oportunidades especiais. Na maioria das vezes as preocupações do sr. Wo chamam a atenção. Hong Kong está prestes a fervilhar com a imprensa. A previsão é que vai haver mais jornalistas aqui do que houve em Atlanta para os Jogos Olímpicos. Queremos que nossas relações com a imprensa sejam dirigidas de maneira sensível e inteligente por alguém que compreenda o modo como a mídia ocidental funciona. O trabalho é ser a ligação entre a mídia e todas as empresas do sr. Wo. Você trabalharia para o sr. Wo, porém se reportaria a mim.

— Dá impressão de que vocês estão se livrando de mim.

— Esta é uma oferta séria.

— Parece-me que se trata da glorificação do trabalho de um RP.

— É evidente que existe nele um componente de Relações Públicas, só que você terá muito mais poder do que um RP. No futuro, se houver a necessidade de uma conversa como a que nós dois tivemos pouco antes, caberá a você tomar a decisão.

— Sinto-me lisonjeada, mas este me parece um resumo limitado demais. O que acontecerá quando os jornalistas arrumarem as malas e voltarem para casa? Eu acerto minhas contas e pego um avião para Heathrow?

Oss olhou para Wo, que acenou "sim" com a cabeça. Por um instante pensei que ele concordava com o que eu acabara de dizer: sim, eu pegaria um Jumbo com o pagamento devido à minha demissão metido no bolso de dentro do paletó do meu terninho Armani.

— Os interesses profissionais do sr. Wo são diversificados e nem todos ficam em Hong Kong — disse Oss. — Há oportunidades no mundo inteiro e um homem de bom senso não deve negligenciar nenhuma delas. O homem de bom senso também procura diversificar seus interesses durante tempos difíceis... tempos de transição. Há muitas oportunidades para um executivo trabalhador nas áreas que você conhece. Os investimentos do sr. Wo no campo da mídia já alcançou uma cifra de muitas dezenas de milhares de libras. Uma quantidade considerável desses interesses se encontra no mundo que fala inglês. Ele é um homem influente. O trabalho que temos a oferecer a uma executiva de sucesso neste campo seria, pode-se afirmar com certeza, uma oportunidade com incomparável raio de ação de interesses e, atrevo-me a dizer, de poder.

Então, ele mencionou o salário. Foi assim que o dia mais estranho da minha vida me levou a trabalhar para Philip Oss, para T. K. Wo e por dinheiro. E este foi meu quarto e maior rompimento.

No barco, de volta para casa, Oss deixou-me a sós nos primeiros quinze minutos e então, quando eu pensava, desapontada, que iria fazer sozinha todo o trajeto de volta, ele apareceu na coberta de popa com outra garrafa de champanhe e dois copos.

— Então, o que acha? — perguntou.

— Do quê? Do lugar? Do sr. Wo? Da proposta?

Ele sacudiu os ombros de um modo que significava tudo junto.

— Isso tudo me parece um pouco demais. Não sei... Eu gosto de ser jornalista. Parte de mim tem certo receio de, bem... de passar para o outro lado.

Ao ouvir isso ele apenas sorriu e olhou para longe de mim, para o panorama de Hong Kong; estávamos contornando Lamma. Aberdeen erguia-se à nossa frente, a enseada mostrava-se apinhada e frenética do modo habitual, como se os barcos se movimentassem rapidamente a fim de evitar algum terrível desastre.

— Havia uma cachoeira ali — disse ele, apontando para um lado do Pico. — Foi o que trouxe os britânicos para cá em primeiro lugar. Eles vinham até aqui para abastecer seus navios com água fresca. A enseada do outro lado foi um bônus. Tudo mais que veio depois foi bônus.

Oss sorriu de novo e colocou a garrafa, que ainda não abrira, em cima da mesa. Olhou-me com dureza, como para me demonstrar que sabia alguma coisa que eu jamais saberia e, então, pegou-me pela mão e me levou para dentro.

Parte Dois

Tom Stewart

Capítulo Um

Meus pais tinham um *pub* perto de Faversham, em Kent. O Plough já pertencia à família Stewart havia duas gerações antes do meu pai herdá-lo. Era uma bênção discutível, porque ele era um homem estudioso e reservado que não servia para ser dono de um local movimentado. Pelo menos foi o que me disse a mãe dele, minha avó. Tenho poucas lembranças do meu pai. Nasci em 1913, quando ele estava com vinte e oito anos e minha mãe com vinte e três. Ele passou de 1916 a 1918 servindo no exército em Kent Foresters, onde seus pulmões fracos o mantiveram longe da frente de batalha. Durante esses anos, minha avó cuidou de mim, da minha irmã Kate e do meu irmão David, enquanto minha mãe tocava o Plough. Lembro-me das noites de domingo, quando saíamos a passeio com ela através de plantações de lúpulo que na minha memória eram imensas, douradas e fragrantes. Lembro-me da tabuleta "Bem-vindo ao Lar" que minha mãe pendurou na porta da entrada, logo depois do meu quinto aniversário. Alguém me deu um copo de cerveja, que bebi apesar do choque causado pelo gosto desagradável, acre, adulto. Achei-o nauseante. Fiquei enjoado, aéreo e superexcitado.

Os donos de bar muitas vezes pegam doenças dos seus clientes. Nove meses depois de meu pai ter voltado da guerra, ele, minha mãe e a minha irmã morreram de gripe. David foi o único membro da família que não pegou a doença. Ele sempre foi um garoto forte e briguento. Eu fui o primeiro a ficar doente e tive uma febre que subiu e baixou durante dez dias antes de começar a convalescer. Havia uma fotografia, uma e apenas uma, de nós seis; meu pai parecendo doentio e nervoso, minha mãe parecendo alegre e três crianças em diversos estágios de aborrecida distração, todos com suas roupas de domingo em homenagem a uma câmera fotográfica de 1919. Minha avó fazia pensar num esperto elfo. Parecia muito velha naquela foto, no entanto tinha um quarto de século menos do que eu tenho agora.

Depois disso minha avó passou a dirigir o *pub*, como fazia quando seu marido era vivo, além de cuidar de mim e de David. Felizmente, o estabelecimento ia tão bem que ela pôde contratar quem a ajudasse e com uns dez anos David e eu também pudemos ajudar. David gostava de se gabar dos seus "músculos de estivador" e jamais entrou numa briga que não saísse vencedor. Eu me dava melhor no levantamento de estoque e na manutenção dos livros-caixa. Os clientes gostavam de nós e costumavam brincar com o fato de sermos tão diferentes. Tínhamos dois modos básicos de trabalhar atrás do balcão que dividíamos: eu escutava e ele falava.

As inesgotáveis fontes de freqüentadores do Plough eram os portos do Canal, graças às pessoas que chegavam e partiam. Minha avó costumava brincar, dizendo que aquela gente tinha a sua maior e última chance de experimentar a cerveja inglesa. Talvez o meu desejo de viajar já houvesse nascido comigo, mas aquele desfile constante de gente saindo de viagem a negócio, a passeio ou em fuga ajudou a idéia a crescer dentro de mim. Eu adorava ouvir histórias de lugares distantes e grudava nos clientes regulares que dividiam suas viagens conosco. Um homem chamado sr. Morris, caixeiro-viajante que ia sempre a Paris, contou-nos a história do francês que comia rãs, cobras, pegas ao molho pardo[1] e lingüiça de miúdos. Ele fazia com que Calais parecesse tão exótica quanto Timbuctu.

---

1 MOLHO PARDO — Molho feito com o sangue da própria ave. (N.T.)

Eu havia herdado um globo terrestre do meu pai, desbotado e escuro, mas ainda com os desenhos bastante detalhados. Ele pendia de leve para um lado, como um homem inclinando a cabeça. Eu era capaz de ficar girando aquele globo durante horas, contando a mim mesmo histórias a respeito dos locais registrados por ele. Às vezes apenas recitava os nomes. Cartum. Vladivostok. San José. Chile. Tasmânia. No entanto, o lugar que mais mexia com a minha imaginação era a China. Eu gostava até mesmo do som dessa palavra.

Quando tinha folga no trabalho, ia para a praia e ficava admirando o estuário do Tâmisa em Whitstable ou Sheppey. David preferia as praias arenosas do sul, mas eu gostava de ir para o norte por causa da amplidão e do ambiente selvagem. Adorava ver a partida e a chegada dos barcos, principalmente das barcaças do Tâmisa, que pareciam tão fortes e deslizar muito devagar; na verdade eram muito românticas pela maneira prática e sossegada com que se dirigiam mar afora. Eu adorava a enormidade do céu por cima do estuário, a imponência e a sensação de espaço. Aquilo tudo me dava a sensação de ser pequeno, de me sentir protegido e me fazia querer ir embora.

Minha avó, que jamais saíra de Kent — não havia nem mesmo ido a Londres que ficava a sessenta e quatro quilômetros —, compreendeu sem dificuldade esse meu anseio.

— Há o mundo inteiro fora daqui, com coisas que você deve conhecer. Você não deve querer ficar num mesmo lugar para sempre.

— Não há nada de errado com Faversham — discordaria David se estivesse ouvindo. — Há canibais na África. Eles cozinham a gente em caldeirões enormes.

Comecei a guardar dinheiro. Quando fizemos dezoito anos, David e eu começamos a receber uma mesada dos lucros do bar. Não muito, mas era dinheiro bastante para ter algum no bolso e para pequenos gastos. Eu não gastava um centavo sequer. Então, um dia, o sr. Morris chegou com a cara mais séria do que de costume. Disse que ia embora e que aquela era a última vez que o víamos por algum tempo. Ele estava bebendo junto ao balcão e lhe perguntei para onde ia.

— Hong Kong. É um lugar na China.

— Por quê?

— Trabalho. Ofereceram-me emprego lá. — Ele pensou por instantes e acrescentou: — O mapa da China é vermelho. Se você for britânico, poderá ir a qualquer lugar do mundo.

Quando completei vinte e um anos fiz um acordo com David. Um terço do Plough era de cada um de nós. Vovó era dona do terceiro terço. David me daria em dinheiro metade do que valia o meu terço, assim que pudesse. Depois me iria enviar um sexto dos lucros uma vez por ano, até que juntasse dinheiro para pagar o que valesse minha parte do *pub* na ocasião.

— A vó não vai gostar disso — comentou ele.

Estávamos sentados no muro do pomar, a cerca de um quilômetro e meio do *pub*. David balançou as pernas.

— Ah, ela não vai ligar — garanti.

Eu achava minha proposta brilhante. A idéia era usar o dinheiro de David mais o que eu economizara para ir embora. Contudo, havia uma falha séria no plano: ele dependia da habilidade do meu irmão em economizar. Quando se tratava de assunto financeiro, David tinha as mãos mais furadas do que um escorredor de macarrão. Passei a maior parte do ano seguinte quase enlouquecendo de frustração toda vez que ele saía para ir às corridas, quando chegava em casa de camisa nova ou sonhando em voz alta com a compra de um carro. Forcei-me a não dizer nada. Em vez de reclamar, eu espumava e planejava. Contei o que pretendia fazer a Mônica Potts, a garota que estava namorando, porque achava que seria cruel levar o namoro adiante até o momento da partida e, aí, passei meses vendo-a sair com outro cara, Eric Perks, cujo pai foi o dono da primeira garagem de Faversham. Comprei uma mala e pratiquei para conseguir guardar nela tudo que possuía. Estudei expressões no espelho — o que eu achava que eram expressões de viajantes: divertida, calma, indiferente, experiente, enigmática. Estava louco para ir embora e ardia de frustração atrás do balcão do *pub*. Foi um longo ano de mau humor.

No dia do meu vigésimo segundo aniversário, no verão de 1935, decidi que não dava para agüentar mais. Perguntei a David se podíamos sair para dar uma volta. Fomos para o pomar e nos equilibramos em cima do muro que começava a se desfazer.

— Olhe aqui, David... — comecei.

Ele me olhava como se estivesse fazendo tudo para controlar uma explosão de raiva enquanto procurava a latinha de cigarros num bolso do paletó.

— A coisa é que... — continuei.

Respirei fundo, e nesse momento David caiu numa gargalhada. Então, eu é que comecei a me zangar. Ele riu durante algum tempo. Aí, tirou um envelope achatado do bolso e me entregou. Eu o abri. Havia nele vinte notas de dez libras: duzentas libras. As notas me pareciam grandes, as maiores que já tinha visto. Era a quantia pela qual eu concordara em vender minha sexta parte do Plough.

— David... — comecei de novo.

Ele sacudiu a cabeça.

— Foi duro agüentar a sua cara fodida durante a porra de um ano inteiro! — desabafou. — Pode crer, foi mais fácil arranjar o dinheiro... pelo menos, foi mais divertido.

— Como? Duzentos paus? Como conseguiu?

— Não é da sua conta — respondeu ele, definitivo.

Nunca fiquei sabendo. Acho que ele pegou emprestada uma parte do dinheiro e ganhou o resto nas corridas.

Capítulo Dois

O *SS Darjeeling*, um navio P&C [de passageiros e carga] ia sair em setembro das docas de Tilbury com destino a Hong Kong, via Marselha, canal de Suez e Calcutá. Comprei uma passagem por trinta e cinco libras. Quando contei à minha avó, ela estava de pé na cozinha do Plough fazendo chá. Não surgiu expressão alguma em seu rosto, mas ela me perguntou por quanto tempo eu estaria fora. Respondi que não sabia. E pela primeira vez tive noção de quanto vovó se perturbava com a idéia de eu ir embora. Tratava-se de algo que eu deliberadamente deixara de ver. Mais tarde, ela me deu um colar de ouro que tinha sido da sua mãe.

— Venda-o, se precisar de dinheiro numa emergência... e volte para casa.

As semanas que se seguiram foram difíceis.

Preferi me despedir no Plough, em vez de no cais, antes do embarque.

— Boa sorte, meu filho Tommy — disse David, quando apertamos as mãos.

— Escreva — pediu minha avó. — Que Deus o abençoe e que você veja tudo quanto quer ver. Escreva.

No fim levei duas malas e não apenas uma. Peguei o trem para a Ponte de Londres e depois, pela primeira vez na minha vida, um táxi. Londres era marrom, exótica e cheia de gente. O cais era o local mais movimentado que eu já tinha visto. Meu passaporte novinho, jamais utilizado, foi verificado por um fiscal da alfândega com uniforme tão novo que ele parecia ter saído de um filme. Aí, fui encaminhado para o *Darjeeling*, que no mar pareceu-me bem menor e bem mais baixo do que eu esperava. Com os olhos da mente vira algo assim como o *Queen Mary*, um castelo de luzes flutuante. O navio pareceu-me apenas pouco maior do que um vapor. Perguntei ao homem que indicava as cabinas quantos passageiros havia.

— Bem poucos — respondeu ele, sem erguer os olhos da prancheta.

Era escocês.

Eu havia lido romances que se passavam em navios. A viagem para Hong Kong levaria seis semanas. Havia planejamento para a sala de refeições e o lugar de cada passageiro não mudava a viagem inteira. Perguntei:

— Alguma mulher solteira na minha mesa? Por favor, responda-me que sim.

— Sim, duas irmãs. Elas vão embarcar em Marselha.

O homem me lançou um olhar divertido ao devolver minha passagem. Considerei-o um sinal de conspiração masculina ou de camaradagem.

Minha cabina era pequena, mas como o navio não estava cheio ficaria nela sozinho e poderia dormir no beliche superior ou no inferior, à minha escolha. Havia uma pia e uma cadeira. O banheiro, um cubículo, abrigava um chuveiro e um vaso sanitário no espaço que seria ocupado por um capacho. A cadeira dobrável, como eu iria descobrir, rangia e balançava quando o tempo piorava.

Não houve jantar formal no primeiro dia. "Cada um devia cuidar de si", segundo entendi quando o intendente naval deu a notícia. Era um homem gordo, seboso, com os botões do uniforme sempre resplandecentes e a pele sempre brilhando de suor. Ele tinha um leve ar de corrupção que passei a considerar como característica do seu trabalho. Eu não havia comido nada desde o café da manhã e fiquei debruçado na amurada enquanto o navio se distanciava do cais, consciente não de qualquer sentimento por estar indo embora da Inglaterra, mas sim de uma amarga, cavernosa sensação de vazio no estômago. A maior parte dos passageiros e alguns tripulantes tinham no cais pessoas que acenavam dando-lhes adeus. Um jovem e elegante par de recém-casados havia sido acompanhado pelos pais de ambos que permaneceram no cais até que nosso navio desapareceu numa curva do Tâmisa. Até mesmo o sardônico escocês que tinha me levado à minha cabina, e que depois fiquei sabendo que era o Terceiro Oficial, ficou junto da amurada olhando a terra se distanciar. Eu me senti sozinho e, pela primeira vez, tive noção da audaciosa besteira que fazia. Continuei no convés até avançarmos pelo mar, com o nosso timoneiro abrindo caminho na água encapelada com visível dificuldade. Pouco depois passávamos pela ilha de Sheppey, que dava para os locais onde eu costumava ir aos domingos à tarde. Gostava de olhar os navios que saíam para o mundo. Agora estava num deles. O estuário do Tâmisa parecia-me mais movimentado quando o olhava da terra do que agora, do convés. Ao redor do navio, na água, havia mais espaço, mais luz e mais vento do que parecia de longe. À medida que a luz do dia diminuiu, a terra foi se transformando numa linha achatada e, por fim, desapareceu no mar. Fui para a minha cabina contar as horas até o café da manhã.

A vida a bordo revelou-se mais formal do que eu esperava. Era como se a sensação de abertura e possibilidades oferecidas por uma viagem marítima fosse temida e, então, reprimida por deliberada diplomacia de abafamento. Eu viajava na classe que naquele tempo se chamava Padrão e que agora batizaram de Classe Turística. Essa palavra, "turística", era nova. Os passageiros de Primeira Classe faziam o possível para fingir que estavam num navio completamente diferente. Fui dar uma olhada no espaço deles, fingindo estar perdido, e não acreditei no que via: era o salão de estar de uma mansão de barão da Escócia, com lareira, teto forrado de painéis de madeira, poltronas estofadas de couro, círios cruzados e cabeças empalhadas de cervos, com as galhadas, nas paredes. Um homem com terno de *tweed* dobrou para trás o jornal que lia para me observar. Por alguns segundos fitamos um ao outro com franca hostilidade de classes e então ele endireitou o jornal emitindo um resmungo.

O café da manhã naquele primeiro dia no mar foi uma crise durante a qual eu consumi alimento em dobro e me senti tão mal que dispensei o almoço, enquanto atravessávamos a baía de Biscaia. Convenci a mim mesmo de que iria ser um mártir do enjôo marítimo. Mas o meu mal-estar se devia apenas a ter comido demais. Passei o dia numa das cadeiras preguiçosas do convés lendo *Kim*[1], na esperança de que o livro me preparasse para viver no Oriente, e ao anoitecer estava recuperado e pronto para o jantar formal.

A sala de jantar era bem iluminada, um amplo espaço com móveis fixos no piso. Cabiam doze pessoas em cada mesa; várias ainda não estavam completas, como se mais passageiros devessem embarcar em Marselha. Nossa mesa tinha três lugares vagos. Dois deles pertenciam às irmãs que se juntariam a nós em Marselha. O terceiro era de um capitão de voz macia, da Artilharia Real, que faltou ao jantar no primeiro dia; pelo jeito, ele parecia precisar comer a intervalos irregulares, uma vez que em geral saltava refeições. Além de mim, havia oito pessoas presentes. O casalzinho elegante, que eu vira dando adeus aos pais, era os Scott-Duncan que iam para Bombaim onde o marido ocuparia um cargo no Serviço Civil Indiano. Ele havia se saído muito bem nos exames de avaliação, segundo eu ficara sabendo mais por alusões e silêncios do que pelo que fora dito. Estavam casados há um mês e meio. Eram,

---

1 KIM — Romance de Rudyard Kipling (1901). Por intermédio de Kimball O'Hara, órfão abandonado, menino precoce que se torna agente secreto, o autor descreve a Índia sob o domínio inglês. (N.T.)

ao mesmo tempo, inteligentes, quietos e tímidos. Pareciam já estar se dando muito bem com um jovem australiano chamado McCague, que passara quatro anos em Oxford e no momento voltava para a casa da sua família em Adelaide; para isso faria uma conexão em Hong Kong. Ele tinha o rosto típico do australiano-irlandês no qual as orelhas se destacam muito nos jovens para depois ficarem na proporção quando as feições se tornam adultas. Havia dois rapazes quase idênticos que iam trabalhar no Banco de Hong Kong e Xangai. Chamavam-se Cooper e Porter. Os dois pareciam muito honestos. Um outro rapaz, Tuttle, com modos de desordeiro, ia trabalhar com Jardine Matheson, que ele explicou ser um dos Hong. Eu não tinha a menor idéia do que queria dizer.

As últimas duas pessoas da mesa formavam outro casal, os Marler. Eu havia perdido a conta de quantos casais conhecera nos quais os aparentes defeitos de um dos cônjuges correspondiam exatamente às virtudes do outro: arrogância contra encanto, agitação contra tranqüilidade, falar demais com ouvir, egoísmo contra solidariedade, sordidez contra bondade, mesquinharia contra generosidade, retraimento contra espontaneidade, feiúra contra beleza. Suponho que as pessoas procurem como parceiro quem possa revelar as partes de si mesmo que têm dificuldade de expressar. Como os Marler. Ele era de Yorkshire, um verdadeiro blefe que se vangloriava dos seus "negócios", sem especificar detalhes. Tinha uns cinqüenta anos, ou quase, e media um metro e sessenta e cinco em cada direção. Ela era cinco centímetros mais alta, falava quase que apenas para pedir ao marido que se calasse, que parasse de intimidar as pessoas, que desse aos outros a chance de falar, e sorria encorajadoramente para quem Marler estivesse tentando massacrar. Era pelo menos dez anos mais nova do que ele.

A atmosfera a bordo e a diferença entre as classes do navio tornaram-se tema de conversa no primeiro jantar. Isso graças a Marler, que se orgulhava de jamais ter tido qualquer dúvida a respeito do que pensava e jamais hesitar em falar nisso. Ele tinha a espécie de embotamento que, na verdade, é orgulho.

— Eu posso me permitir viajar de primeira classe com a maior facilidade. Isso não é gabolice, mas sim um fato. Acabo de pagar uma libra por uma garrafa de vinho clarete. Mas como é danadamente bom fico feliz em ter pago o que vale. O vinho merece. Pagar cem libras por uma passagem para Hong Kong quando você pode viajar no mesmo navio e navegando sobre a mesma água por um terço desse valor, para mim não é luxo, mas sim um desperdício estúpido.

Tudo isso foi dito num tom que implicava que alguém estava afirmando ao contrário e que era dever dele esclarecer as coisas. Se não havia ninguém com quem discutir, Marler discutia consigo mesmo.

— Se as pessoas não gastarem dinheiro, a economia emperra — disse um dos rapazes do Banco de Hong Kong.

— Albert — interferiu a sra. Marler, com uma nota de prevenção na voz.

Ela sabia o que estava por vir.

— E o que você sabe sobre economia, sendo um garoto a caminho do primeiro emprego? Eu construí uma empresa a partir do solo nu e com o suor do meu rosto. Era um homem de quarenta anos e, menino, me levantava ao amanhecer e me deitava depois que escurecia. Isso significa que conheço o valor do dinheiro e que não vou ficar sentado numa poltrona estofada enquanto minha força vital se esvai. E um garoto qualquer, de sapatos novos e apertados, vem me falar do que ele pensa que é economia!

— Eu estive lá — interferi. — Na sala de estar da primeira classe. Há um tapete de pele de tigre.

Todo mundo olhou para mim. A sra. Marler sorriu.

— Muito bem — disse ela.

Alguém mudou de assunto.

Alguns dias depois o tempo ficou ruim. Não se tratava de tempestade, porém o mar ficou agitado o bastante para a maior parte das pessoas enjoar. Descobri, então, que ser "bom marinheiro" significava não enjoar. Naqueles dias essa não era uma classificação trivial. Bastava falar com expatriados que morriam de medo da viagem de ida ou de volta da Inglaterra.

O navio tinha uma pequena biblioteca abandonada naqueles mares. Depois de terminar *Kim*, em menos tempo do que de hábito eu levava para ler um livro, fui à biblioteca e fiquei passeando entre as estantes. O material tinha uma forte propensão oriental. Cada magistrado que houvesse sentado numa corte indiana, ou soldado que houvesse participado de uma rebelião, parecia destinado a subseqüentemente escrever um livro de memórias. Entre todos os escritores o único de quem eu ouvira falar era Somerset Maugham. Peguei o *Servidão Humana* de uma das prateleiras e matei o tempo até chegarmos a Marselha.

Como íamos passar metade do dia no cais, os jovens do Banco de Hong Kong, o homem de Jardine e eu fomos "dar uma espiada" na cidade. Houve alguma agitação desnecessária a respeito de passaportes, vistos de trânsito e coisas semelhantes, que o homem de Jardine resolveu falando francês de maneira rápida, confiante e surpreendente. Em seguida nos encontramos na parte velha da cidade. Pude perceber de imediato que era diferente da Inglaterra. A luminosidade, os cheiros e as pessoas, tudo era diferente.

Meu plano era manter a notícia das duas irmãs só para mim. Se soubessem com antecipação, talvez os outros se entusiasmassem e comparecessem ao jantar todos enfeitados e tagarelas; se não soubessem, talvez preferissem jantar em Marselha em vez de no navio. De um modo ou de outro, meu conhecimento secreto me daria a vantagem essencial de causar a importante primeira impressão.

Naquele tempo eu tinha dificuldade em guardar segredos. Os dois do Banco de Hong Kong logo se adaptaram à rotina de exclamar "u-lá-lá" toda vez que viam uma francesa sozinha e abaixo dos sessenta anos. Sentamos num café e o homem de Jardine pediu cerveja para todos. A bebida estava estupidamente gelada. Passou uma garota com uma sombrinha apoiada num ombro e nos deu um olhar de lado, como só ela sabia dar.

— U-lá-lá! — disseram os dois jovens bancários.

— Haverá mais do que isso bem mais perto de nós, pode-se dizer em casa — comentei, incapaz de me conter.

— O que quer dizer?

— Oh, você sabe... boatos.

— Que tipo de boatos?

Fingi estar observando a rua Marselhesa para imprimir meu próprio ritmo na conversa.

— Vocês devem ter reparado que há dois lugares vagos na nossa mesa...

Aquele fato já fora objeto de muita especulação.

— E?

— Por acaso fiquei sabendo que duas encantadoras e jovens irmãs vão embarcar neste porto para a grande viagem ao oriente.

A novidade teve o efeito que eu esperava. Os três rapazes se apoiaram no espaldar de suas cadeiras. O homem de Jardine foi o primeiro a se recuperar e disse, com uma nota de sonhadora admiração na voz, "esquadrão de caça". Essa era a designação que o P&C dava às mulheres jovens e solteiras que viajavam para o oriente em busca de marido. A volta para casa acompanhada pelo fracasso era denominada "regresso vazio".

— Como você sabe?

— Tenho minhas fontes.

Meus companheiros não ficaram tão entusiasmados quanto eu esperava. Naquela fase da minha vida eu não sabia que a existência de um grupo de homens que ia para o oriente se parecia muito com a dos jovens soldados do exército, no sentido de se encontrar enquadrada dentro de estreitos limites sociais e que as oportunidades de conhecer moças não eram nada comum. Os dois bancários, por exemplo, iam viver numa "bagunça" — alojamento para funcionários juniores solteiros.

A idéia da presença de moças faziam-nos sentir-se antecipadamente pensativos e tristes, com pena de si mesmos, mas também, é claro, com um romântico e impetuoso otimismo borbulhando nas profundezas da alma. Todos eles haviam cursado escolas só para meninos e ignoravam completamente como eram as mulheres.

— O que mais você sabe sobre elas?

Àquela altura eu estava começando a me sentir angustiado com a reação deles. As risadas e o alto-astral haviam desaparecido; meus companheiros agiam como se a situação fosse extremamente séria. Havia um clima de consternação no ambiente. As expectativas do dia se desfaziam.

— Já lhes disse tudo que sei. Também estou no escuro.

Deu para perceber que eles não acreditavam em mim. E foi um quarteto mudo de rapazes que passou as horas seguintes andando por Marselha. As exclamações "u-lá-lá" emudeceram. Fomos conhecer a Igreja dos Marinheiros no topo de uma colina. A visão da movimentada baía, que era dramaticamente curva, assim como o pensamento de que aquela era a paisagem que muitos marinheiros tinham visto pela última vez nos tornaram ainda mais sérios. Almoçamos, bastante sobriamente, numa *brasserie* (restaurante de preços módicos) do velho porto da qual que me lembro não tanto pela comida, apesar de ela ter sido surpreendente, porém mais pela impressionante maneira diferente de gerenciar o local.

— Não existe nada equivalente a isto na Inglaterra — comentei com meus compatriotas.

Depois, simplesmente ficamos vagueando pelas ruas, como os jovens costumam fazer. Todos nós fazíamos o máximo para fingir naturalidade.

— Eu gostaria de tomar um banho e descansar um pouco antes do jantar — disse Cooper.

Porter — eles estavam na mesma cabina — concordou. O homem de Jardine resmungou algo a respeito de um sono rápido. Ninguém se sentia à vontade.

Às sete e meia, quando fui jantar, parei no bar para um aperitivo preliminar, procurando não parecer dissoluto. Ouvi histórias sobre o que o oriente podia fazer com um homem e fiz tudo que podia para não ser o primeiro a chegar à mesa. Os meus três companheiros do dia já estavam acomodados a ela, e os demais lugares foram todos ocupados no decorrer de quinze minutos. Nosso garçom chegou com uma terrina de sopa e começou a servir. Eu estava com a cabeça inclinada sobre o prato e ia tomar a primeira colherada quando ouvi a porta do salão de jantar abrir-se e soube, sem olhar, que as irmãs acabavam de entrar. Para começar, o Terceiro Oficial havia mentido sobre as duas serem irmãs, dado que uma era européia e a outra, chinesa. No entanto, ao mesmo tempo, ele dissera a verdade, pois pelos hábitos cinzentos que ambas vestiam estava evidente que eram freiras missionárias.

Capítulo Três

Elas se chamavam Irmã Maria e Irmã Benedicta. Eram missionárias católicas da Ordem da Anunciação da Abençoada Virgem, OAAV. A ordem havia sido fundada no início do século dezenove. Sua base ficava na França e dava ênfase à educação na Ásia e na África.

A Irmã Benedicta era a mais velha. Uma rija francesa de quarenta e poucos anos, que ocupava nível superior na hierarquia da ordem. Achei-a intimidante, não apenas por ser assustadoramente franca, como também — isto era algo que eu sempre esperara das missionárias católicas, mas foi um choque na primeira constatação — interessada e bem informada a respeito dos assuntos mundanos. Sua área especial de interesse era a política e sua simpatia pendia sempre, e provocativamente, para as pessoas locais. Ela não fazia segredo de que nos via a todos como o tipo de jovens que iam para o oriente a fim de fazer fortuna; e, diga-se de passagem, esse não era seu tipo favorito. A única vez em que a vi admitir implicitamente alguma simpatia por um poder governamental foi quando falou sobre a Indochina Francesa. Se eu não estivesse tão assustado com ela, teria gostado muito da Irmã Benedicta.

A freira chinesa era a Irmã Maria. Tinha mais ou menos a minha idade, era perspicaz, severa e delicada ao mesmo tempo; bonita, mas não a ponto de ser perfeita, como as mulheres chinesas de ossatura miúda costumam ser. Muito depois é que vim a conhecer a história dela. Provinha de algum lugar continental da província de Fukien, um costão junto ao mar famoso pela produção de piratas. Seus pais haviam morrido quando era pequena, então fora morar com parentes em Cantão. Esse ramo da família havia se convertido ao catolicismo e a enviara a uma escola missionária para estudar. Fora lá que descobrira, ao mesmo tempo, sua vocação religiosa e o talento para idiomas.

— É o dom dos idiomas — disse-me ela.

Quando falava de temas religiosos seus modos se tornavam sóbrios e sérios, como se houvesse um aumento do nível de importância. Ao seu lado alegre existia uma pomposa personalidade religiosa. Ela podia passar de uma para outra em um instante. Eu jamais conseguiria isso.

Maria entrara para a Ordem ao fazer dezoito anos e fora trabalhar na escola de uma missão em Hong Kong, onde aprendera o inglês fluente que ainda conservava um leve e encantador sotaque franco-chinês. Naquela época ela falava francês, mandarim, cantonês, assim como diferentes dialetos fujianeses e Chiu Chow. Jamais dera grande importância àquele fato: tratava-se apenas de algo que podia fazer.

— As pessoas sempre se interessam mais pelo que é impossível para elas — disse uma vez.

A chegada das duas irmãs à nossa mesa provocou sensação, se bem que não a que eu esperava. Durante alguns dias, os rapazes do Banco de Hong Kong e o de Jardine — e os outros solteiros, se você excluir o ausente Gunner — fizeram piadas comigo sobre as freiras, depois esqueceram o assunto, referindo-se a ele de vez em quando e afetuosamente no pretérito passado, como uma peça inesquecível que haviam pregado em alguém no tempo da escola. ("Aquela foi muito boa!", eu disse ao malicioso Terceiro Oficial escocês assim que o vi depois daquele jantar.) Eles lidavam com as freiras surpreendentemente bem, apesar do evidente e resistente ceticismo da Irmã Benedicta a respeito dos rapazes ingleses como gênero. Acredito que houvessem desenvolvido uma habilidade para lidar com mulheres, com capacidade quase oficial, durante os contatos com babás, professoras mais velhas e esposas dos diretores de internatos. Demonstravam-se gentis e interessados quando a Irmã Benedicta falava de política. Em pouco tempo o homem de Jardine desenvolveu uma técnica de rebater as opiniões dela — diatribes seria um termo muito forte — contra a Índia Britânica fazendo perguntas aparentemente inocentes sobre o regime em Hanói ou na Argélia.

No entanto, nem tudo era paz e harmonia na nossa mesa; ao contrário. Por algum motivo a chegada das duas missionárias pareceu tocar um ponto doloroso na psique de Marler. Desde o primeiro momento, quando foi apresentado a elas, ele agiu como um homem irritado, provocado até além da razão. Suas primeiras palavras para as irmãs foram:

— A caminho de salvar almas?

Isso foi dito tão bruscamente, como um insulto direto, que todos nós demos um sorriso, como se aquele fosse um deliberado exagero da costumeira objetividade dele, uma desajeitada tentativa de humor. Parecia impossível que uma pessoa pudesse ser tão deliberadamente rude ao conhecer alguém. Até mesmo a mulher dele ficou sem jeito. Mas isso não impediu Marler de ir em frente e não demorou muito para a primeira discussão. Na verdade, ocorreu durante o jantar da primeira noite depois que saímos de Marselha. A Irmã Benedicta perguntou ao militar em que local da Índia ele havia servido. Ele respondeu que fora em Punjab.

— Ah, na fronteira afegã. Um prolongado transtorno para vocês, britânicos... Os povos dominados em geral são muito mal-agradecidos, não?

Muitos de nós devemos ter pensado, sem demonstrar, que aquele comentário era ácido demais vindo de alguém que acabáramos de conhecer, mas nos limitamos a sorrir polidamente. Menos Marler.

— Eu acho essa sua observação extraordinariamente ofensiva — disse, em voz bastante alta.

Irmã Benedicta deu-lhe um longo e gelado olhar francês.

— O senhor considera desafiadora a idéia de que a chamada fronteira noroeste do seu Império Indiano está sendo atribulada?

— Nós levamos a ordem e a justiça para metade do mundo. A Índia não existia até que os britânicos chegaram lá e a tornaram civilizada. Eu, simplesmente, não aceito sarcasmos de cidadãos de impérios menos bem-sucedidos cuja única e verdadeira objeção às realizações britânicas, se admitirmos a verdade, é que são britânicas e não francesas. Quanto à igreja católica... que difunde sistematicamente a superstição, a idolatria, a ignorância e *hocus-pocus* por onde quer que passe... enfim, a instituição inteira, com seus padres ambiciosos, corruptos, e o populacho crédulo, lança uma sombra sobre a Terra e o mundo seria bem melhor sem ela.

— *Hocus*[1] é um termo apropriado. Ele derivou de "*hoc est corpus meum*" — disse a Irmã Maria.

— É invejável o fato de alguém ser capaz de falar com tanta confiança sobre um assunto que mal conhece — rebateu a Irmã Benedicta. — Estive algum tempo em Peshawar, onde temos uma pequena missão para ensinar princípios médicos aos habitantes locais como parte da nossa missão de espalhar a escuridão sobre a Terra — continuou, dirigindo-se ao militar, que a ouvia até com os olhos, mas sem deixar de tomar a sopa. — Eles têm uma notável quantidade de pães diferentes dos quais eu acho que o senhor iria gostar. Quanto aos britânicos terem levado a civilização para a Índia — acrescentou, voltando-se de novo para Marler —, o senhor vai descobrir, se tiver a oportunidade de passar algum tempo lá, que os indianos já eram civilizados muitas centenas de anos antes que o Império Romano levasse a luz da razão à pátria do senhor.

A coisa parou por aí.

---

1 HOCUS — Forma abreviada de *hocus-pocus*. Em inglês, bobagens, invencionices, artimanhas ilusórias. (N.T.)

* * *

No dia seguinte, a caminho para o Canal de Suez, quando quebrávamos com o ronco dos nossos motores a tranqüilidade do Mediterrâneo sem marés, a maioria dos passageiros se empenhava num torneio de jogo de malha. O prêmio era um jantar para dois na mesa do capitão, com champanhe. (A alimentação estava incluída no preço das passagens, porém tínhamos de pagar pelo que bebêssemos.) Meu parceiro era Cooper.

— O que você achou daquela confusão? — perguntei-lhe.

— Um bocado esquisita — respondeu ele. — É claro que não se pode falar com uma mulher daquele jeito, por mais que ela esteja dizendo besteira. Mas ele é uma espécie de diamante bruto, não?

— Uma espécie de ameaça ambulante, isso sim — afirmei.

Chegamos às semifinais do torneio de malha antes de sermos derrotados pelos eventuais campeões, o Intendente Naval e um jovem passageiro galês. O Intendente tinha agilidade física inesperada em um gordo e também muita prática. Seu arremesso de malhas foi uma revelação.

Naquela noite fui para o jantar sem nenhum pensamento na cabeça, além da esperança de não presenciar mais discussões. Nesse ponto, tive a maior decepção.

Tudo começou de um modo inócuo. A conversa girou a respeito dos próximos poucos dias de viagem e se íamos ou não ter chance de passar algum tempo em terra firme, na escala em Aden. Iria depender da velocidade do nosso navio.

— Eu sempre quis ver um *souk*[1] — disse a sra. Scott-Duncan, corando.

O jovem australiano fez um comentário casual sobre quanto estava ansioso por navegar pelo Canal de Suez.

— Um notável triunfo para a visão, talvez mais notável por isso do que pela obra de engenharia que é — observou a

---

1 SOUK — Mercado ao ar livre, nas cidades árabes. (N.T.)

Irmã Benedicta. — Uma vitória do imaginativo e do teórico sobre o mero empírico. De Lesseps estava convencido de que era possível construir um canal porque suas pesquisas históricas lhe haviam dito que os antigos egípcios tinham conseguido fazê-lo, e ele tinha certeza de que um trabalho realizado no passado, graças a conjeturas e trabalho forçado, poderia ser feito com os recursos da engenharia francesa. Muitos céticos, pelo menos alguns dos seus conterrâneos — a Irmã Benedicta parecia estar misturando o australiano com todos nós, anglo-saxões —, proclamaram a intrínseca impossibilidade do esquema. A objeção preferida era que os ventos do deserto iriam encher o canal de areia. É claro que De Lesseps não deu atenção, uma vez que confiava tanto nas suas pesquisas quanto nos seus cálculos e na sua imaginação. Como resultado o canal é um harmonioso triunfo da razão e da fé, tão perfeito que se assemelha a uma parábola.

— Típico — disse Marler prontamente e em voz bem alta. — O francês enfeitando suas aspirações imperiais com uma névoa de reivindicações disto e daquilo. A verdade, pura e simples, é que nós somos o poder do mundo e que vocês não são, mas querem ser. Sem ofensa — acrescentou ele.

— Nem tudo se trata de poder.

A réplica da Irmã Benedicta deixou Marler mais zangado.

— Ora, vamos! A França é o país do mundo que mais lançou mão de insensato poder, é o único que conduz seus negócios exteriores sem ter a mínima consideração com nada a não ser o próprio interesse e o próprio desenvolvimento. Poder é exatamente o que a política exterior da França vem usando desde antes do tirano Napoleão Bonaparte.

— Bom senso e esclarecimento são valores universais e a França fez o que pôde para divulgá-los. Nem todos os países estão em condição de dizer a mesma coisa.

— Não tem sentido para mim que um membro de uma instituição tão corrupta e ignorante como a Igreja Católica fale sobre bom senso. A sua igreja dissemina a superstição e a ignorância por todo lugar em que passa. Fale sobre poder, que é a única coisa na qual sua igreja tem interesse significativo... um real e desprezível interesse.

A Irmã Maria respondeu declamando:

"Quando em momentos de doce e silencioso pensar
Invoco lembranças de coisas do passado
E vejo a ausência de tantas coisas que procurei,
Antigas aflições devastam minha alma.
Aí, posso molhar meus olhos desacostumados de chorar
Por preciosos amigos escondidos na noite da morte sem data
E lamentar de novo as aflições do amor há tanto tempo apagado
E gemer a perda de tantas imagens descoloridas;
Então, posso me angustiar por pesares que já passaram,
E dolorosamente, de aflição em aflição, relembrar
O triste suceder de antigas e já lamentadas dores,
Pelas quais passo de novo como se não já as houvesse sofrido.
Mas quando penso em ti, meu caro amigo,
Todas as perdas se recuperam e a tristeza passa".

Fez-se silêncio.

— Uma freira irlandesa, Irmã Bernadette, ensinou-me esse poema — disse Irmã Maria a Marler. — Suponho que ela também estivesse interessada apenas no poder.

— Bem... — começou ele.

Mas a freira prosseguiu:

— A igreja me levou da ignorância e da escuridão para a luz. Ensinou-me que graças a Deus eu tenho um dom e graças também à Sua bondade posso dividir esse dom com outras pessoas por meio do ensinamento.

— E ao mesmo tempo despejar pela garganta deles abaixo um balde de besteiras supersticiosas.

— Ninguém despeja nada pela garganta abaixo dos meus pupilos. A educação é o oposto da ignorância.

— Tenho certeza de que a senhora tem grandes dons, Irmã, e tenho certeza, também, de que os está desperdiçando com essa instituição retrógrada.

— Posso alcançar as pessoas que preciso alcançar mais onde estou do que em qualquer outra instituição da Terra.

— Porém essas pessoas não podem aprender tanto quanto poderiam se fossem ensinadas em uma atmosfera livre da superstição e da idolatria.

— Ao contrário. Nossos alunos aprendem mais depressa do que numa escola secular.

— Acho isso difícil de acreditar.

— No entanto, assim é.

— É fácil fazer afirmativas quando não há meios de comprová-las.

— Quem disse que não há meio de comprovar o que eu disse? Posso pegar uma pessoa completamente ignorante em um idioma e fazê-la a falar e entender esse idioma de maneira funcional em algumas semanas. Posso fazer isso com qualquer dos cavalheiros que estão ao redor desta mesa. Posso até mesmo fazê-lo com o senhor, sr. Marler.

— Acho isso difícil de acreditar.

Então, acredito que por nenhum outro motivo a não ser estar sentada a meu lado, a freira afirmou:

— Posso fazer este senhor tornar-se capaz de se expressar e entender o cantonês até chegarmos a Hong Kong.

Marler riu, inclinando sua cadeira para trás.

— Deve ter cuidado com o que diz, Irmã... Eu posso levar sua afirmativa a sério e apostar ao contrário.

— Quinhentas das suas libras esterlinas dariam para manter a nossa missão em Hong Kong por um ano — declarou a Irmã Benedicta.

Marler ficou sério. Para ele, o tema "dinheiro" era sempre belicoso.

— Bem, neste caso... — começou — talvez aqui exista a possibilidade de um lucro considerável. Vejamos. Dificilmente a senhora poderia ter essa soma em dinheiro, claro. Talvez tenha uma ou duas propriedades alugadas que poderiam ser interessantes... Não. Isso também não combina com o contexto da situação. Estaria errado apostar dinheiro contra dinheiro. Uma aposta contra pagamento em forma de trabalho talvez seja mais adequada. Sim. Muito bem. Irmã Maria, o que acha disto: se a senhora ganhar a aposta eu lhe darei quinhentas libras; se eu ganhar, a senhora vai trabalhar na minha empresa de Hong Kong por um ano. De acordo?

Irmã Benedicta e Irmã Maria olharam uma para a outra, então a Irmã Benedicta respondeu:

— Combinado.

— Eu acho que vocês estão se esquecendo de alguma coisa — interferi. — Onde está a parte em que alguém me pergunta se concordo em participar da aposta? Ou será que não tenho nada com isso?

A Irmã Benedicta me deu o que costumo descrever como um "sorriso vencedor".

— Estávamos apenas esclarecendo os termos a respeito dos quais solicitamos a sua inestimável ajuda — disse ela.

Meu entusiasmo crescia e ao mesmo tempo murchava. A perspectiva de seis semanas de cruzeiro praticando *shovelboard*[1] e lendo maus livros sobre os mistérios do oriente não me interessava muito. Por outro lado, desde o começo eu sentira interesse a respeito da Irmã Maria. Será que a Irmã Benedicta havia percebido isso?

— É uma grande responsabilidade — respondi. — Se eu fracassar...

— Com a graça de Deus, podemos ter toda confiança — garantiu a Irmã Benedicta.

---

1 SHOVELBOARD — Jogo que se costumava jogar nos navios e que consistia em empurrar discos de madeira com uma pá. (N.T.)

Concordei. Saí da mesa de jantar meio em estado de choque e um tantinho bêbado, graças ao pedido que Marler fez de um clarete para brindar a aposta que ele tinha absoluta certeza de ganhar. As duas freiras já se haviam ido deitar uma hora antes. As últimas palavras que a Irmã Maria me disse foram:

— Começaremos as aulas amanhã cedo.

— O senhor não deve beber tanto café — advertiu-me a Irmã Maria. — Tome apenas uma xícara. Faz mal à memória. Aprendi isso na França.

Estávamos sentados na biblioteca, que havíamos requisitado para nosso uso exclusivo. Ninguém parecia usá-la muito mesmo. Os viajantes que iam para o oriente não tinham jeito de ser grandes leitores. Irmã Benedicta apareceu e examinou o ambiente enquanto nós ajeitávamos uma poltrona de cada lado de uma mesinha sobre a qual Irmã Maria tinha colocado uma agourenta pilha do que pareciam ser livros de referência. Por um instante pensei, preocupado, que iríamos ter a freira como segura-vela durante as semanas seguintes a fio. Porém a freira mais velha saiu assim que teve certeza de que a sala estava em ordem.

— Ajuda-me a ficar acordado — respondi.

Pela escotilha da biblioteca eu podia ver um perfeito pedaço azul do cintilante e claro Mediterrâneo.

— O melhor para manter uma pessoa acordada é exercitar o cérebro. Agora — ela abriu um enorme caderno espiral, pegou sua caneta e fez um floreio com ela —, vamos ver. O senhor fala algum idioma estrangeiro?

— Não.

— Nem um pouco? Fragmentos de francês, alemão, latim aprendido na escola?

A resposta verdadeira era sim, pois na escola eu preferia línguas e essa era a matéria em que me saía melhor. Conversar com clientes estrangeiros era minha obrigação no Plough. Mas me sentia irritado e de baixo-astral, então respondi:

— Nenhuma palavra.

— Ótimo. Claro que seria melhor se o senhor fosse um bem-dotado e treinado lingüista, um estudioso, principalmente com a experiência de algum aprendizado de idioma não-indo-europeu. Contudo, não ter experiência alguma é a segunda melhor opção. Isso significa que tem menos maus hábitos a desaprender. Muito bem. O que sabe sobre chinês? Nada? Não se acanhe, era de esperar.

Indiquei com um gesto que não estava acanhado, mas que sem dúvida nada sabia de chinês.

— Para os nossos propósitos, o chinês tem dois conjuntos de linguagem: um escrito e o outro falado. A linguagem escrita é a mesma em todo lugar e a falada é diferente. A linguagem escrita permite que um estudioso de Fukien se corresponda com um estudioso de Pequim, mesmo que as palavras que digam ao interpretar a escrita sejam diferentes por completo, assim como um matemático em Moscou e um matemático em Paris podem ler as equações um do outro, apesar de não entenderem uma palavra do que dizem. Mas a linguagem escrita é complexa, alusiva e nada tem a ver com o que se fala em cantonês, por isso proponho que a deixemos de lado. Exceto num ponto.

Com rápidos movimentos da caneta, ela desenhou um par de linhas cruzadas no caderno.

— O senhor pode ver aqui um homem andando?

De certo modo, eu podia. Respondi que sim.

Ela complicou a figura com o desenho de uma cruz e uma linha que parecia a proa de um barco.

— Ele está ajoelhado? — indagou.

— Pode ser que sim.

— Não... "ele" é uma mulher.

Ela riu. Era a primeira vez que eu a via rir e da própria piada.

— Claro.

— A posição das mulheres na tradicional sociedade chinesa é subalterna. Agora, esta figura significa filho. Coloque mulher e filho juntos e terá... Adivinhe.

— Família — respondi.

— Bom palpite... mas, nesse caso, onde está o pai? Não, esse conjunto significa "bom". Ou, em outro sentido, "amar". Não vou dizer mais nada a respeito da escrita chinesa, mas queria mostrar-lhe, e isso o senhor deverá levar em conta nos próximos dias, que algumas coisas são universais e pertencem a todos os idiomas. Todas as pessoas, de todos os cantos, dividem o mesmo criador e, portanto, todas as pessoas em todos os lugares são essencialmente as mesmas.

Isso foi dito no que vou denominar sua maneira professoral-missionária, a mesma que ela usou para falar sobre "o dom dos idiomas". Por isso eu disse:

— Eu pensava que "Leste é Leste, Oeste é Oeste e jamais os dois vão se encontrar".

— O seu Kipling é valorizado demais — contestou ela. — Agora, tenho uma boa notícia. O inglês é uma língua complicada, com muitas palavras longas. Meu exemplo preferido é o anti... — ela fez uma pausa e deu uma rápida e juvenil risada — "antiestabelecimentarianismo". Aliás, uma doutrina sensível, uma vez que se opõe à separação de igreja e estado, o que é algo que Confúcio teria aprovado. Mas essas palavras enormes são muito difíceis de se aprender. Em chinês não existem palavras grandes. Não temos palavras com mais de uma sílaba. O senhor sabe quantos sons diferentes se pode emitir com apenas uma sílaba?

A Irmã Maria partia do princípio de que eu sabia o que era uma sílaba; gostei disso. Mais tarde descobri que ela desconfiava que eu havia mentido a respeito do francês e do alemão. Respondi:

— Uns quatrocentos, acho.

— Correto. Cerca de quatrocentos. Mas isso não parece o bastante para compor todo um idioma, não?

— Hum... Não, eu diria que não.

— Está certo. Em chinês, uma vez que temos apenas monossílabos, existem modos para distingui-los. Para isso usamos os tons. Essa é a parte mais difícil do chinês para os estrangeiros apreenderem porque eles convencem a si mesmos de que é um idioma muito estranho. Mas não é nada estranho. Mulher e filho significam bom. Tudo no mundo é semelhante, os idiomas também. O maior obstáculo para o aprendizado é o medo. Vocês também usam tonalidades ao falar inglês. Repare: "Aqui!" — disse ela, enfaticamente — não é a mesma coisa que "aqui?". A primeira palavra é uma ordem, a segunda é uma pergunta. A diferença é o tom. No chinês utilizamos os tons de maneira estrutural. O significado de uma palavra é dado pelo monossílabo e o tom em que é dito. Entendeu?

Sinalizei que havia entendido mais ou menos.

— Cada palavra tem seis tons para os nossos propósitos. Então, a língua consiste em quatrocentos monossílabos e seis tons... São cerca de duas mil e quatrocentas palavras. Muito, muito fácil comparado com o inglês. Vamos ganhar a aposta sem dificuldade. Por exemplo: *yau yau yau*!

— Desculpe?...

— *Yau yau yau*. Deu para notar a diferença? *Yau yau yau*.

É, eu notava alguma diferença. O primeiro monossílabo era alto e plano, o segundo chato e meio agudo, o terceiro curto e final.

— *Yau* significa preocupação. *Yau* significa dor. *Yau* significa gêmeo. Tente falar.

E foi assim que começamos.

Irmã Maria e eu tínhamos oito aulas por dia: quatro pela manhã, quatro à tarde. Eram aulas de quarenta minutos cada uma; entre elas tínhamos cinco minutos de descanso, durante os quais em geral eu passava de pé junto à amurada ou andando pelo convés. Minhas lembranças daqueles interlúdios são muito vívidas. A imensa amplidão do oceano, o ar salgado e o sol eram um verdadeiro alívio.

À medida que a história da aposta com Marler se espalhava, as pessoas começavam a sorrir para mim e a me desejar boa sorte. Depois de cerca de uma semana um dos passageiros, um homem com cara vermelha que estava indo para a Nova Zelândia, reclamou com o Intendente Naval pelo modo como nos havíamos "apoderado" da biblioteca. O Intendente procurou acalmá-lo, ou pelo menos disse que o fez, então pediu ao Capitão que resolvesse a pendência. Maria, eu e o cara-vermelha fomos chamados à cabina do Capitão.

— Então, o que quer dizer isso tudo? — perguntou-nos o Capitão, um homem grandalhão e calmo que enchia de fumo o seu cachimbo enquanto falava.

O homem da cara vermelha reclamou do que estávamos fazendo: o nosso falatório, meu e de Maria, anulava qualquer possibilidade de "alguém ler seriamente".

— Aqueles malditos guinchos são piores do que alguém aprendendo a tocar violino — afirmou ele.

Expliquei que eu estava aprendendo a falar cantonês.

— Tentando aprender a velha língua chinesa, hein? — comentou o Capitão.

Depois ficou manuseando seu cachimbo por cerca de um minuto, sem olhar para nenhum de nós. Por fim, manifestou-se:

— Boas aulas.

O impasse estava encerrado. Tínhamos ordem para usar a biblioteca. Maria e eu continuamos nosso árduo trabalho.

Certa vez, Marler tentou puxar o assunto da aposta comigo, durante o jantar, para espicaçar as duas freiras.

— Como é que vai indo, jovem Stewart? Já é capaz de pedir um cachorro cozido de modos diferentes?

— Não é apropriado falar na aposta enquanto ela está em andamento — interferiu a Irmã Benedicta.

Marler ficou calado, o que era o mais próximo que ele podia chegar de ser diplomático.

Eu estava doido para chegar em Aden. ("Uma pura criação dos medos britânicos do extraordinário sucesso de Napoleão no Egito", dissera a Irmã Benedicta.) O tempo que iríamos ficar lá dependia do tempo que levássemos para chegar, por isso incentivei o navio na travessia do Mediterrâneo. Consegui o que queria: fizemos razoável progresso no percurso do mar e do canal e pudemos passar o dia inteiro na cidade. Eu queria ficar sozinho, por isso arranjei uma desculpa para meus companheiros bancários e Jardine, que começavam a me tratar de maneira solícita demais por causa da aposta. Era a primeira vez que eles iam para o Oriente também; no entanto, o fato de já terem empregos garantidos em grandes empresas fazia-os agir como se fossem veteranos no conhecimento da vida além do Canal de Suez.

Um sujeito desembarca de um navio em Aden. Um árabe baixote se aproxima dele. "Dê o fora!", diz o sujeito. "Você quer uma garota?", pergunta o árabe, "Quer um garoto? Quer uma fotografia?" "Dê o fora!", repete o sujeito, "Deixe-me em paz! Eu quero mais é o Cônsul britânico!" Então, o árabe diz "Ah! Muito caro, mas eu posso dar um jeito!"

Por trás das nossas piadas havia uma realidade e nervosismo. Aden era o primeiro "pedaço" do oriente que víamos. Fazia calor, principalmente depois que saí do cais e entrei na cidade propriamente dita. Tomei um copo de chá de hortelã numa banca na rua, que consegui apontando para o que os outros clientes bebiam. O homem que me atendeu vestia um *djellaba*[1] e tinha manchas pretas nos dentes. Ele socou raminhos de hortelã no copo e despejou por cima água fervendo de uma chaleira que mantinha suspensa sobre um braseiro. O cheiro me fez lembrar do verão em Kent.

Todas as barracas do mercado tinham movimento. As pessoas me davam esbarrões onde quer que eu fosse. Percebi de relance, no corredor entre as barracas, cheio de gente e ameaçador, os Scott-Duncan sentados em banquinhos e rodea-

---

1 DJELLABA — Vestimenta longa, folgada, com capuz e mangas compridas, largas, usada principalmente nos países muçulmanos. (N.T.)

dos por pelo menos doze vendedores de tapetes que berravam a plenos pulmões. Brandiam e elogiavam uma infinidade de modelos. A sra. Scott-Duncan parecia mais feliz e menos constrangida do que no navio.

A tarde já ia avançada quando parei para comer algo num local chamado Tommy´s Salão de Chá, com a intenção de não jantar no *Darjeeling* nessa noite. O estabelecimento fora idealizado para atrair viajantes de nível médio. Suas paredes eram decoradas por gravuras de caçadas e paisagens inglesas em cores pastel. O efeito era grotesco. Comi uma omelete e, descontente, levantei-me para voltar para o navio. Quando saí do salão de chá, um homem com roupa de árabe passou por mim correndo a uma velocidade possível só devido ao puro terror. Alguns segundos depois, alguém gritou em inglês "Pega! Pega ladrão!" A essa altura o árabe, que se achava a uns quinze metros de mim, olhou para trás por cima do ombro e ao fazê-lo correu direto para um grupo de quatro policias que apareceram, como que por encanto, virando a esquina de uma rua transversal. Eu não disse "correu direto" como uma figura de linguagem: o árabe colidiu, mesmo, com os dois primeiros guardas e os três caíram numa confusão de braços e pernas. Foi extraordinária a cacofonia que se seguiu depois que os policiais se puseram de pé, bateram a poeira das roupas, seguraram, sacudiram e gritaram com o prisioneiro. Enquanto isso, a vítima do roubo se aproximou. Era um senhor inglês, de uns cinqüenta anos, que respirava pesado, vestia um conjunto branco, estilo colonial, e segurava um chapéu de palha pela aba. Quando chegou diante do ladrão, já firmemente imobilizado pelos quatro policiais, ele parou. A expressão do ladrão era de puro terror animal. Só se via o branco dos seus olhos. O inglês permaneceu imóvel por um momento e pareceu estar esperando por alguma coisa. Então, cuspiu na cara do ladrão.

Quando navegávamos pelo Mar Vermelho o calor e a densidade do ar davam a impressão de que aumentavam dia a dia. O sol parecia maior e mais próximo. Os passageiros da primeira classe substituíram os paletós pretos por brancos para o jantar.

Começou a fazer mais calor, o pôr-do-sol tornou-se mais inesperado e repentino à medida que rumávamos para o sul, para o trópico. A viagem e minhas aulas de cantonês haviam deixado de ser novidades. As conversas haviam assumido determinados padrões; Marler e a Irmã Benedicta se empenhavam em calorosas discussões. Duas ou três vezes Maria me deu folga para competir em torneios de malha cujos horários coincidiam com os de nossas aulas. Uma vez, o homem de Jardine e eu chegamos à final, na qual fomos derrotados, inevitavelmente, pelo Intendente e seu (já então eu estava convencido) amante. No Mar Vermelho, houve problema com uma das máquinas que fez o navio chegar a Calcutá com três dias de atraso — o que por sua vez significou que haveria tempo apenas para reabastecer e seguir rumo leste. Na verdade, não me aborreci. Mesmo pelo pouco que se via do cais, depois da paz da longa travessia desde Aden, a cidade era opressiva. O oficial da artilharia foi à minha cabina para se despedir de mim, o que me emocionou; praticamente, ele não disse nada, porém deu-me um firme e prolongado aperto de mão, fitando meus olhos, como se houvéssemos enfrentado grandes dificuldades juntos. Talvez fosse isso mesmo que aqueles descomunais jantares haviam parecido para ele. Dois dias depois de termos deixado Calcutá pegamos mau tempo de verdade pela primeira vez. A baía de Bengala é rasa; suas tempestades chegam de repente e podem ser muito fortes. Como bom marinheiro, eu havia sido poupado do enjôo, mas não do medo. O temor tornava-se pior pelo fato de a tempestade ter chegado durante a noite, que não tinha lua; então o navio começou a balançar e bater no escuro, em que não se conseguia discernir nenhum ponto de referência. O mar parecia mal-intencionado. A sensação de que estávamos sendo sacudidos sem rumo pelas ondas era muito difícil de dominar, principalmente quando uma onda erguia o *Darjeeling* e o deixava cair no vazio. Naqueles momentos podia-se sentir os motores perdendo a tração na água enquanto o navio avançava para adiante e era difícil não retesar os músculos na antecipação do choque quando a proa se chocasse contra a onda seguinte.

Achei difícil dormir naquela noite. Como um homem com febre ou com sérias preocupações, eu esperava que o amanhecer trouxesse alívio automaticamente — e de certa maneira assim foi, uma vez que as ondas cinzentas, íngremes e que se movimentavam rapidamente, eram menos assustadoras quando se podia vê-las. Eu também achava que, de alguma maneira, a luz do dia poderia mandar a tempestade embora, esperança essa desfeita pelo nosso garçom que, como marinheiro experiente, gostava de assustar os viajantes novatos.

— Por estes lados, é normal que o tempo se mantenha assim por dois ou três dias — garantiu ele. — Uma vez, quando contornávamos o Cabo...

Parei de escutar. Depois do café da manhã voltei à minha cabina para estudar e encontrei um bilhete da Irmã Maria enfiado por baixo da porta. Ninguém mais da nossa mesa havia comparecido para o café.

> Caro sr. Stewart,
>
> Sinto ter de cancelar as aulas de hoje por estar indisposta. Espero que o senhor entenda. Por favor, sinta-se livre para repassar ou não suas fichas de vocabulário.
>
> Sinceramente,
>
> Irmã Maria.

Minhas fichas de vocabulário tinham a palavra inglesa de um lado, seguida pela palavra correspondente em chinês e, por último, o modo como deveria ser pronunciada. Elas ficaram intocadas naquele longo dia. Andei, com cuidado, pelo barco inteiro. Havia algo soberano no meu isolamento. Eu tinha a maior parte da Classe Turística do *Darjeeling* quase que só para mim. Pensei até em fazer uma visita ao aristocrático salão de estar escocês da Primeira Classe. Mas o navio estava jogando demais e tão violentamente que resolvi simplesmente ficar quieto e passei quase o dia inteiro na sala de estar da Classe Turística, olhando a obstinada tempestade através dos vidros manchados das vigias.

Não consegui dormir também naquela noite. Depois de me deitar, apagar a luz e ficar de uma a duas horas envolto na escuridão de breu do navio, levantei-me acendi a luz e fiquei deitado, imóvel, por algum tempo; por fim me levantei, vesti-me e fui para as áreas comuns. Àquela altura era quase uma hora da manhã. Abri uma das portas que davam para o convés, na popa do navio. Foi desconcertante sentir o choque do vento quente e forte sem chuva. Maria estava de pé junto da amurada. Não me ouviu aproximar-me e se assustou quando cheguei ao seu lado.

— Eu também não consegui dormir — disse eu. — A senhora está bem?

Era uma pergunta idiota. Até mesmo à fraca claridade que vinha das salas comuns do navio dava para ver a palidez peculiar da freira.

— Enjôo — explicou ela. — Estou enjoada. Por mais de um dia, aliás. É um desconforto ruim demais para se prolongar tanto.

— Não estou enjoado, mas sim muito nervoso. Meu estômago está bem, porém estou assustado. Creio que sou o oposto da senhora.

— Não. Eu também estou com medo. A fé não elimina o medo.

Ela estava agarrada à grade com ambas as mãos. Não se mexeu. Depois de algum tempo, disse:

— N. G. O. H. Ngoh.

— O quê?

— Vai ajudar a distrair nossa mente da tempestade. Quero verificar seu vocabulário. Ngoh. N. G. O. H.

— Êee... Eu, mim.

— Chín.

— Dinheiro.

— Como se diz coisa?

— Yéh.

— E tempo?

— Êee... tinhei.

— E o verbo comer?

— Sihk.

Ela ficou em silêncio. O navio estava jogando mais violentamente do que nunca. Ficamos ali, de pé, durante quase uma hora. Então, Maria falou:

— Estou me sentindo melhor.

Estendi minha mão direita e coloquei-a sobre a mão esquerda dela. A freira ficou imóvel por alguns segundos, depois entrou. Quando acordei, pela manhã, o sol brilhava e o mar estava um espelho.

Poucos dias antes de chegarmos a Hong Kong, um marinheiro que eu não tinha visto até então — um dos camareiros da Primeira Classe — bateu à minha porta depois da aula da manhã. Eu estava deitado no beliche, sorrindo para o teto. Tinha havido uma sabatina de vocabulário, e eu me saíra bem.

— O Capitão mandou-me apresentar os cumprimentos e dizer-lhe que gostaria de que o senhor se apresentasse na cabina dele quando achar mais conveniente.

— Irei com você — respondi, com o coração batendo mais forte.

Presumi que estava numa encrenca, se bem que não pudesse sequer imaginar por quê. Subimos e descemos em direção às acomodações da tripulação. O camareiro bateu, responderam para entrar, então ele me cumprimentou e retirou-se. O Capitão achava-se sentado à escrivaninha em sua cabina despojada, extremamente simples: nada de quadros, de confortos evidentes, a não ser, é claro, o cachimbo que ele manuseava e fumava. Não me olhou de frente.

— A viagem está sendo boa? — indagou.

— Sim, senhor. Obrigado.

Àquela altura eu andava sonhando em cantonês; ou melhor, como o meu cantonês ainda era primitivo, pedaços dele, partes do idioma flutuavam nos meus sonhos como destroços de um naufrágio. Maria e eu já havíamos passado tanto tempo juntos que dava a impressão de que podíamos ler um a mente do outro. À hora do almoço terminávamos as frases um do outro.

— Bom.

Houve outro prolongado silêncio enquanto o Capitão olhava de um ponto a outro do aposento. Se houvesse uma vigia do outro lado da cabina, ao rés do soalho, ele ficaria olhando através dela.

— Como vai o chinês? Progredindo?

— Acho difícil eu responder a isso, senhor. Estou muito envolvido na situação. Quando pergunto se acha que vamos ganhar a aposta, Irmã Maria responde: "Não se desespere, não antecipe".

O Capitão assentiu, mas não falou. Houve mais atividade com o cachimbo. Então, ele disse:

— Navego para o oriente há trinta anos. Minha vida inteira de marinheiro. Nem todo mundo se importa com a língua. Percebi isso. O senhor tem algo que a maioria das pessoas não tem. Nunca se esqueça disso. Precisa de emprego, de lugar onde morar?

Fiquei tão surpreendido que não consegui responder. Apenas balbuciei:

— Bem...

— Não há vergonha alguma nisso. Com sua permissão, vou tomar a liberdade de indicá-lo a um amigo meu. Vá procurá-lo alguns dias depois de chegarmos. Ele chama-se Masterson e dirige o Empire Hotel. Qualquer um o ensina a chegar lá.

Naquele ato de bondade não solicitada, tive um vislumbre de como as pessoas deveriam me ver naqueles dias; jovem, muito jovem.

Quando chegamos a Hong Kong, a Irmã Benedicta e Marler combinaram o modo como se iria decidir o resultado da aposta. Três dias depois da chegada, iríamos almoçar no Hong Kong Club. O capitão estaria presente. Depois, sairíamos e escolheríamos qualquer chinês que passasse para testar meu cantonês, da seguinte maneira: Marler me faria uma pergunta, eu faria a mesma pergunta ao chinês, depois passaria a resposta dele a Marler; se a resposta fosse satisfatória Maria ganharia a aposta. O Capitão seria o juiz.

É comum muita gente dizer que uma ou outra vez sua memória se confunde. Comigo isso jamais ocorreu. Lembro-me das coisas com cristalina perfeição ou não lembro de nada. Minhas recordações daqueles primeiros dias em Hong Kong, há mais de sessenta anos, ainda são tão afiadas que podem cortar. Chegamos à enseada uma hora depois do amanhecer. Os últimos farrapos de nevoeiro que estavam pendurados no Pico eram aquecidos pelo sol, transformando-se em fumaça, como se a ilha fosse um vulcão ativo. A enseada mostrava-se movimentada, aliás como sempre. Os juncos eram como brinquedos grandes demais ou coisas que se vêem nos sonhos. À primeira vista você diria que eram empresas familiares. Crianças e avós se acotovelavam nos conveses, cozinhando, comendo e vivendo a vida. As sampanas (embarcações usadas como moradias) subiam e desciam nas ondas como jovens cavalos agitados. Um navio de guerra britânico, HMS *Leo*, o primeiro que eu via desde Aden, estava escarrapachado na água, com sua pintura tipo camuflagem, cinzenta, do Atlântico Norte, fazendo-o sobressair no Mar da China. Dava para ver a flácida bandeira do Reino Unido pendurada no mastro do Palácio do Governo. Eu senti a mais pura excitação quando olhei para o Pico e me imaginei lá em cima, admirando a paisagem embaixo.

Maria juntou-se a mim na amurada.

— Então, o que acha?

— É...

Eu ri. Ela também.

— Isto é Hong Kong — disse ela. — *Heung gong*. Enseada fragrante.

A enseada tinha um definido cheiro de sujeira, repulsivo demais para ser apenas de água do mar.

— Bem, é um modo de designar esse cheiro.

Maria sorriu.

— Piada chinesa — comentou.

— Não quero que a senhora passe um ano trabalhando para Marler.

— Nem eu. E não acredito que isso vá ocorrer.

No dia do teste acordei nervoso, com o estômago apertado. O dono da minha pensão me serviu um prato de comidas fritas: bacon, lingüiça e ovo que, hoje eu sei, era uma caprichada e polida homenagem ao meu britanismo. Furei a gema do ovo e descobri que não conseguiria comer nem sequer uma garfada. Na primeira página do *South China Morning Post* havia notas sobre a visita do HMS *Leo,* uma recepção no Palácio do Governo e uma reportagem sobre um roubo de jóias em Wanchai. Passei o resto da manhã olhando para as fichas de vocabulário e fui encontrar a Irmã Maria sentada no banco de madeira do lado de fora do Clube de Críquete Hong Kong, meia hora antes do horário marcado para o nosso almoço.

— Você parece nervoso — observou ela.

Estava vestida com o hábito religioso completo e devíamos parecer um casal estranho.

— É que estou nervoso.

— Não precisa. Nossa Senhora vai nos ajudar.

Mesmo eu não acreditando nela?, pensei.

— Onde está a sua bagagem?

— "Bagagem", que palavra! Temos poucas coisas, como sabe, e já estão na estação.

Naqueles dias, antes que os comunistas ganhassem a guerra civil, podia-se ir diretamente de trem de Kowloon a Cantão. Logo depois do almoço Maria e Benedicta iam partir.

— E se eu perder, a senhora voltará?

— Terei de voltar.

— Então, é melhor eu não perder, não é?

No momento em que coloquei os pés na soleira da porta soube que o Hong Kong Club era a instituição mais bacana e pretensiosa que eu já vira. Pairava no ar o cheiro de poltronas de couro e, muito suave, dos charutos da noite anterior. Isso não me ajudou a ficar calmo. O sr. e a sra. Marler, mais a Irmã Benedicta, já estavam acomodados numa mesa de uma das salas de jantar onde eram admitidas mulheres à hora do almoço. Depois fiquei sabendo que haviam sido necessárias prolongadas negociações para que a Irmã Maria tivesse licença para entrar: sendo chinesa, normalmente ela não podia freqüentar o clube. Os três se achavam sentados diante do que pareciam copos altos com gim e tônica. Quando entramos, Marler veio sorridente ao nosso encontro e estendeu a mão.

— Ah, a professora e o aluno! Sejam muito bem-vindos. Sentem-se.

Seu sotaque de Yorkshire estava bem atenuado. Ele não o exibia muito ali em Hong Kong. Sentamo-nos e iniciou-se o que foi, para mim, um torturante almoço. Eu só conseguia pensar na desgraça que seria se perdesse a aposta e o que isso causaria à Irmã Maria. Era impossível ela não ficar amargamente magoada comigo. Já Marler e a Irmã Benedicta pareciam competir afável e amigavelmente. Quando chegou a vez do café e cigarros, eu já tinha ido ao banheiro quatro vezes.

— Agora — disse Marler, fazendo um aceno com o copo de conhaque e, por algum motivo especial, sorrindo para Irmã Benedicta enquanto falava —, chegamos ao motivo do nosso encontro.

— Certo — disse eu, sentindo necessidade de me manifestar, de me afirmar e de caminhar com dignidade para o patíbulo. — Vamos procurar um chinês. Ou o senhor vai utilizar um dos garçons mesmo? Ou prefere um condutor de riquixá lá da rua? Sim? Mas onde está o Capitão?

— Bem — disse a Irmã Benedicta —, o sr. Marler e eu conversamos a respeito e chegamos a certas conclusões.

— Ocorre que — retomou o sr. Marler — vi a Irmã Maria em ação com o senhor e aceito inteiramente a afirmação dela sobre a eficiência do seu método de ensino. Também vi que o senhor não apresenta sinais de ter se convertido à Igreja Romana, ah, ah, ah! Por isso, retiro sem reservas o que disse sobre deliberada disseminação da ignorância e da superstição.

— Por minha vez, aceitei o pedido de desculpa do sr. Marler e lamentei minha própria veemência na ocasião do nosso último desentendimento — voltou a Irmã Benedicta.

— Assim sendo, permanece uma questão: faz sentido prosseguir com essa aposta ou não? Pelo seguinte, foi um exagero meu exigir que a Irmã Maria venha trabalhar um ano para mim. Isso viraria a vida dela de cabeça para baixo e interromperia o desenvolvimento do seu trabalho na missão. Não estou querendo dizer que concordo necessariamente com a atividade dela, mas é o que a Irmã acredita e eu a estaria obrigando a se submeter a uma espécie de servidão.

— Pelo nosso lado, mesmo ansiosas por conseguir subsídios para nossa missão em Hong Kong, não tenho intenção de levar o sr. Marler à falência ou a submetê-lo a preocupações monetárias.

— Em resumo: decidimos cancelar a aposta.

— Ei! Esperem um maldito... Desculpem-me irmãs. Um minuto — interferi, subitamente muito zangado. — Quer dizer que os adultos tomaram a decisão e as crianças terão de fazer o que eles disserem? E as seis semanas de trabalho insano que tivemos para me preparar para essa aposta estúpida? E todo o tempo que eu poderia ter passado apreciando a viagem e espairecendo no convés? E se eu é que desistisse de participar da aposta? E se quisermos que ela seja mantida?

— Tom — disse Maria —, precisamos ser razoáveis. O sr. Marler tem muito a perder se insistirmos na aposta, e a nossa missão também. Foram ditas palavras irrefletidas no navio e é apenas razoável que adultos procurem uma solução madura. Não seria nada cristão da nossa parte forçar o sr. Marler a construir nossa missão com grande prejuízo por parte dele, contra a vontade dele.

Levantei-me e saí. Maria correu atrás de mim e me alcançou na calçada em frente ao clube, onde uma pequena multidão de condutores de riquixá acompanhava a cena com indisfarçada curiosidade.

— Tom, sinto muito, eu não queria...

— A senhora sabia.

Ela suspirou.

— Não, até ontem à noite. Você precisa entender. O bispo jamais me deixaria vir trabalhar para Marler. Benedicta explicou-me isso. Ela perdeu a paciência, deixou-se levar pela ira. Está arrependida. Mas a aposta não foi feita de boa-fé, por isso resolveu desfazê-la. Marler não sabe o verdadeiro motivo.

Eu disse:

— Adeus e muito obrigado pelas altamente instrutivas seis semanas.

E fui embora. Não a vi durante quatro anos.

Capítulo Quatro

O número 124 da rua Nathan era um edifício de três andares, que parecia uma coelheira construída em Kowloon, com grande número de quartos pequenos, elevador barulhento e um *sikh*[1] com espingarda vigiando a porta da frente, que ficava sempre trancada. Os quartos tinham tetos altos e eram enfeitados por espelhos com molduras laqueadas. As luzes centrais eram suaves e nas mesinhas-de-cabeceira havia abajures escarlates. As camas tinham motivos de dragões e havia poeira incrustada em cada fissura.

— Então, o que você acha? — perguntou Masterson.

Ele estava de pé junto da janela aberta, observando o barulho e a confusão de tráfego na rua Nathan, lá embaixo.

— Não há o que dizer contra a localização — respondi.

Ele assentiu, mas não se voltou.

— Além do fato de ter duas entradas — disse, como que falando consigo mesmo.

Então, afastou-se da janela, saiu do quarto e, comigo atrás, dirigiu-se para o elevador. O sr. Luk, proprietário do prédio 124 da rua Nathan, estava esperando. Era uma pessoa inquieta. Com ele achava-se o zelador, que segurava uma argola, que tinha o diâmetro de uma bola de futebol, carregada de chaves.

---

1 SIKH — Membro de seita religiosa indiana. (N.T.)

— Sinto muito, sr. Luk — desculpou-se Masterson —, mas o prédio é grande demais para mim. Eu teria de crescer depressa demais e não tenho esperança de competir com um grande negociante como o senhor.

O sr. Luk sorriu, não dava para saber se por embaraço por ver sua oferta rejeitada ou se devido à lisonja.

— O senhor quer conversar sobre o preço? — perguntou.

Eu segurei um sorriso; na balsa a caminho de Kowloon, Masterson me dissera que Luk consideraria uma recusa como tática de pechincha.

— Desculpe, sr. Luk. Não é questão de preço, mas sim de proporção. Minha empresa não é grande o bastante.

Fomos todos juntos para o elevador depois que o zelador trancou o quarto. O sr. Luk confidenciou-nos que tinha mais três compradores interessados e que viriam ver a propriedade naquela tarde. Já lá embaixo, na rua Nathan, enquanto o zelador "brigava" com suas chaves, despedimos-nos. Em seguida Masterson e eu nos dirigimos para Hong Kong. Quando passamos pelo Hotel Península, vimos do outro lado da rua um enxame de carregadores, riquixás e táxis junto ao terminal da estrada de ferro, o que deixava claro que o trem de Cantão para Kowloon estava para chegar. O trem era um dos motivos pelos quais Masterson queria comprar uma propriedade do lado de Kowloon.

— Pena... — disse ele, olhando para a expectante multidão formada por pessoas que aguardavam a chegada de viajantes e por carregadores. — Mas não me serve mesmo.

Eu seguira o conselho do capitão. O Empire Hotel, bem no centro da cidade de Victória, na ilha de Hong Kong, funcionava num adorável e bonito edifício estilo colonial com ventiladores de teto, palmeiras no saguão e cozinheiro belga. Masterson era o gerente e proprietário de metade do negócio. A outra metade pertencia a um alemão ausente, chamado

Munster. Eles se haviam conhecido e iniciado a sociedade em Cingapura, na década de 1920.

Masterson era um homem magro e sisudo, de uns quarenta anos de idade, com aquele tipo de concentração que pode ser confundida com distração. Numa outra época, num período mais heróico do Império, ele acabaria por dirigir algum empreendimento realmente grande. Tinha entrado para o negócio de hotéis para fazer fortuna e fora para Hong Kong pela mesma razão. Quando cheguei para a entrevista, ele se achava inclinado sobre o balcão do bar principal do hotel, numa longa sala junto ao elegante saguão. Estava vestido simplesmente, com paletó branco, camisa aberta junto ao pescoço e fumava. Naqueles dias em que as pessoas fumavam muito, Masterson fumava literalmente o tempo todo.

Os hoteleiros tinham ilusões a respeito da natureza humana; Masterson não tinha nenhuma. Fez-me uma porção de perguntas a respeito da minha experiência, das minhas aulas de cantonês com Maria e do Plough. Depois me deu emprego. A rapidez e a decisão daquele processo eram características dele, como eu iria descobrir. Ia trabalhar como assistente dele e tomar conta do bar, das bebidas alcoólicas e de todo atendimento de comida e bebida que não fosse do restaurante do Empire Hotel.

— Você tem alguma idéia do que era aquele prédio? — perguntou-me Masterson quando chegamos à Balsa Star no retorno da rua Nathan, 124.

Eu estivera pensando nisso. Não podia ter sido um hotel, o que ficaria evidente por uma placa na entrada, pela existência de uma recepção e assim por diante; não, não tinha nada a ver com hotel. Teria sido uma hospedaria, um albergue?

— Não sei.

Colocamos nossas moedas na fenda e passamos pela catraca, a fim de esperar pela próxima balsa.

— Era um bordel. Um bordel chinês, especificamente. Todos os bordéis europeus foram fechados em 1932. A seguir, levou três anos para que os chineses também fossem fechados. Não me pergunte por quê. Essa medida não fez a mínima diferença no atual índice de prostituição que se instalou na colônia. Os bordéis apenas mudaram de lugar.

— Meu Deus!

— Típico de Hong Kong — esclareceu ele. — Cada cidade sempre segue o mesmo caminho que as demais, só que de outros modos. X faz X, então Y faz Y. É assim no mundo inteiro. Em Xangai você pode obter garotas, garotos, drogas, qualquer coisa que queira, mais ou menos abertamente. Você poderá conseguir tudo que quiser. Já em Hong Kong é diferente. Nada é aberto. É evidente que as pessoas querem sempre fazer as mesmas coisas, e então fazem as mesmas coisas, porém ninguém as faz onde possa ser visto. Não que em Hong Kong alguém iria se importar de ficar num hotel que já foi prostíbulo chinês, mas se importaria que as pessoas pensassem que não se importa porque isso demonstraria que não é respeitável. E é tudo assim.

Fui surpreendido pelos modos como descobri que Hong Kong é uma surpresa. Os elementos exóticos eram o que eu esperava. Mulheres *hakka* com chapéus típicos, que cheiravam a óleo ou laca; cules[1] carregando pesos incríveis nas costas; homens de riquixá; engraxates com dentes de ouro; negociantes japoneses com dentes faltando; fumadores de ópio visíveis através de janelas; águias planando nas correntes de vento ao redor do Pico; o amarrotado uniforme do guarda-freio do teleférico do Pico e a vista do Pico para Kowloon; o rumor estrepitoso vindo da reunião de criadas nas tardes de domingo; garotas de *cheongsams* exibindo a maior quantidade das pernas que eu já vira; europeus de nacionalidades não definidas,

1 CULES — *Coolies*, trabalhadores chineses ou indianos. (N.T.)

empregos incertos e apetites ambíguos; grupos familiares indo fazer piqueniques junto aos túmulos dos ancestrais; enfurecidos deuses chineses com rostos verdes e olhos vermelhos; o cheiro de peixe fermentado do lado de fora de templos taoístas; bastões de incenso; arte chinesa; bolinhos de feijão sem gosto; corridas de barcos-dragões; caras de ídolos chineses; *feng shui*; os alfaiates mais baratos do mundo; velhas com os pés enfaixados — seria mentira dizer que eu esperava tudo isso, detalhadamente, mas de maneira geral, sim. Eu tinha ido para lá por essas coisas. Não era Faversham e não era o Plough.

O outro lado de Hong Kong, o lado expatriado, foi que me pegou de surpresa. Era o P&C de novo, só que muito mais intenso. Parecia-me que a idéia de ir para o oriente era para se livrar dos grilhões impostos pela Inglaterra — o que era evidente por si só. Se você gostasse do jeito que as coisas eram na Inglaterra, por que iria embora? Mas o senso de respeitabilidade, a necessidade de se conformar e se adaptar eram esmagadores. Havia regras, expressas ou ocultas, por todo lado. Cada uma das grandes entidades — o governo, as *hongs* rivais, os bancos — tinha uma hierarquia definida e intrincada, cada qual com suas tendências e costumes, tradições, padrões de vida social, "sins" e "nãos", deve e não deve, regras sobre onde ir, o que usar, com quem falar e o que dizer. Meus dois amigos do Banco de Hong Kong foram engolidos vivos pela confusão: festas do Banco, fins de semana em Fanling organizados pelo Banco, vida social do Banco e aspirações da carreira profissional. O homem de Jardine desapareceu no mundo à parte da sua *hong* do mesmo modo que Jonas desapareceu completamente dentro da baleia. Havia um Jockey Club, um Yacht Club, um Clube de Campo, um Clube de Golfe e o próprio Hong Kong Club. Os chineses não são invisíveis, uma vez que nem mesmo a comunidade expatriada pode negar a realidade dessa presença, porém eles não passam de extras — figurantes, criados, que formam um exótico porém ignorado pano de fundo na importante e real cenografia do palco. Nada que tenha a ver com os chineses é completamente verdadeiro.

Masterson e eu fomos para o compartimento da frente da balsa e acendemos nossos cigarros. Na fileira de assentos à nossa frente um homem resolvia as palavras cruzadas de uma edição várias semanas atrasada do *The Times*. Ficamos olhando a paisagem em silêncio. Naquele tempo a ilha parecia bem mais vazia e muito mais rochosa do que hoje em dia; mais parecia um ambiente natural no qual os homens acampavam do que um vívido delírio da humanidade com o maior índice demográfico. Agora as construções rastejam montanha acima como se tentassem escondê-la. Naquele tempo não era assim.

— Vou comprar alguma coisa por lá — garantiu Masterson. — É apenas questão de encontrar o prédio certo. Quando a situação geral se torna incerta é uma boa hora para comprar. A confiança custa caro.

Ele parecia estar pensando em voz alta.

— As coisas podem piorar na China — comentei, uma vez que esse era o assunto principal no bar do Empire Hotel.

— Na China as coisas sempre estão para piorar. Essa é a versão da China de continuar a mesma.

Era uma caminhada de dez minutos da Balsa Star até o hotel. Quando chegamos, Masterson foi para o seu escritório e eu para o meu. Tinha havido um problema de discrepâncias entre as faturas que estávamos pagando por bebidas e a atual quantidade de álcool que girava pelo hotel, então eu resolvera verificar cada fatura e descobrir em que estágio as coisas se haviam entortado. Era um trabalho tedioso, além de ter a perspectiva de um confronto e de uma demissão no final. Por isso eu estava desanimado. Pendurei meu paletó atrás da porta e fui para a escrivaninha. Em cima da pilha de faturas havia uma carta de Maria.

Chang Chun
5 de fevereiro de 1936

Caro Tom

Obrigada pela sua carta. Levei uma semana para chegar aqui, o que se considera razoável.

Seu trabalho parece ser interessante. Estou contente por você ter arranjado um bom emprego e um patrão apropriado. Suponho que terá oportunidade para agradecer ao Capitão na próxima vez que ele passar por Hong Kong. Não me lembro dele com muita clareza: a única vez em que o vi foi quando aquele cavalheiro quis nos impedir de termos aulas na biblioteca. Achei o julgamento dele tão justo quanto os de Salomão, mas sem dúvida aquele outro senhor não concorda!

Nosso trabalho está progredindo bem, graças a Deus. A capela cresce dia a dia, de acordo com o planejamento que o padre Ignatius nos deu. Parece-me que ele teve alguma experiência como arquiteto antes de descobrir sua vocação, por isso se interessa pelo nosso progresso. Irmã Benedicta está trabalhando muito, como penso que o senhor pode imaginar. Fala-se menos em guerra civil por aqui do que eu esperava. Os acontecimentos estão muito distantes e as pessoas estão acostumadas de tal maneira a notícias de distúrbios que tendem a ignorá-las. Espero que possamos continuar a nos dar a esse luxo.

Meu trabalho na escola vai bem. As crianças são muito receptivas e aprendem tão depressa que chega a espantar. Uma ou duas têm aptidão para matemática, o que as coloca fora do meu alcance, então passaram a receber aulas especiais do padre Ignatius, quando ele está conosco. Aliás, no caso de uma delas, o padre Ignatius está tentando conseguir uma bolsa de estudos num colégio especial em Xangai, dirigido por frades dominicanos.

O favor que tenho a lhe pedir, meu caro Tom, está relacionado a esse assunto. Temos um menino chamado Wo Ho-Yan, por quem tenho afeição particular uma vez que ele veio de Fukien, onde nasci. Ele foi enviado para a casa de parentes aqui, tão distante, porque houve problemas onde morava. Ele se envolveu, até certo ponto, com bandidos. Mas é um menino muito inteligente e ativo. Só que está tendo problemas aqui, também, porque caiu no desagrado de alguns jovens locais. O conflito chegou a ponto de já ter havido algumas agressões físicas e mais violência está sendo prometida.

Eu temo pela estabilidade da nossa missão aqui e pelo futuro do menino. Vou me sentir como se o tivesse empurrado para baixo se o deixar ter um mau começo de vida. Eu ainda não disse que ele está com catorze anos.

É este favor que lhe peço. Conversei a respeito com a Irmã Benedicta e concordamos em que a melhor solução seria se Ho-Yan pudesse ir para um lugar onde ficasse longe de encrencas. O local que nos ocorreu é a nossa missão em Hong Kong que, como o senhor sabe, é pequena, mas está crescendo. Escrevemos para Irmã Imaculada que concordou em recebê-lo, para nossa grande alegria.

Meu pedido é este: seria possível o senhor arranjar um emprego para Ho-Yan, se possível dentro de pouco tempo? Eu jamais o recomendaria ao senhor se não acreditasse que ele é capaz e que tem boa vontade. Assim, poderíamos mandá-lo para nossa missão em Hong Kong e para longe das encrencas daqui. Se ele não der certo com o senhor, confio em que encontrará um outro emprego, mas se o pior vier a acontecer, queira Deus que não, nós o receberemos de novo aqui, assim não prolongaremos as dificuldades que por acaso sobrevenham para o senhor. Ele fala cantonês e um pouco de inglês. Tenho certeza de que aprenderá mais com grande rapidez.

Espero que o senhor possa ajudar, mas sei que esse é um grande favor e não o culparei caso não seja possível.

A Irmã Benedicta pede-me que o cumprimente por ela e lhe diga que conserve o seu chinês! Envio meus melhores votos

Sua amiga,

Irmã Maria.

Era a terceira carta que eu recebia dela desde que havíamos trocado pedidos de desculpas pelo "desentendimento". Respondi à carta dizendo que sim, é claro.

A Irmã Benedicta ficaria contente se ouvisse o meu cantonês. Eu fazia consciente esforço para mantê-lo em dia. Havia me mudado para um apartamento com três cômodos, no segundo andar de um prédio que ficava a meio caminho para o Pico, e tinha um empregado doméstico chamado Mun, um esperto rapaz mais ou menos da minha idade cuja família, de Cantão, estava pesando os prós e os contras de vir juntar-se a ele na colônia. Falávamos cantonês em casa; ou, pelo menos, eu tentava falar. O que fazia com que Mun me achasse louco, mas não perigoso.

Eu começava a me sentir profundamente agradecido pelo emprego que tinha e a desenvolver afeição pelo idioma. Ele era imensamente útil para pechinchar e negociar para o Empire. Comecei a acompanhar Masterson nos negócios e nas compras, logo me tornando responsável por essa parte da empresa.

Uma coisa que Maria não me havia dito era que o cantonês é um dos idiomas do mundo mais maravilhosos para praguejar. O que, aliás, estava em perfeita harmonia com o caráter dos cantoneses, que comecei a ver com os *cockney*[1], que também eram ásperos, diretos, inquisitivos, fixados em dinheiro,

1 COCKNEY — Habitante e dialeto dos bairros pobres de Londres. (N.T.)

facciosos, inteligentes, sociáveis e materialistas. Para o restante da China, o cantonês tinha um adágio: "As montanhas são altas, o Imperador é mais".

— Como isto se chama? — perguntei.

Estávamos de pé na cozinha do Empire, num sábado pela manhã, quando ela fica fechada para reabastecimento.

— *Choy sum* — respondeu Ah Wang.

"Ah" é o termo com que as pessoas se dirigem a amigos e parentes, em cantonês. O nome completo dele era Ming Wang-Lok. Em chinês, o sobrenome vem primeiro.

— O que quer dizer?

— Coração da folha — disse Ho-Yan.

— O que acha?

— Amargo — determinou Masterson —, mas é bom.

Para quem fumava tanto, era surpreendente como ele se interessava por comida.

— Bom! — confirmou Ah Wang.

Atualmente tornou-se perfeitamente óbvio que Hong Kong é uma sociedade construída por refugiados. A maior parte dos seis milhões de hong konguianos foi para lá de várias localidades ou nasceu de pais que haviam ido para lá. Depois da grande imigração de 1949 qualquer um podia ver isso. Mas naquela época, na década de 1930, ninguém sabia nem podia imaginar que milhões de pessoas iriam passar pela fronteira e que uma significativa porção da China, com todas as suas energias e dificuldades, iria se decantar em Hong Kong. Não desconfiei disso na ocasião, mas Ah Wang e Ho-Yan foram os primeiros dos muitos refugiados que eu iria conhecer.

Não que Ho-Yan fosse um refugiado no estrito senso da palavra; ele havia fugido de diferentes tipos de encrenca. Na verdade, à primeira vista era difícil imaginá-lo metido em encrencas. Ele era baixo, de olhos brilhantes e rosto redondo de criança, amigável, cheio de boa vontade e animado. Contudo, havia nele uma espécie de fraqueza, e seu olhar era mais fugidio do que o da maioria dos cantoneses. No entanto, ele se mostrava sempre disposto a ajudar. Pelo menos era o que eu pensava. Se alguma vez eu começar a me convencer de ter habilidade em reconhecer o caráter das pessoas, terei apenas de me lembrar do que pensei a respeito de Ho-Yan na primeira vez em que o vi. Mas ele era muito útil no Empire.

Em compensação Ming Wang-Lok — Ah Wang, como passei a chamá-lo — era um verdadeiro refugiado. Na China, ele havia trabalhado para um líder militar chamado general Chang, que mesmo pelos padrões do seu *métier* era famoso pela brutalidade de comportamento e pelo gosto super-refinado. (Tudo que Ah Wang disse, em inglês, a esse respeito foi: "O general Chang, ele gosta amarrar pés muito, muito".) O general Chang teve alguma espécie de contratempo com seus teoricamente superiores no Kuomintang, o Governo Nacional da China, e por um infeliz mal-entendido foi morto a tiros de metralhadora, juntamente com seus cinco guarda-costas, quando ia para casa jantar com um subordinado. Ah Wang deveria ter ido com o general para preparar uma das suas especialidades para aquele jantar, mas no último momento foi impedido porque começou a passar mal do estômago. Homem de natureza pacífica e tímida, Ah Wang ficou extremamente chocado com o assassinato de seu patrão. Fugiu para Hong Kong. Esse seu modo de agir concordava com uma acertada máxima cuja primeira parte é: "Problemas na China, vá para Hong Kong". Ouvi inúmeros expatriados citarem essa máxima uns para os outros nos poucos anos que se seguiram. O ditado tinha uma segunda parte: "Problemas em Hong Kong, vá para a China". Mas naquela época ouvia-se bem menos esta última.

Masterson e eu tínhamos conversado sobre a possibilidade de incluir alguns pratos chineses no menu. A idéia era ter algo para oferecer aos hóspedes que gostariam de experimentar comida chinesa, mas não estavam a fim de se aventurar na confusa escravidão branca de um verdadeiro restaurante chinês. Ho-Yan, como meu factótum geral no Empire conhecia nossos planos. Quando soube da chegada de Ah Wang em Hong Kong — ele era muito bom em ouvir coisas — disse-me:

— Mestre, um famoso cozinheiro acaba de chegar de Cantão. Ele seria perfeito para o restaurante do hotel.

Daí o fato de estarmos na cozinha naquele sábado de manhã, quando Jean-Luc, o inflamável *chef* belga, não estava por ali.

— O peixe está excelente — disse Masterson, pegando com os pauzinhos um grande pedaço da garoupa cozida no vapor.

— Não sou muito interessado nesses pratos com tripas — observei.

A essa altura eu já sabia que os cantoneses gostavam de comidas com textura gelatinosa e um tanto sem graça para o paladar europeu. Agora gosto delas e sou capaz de apreciar esse tipo de cozinha. Por isso, não via o porquê da inclusão daquele prato.

— Bem, talvez seja um exagero de autenticidade — concordou Masterson. — Mas podemos dizer isso aos hóspedes. Faria parte do show.

— Gostei do arroz — disse eu.

Ah Wang o cozinhara envolto em uma folha de lótus. Masterson e eu nos entreolhamos.

— Eu gostaria de que você viesse trabalhar conosco — falou ele, por fim, estendendo a mão para Ah Wang.

Não foi preciso traduzir. Acho que nunca vi ninguém se iluminar do jeito que Ah Wang se iluminou enquanto limpou a mão no avental antes de apertar a de Masterson.

Chang Chun
13 de novembro de 1936

Caro Tom,

Estou contente por saber que Ho-Yan continua indo bem no seu emprego. É um grande favor que o senhor me faz e fico feliz por saber que ele não o está prejudicando. Nossa missão aqui vai indo bem. As pessoas são mais receptivas aos ensinamentos da igreja quando as coisas estão difíceis. É o revestimento de prata. Que imagem mais chinesa, essa! Nossa tristeza pelos tempos difíceis da China é suavizada pelo pensamento que as pessoas que estamos ajudando a descobrir a paz de Deus vão salvar a alma.

A capela do padre Ignatius ficou pronta. É uma estrutura despojada, com notável qualidade espiritual. O padre Ignatius adaptou um desenho chinês para a entrada. Assim, o estilo parece tanto chinês quanto europeu. Espero que o senhor possa vê-la um dia.

Estou contente por saber que seus estudos de cantonês foram úteis e que está usando o idioma. Contei para a Irmã Benedicta, que também ficou alegre. Ela manda dizer que lhe deseja tudo de bom. Está trabalhando muito e nunca lhe falta energia. Esse é um dom importante.

Nossa missão em Hong Kong vai indo bem. Será que o senhor ouviu falar dela? O padre Xavier, um religioso português de grande capacidade, é nosso capelão aí. Claro, de certa maneira, o sucesso é causa de tristeza porque, se ele começar a ficar sobrecarregado demais, eu deverei ser enviada a Hong Kong para ajudá-lo. Mas, nesse caso, nos encontraremos de novo! Eu sempre penso na nossa viagem de volta da Europa para Hong Kong. Em muitos aspectos, ela agora me parece um sonho.

Espero que o Senhor, em Sua Providência, queira que nos encontremos daqui a pouco tempo.

Sua amiga,
Irmã Maria.

Essa carta e mais as que escrevi para Maria me deixavam com a consciência pesada. Havia uma coisa que eu não lhe contara. Uma noite, poucos meses depois que Ho-Yan começara a trabalhar conosco, fui para a saída de serviço do Empire a fim de verificar uma entrega de bebidas que tinha sido feita naquela tarde. Eu estava trabalhando por meio de um processo de eliminação, que era verificar o estoque de todas as maneiras desde sua saída do depósito da importadora até ir para o nosso bar. Parte das bebidas continuava sumindo, se bem que nunca no ponto do estoque que eu verificava no momento. Parecia ser uma versão do truque das três xícaras. Meu esquema era deixar o suprimento de bebidas trancado no depósito — do qual se supunha existir apenas uma chave — onde era guardado ao ser entregue e ia conferir o estoque no dia seguinte. Eu sabia que não estaria faltando nada, mas que no fim do mês daria pela falta de dez per cento da mercadoria, como sempre.

O depósito ficava nos fundos do hotel, atrás da maquinaria das caldeiras e do departamento de manutenção. No corredor, quando ia para lá, fiquei surpreso ao ouvir vozes falando em chinês. Virei o ângulo no fundo do corredor e dei com Ho-Yan, que ficou estatelado ao me ver, e um rapaz de uns vinte anos, mais alto e mais magro do que ele, com uma cicatriz na face esquerda que, à primeira vista, parecia o prolongamento de um sorriso. Eles falavam num dialeto chinês que eu não conhecia.

— O que está havendo aqui? — perguntei.

Ho-Yan sorriu, sem jeito, e disse:

— Mestre, este é meu irmão Man-Lee. Ele acaba de chegar de Fukien e não fala inglês.

Disse alguma coisa a Man-Lee, e este fez um profundo aceno com a cabeça, que mais pareceu uma reverência. Estendi-lhe a mão.

— Por favor, diga-lhe que tenho prazer em conhecê-lo — pedi.

Essa não era a absoluta verdade. O motivo pelo qual Ho-Yan havia ido para a missão de Maria tinha algo a ver com problemas na casa dele; o mesmo problema que surgira na missão e que o fizera vir para Hong Kong. Fosse o que fosse que Wo Man-Lee parecesse não era, de modo algum, o oposto de problema. Ao saber que eram irmãos, dava para perceber a semelhança, porém o irmão mais velho era visivelmente mais rijo e menos adaptável. E essa não era uma percepção errônea.

— Meu irmão vai ficar comigo até arranjar emprego — acrescentou Ho-Yan.

Ele não estava mais na missão, dividia um quarto em Mongkok com um dos nossos garçons. Tive absoluta certeza de que a missão não sabia da chegada daquele irmão em Hong Kong.

— Ele veio me dar um recado — explicou Ho-Yan. — Vamos sair daqui para não atrapalhar o senhor, a não ser que precise da nossa ajuda.

— Não. Estou apenas fazendo o maldito inventário, como sempre.

Os dois foram embora, e eu abri o depósito, sentindo-me esquisito. Resolvi escrever para Maria contando-lhe o fato, uma vez que estava implícito que eu era o responsável por Ho-Yan. A chegada daquele irmão não combinava.

No depósito, contei as garrafas. Inútil dizer que estavam todas lá. Depois que terminei e quando estava fechando a porta, George, o *maître* (um cantonês cujo nome não anglicizado era Zhu), apareceu no corredor parecendo nervoso de um modo como eu nunca vira.

— Ah Tom, venha depressa! Briga grande! Na cozinha! Ah Luc... Jean-Luc... e Ah Wang!

Corremos pelos corredores da manutenção, pela passagem que ia dar na cozinha e passamos pela porta dupla de vaivém. Estava formado contra as paredes um círculo de entusiasmados espectadores formado por garçons e ajudantes de cozinha que se acotovelavam. Jean-Luc empunhava um cutelo de açougueiro que estava meio enfiado num pato. No momento em que entrei, o *chef* segurava o bizarro conjunto com a mão direita erguida. Ah Wang achava-se a uns dois metros dele, com os braços cruzados.

— Não é assim que se assa um pato! Não posso trabalhar neste zôo! — gritou Jean-Luc para mim.

Eu não posso dizer que a briga me pegou de surpresa. Como disse, Jean-Luc se ressentira pela inclusão de Ah Wang na "sua" cozinha. A coisa iria estourar a qualquer momento.

— Qual parece ser o problema, *chef*? — perguntei.

Jean-Luc tinha o mau gênio-padrão da sua profissão, o tipo de mau gênio que se torna pior quando as pessoas reagem calmamente.

— Parece? *Parece*? O problema é que eu não posso trabalhar nesta porra deste zôo! — Então, ele esbravejou em francês por pouco tempo, antes de voltar ao inglês dizendo: — Nestas condições é impossível. Ele ou eu, pode escolher.

Largou o cutelo com o pato e, ele também, cruzou os braços.

— Vamos conversar em particular.

— Ele ou eu. Aqui e agora! Escolha!

— Muito bem, Jean-Luc. Ah Wang, daqui por diante você é o *Chef* Principal do Empire. Jean-Luc, por favor, sinta-se à vontade para ir acertar os termos de demissão com o sr. Masterson.

Jean-Luc não empurrou a porta de vaivém: explodiu entre as duas partes dela e no processo quase matou um garçom que voltava de servir caldo de carne para um hóspede com bronquite. Ah Wang pareceu ficar satisfeito mas, devo dizer, nada surpreendido. Eu sabia algo que Jean-Luc não sabia: o falecido general Chang adorava a comida européia. Com toda aquela confusão, eu me esqueci de escrever para Maria.

Capítulo Cinco

— Esta é a única coisa interessante que vi desde que saímos de Londres — anunciou Wilfred Austen.

Estávamos de pé à entrada do templo Kuan Ti, na Cidade Kennedy. Imediatamente acima de nós havia um friso pintado com uma batalha entre deuses taoístas. No meio do friso um deus com aparência marcial e quatro braços purpúreos segurava duas cabeças cortadas de seus oponentes e duas longas lanças.

Encorajado por Masterson, eu desenvolvera uma ocupação secundária especializada em turismo e palestras. Os turistas ingleses que iam a Hong Kong em geral queriam conhecer a cultura chinesa. Organizei um roteiro turístico: levaria os visitantes aos templos Kuan Ti e Tin Hau; a um cemitério perto de Fanling (que, infelizmente, ficava também perto de um curtume, cujo odor posso relembrar até hoje sem precisar fazer o mínimo esforço); à casa de chá Luk Yu, onde eu supervisionava os pedidos para evitar que turistas nervosos e desavisados escolhessem pratos como galinha malcozida e ovos com mil anos de idade. (Esses ovos tinham gosto parecido ao do queijo Brie, o que não impedia que as pessoas se encolhessem de aversão quando os viam. Uma mulher chegou até a desmaiar. Na verdade os ovos tinham apenas um mês de idade — não muito diferentes dos ovos com picles que servíamos no Plough.) O que os turistas mais apreciavam era uma substância escura cujo nome, como todos os nomes de pratos chineses, era uma metáfora que significava "um toque no coração" — nome altamente poético para bolinhos.

Naquele dia de fevereiro de 1938 eu fazia o passeio turístico com dois escritores ingleses que se dirigiam à China para cobrir a guerra civil. Iam de navio porque os japoneses, que então ocupavam a maior parte da China, haviam começado a bombardear o trem que ia de Kowloon a Cantão. Os soldados japoneses vinham de um porta-aviões fundeado em águas extraterritoriais perto de Hong Kong. Costumavam bombardear também o navio, porém de um modo mais inconstante e ocasional.

O poeta, Austen, era o mais alto e mais claro. Exibia uma carranca permanente com as sobrancelhas franzidas e era um fumante do gabarito de Masterson. Estava no começo dos trinta anos e era o tipo do inglês que jamais perde inteiramente o jeito de ser um estudante crescido demais. Seu companheiro, o teatrólogo Charles Ingleby, era mais baixo, mais moreno, simpático, nada confiável e malicioso. Davam a impressão de formar uma turma de dois. Também não escondiam sua homossexualidade, agindo de um modo que eu jamais vira.

Austen e Ingleby estavam na colônia havia uma semana e deveriam sair para Cantão no dia seguinte. Como escritores da Inglaterra, os dois exploravam e zombavam do seu *status* de semicelebridades. Tinham participado de uma série de jantares formais que, para mim, classificavam abertamente de ridículos. Principalmente Austen não estava impressionado.

— O nível intelectual daqui é o mesmo de um clube de golfe do Surrey — comentou.

O estilo preferido de conversa deles eram o monólogo e o apotegma[1]. E tendiam a exagerar em ambos. Sexo era o tema preferido.

— Toda vida colonial é essencialmente cômica.

— O riso é o primeiro sinal de atração sexual.

---

1 APOTEGMA — Ato de citar aforismos, ditos, frases célebres pronunciadas por gente importante. (N.T.)

— Os chineses são muito mais inteligentes e dignos do que os expatriados, é positivamente embaraçoso ser branco.

— Se não fosse pelo gim e pelo adultério, o Império teria caído há décadas.

(Passei este aforismo para Masterson que imediatamente disse: "Não sei qual é a verdade sobre o Império Britânico, mas com certeza ele vem para o nosso hotel".)

— Toda arte chinesa é quietista.

— Homens com cabelos ruivos só vão para os trópicos se quiserem morrer.

— Eu não conheci uma só inglesa que não quisesse ser fodida por um chinês.

No entanto, ali no templo ele se tornara suave, pelo menos momentaneamente. Havia observado estátuas e peças de altar com muita atenção. Devo admitir que eu estava gostando. O penetrante, intenso perfume dos bastões de incenso pesava no ar. Uma mulher com uma vassoura de bambu provocava um ruído rascante ao varrer o chão. Uma deusa chinesa de jade e um gordo Buda estavam amigavelmente sentados no mesmo nicho.

Num dos cantos do templo, um ledor de sorte procurava fregueses. Balançava um cilindro circular. Quando aparecia um cliente, ele invertia o cilindro e uma tira escrita caía no chão. Aí, ele tentava interpretar o que estava escrito nela. Não sou supersticioso, ou talvez até seja — de qualquer modo, jamais tinham lido a minha sorte.

— É um bocado caótico, não? — perguntou Ingleby. — O taoísmo parece tão puro, simples e honesto, aquilo sobre o Caminho, sobre ser como um córrego e tudo mais, porém quando você vê os templos deles e toda essa parafernália supersticiosa, tudo desaba de vez. Este deus, aquele deus, os Budas e seja lá como você os chame.

— Não, não. Absolutamente errado — disse Austen. — Protestante demais. Não há contradição entre misticismo e superstição. É como o catolicismo mediterrâneo, cheio de deuses locais, crenças, rituais e intercessores. Nada disso contradiz a fé que existe por baixo. Precisamos não temer a incrustação.

Austen viu o ledor de sorte girando seu cilindro e acendeu um cigarro. O poeta pegou um maço de Sweet Afton e acendeu um para si, sem oferecer a ninguém.

Austen e Ingleby eram arautos. A guerra entre a China e o Japão significava que o jorro de turistas que desaguava em Cantão ia secar, como com ele secaria também um grande número de negócios com Xangai e viagens para lá. Mas a guerra em si começou a trazer pessoas. Havia um afluxo crescente de jornalistas, aproveitadores, diplomatas, empresários de níveis variáveis de credibilidade e probidade, turistas de guerra, espiões. Eles tendiam a gastar mais e a beber mais do que os visitantes dos tempos de paz. O comércio não era bom como havia sido, porém assim mesmo continuava, todas as coisas devidamente consideradas, surpreendentemente fortalecido; a Depressão significava que estávamos trabalhando numa base regularmente baixa. As pessoas de outros hotéis começavam a freqüentar o Empire por causa dos banquetes chineses de Ah Wang. Masterson falara em abaixar os preços, mas depois decidiu que não seria preciso. Ele se tornara o único dono do Empire devido ao falecimento de seu sócio alemão adormecido, Munster, que ocorrera no começo do ano.

— Ninguém liga muito para a guerra, desde que não estejam matando os brancos.

Pelo menos para mim, a guerra civil dava sinais de trazer boas notícias. A carta de Maria começava mencionando a possibilidade da sua missão mudar de onde se encontrava — foi o que fizeram, e Hong Kong revelou-se o melhor lugar para escolherem. ("Problemas na China...")

"Estamos indecisos entre servir ao Senhor na China, cuidando de Suas crianças aqui, e a realidade de que nosso trabalho está se tornando impossível por causa da guerra", escreveu-me ela. "Se formos, por meios práticos, incapazes de cumprir nossa missão e ao mesmo tempo colocamos nossa vida em perigo, não devemos permanecer aqui. No entanto, a decisão é importante demais e estou contente por não ser eu quem tem de tomá-la."

Nossas cartas tinham um tom mais íntimo do que o das nossas conversas. Muitas vezes eu tentava imaginar como seria quando nos encontrássemos de novo.

Já então minha opinião sobre Ho-Yan se tornara clara. Por mais que eu esperasse que desse errado, não deu. Ele deixara o emprego no Empire, dizendo que queria trabalhar com seu irmão Man-Lee. Primeiro, pegou um trabalho de garoto de entregas e depois outro, mais importante, numa distribuidora de comidas e bebidas. Não passara muito tempo quando ele me procurou com uma oferta: se o contratássemos para cuidar das nossas entregas podia nos garantir — garantir — que o problema de sumiço de bebidas seria eliminado. Nosso prejuízo continuava sendo cerca de um décimo em cada compra. Se bem que aquela situação continuasse a me irritar, eu começava a vê-la como fato consumado, situação essa mais ou menos aceita pelos expatriados como um direito dos empregados. O preço na oferta de Ho-Yan igualava-se ao do nosso fornecedor. Ele disse que supriria os dez por cento de falta supervisionando pessoalmente o estoque, fosse o que fosse que isso significasse. Se assim fosse, teríamos um aumento de mais de dez por cento de lucro, uma vez que venderíamos as bebidas recuperadas aos preços do hotel; por essa razão, era muito difícil resistir à proposta. Fiz um contrato de três meses com a empresa dele, e o estoque passou a ser exato. Fiquei deliciado.

Muitas outras pessoas haviam ido para Hong Kong do mesmo jeito que Wo Ho-Yan, Wo Man-Lee e Ah Wang. Havia também um fluxo que partia de Xangai. As chegadas de Xangai tendiam a ser exóticas, de certa maneira. Em geral havia nelas muitos russos brancos, tipos que aprendiam rapidamente a se virar. Havia algo elegante, orgulhoso e desesperado neles. A chegada dessas pessoas, que não eram refugiadas no sentido exato do termo, mas também não deixavam de ser, trazia a guerra para perto de nós. Ela se tornara tema constante das conversas.

No entanto, "a guerra" queria dizer várias coisas diferentes. Existia guerra na China, ou melhor, duas guerras: a guerra civil entre os comunistas e o Kuomintang — a idéia difundida era de que os comunistas tinham sido praticamente derrotados — e a guerra entre os chineses e os japoneses invasores. Havia também a guerra que todo mundo então parecia ter certeza de que envolveria a Europa; guerra essa que quando era citada provocava uma sensação física de medo na boca do estômago e que para muitos, eu inclusive, parecia mais próxima do que a guerra que no momento se desenvolvia na fronteira da China. E de novo ali estava a nossa futura guerra no fundo da mente, assombrando-nos. Esse assunto só era tratado abertamente por homens e com outros homens. Os japas iriam nos atacar também; os japas só viriam para cima de nós quando acabassem com os chineses; os japas tinham inveja de Hong Kong; os japas se reproduziam como os ratos e só iriam sossegar depois que conquistassem a Austrália. A Marinha iria nos salvar; os americanos iriam nos salvar; ninguém pode nos salvar. Hong Kong é inexpugnável; Hong Kong é indefensável. Todos nós iremos fugir para Cingapura. Os japas não podem bombardear; os japas não podem voar. Os navios para a evacuação serão afundados na enseada; os japas vão nos deixar ir embora e se apoderar da enseada. Não é um fato muito conhecido, meu velho, mas a verdade pura e simples é que os japas não enxergam no escuro. A palavra "guerra" podia ser percebida em todas as conversas na sala.

Era o verão de 1939, exatamente antes de a guerra com a Alemanha ser declarada, quando ela se tornou real para mim. Naquele tempo minha grande paixão era andar, um solitário porém energético passatempo que eu adotara para compensar a vida gregária mas sem atividade física do hotel. Passava mais ou menos todos os fins de semana fora, em Lantau ou nos Novos Territórios. Meu amigos, os Higgins, um casal que tinha uma loja de móveis chineses na rua Des Voeux, possuíam uma casa de pedra no litoral sul de Lantau; Cooper e Porter, meus amigos do Banco de Hong Kong, levavam-me com eles quando chegava sua vez de passar férias ou feriados num dos chalés do banco, nos arredores de Fanling. Eu andava pelas montanhas o mais que podia e estava tão em forma quanto era possível — muito mais do que quando morava no apartamento em Kent. Gostava do calor, e embora ninguém goste da umidade, ela parecia me incomodar menos do que à maioria das pessoas.

Naquele dia, eu pegara uma garrafa de cerveja além de meus dois cantis com água. Minha mochila de couro, comprada de um sapateiro em Wanchai, além disso, continha alguns sanduíches, uma laranja, um compasso e um mapa. O plano era pegar carona até Fanling e passar o dia andando pelos montes Tai Mo.

Foi a cerveja que me arrasou. Na noite anterior eu estivera com Cooper e seus amigos em Fanling. Havíamos bebido demais. Acordei tarde e nada havia para fazer. Os dois bancários tinham sido convidados para um almoço. Peguei uma carona até o sopé de uma das montanhas. Em geral, eu começava a andar nas primeiras horas da manhã para me sentir bem disposto o dia inteiro — assim, eliminava a rigidez muscular dos membros e conseguia com que os pulmões e as pernas trabalhassem bem em conjunto. Parei no topo de uma pequena subida, olhei para baixo e para o norte, em direção da fronteira. Era um claro dia de verão, com traços de neblina do calor, mas não havia nuvens que provocassem umidade opressiva. Embora fosse quase meio-dia, eu tinha a agradável perspectiva da caminhada e achei que merecia um trato. Sentei-me numa pedra e tomei a cerveja. O calor e o exercício deram-me a sensação, agradável no começo, de que o álcool subia-me diretamente para a cabeça. Nada de preocupação, disse a mim mesmo, o exercício irá queimá-lo. Recomecei a subida para o topo do Tai Mo Shan, pegando uma trilha mais confiável que estava marcada no meu mapa, em vez de pegar aquela em que subira até ali.

Começava a tarde quando me senti sonolento. Eu havia percorrido a maior parte do caminho que subia noventa e um metros até o topo e podia ver bem a China, ao norte, além dos campos de arroz e das aldeias dos Novos Territórios. (Atualmente a mesma vista apresenta novas e grandes cidades, com muitos prédios e, próxima da fronteira, uma cidade inteiramente nova, superpovoada, repleta de arranha-céus: Shenzen.) Habitualmente, quanto mais se sobe o ar vai se tornando mais fresco e de vez em quando sopra uma brisa; porém, naquele dia parado fazia cada vez mais calor. Não havia parado desde que tomara a cerveja e resolvi descansar. Sentei-me no solo, encostei-me no tronco de uma árvore e comi meus dois sanduíches de presunto. A manteiga havia derretido um pouco com o calor, então o papel impermeável que os envolvia estava quente e engordurado. Abaixei o chapéu sobre os olhos. O ambiente parado tornava o dia misteriosamente quieto. Pensei em descansar um pouco, depois tomar água e me levantar.

Quando acordei o sol já descera por trás das montanhas, e o Tai Mo Shan estava imerso em densa penumbra. Fiquei apreensivo com a idéia de me perder no caminho de volta e ter de passar a noite no monte. Ninguém iria dar por minha falta até a manhã de segunda-feira já ter avançado. Jurando nunca mais beber cerveja, ajeitei a mochila nas costas e comecei a descer pela trilha.

E me perdi quase que imediatamente. Cheguei a uma bifurcação da trilha, na qual não reparara durante a subida. Um dos caminhos parecia virar por trás de si mesmo antes de, presumivelmente, descer. O outro demonstrava ser pouco usado, era mais íngreme, porém mais direto. Ele também não me parecia conhecido. Depois de pigarrear e resmungar, escolhi a trilha mais íngreme. Logo ficou claro que havia sido um erro. Os arbustos dos lados dela eram mais densos e a fechavam mais do que quaisquer outros pelos quais passara na subida, e quando a noite caiu eu estava todo arranhado e incapaz de me orientar. A única saída era continuar despencando para baixo. Muitas vezes fui me agarrando em arbustos e árvores, tropeçando em pedras. Não dava para ver caminho algum. Havia momentos em que a encosta era assustadoramente abrupta.

Depois de algum tempo — eu não conseguia ver nem minhas mãos diante dos olhos — o terreno começou a se tornar plano e embora ainda não desse para perceber a trilha, caminhar pelo solo irregular tornou-se menos difícil. Se tivesse de apostar, eu afirmaria que me dirigia mais ou menos para o sul, na direção de Shek Kong. Resolvi andar pelo tempo que me parecesse uma ou duas horas, no máximo, e então, se não chegasse à aldeia, desistiria de continuar andando e esperaria o amanhecer. Quando cheguei a essa decisão, senti as primeiras gotas gordas de chuva tropical batendo-me no rosto. As nuvens se haviam acumulado no céu sem que eu percebesse. Prometi a mim mesmo que nunca mais sairia para andar e que faria questão de não esquecer a promessa quando estivesse a salvo e seco.

Então, aconteceram três coisas: senti o solo faltar sob meus pés, caí em cima de algo macio, mas firme, instável e com certeza vivo, ouvi alguém gritar muito alto e aos quatro ventos:

— Ai! Porra! Dê o fora daqui!

Nem era necessária aquela ordem. Fosse quem fosse sobre quem eu aterrissara, saiu de lado jogando-me longe, fazendo-me rolar, cair de lado e bater a cabeça no chão. A coisa seguinte que percebi foi a luz de uma lanterna na minha cara, cegando-me, e ouvi alguém com sotaque *cockney* dizer:

— Quem diabo é você?

Ao fundo havia vozes. Percebi que alguém se aproximava.

— O que está havendo, sargento? — perguntou um homem em tom de comando.

— Algum sodomita caiu na minha trincheira, senhor — respondeu a voz mais próxima.

— Será que alguém pode me explicar o que está acontecendo? — pedi.

— Puxem esse sujeito para fora, rapazes, e vamos resolver essa parada — ordenou a voz no comando.

Dois pares de braços surgiram de um lado da trincheira e fui puxado para junto dos sujeitos. Eram soldados. Em seguida, a luz da lanterna iluminou meu rosto de novo e fez-se silêncio por alguns momentos.

— Bem, ele não parece ser um espião japonês, posso garantir — declarou o comandante. Aí, em tom mais áspero, prosseguiu: — Somos o Regimento Real de Hong Kong e estamos em manobras. Quem é você e o que faz aqui?

— Meu nome é Tom Stewart, sou civil e estou voltando de uma caminhada no Tai Mo Shan.

— O senhor sempre caminha por montanhas à noite, sr. Stewart?

— Adormeci, quando acordei já estava escuro e me perdi. Coisa que acontece.

— O senhor sempre dá caminhadas sozinho?

— Sim.

— E o que faz quando se perde?

— Peço informações.

— O que ocorre quando a pessoa não fala inglês?

— Pergunto em chinês.

— É mesmo? — insistiu meu inquisidor, mais suave e curioso. Pensou por um instante, depois disse: — Sargento, mostre ao sr. Stewart como chegar ao caminhão. Vamos continuar nossa manobra e deveremos encerrá-la ao amanhecer. Enquanto isso, sr. Stewart, pode ficar sentado no caminhão e tomar alguma coisa. Depois lhe daremos carona. O senhor chegará à cidade a tempo de trabalhar. A maior parte de nós tem de ir para o emprego de manhã. Conversaremos quando estivermos indo para casa. Aliás, eu sou o major Walter Marlowe.

— Por que não me contou? — perguntou-me a Irmã Maria.

Claro, não foi essa a primeira coisa que ela me disse depois de quatro anos, mas quase. A irritação dela fez com que eu também ficasse zangado. Tive vontade de lhe dizer que se acalmasse ou que crescesse. Mas o fato é que ela já fizera essas duas coisas. Aparentemente continuava a mesma. Seu rosto permanecia liso, porém os olhos eram mais profundos, de um castanho mais escuro do que me lembrava. Não usava mais o hábito, mas sim uma espécie de uniforme da missão que a fazia parecer mais uma enfermeira do que uma freira. O chapéu expunha mais cabelo do que eu tivera oportunidade de ver até então; ele era tipo cantonês, de um negro-tinta, quase azulado, e o corte curto, solto, parecia elegante de um modo incongruente.

O tema da discussão era Wo Ho-Yan e seu irmão Wo Man-Lee. A reação dela fora de choque, como se as notícias que eu dera de Ho-Yan representassem a pior recepção que lhe poderia ter oferecido. Maria dava a impressão de estar perdendo o controle sobre si mesma.

— Eu sei que o senhor nos fez um grande favor — disse ela, a um certo momento —, mas... Bem, já está feito.

— A senhora nunca me disse qual era o problema.

Ela suspirou.

— Encrenca. Crime. Gangues. O irmão tem uma... uma reputação ruim.

— Tudo me pareceu certo. Nem sempre as pessoas permanecem as mesmas.

— Creio que o senhor não o conhece bem.

— Então, não adianta mais discutirmos isso. Eu já pedi desculpas.

Não fora daquele modo que eu imaginara meu encontro com Maria. A missão dela decidira fechar e mudar-se no outono de 1939. Fora primeiro para Cantão, mas lá havia encontrado dificuldades de alojamento e recursos com as irmãs que já se achavam instaladas na região, por isso havia seguido viagem para Hong Kong, onde tinha chegado no fim do ano. O trem em que a missão viajava fora bombardeado por aviões japoneses. A Irmã Benedicta havia ficado em Cantão e viria, ou não, para a missão tão cedo. A comunidade, como Maria a chamava quando assumia a pose de quem faz sermão num púlpito, se havia espalhado pelas casas de amigos e companheiros religiosos da colônia. Maria estava em Happy Valley com Ignatius, o padre irlandês.

Nos meses que se haviam seguido eu a vira pelo menos uma vez por semana. Ela me destinara a dar aulas de inglês para seus educandos que, apesar de estarem dispersos em alojamentos por toda a Hong Kong e Kowloon, se reuniam várias tardes da semana. Eu me encontrava lá para ser o representante da língua inglesa e participar das aulas de prática de conversação.

— Até mesmo a Irmã Benedicta afirma que o inglês é o idioma do futuro — disse Maria.

Havia algo de maravilhosamente emocionante nos rostos sérios voltados para mim enquanto eu lia trechos do *South China Morning Post*. O melhor era ler os resumos de filmes e, depois, discutir a respeito com os alunos. Em geral, eles achavam o comportamento dos personagens engraçado ou incompreensível. O primeiro obstáculo para mim foi a pergunta: "Onde estão as pessoas das famílias deles e por que as deixaram?".

Maria tinha uma classe também nos Novos Territórios, perto de Fanling, onde alugara numa escola a sala para dar aula ao grupinho da sua missão que se encontrava naquela área. Fazia essa viagem uma ou duas vezes por semana e algumas vezes eu a acompanhei. Certa vez contei aos alunos dela o enredo do filme *A Diligência*, e uma mão se ergueu.

— Mas onde está a família dessa pessoa? — perguntou alguém. — Por que eles não estão aí?

— Eles são refugiados — respondi.

A classe toda assentiu e os que estavam meio desatentos endireitaram-se na cadeira.

— O senhor está se tornando um professor de primeira! — disse-me Maria, depois dessa aula.

Quando a aula terminou fomos à casa de um dos alunos para pegar uma fieira de cabeças de peixes cozidas. O ar nos Novos Territórios sempre cheirava a limpo — a menos que o vento viesse do lado do curtume.

Naqueles dias a atmosfera era a mais esquisita que já vi. A guerra na Europa, que passou de um não-acontecimento para um desastre, era assunto de constantes discussões, e isso fazia a nossa própria guerra parecer de uma inevitabilidade terrível, vindo para cima de nós com a lógica de um pesadelo. As pessoas agiam de modo esquisito. Até então, eu não tinha visto uma histeria coletiva — uma histeria calada, mas que se fazia ouvir no tom agudo das vozes ou nos súbitos silêncios, mais do que em qualquer gritaria de uma manifestação pública. Todo mundo sabia o que os japoneses haviam feito em Nanquim, o grande número de estupros e de assassinatos. Eles não iriam se comportar desse jeito com os ocidentais, é claro.

Uma tarde, ali pelos meados de 1940, meu secretário, Ah Wing, bateu à minha porta para avisar que alguém queria falar comigo. A expressão dele era tão séria e ansiosa que logo percebi que não se tratava de um visitante costumeiro. Acenei que sim e ele fez entrar na sala um homem alto, pesadão, de uns cinqüenta anos, com terno escuro e gravata. Eu o reconheci ao primeiro olhar: John Wilson, uma das figuras mais velhas do governo da colônia — eu não sabia bem que cargo ele ocupava. (Ministro da Defesa, fiquei sabendo depois.)

— Sr. Stewart? Pode me dar um momento? — disse ele, com uma voz inesperadamente macia. — Será que podemos dar um passeio?

Tentei parecer calmo e nada surpreso, dominando a parte inferior do meu rosto que tentava sair do controle com a boca querendo abrir e fechar, como a de um peixe. Peguei meu maço de cigarros, o chapéu e fomos para o jardim botânico. Atravessamos a rua Connaught, passamos pelo novo edifício do Banco de Hong Kong e seguimos ladeira acima. Ele subiu sem que sua respiração se alterasse.

— Há quanto tempo o senhor está aqui? — perguntou-me com a voz gentil. — Poucos anos?

— Quase cinco, senhor, para minha própria surpresa.

— Acha que vai ter oportunidade de voltar para casa antes que a guerra estoure?

— Temo que não, senhor.

— Família?

— Avó e irmão. Ambos estão bem, pelo menos na última vez que tive notícias.

— Difícil não se preocupar, não é? Mas está gostando daqui?

— Sim, senhor, muito.

Chegamos à extremidade mais baixa do jardim botânico que se mostrava mais luxuriante do que nunca. Como sempre, havia cada vez menos visitantes do que o lugar merecia, embora dois ou três chineses idosos estivessem fazendo exercícios de *tai chi* nos fundos do parque. Wilson olhou ao redor e diminuiu o passo.

— O senhor acha que vai haver guerra?

— Acho que sim, senhor.

— Tem algum plano?

Por alguns instantes eu não entendi. Pensei, aturdido, que ele estava me pedindo conselhos estratégicos. Depois, achei que me perguntava se pretendia me unir aos voluntários — coisa que, de fato, eu havia considerado de maneira vaga na esperança de que a atual necessidade de escolha ou de ação desaparecesse. Será que o governo de Hong Kong ou o departamento colonial iriam recrutar soldados um a um? Será que isso poderia ser um eficiente uso de recursos?

— Planos?

— Idéias sobre o que vai fazer, no caso de haver uma guerra.

— Bem, lutar nela, eu acho.

— Acha que vamos vencer?

— Desculpe, como disse?

— O senhor acha que vamos ganhar, caso haja uma guerra?

— Bem, sim. Claro. Eventualmente.

Ele sorriu ao ouvir isso.

— Eventualmente... Essa é uma boa resposta. Mas o senhor acha que Hong Kong é defensável? Se os japas vierem, será que vamos conseguir impedi-los de entrar?

— Não sei o bastante para responder a isso, senhor.

— Ninguém sabe o bastante para ter certeza. Mas eu sei o bastante para fazer uma idéia decente, e a minha resposta é que não vamos conseguir. Não somos em número suficiente e por aqui não há água o bastante. Se não pudermos manter a posse dos reservatórios, não teremos homens em número que dê para defender o restante da colônia. Se tentarmos traçar uma linha ao redor dos Novos Territórios, o que na certa iremos fazer, ficaremos confinados numa faixa muito estreita. O problema é simples: nossas reservas são limitadas e as deles, não. Se eles quiserem reunir homens em quantidade suficiente para tomar Hong Kong poderão fazê-lo.

Eu me senti mal. Não queria saber nem ouvir nada a esse respeito.

— Então, o que vamos fazer? Fugir para Cingapura?

— Essa idéia o agrada?

— Particularmente, não.

— Muito bem. Cingapura já tem uma boa dose de encrencas próprias. Não. Não podemos simplesmente fugir e deixar Hong Kong. Será preciso retirar mulheres e crianças. Logo. E nós deveremos ficar e lutar.

Parecia que com essas palavras Wilson chegara a uma espécie de conclusão. Ele parou diante de uma árvore com folhagem de um verde-escuro e botões de um púrpura-azulado; um jacarandá, como sei agora mas não sabia naquele tempo.

— Segundo o senhor, vamos ganhar a guerra, eventualmente. Os americanos não estão fazendo nada para ajudar, como deve estar sabendo. Eles têm inveja do Império em geral e de Hong Kong em particular, parece. Contudo, cedo ou tarde os japoneses resolverão apoderar-se deles e, se o fizerem, cedo ou tarde vão perder a guerra. Mas, nesse meio-tempo teremos perdido Hong Kong e a maior parte de nós estará morta ou na cadeia.

Senti uma onda de amargo arrependimento. O que eu estava pensando quando realizei meu sonho infantil de vir para a China? Eu havia desperdiçado a minha vida. Ia morrer ou apodrecer numa cela. Wilson continuava de pé, olhando para o seu jacarandá. Não parecia perturbado com a visão que tinha do futuro. Por um longo momento nenhum de nós falou. Aos poucos meu cérebro voltou a funcionar. Eu disse:

— O que quer dizer com "a maior parte de nós"?

Diante da minha pergunta, Wilson voltou-se para me olhar de um modo duro, como se fosse a primeira vez que me visse.

— O senhor conhece alguma coisa de soma, matemática, de livro-caixa, essas coisas?

— Sim, um pouco.

— O bastante para aprender um pouco mais, depois mais ainda?

— Sim.

— Fala cantonês?

Até então não se havia mencionado o meu cantonês.

— Sim.

— Fluente?

— É difícil para um europeu, mas falo bastante bem.

— Vamos continuar andando?

— Bem... sim.

Ele assentiu.

— Walter Marlowe contou-me que tropeçou no senhor. — Ao ver meu ar de espanto, acrescentou: — O major Marlowe, dos voluntários de Hong Kong. Ele disse que o senhor quase quebrou uma perna do sargento, dele.

— O sargento dele quase quebrou o meu pescoço.

— Disse-me que sua leitura de mapas não é lá essas coisas.

— Estava escuro como breu, senhor.

— Ele também me disse que o senhor era, e eu concordo, "um pequeno velhaco livre-pensador".

Fiquei sem saber o que dizer. Limitei-me a observar os homens que praticavam *tai chi*, os três fazendo movimentos ondulatórios com os braços, mantendo-se lado a lado. É impossível descrever a cena sem fazê-la parecer cômica, mas o espetáculo em si não era nada cômico. Os participantes eram sérios, dignos e calmos. Wilson ficou calado por algum tempo, então voltou a falar.

— Interessado em fazer algo um pouco melhor do que apodrecer na cadeia?

Capítulo Seis

O começo da guerra foi um choque, mas não uma surpresa. Nas semanas precedentes aumentou o número de atentados provocatórios dos japoneses, havendo inclusive repentinos ataques aéreos na fronteira de Hong Kong com a China, vôos rasantes de aviões e incursões em nossas águas territoriais. A posição oficial era que Hong Kong lutaria até a morte. Estou feliz por nunca ter acreditado nisso.

As primeiras bombas japonesas caíram na colônia no mesmo dia em que ouvimos a notícia sobre Pearl Harbour. Eu estava na minha sala no Banco de Hong Kong e Xangai quando ouvi um ruído distante como uma série de sacos de papel estourando. Só que o barulho tinha um tom mais profundo, reverberativo, e permanecia vibrando no ar de um jeito diferente. Dava para ouvir o ronco dos motores dos aviões em alta velocidade. Levantei-me e fui até a janela. Olhando para nordeste pude ver três colunas de fumaça. Sem que eu percebesse, Cooper atravessara a sala e estava parado junto a mim.

— Puta que pariu! — desabafou ele. — Começou. Kai Tak. Estão bombardeando o aeroporto.

Uma outra série de explosões veio de algum lugar fora do nosso campo de visão. Eu só fiquei sabendo disso algum tempo depois, mas aquela série de bombardeio dos japoneses destruiu todos os aviões da RAF e todas as bateria antiaéreas de Hong Kong — ou seja, todas as defesas aéreas.

Olhamos um para o outro. Nos últimos dois meses eu havia passado todas as minhas manhãs de folga naquela sala na sede do banco, na rua Queen´s Central, aprendendo a abrir meu caminho por meio dos rudimentos dos negócios bancários. Era este o plano de Wilson:

— Os japoneses vão ter de dirigir a colônia, não podem deixar que tudo afunde. E eles podem fazer bem poucas coisas. Empresa de utilidade pública é uma delas. Mas não podem trazer seu povo para cá a fim de fazer isso. E vão tentar roubar tudo que não esteja pregado no chão. Manter a ordem vai ser um problema para eles. E vão precisar manter a economia funcionando. O que significa que terão de fazer os bancos continuarem funcionando. O que, por sua vez, significa que vão precisar de bancários. E é aí que você entra em cena.

A idéia era que eu fosse inserido numa lista de posições-chave do pessoal do banco. (Banco, neste contexto, assim como na maioria dos contextos de Hong Kong, significava o Banco de Hong Kong e Xangai.) Eu iria figurar na folha de pagamento e nos registros de equipe com um título bacana como agente contador-chefe. Iria adquirir um conhecimento ilusório de como o banco funcionava. Então, quando estivéssemos sob a ocupação japonesa, eu iria utilizar meu cantonês para ajudar quem quer que precisasse de ajuda. Apenas seis pessoas sabiam disso.

— Lembre-se, não nos procure, nós o procuraremos — disse-me Wilson.

— Mas não seria melhor que eu soubesse um pouco mais?

Seria mentira se eu dissesse que fico vermelho quando me lembro de ter feito essa pergunta, mas foi uma das coisas mais idiotas que já disse na minha vida.

— Não, é melhor que você saiba um pouco menos — respondeu Wilson, gentil como sempre.

Cooper, que havia sido completamente engolido pela engrenagem do banco e a quem eu vira a intervalos irregulares desde que havíamos chegado a Hong Kong, era meu instrutor. Ele passara aqueles seis anos numa seqüência de não exatamente amor e não exatamente negócios, em geral com as filhas do banco e de figurões coloniais. Mas de maneira geral vivia perseguindo a srta. Farrington, cujo pai era alguma coisa do governo. Mulheres e crianças haviam sido retiradas da colônia em 1940, por ordem do governo, mas as pessoas sem relacionamentos ou qualificações de enfermagem teriam de ser hábeis para cavar a vida se ficassem. A srta. Farrington havia feito isso. Havia ficado. Cooper descrevia as evasões e as sonegações da moça de um modo que tornou claro que ela não tinha a menor intenção de corresponder aos sentimentos dele.

— O que acha, meu velho? Parece prometedor? — perguntou-me ele.

— Só o valente merece a mulher formosa — respondi, pegando emprestado um dos ditados de Masterson.

Ele costumava usar esse quando um casal era visivelmente desparelhado, em geral um horroroso homem de meia-idade escoltando um brotinho, para usar o termo corrente na época.

— Bem observado... — disse Cooper, incerto.

A inabilidade dele em manter a mente afastada da sua vida particular era ao mesmo tempo irritante e confortadora. Combinava-se com uma chocante habilidade no trabalho. No entanto, ele não se interessava absolutamente por seu trabalho — menos, devo dizer, do que qualquer outra pessoa que conheci, desde que até mesmo o mais entediado e ressentido garçom reconhece seu trabalho, nem que seja para se queixar dele. Cooper jamais fez isso. Simplesmente, singrava através da papelada tão imperturbável e tão sem remorso quanto um navio singra pelo mar pesado, pelo mar calmo, por enseadas, canais, tudo. Seus sentimentos estavam em outro lugar, o que o tornava um administrador eficiente.

A sala que eu dividia com ele, para propósito da minha doutrinação como — e personalização de — membro da equipe do banco, media mais de três metros e meio quadrados e dava para a enseada, o que era um sinal da relativa importância de Cooper. Era decorada com apenas um quadro ruim de pintura chinesa e um vasinho com uma sensível violeta-africana que ele vivia mudando de lugar e com a qual experimentava técnicas, prazos e quantidades de água, sem obter nenhum resultado. Teria conseguido mais, pensava eu, se a tratasse menos como um objeto amado e mais como parte do seu trabalho. Nosso escritório ficava no terceiro andar, logo acima do salão principal do banco, "o maior espaço do mundo com ar-condicionado, quando foi inaugurado", de acordo com Cooper. O teto desse salão principal era decorado com uma extraordinária pintura socialista-realista de trabalhadores chineses, estivadores, operários, colonos, todos nobremente incluídos numa tela coletiva. "Ela vai ser muito útil se os comunistas ganharem a guerra", foi a piada de Masterson a respeito, que repeti algumas vezes para funcionários do banco, porém nenhum deles riu.

Eu gostava da sensação que me envolvia quando estava no banco, separado do público, entre o cheiro de papéis e negócios. No que se refere a comércio, com sua ênfase em manter aparências, separando a moralidade dos julgamentos práticos e mantendo o cliente intimidado, o gerenciamento do banco apresentava muitas similaridades com o do hotel.

Eu imaginava comigo mesmo se a guerra iria sacudir mais o frágil e romântico ou o imperturbável administrador que conviviam em Cooper. Esse era um método para não fazer a mesma pergunta a meu próprio respeito. O oferecimento de Wilson, além da perspectiva de me proporcionar uma ocupação, também me ajudava a isolar-me da realidade da invasão iminente. Fui recompensado por isso quando a primeira bomba caiu, com uma onda de puro terror que nada tinha a ver com o que eu sentira até então. Comecei a ofegar assim que cheguei à janela. Nunca imaginara que meu coração fosse capaz de bater tão depressa e fui dominado pela certeza de que ia cair morto ali mesmo, naquele momento — morto de medo, pura e simplesmente.

Cooper estava olhando para mim.

— Fique firme, Tommy — disse-me ele.

Pensei, ninguém a não ser meu irmão me chama de Tommy. Senti uma centelha de razão cintilar acima do pânico, e, então, o medo começou a diminuir. Cooper percebeu isso.

— É foda! — desabafou com um suspiro.

Durante o resto do dia as pessoas não pararam de entrar e sair da nossa sala, trazendo notícias e boatos. Muitos funcionários faziam parte do grupo denominado Voluntários de Hong Kong, por isso o banco estava meio desfalcado e o ânimo poderia ser chamado de tudo, menos de festivo. Quinze dias atrás dois batalhões da infantaria canadense haviam chegado à colônia para dar uma ajuda aos seis batalhões atuantes. Isso foi encarado como sinal otimista de que a colônia seria protegida até que pudessem mandar reforços. Os canadenses se destacavam muito nos falatórios e especulações, mas de fato — já que eram recrutas recém-saídos dos campos de treino — não tinham muita chance. Os japas deixariam cair alguns pares de bomba, depois voltariam as costas para a colônia e a esqueceriam. Os japas não tinham coragem para um verdadeiro esmagamento. Hong Kong seria inexpugnável, como Cingapura. Os japas haviam assustado a eles mesmos ao fazer o reconhecimento das fronteiras. Os japas sabiam que jamais poderiam passar da linha dos *gin-drinkers*, os bebedores de gim. (Que era a cadeia defensiva localizada em casamatas e trincheiras, nos Novos Territórios.) Os japas não podiam bombardear, os japas não podiam sobrevoar, os japas não podiam reagir a situações inesperadas, os japas não enxergavam no escuro.

As instruções de Wilson haviam sido que, se possível, eu me encontrasse à minha mesa quando os japoneses chegassem.

— Isso nos dará um rápido começo — dissera.

Por isso, permaneci onde estava e passei o dia respirando medo, contra-senso e olhando os aviões pela janela.

Depois do trabalho, atravessei a rua e entrei na fila a fim de pegar o bonde para a Ponta Norte, na rua Des Voeux. Tinha resolvido ir visitar Maria, ou na missão em Wanchai ou em Happy Valley, onde ela dava aula. As ruas estavam esquisitas. Normalmente, Hong Kong era só barulho, movimento e cores. Naquele dia as cores e o movimento eram os mesmos, porém quase não havia barulho. As pessoas tratavam das suas vidas, andando rápido, sérias, atentas e assustadas. Isso não fez com que eu me sentisse nem um pouco mais forte.

O bonde estava cheio, porém silencioso. Eu me encontrava de pé, espremido entre uma chinesa que carregava cinco grandes sacolas de barbante com alimentos — galinhas decapitadas, frutas não muito frescas e vegetais amarrados em maços, evidentemente os restos de um dia do mercado — e um funcionário de escritório que deveria estar voltando para casa, roendo a já mais do que roídas unhas enquanto lia um jornal chinês dobrado. Nós nos apoiávamos uns nos outros quando o bonde sacudia de lado. Em Wanchai, abri caminho até a porta. As ruas Happy Valley e Des Voeux estavam muito movimentadas e atravessei-as desafiando o tráfego. Passou-me pela cabeça que era um mau dia para ser atropelado por um bonde.

A ruela que ia dar no prédio da missão ficava entre duas lojas de móveis especializadas em arcas de madeira-cânfora. Uma delas estava fechada, com as portas pantográficas descidas diante das vitrinas, como se o proprietário e sua família já tivessem fugido. O dono e mestre artesão da outra loja agia do modo contrário. Estava sentado, com as pernas cruzadas, num banco à entrada do estabelecimento, esculpindo um bloco de madeira. Atrás dele, dava para ver bonitos móveis e um pequeno santuário dedicado à deusa da compaixão.

Subi a ladeira. Excitação, pressa e ansiedade tornaram minha respiração apressada enquanto eu caminhava entre duas canaletas de esgoto a céu aberto. Quando cheguei à missão, bati à porta dupla, esperei; bati mais forte, esperei e, então, empurrei-a e entrei. O *hall* de entrada, que eu jamais vira vazio, estava em silêncio. Pendurados nas paredes havia pôsteres com exortações e avisos sobre os eventos da igreja. A sala de aula ficava no outro extremo do *hall*; estava vazia e isso era a coisa mais estranha que eu via naquele dia, uma vez que jamais encontrara aquela sala sem professores, sem alunos, sem ensaios de uma peça para o Natal, sem pequenos grupos empenhados em discussões ou sem leitores solitários, sem um aluno e professor empenhados em aula de recuperação. Voltei para o *hall* e gritei, ao pé da escada:

— Padre Ignatius? Irmã Maria! Tem alguém aqui?

Apenas o eco respondeu. Então, subi a escada e fui verificar os cômodos particulares do edifício da missão. A primeira porta do outro lado do patamar era de um aposento que ficava em cima do *hall*. Eu a abri e deparei com uma sala que era a moradia de várias famílias chinesas. Cortinas dividiam o espaço em uma sala e áreas de dormir, algumas com roupas de cama no chão, outras com cadeiras dobráveis arrumadas em pequenos grupos, peças de roupas, bugigangas, sapatos, lanternas e mais uma infinidade de coisas espalhadas por todos os lados. Pairava no ar o odor de comida velha e a sensação de um espaço ocupado por muitos corpos em restrita proximidade. Fiquei parado no umbral durante poucos momentos. Até então eu não havia sido convidado para ir a uma casa chinesa. Fiquei pensando para onde todos haviam ido. Saí da missão e, num impulso, subi ainda mais antes de voltar para o centro da cidade. Em cerca de quinze minutos cheguei a São José, a principal igreja católica da ilha. Não parecia que estava ocorrendo um serviço religioso, mas entrei assim mesmo.

A igreja não se achava exatamente cheia, ainda havia alguns lugares em pé. Um padre que eu nunca vira, de costas para os fiéis e de frente para o altar, liderava a congregação numa prece silenciosa. Ninguém se voltou para olhar quando a porta se fechou atrás de mim. Procurei por Maria, mas era impossível identificar qualquer pessoa numa congregação de algumas centenas. Resolvi ficar ali e esperar pelo fim do serviço.

— Devemos também recordar na prece nossos irmãos de toda a Ásia — disse o padre, que se voltara de frente para a congregação. Pelo sotaque, percebia-se que era português. — Na Índia, nas Filipinas, no Sião, em Burma, na China e também no Japão. Devemos nos lembrar deles nas nossas atribulações. Nosso Senhor vê dentro dos corações de todos os homens...

Parei de escutar. Houve outras preces e outro período de silêncio antes que o serviço terminasse e a congregação começasse a se erguer devagar. Havia muito mais chineses do que eu esperava — alguns deles, presumi, refugiados recentes. Muitos deles deviam ter uma idéia bastante clara de tudo que os japoneses eram capazes de fazer. Procurei Ho-Yan, menos por esperança do que por expectativa, mas ele não estava lá. Não reconheci nenhum dos rostos que passaram por mim. De repente, encontrei-me de pé em frente da compacta figura com sotaina do padre Ignatius lá fora, no átrio.

— Padre... Vim ver a Irmã Maria. Queria ter certeza de que ela está bem.

Quando me ouvi dizer isso, achei esquisito. E fiquei agradecido por ele compreender minha preocupação, sem surpresa e sem suposições.

— Eu também estou preocupado, sr. Stewart — disse ele, com sua rápida e cortante voz típica do Condado de Cork. — Ela foi para a escola da missão nos Novos Territórios, na sexta-feira, e esperávamos que estivesse de volta até ontem à noite. Tenho certeza de que Nossa Senhora está tomando conta dela, mas me sentiria mais confortado se tivesse notícias.

O que ele disse fez com que de repente eu me lembrasse. A peça teatral... Eu era um idiota. Maria me dissera que a comunidade próxima de Fanling estava preparando uma peça para o Natal e ela prometera ajudar.

— De qualquer maneira — acrescentou o padre —, estando lá provavelmente ela ficou a salvo do bombardeio.

— Quando ela chegar, diga-lhe que vim saber dela — pedi.

— Eu direi.

Padre Ignatius apertou-me a mão e me deu um olhar direto, daqueles de homem-para-homem, ou de padre-para-homem. Abri caminho entre a multidão que se apertava no átrio da igreja, parecendo relutante em sair dos seus arredores. Era um grupo de gente miserável e mais racialmente variada do que numa congregação anglicana. Lembro-me de ter pensado que as igrejas deveriam estar muito movimentadas naquela noite.

Àquela altura já estava anoitecendo. Eu não conseguia aceitar a idéia de ir para casa e ficar lá, sentado, esperando o que quer que estivesse por acontecer, por isso fui para o Empire, dizendo a mim mesmo que ia dar uma espiada nas coisas e ver como Masterson estava.

O ambiente do hotel era estranho, com todas as dependências comuns sem ninguém, a não ser funcionários. Encontrei Masterson na sala dele, sentado à escrivaninha diante de uma pilha de papéis, com a cabeça apoiada nas mãos, não em atitude desesperada, mas sim concentrado no trabalho. Tinha um cigarro preso entre os dedos da mão esquerda, oferecendo uma boa dose de perigo de incendiar o cabelo, e um copo com uísque ao lado da lâmpada de mesa.

— Há uma notícia má e uma boa — disse-me ele. — Acho que você prefere saber primeiro a má.

— Isso mesmo.

— Os japoneses atravessaram a fronteira. Estão lutando através dos Novos Territórios.

Eu não soube o que dizer.

— A boa notícia é que os japoneses atacaram o Havaí e afundaram a maior parte da flotilha americana. Agora, estão em guerra também com a América.

Não me lembro do que eu disse. Ele abriu uma gaveta da mesa, pegou uma garrafa de uísque e outro copo.

— Aqui não vai ser como em Nanquim — garantiu Masterson. — Vai ser ruim, mas não como lá.

* * *

No dia seguinte, acordei num dos quartos do Empire achando que alguma coisa se organizara dentro de mim durante a noite. Precisava ir procurar Maria. Escrevi um bilhete para Cooper e pedi que um mensageiro do hotel o levasse ao banco quando tivesse um tempo livre.

Empire Hotel

Caro Cooper,

Fui chamado com urgência, inesperadamente. Volto dentro de um ou dois dias. Mantenha minha máquina de calcular aquecida.

Seu amigo,

Stewart.

Em seguida, arrumei minha mochila e fui para a Balsa Star. A enseada estava diferente, esquisita. O plano era conduzir uma retirada resistente para a linha dos *gin-drinkers* em Kowloon, em seguida fugir para a ilha. De acordo com esse plano, todos os barcos, sampanas, juncos, balsas e botes que se dirigiam para o lado de Kowloon estavam perigosamente cheios de homens e *matériel*, munição, pequenas velhas senhoras, enfermeiras que haviam sido convocadas para prestar serviços em St. Matilda´s ou em St. Stephen´s, alimentos e suprimentos, animais domésticos, uma infinidade de itens diversos e parentes fugitivos. Mas não eram apenas essas as embarcações que se viam na enseada. Todos os navios britânicos haviam ido para Cingapura no fim de semana, no entanto havia grande número de barcos chineses, com os costumeiros grupos familiares empenhados nas suas costumeiras atividades no convés, cozinhando, limpando, sorrindo e, em geral, tagarelando a respeito. Se por acaso estavam querendo passar o recado de que aquela guerra nada tinha a ver com eles, teria sido impossível fazer melhor.

Sirenes de ataques aéreos soavam a intervalos regulares. Quase sempre aviões japoneses — bombardeiros que já não eram acompanhados por caças: não era necessário — que passavam por ali antes ou depois de já terem jogado suas bombas em algum lugar do continente. Em seguida seria a vez da ilha.

Peguei uma balsa quase vazia para Kowloon e comecei a pensar de que modo chegaria a Fanling. Ao acordar, naquela manhã, minha decisão fora caminhar enquanto pudesse. Mas à luz do dia alto e com toda aquela realidade, a idéia começou a parecer um tanto ruim. Talvez conseguisse um táxi que me levasse para o norte, para junto da linha defensiva principal. Seria mais difícil, ainda, conseguir uma carona com o exército.

Mas foi o que fiz. Do terminal da balsa, atravessei um verdadeiro mar de pessoas que estavam querendo ir para a ilha, um local vazio, onde táxis e riquixás normalmente estariam, e fui até o terminal da estrada de ferro. Alguns caminhões do exército, cobertos com lonas, outros civis, requisitados pelo comando, tinham a seu lado grupos de soldados, principalmente indianos. Respirei fundo e fui em direção das costas do homem que tinha a maior quantidade de dourado nas ombreiras. Limpei a garganta e ele se virou para mim. Era o silencioso oficial de artilharia que navegara de Calcutá até ali conosco.

— Tom Stewart — apresentei-me. — Do *Darjeeling*. O rapaz que estava aprendendo cantonês.

— Eu me lembro. Roger Falk. Que modo mais maluco de nos encontrarmos outra vez.

— Maluco, mesmo. Eu... eu pensei que o senhor fosse oficial de artilharia — comentei, sentindo-me uma necessidade incrível de conversar.

— No comando dos Rajputs — assentiu ele, fazendo um amplo gesto indicando a tropa ao seu redor. — Devido a uma inepta realidade, eles ainda não têm uma artilharia. Estamos indo para os Novos Territórios.

— Será que posso me atrever a lhe pedir um pequeno favor?

Na cabina de um caminhão, no assento da frente, com Falk, seu ordenança indiano e o motorista, atravessei Kowloon, a rua Boundary, que era a rua da fronteira, e entramos nos Novos Territórios, encontrando magotes de gente vindo na direção contrária. Eram pessoas que pareciam estar carregando ou empurrando o máximo de pertences que podiam nos mais variados tipos de veículos improvisados, carrinhos-de-mão, carroças, riquixás adaptados, bicicletas com reboques-bagageiros atrás, tudo. Mulheres carregavam quatro ou cinco pacotes amarrados nos ombros, inclinadas para a frente procurando compensar o peso dos sacos de algodão preto que pareciam mochilas múltiplas. Creio que eu esperava pânico, pessoas fugindo e gritando de terror, correndo o mais que conseguissem.Todavia, não era assim. Os refugiados não demonstravam emoção alguma que se pudesse reconhecer e andavam com passo normal.

— Quando chegarmos a Golden Hill você desce. De lá vamos virar para a direita. Punjab fica para aqueles lados, também. Royal Jocks fica para a esquerda. Algumas patrulhas foram mais ao norte para dar aos japas algo em que pensar e dificultar seu avanço.

Falk, com muita discrição, não me perguntou por que eu precisava ir para Fanling e também não tentou me dissuadir da idéia. Talvez, como soldado profissional, sabia que a defesa de Hong Kong era uma atitude sem sentido, então por que interferir com a determinação irracional, perigosa, de outra pessoa? Quando penso naqueles dias não sei se devo sentir mais pena dos soldados que sabiam o que ia ocorrer, que sabiam que a própria vida seria exposta em vão, ou dos ignorantes e iludidos que, pelo menos, eram capazes de contar a si mesmos histórias nas quais havia esperança. (Corria uma fantasia popular que incluía uma não-existente coluna de resistência e auxílio enviada do norte pelo exército chinês.) Acredito que devido à lógica sinto mais pena dos soldados que sabiam o que estavam exigindo deles. Arriscar a própria vida é uma coisa, fazê-lo para defender uma idéia é outra; mas fazê-lo sabendo que é um gesto inútil significa uma desoladora trapaça do destino.

Depois de bastante tempo, o caminhão parou. Os outros três que vinham atrás de nós pararam também. A estrada passava por um desfiladeiro entre montanhas onde se supunha que a defesa principal iria se localizar. A linha dos *gin-drinkers* deveria ser formada pelo menos por vinte mil homens e ser protegida por talvez um terço desse número. Dava para ver os ninhos de metralhadoras, com um anteparo de cimento, localizados à meia altitude da montanha à minha direita. Devo ter passado uma porção de vezes por ali sem reparar nisso. O ordenança saltou da cabina e deu fortes pancadas na lateral do caminhão. Pelo espelhinho lateral, vi os soldados descendo. Os ONC (Oficiais Não-Comissionados) gritavam num idioma que eu não conhecia. Uma mulher com túnica e calças compridas negras, que do outro lado da estrada empurrava uma espécie de trenó carregado com engradados, parou para descansar e olhar.

— Bem, cá estamos — disse Falk, que ficara na cabina para se despedir de mim em particular.

Creio que mesmo não sabendo o que me passava pela cabeça ele estava me dando uma chance para desistir.

— É uma longa caminhada até Fanling — acrescentou.

— Uns dezesseis quilômetros ou mais — disse eu. — Já estive lá.

— Mantenha-se abaixado — aconselhou ele, descendo da cabina.

A caminhada, que eu esperava fazer em três horas, levou o restante do dia. Comecei andando pela estrada, indo na direção contrária do maior fluxo de gente, que era menor do que eu vira perto de Kowloon, porém assim mesmo bastante considerável. Uma ou duas vezes as pessoas que cruzaram comigo tentaram me vender alguma coisa — cigarros, uma garrafa com água, meia galinha. Três ou quatro vezes aviões japoneses de reconhecimento nos sobrevoaram, provocando tumulto entre os refugiados. Alguns olhavam para cima, outros iam para o lado da estrada numa atitude que parecia mais uma espécie de superstição do que uma tentativa prática de evitar o perigo, do mesmo jeito que bater na madeira para evitar o azar.

Eu havia caminhado por cerca de uma hora quando uma mulher, vergada sob o peso dos sacos em suas costas, parou à minha frente.

— Não vá para lá! — disse ela em cantonês. — Soldados!

— Onde?

— Dez minutos.

Ela voltou a se reunir à sua família, que ficou a olhá-la com ar de desaprovação. Dez minutos, uns oitocentos metros, no máximo. Do lado direito da estrada, cerca de uns noventa metros de distância uma trilha tortuosa dirigia-se para uma aldeia. Deslizei pelo barranco ao lado da estrada e para dentro da valeta seca que a acompanhava. Inclinado para a frente, corri para a trilha e entrei nela e me dirigi à direita, indo para a pequena aldeia. Mantinha-me abaixado, o mais junto ao solo que podia. A aldeia cheirava a peixe fermentado e parecia deserta. Não se via gente, nem animais de criação. Se os japoneses chegassem, iriam primeiro para as casas maiores. Passei pela cortina de bambu de uma casa do tamanho de uma cabana, com um cercado para porcos atrás.

Um chinês bastante velho achava-se sentado numa cadeira de balanço, diante da porta. Ele me fitou sem demonstrar surpresa.

— Preciso me esconder. Os japoneses estão chegando! — disse eu.

— Toda a minha família foi embora. Eu lhes disse que sou velho demais par fugir — respondeu ele. — Vá para o quartinho da forragem para porcos. Fica em frente da porta dos fundos. Eles não vão olhar lá, fede demais.

Segui o conselho do velho. A porta dos fundos — outra cortina de bambu — dava para o cercado de porcos. Havia um cubículo de madeira, de noventa centímetros por noventa e um metro e oitenta de altura, apoiado na parede do fundo da casa. Cheirava muito mal. Abri a tábua que o fechava, temendo o pior, porém a frugalidade cantonesa era tal que ele estava vazio. Entrei e puxei a tábua atrás de mim.

— Confortável? — ouvi o velho perguntar.

Não dava para enxergar meu relógio, então não sei quanto tempo passou até os soldados japoneses chegarem. Provavelmente, foi menos de meia hora. Ouvi barulhos metálicos e então, logo depois, vozes altas. Eles devem ter examinado o local por alguns minutos, ao ver que a aldeia estava vazia e indefesa. Duas pessoas e depois uma terceira, com voz mais áspera, começaram a falar com o velho, provavelmente em japonês. A voz mais áspera soou por três ou quatro vezes.

— Vá foder a sua avó — disse o velho em cantonês.

Houve um breve silêncio e então ouvi o som como o de uma machado batendo em madeira, seguido por um estalo e o barulho de algo caindo. Em seguida as vozes dos japoneses soaram em tom de conversa e foram se apagando à medida que a patrulha se distanciava.

Esperei por muito, muito tempo no depósito de forragem para porcos. Quando quis me levantar, minhas duas pernas estavam adormecidas.

A parte de baixo do assento da cadeira de balanço do velho aparecia entre a cortina de bambu; ela caíra para trás e de lado. Aproximei-me da cadeira. Ele ainda estava nela. A espada cortara-lhe o pescoço, menos uma tira de pele da nuca. A cabeça estava inclinada para trás em noventa graus, de modo que o cabelo do topo da cabeça tocava o chão, que se tornara lamacento por causa do sangue. Os olhos do velho estavam abertos. Fechei-os, enchi de água o meu cantil e fui embora.

Tornei-me mais cuidadoso depois disso. Sempre que podia caminhava pela valeta ao lado da estrada. Passei a ver poucos refugiados. Qualquer um que se dirigisse dali para o sul estaria indo ao encontro de encrenca com os japoneses que avançavam para Kowloon. Quando eu ouvia qualquer som metálico, fosse produzido por fuzil, espada ou cantil, deitava-me na valeta e ficava escondido. Pensei num provérbio que, rindo, Maria citara para mim: "Entre trinta e seis alternativas, fugir é sempre a melhor".

A um certo momento, ao entardecer, ouvi tiros não muito longe e palavras gritadas que me pareceram ditas em japonês — mas não posso afirmar. À curta distância na minha frente havia uma carroça tombada, de rodas para o ar, e arroz caído na estrada, cuja maior parte fora parar na valeta. Rastejei até a carroça e me enfiei debaixo dela. Achei que estava escutando os japoneses se aproximarem, achei que ouvia o ruído das botas deles batendo no solo, ordens sussurradas, preparação para abrir fogo. Tentei me convencer de que imaginava coisas, mas logo tive certeza de que não era imaginação. A parte de baixo da carroça estava úmida e cheirava a arroz. Fiquei ali durante uma hora, até que anoiteceu. Quando saí, não havia ninguém.

Percorri correndo o último quilômetro até Fanling. Meu temor adiara a chance de encontrar Maria até a manhã seguinte: eu tinha certeza de que se um soldado japonês me visse atiraria em mim. Porém, quando a noite veio, descobri que já não me importava.

Tinha havido luta dentro e ao redor de Fanling. Quando a lua saiu de detrás das nuvens, vi que os edifícios haviam sido atingidos por bombas e tiros de metralhadoras, que uma ou duas casas ainda estavam queimando. Vi um soldado morto, que vestia uma farda que não reconheci, caído junto à parede de um anexo de um prédio, com os intestinos saindo do ventre aberto; ao luar, as vísceras pareciam ser de um negro brilhante. Havia um único ferimento à bala no meio da sua testa, com uma fina linha de sangue seco ao redor. Seus olhos estavam abertos.

Percebi que estava perdido. A escuridão fazia as casas da aldeia parecerem iguais. Eu sabia que precisava encontrar algum lugar onde pudesse me deitar e esperar pela luz do dia. Fui para o edifício mais próximo e vi que estava diante da entrada lateral da escola. Conseguira me dirigir na direção certa. Tentei mover a porta; ela estava aberta, porém alguma coisa a bloqueava por trás. Empurrei com força e ela se abriu um pouco. Esgueirei-me pala estreita abertura e descobri que estava de pé junto de um soldado morto. O resto do aposento achava-se na mais densa escuridão. Peguei uma caixa de fósforos do Empire Hotel e acendi um. No começo não consegui perceber o que havia de errado na sala; o chão parecia irregular, ondulado. Aí, compreendi: estava coberto de cadáveres. Havia vinte ou trinta soldados indianos e britânicos estendidos no chão. Todos mortos. Não tenho explicação para como sabia disso, mas sabia, Um outro grupo de mortos, aparentemente vestidos de branco, jazia num canto da sala, muitos deles meio sentados, apoiados na parede. O fósforo me queimou e apagou-se.

Ouvi um barulho. Era um som animal, um choro uivado. Acendi outro fósforo e vi uma chinesa, vestida de negro, num outro canto da sala. Era ela quem chorava. Aproximei-me, pisei num cadáver e cai em cima de outro. Tentei me erguer, mas não conseguia me equilibrar. Tive de gatinhar em cima de um morto para chegar ao chão.

Atravessei a sala. A mulher ergueu os olhos. Era Maria. Abracei-a. Ela tremia e arrepios agitavam-lhe o corpo.

— Estávamos usando a escola como hospital... Então, apareceram uns soldados e começaram a atirar para fora. Aí, os japoneses vieram e...

Nesse momento ela rompeu num choro normal, soluçante, que a sacudia como se fosse parti-la ao meio.

— Não fale — pedi.

Maria e eu estávamos presos ali pelo avanço das tropas japonesas. Nem ela nem eu queríamos partilhar aquele necrotério com os soldados mortos, por isso fomos andando pelo conjunto de prédios da escola até chegar a um que era apenas um salão, uma espécie de depósito, e fizemos camas no chão. Acordamos de manhã, envoltos em fantasmagórica quietude. Eu tinha certeza de que Kowloon e Hong Kong estavam sendo bombardeadas, porém daquele lado das montanhas não se ouvia nada. A única coisa estranha era a ausência dos ruídos e movimentos normais da cidade. Não se ouvia latidos de cães, não havia fumaça de fogões cozinhando. Passamos aquele dia todo sepultando os soldados mortos.

Ficamos mais quinze dias em Fanling. Depois dos sepultamentos não pudemos sair mais. Embora a maioria dos soldados japoneses estivesse atuando na ocupação de Kowloon e na batalha da ilha de Hong Kong, uma tropa de reconhecimento achava-se acampada perto da cidade. Os soldados usavam metade das suas energias matando saqueadores e a outra metade saqueando. E, mais perigoso, havia chineses quintas-colunas que poderiam denunciar a minha presença aos japoneses. A atuação deles era, em boa parte, a causa do ataque nipônico ter sido tão eficiente. Uma vez que os japoneses haviam praticamente vencido a guerra, os quintas-colunas se tornavam mais e mais confiantes. O risco maior era que se um deles me encontrasse me mataria no ato.

Maria saía todos os dias para procurar comida. Às vezes ia mais longe, a uma aldeia de pescadores. Eu esperava seu retorno na mais aguda ansiedade que já sentira, imaginando que ela poderia ser encontrada por uma patrulha de soldados, interrogada, talvez surrada, ou estuprada, ou morta a tiros, ou traída por um habitante da aldeia, ou seguida até o nosso esconderijo. Um dos meus temores era que fosse reconhecida e lhe pedissem algum favor, coisa que Maria era incapaz de recusar, que a expusesse. Mas nenhuma dessas coisas aconteceu. Ela sempre voltou e sempre com alguma comida. Cozinhávamos num pequeno fogão a lenha que havíamos encontrado num dos anexos da escola. Eu tinha um momento de pura felicidade quando a ouvia chegar, com o passo leve, mas rápido, usando roupa comum, calças largas e túnica negras. Era como uma rajada de vento vinda de um lugar muito distante. Depois, eu tornava a me lembrar de onde estávamos.

Maria queria que eu fosse com ela para a China.

— Você não pode acabar prisioneiro por sua própria causa — dizia ela. — Seria imoral. Seria o mesmo que suicídio. Você estaria jogando fora a oportunidade que Deus lhe deu. Estaria desafiando suas próprias chances de vida e de liberdade.

— Não tenho escolha. Prometi voltar.

— Mas agora as circunstâncias são diferentes.

— Se eu não voltar, a minha vinda para cá a fim de procurá-la vai se transformar numa fuga. Será que não percebe isso? Se eu voltar estará tudo certo.

Ela se zangou.

— Isso é metafísica. É... — Maria fez um gesto para cima e para fora com ambas as mãos — conversa fiada. A liberdade é real. A China é real. Você estará trocando um bem conhecido por um mal desconhecido. Isso é loucura.

— Eu prometi. Sei que você pode entender isto: dei a minha palavra. É a primeira vez que prometo alguma coisa a alguém. Perguntaram-me se eu queria ficar e respondi que sim. Não estou fazendo isso por mim mesmo, mas sim porque me pediram que o fizesse por algo mais importante do que eu.

— A morte é mais importante do que você, e é o que está escolhendo.

Devo admitir que cheguei a ficar com o estômago enjoado ao ouvir aquilo. Se não estivesse tão tentado a fazer o que Maria queria não ficaria tão perturbado por seu empenho em me convencer. Eu tinha também um temor, ou um segredo, que mal chegava a admitir para mim mesmo: o futuro incerto na China, a fuga para um país que eu não conhecia, ser para sempre identificável ao primeiro olhar de qualquer um como um europeu e, portanto, sempre em risco, parecia-me tão assustador quanto voltar para Hong Kong. Pelo menos, se fosse feito prisioneiro lá, eu saberia onde estava. Tenho vergonha de admitir que tomei a atitude que parecia a mais corajosa em parte por covardia. Maria e eu discutíamos a esse respeito no mínimo uma vez por dia.

Toda vez que ela voltava, trazia notícias da guerra. Os rumores chineses demonstraram ser mais verdadeiros do que seus equivalentes britânicos. O telégrafo de bambu traçava o balé das batalhas: os militares haviam esvaziado Kowloon. Os japoneses haviam implantado seu QG no Hotel Península. Os japoneses estavam vendendo a ilha. Os japoneses haviam invadido a ilha através do Canal Lei Mun. Os japoneses haviam aberto caminho para o Cabo de Wong Nei Chong e dividido a ilha em dois. E, então, no dia em que isso ocorreu, dia de Natal, Maria voltou de mãos vazias e me disse que os britânicos se haviam rendido.

— Hoje você tem de decidir. Todos os britânicos serão presos em campos de prisioneiros; quem quer que eles apanhem fora dos campos será morto a tiros. Vá para a China comigo ou mate-se.

— Sinto muito, Maria — respondi.

No dia seguinte, dei a ela o colar de ouro da minha mãe e a fiz prometer que se precisasse o venderia e usaria o dinheiro para chegar à China. Então, fiz uma bandeira de trégua com uma toalha branca e fui em busca do oficial japonês. Os soldados me submeteram a certas indignidades.

Capítulo Sete

Além da propriedade que ficava no número 124 da rua Nathan, aquela que Masterson tinha ido ver e decidira não comprar, o sr. Luk tinha um prostíbulo em Wanchai. Era um prédio residencial que havia sido prostíbulo europeu e passara a ser prostíbulo chinês quando os prostíbulos europeus haviam sido declarados ilegais e permanecera funcionando mesmo depois de os prostíbulos chineses terem sido banidos. A única concessão à aparência de legalidade era um ateliê de costureira instalado na loja da frente do piso térreo. Clientes em perspectiva tinham de procurar a costureira e perguntar sobre a sra. Wong.

Depois da rendição de Hong Kong foi lá que os japoneses alojaram os bancários. Se os soldados das forças de ocupação japonesas fossem dados a fazer piadas, esta teria sido uma delas. A maior parte dos civis havia sido arrebanhada e enviada para o campo de prisioneiros Stanley; os soldados tinham sido mandados para a prisão militar em Sham Shui Po. Poucas pessoas escaparam; alguns bancários, como nós, e alguns funcionários de hospital, foram mantidos no trabalho. Wilson tinha razão: eles precisavam dos bancos para dirigir a colônia.

Os japoneses haviam levado três dias para derrotar a linha dos *gin-drinkers* e abrir caminho para Kowloon. A essa altura, tinham enviado uma barcaça com bandeira branca à ilha a fim de oferecer uma rendição incondicional. A oferta foi recusada. Então, eles invadiram a ilha. Havia uma sensação de inevitabilidade em cada estágio da batalha. Os japoneses avançaram pelo desfiladeiro de Wong Nei Chong, onde aconteceu a luta mais encarniçada, e derrubaram as defesas da ilha. O governador, que havia chegado à colônia apenas em 7 de dezembro, e o general Maltby ofereceram rendição incondicional no dia de Natal. Haviam sido em vão todas as mortes em defesa da ilha, desde o primeiro convite à rendição até a capitulação. Entre essas mortes estava a de Falk, o artilheiro, que morreu lutando no desfiladeiro de Wong Nei Chong. Porter, o segundo dos homens do Banco Hong Kong do *Darjeeling*, era um voluntário; foi morto por uma bomba da artilharia na batalha por Stanley. Ocorreram inúmeras atrocidades, inclusive o estupro de enfermeiras, o trespassamento de médicos à baioneta e o assassinato de soldados feridos no hospital de St. Stephen na ilha. Algumas pessoas acharam que se tivesse havido a rendição na primeira oportunidade os japoneses não entrariam no frenesi assassino em que entraram. Anos mais tarde li a respeito do dr. Li Shu-Fan que tratou pessoalmente de dez mil vítimas de estupro.

Cerca de dez mil soldados morreram lutando. Não existe um levantamento definitivo para o número de chineses mortos.

Eu imaginava que a dificuldade que teria em passar por banqueiro seria muito maior do que realmente foi. Mas, depois de dar uma rápida olhada na folha de pagamento para confirmar, os japoneses pareceram aceitar mais ou menos a minha palavra a respeito. Era como se vencer a batalha por Hong Kong fosse a determinação principal deles, de tal modo que não prestavam muita atenção no que ocorria depois. Eles tinham um nome para aquilo — Maior Esfera de Co-Prosperidade do Leste Asiático —, porém não tinham um plano real.

O irônico resultado era que eu estava extraordinariamente ocupado com meu papel de bancário impostor. Como todas as demais pessoas poupadas da prisão eram funcionários genuínos do banco, eu era a única pessoa que podia ser facilmente utilizada para as tarefas mais mundanas. Na prática, isso significava supervisionar a destruição do dinheiro em circulação, fazer dupla checagem de qualificação dos bens líquidos do banco e supervisionar a contagem do dinheiro novo emitido pelos japoneses. Essa era a Maior Esfera de Co-Prosperidade do Leste Asiático sustentando o nome de um banco em Yokohama. Não havia demanda de trabalho intelectual, mas requeria vigilância atenta e constante.

Não era preciso contar o dinheiro destruído, que era meramente o habitual do banco e, achava eu, tratava-se de uma cautela perfeitamente dispensável. Uma sala repleta de escriturários chineses e eu, no abafado porão do edifício onde funcionava o banco, contando notas e pesando moedas o dia inteiro, durante semanas. Todo o dia era a mesma coisa para nós, bancários: chegar antes do amanhecer. Tratávamos de nos acordar uns aos outros antes que os guardas de turno nos jogassem fora das camas, em seguida uma tigela de mingau e a marcha, numa simbólica tentativa de formação militar, por um quilômetro e meio de Wanchai até o banco, que ficava na rua Queen´s. As evidências dos bombardeios estavam por todos os lados. A cidade dava a sensação de meio destruída e meio deserta. Os bondes não circulavam; dificilmente alguém ia para o trabalho; algumas lojas haviam sido saqueadas. Havia soldados japoneses em todos os cantos, porém eles não passavam a impressão de um domínio ordeiro; a atmosfera da colônia era violenta e caótica. Ocasionalmente um transeunte poderia zombar; mais do que isso: preferia agradar nossos guardas a demonstrar-lhes real hostilidade. A maior parte das pessoas passava sem olhar para nós, e eu me sentia grato por isso. Meu dia inteiro seria passado no porão do banco, onde em algum momento dariam a mim e aos escriturários uma tigela de arroz e às vezes um pouco de carne. Como a maioria dos escriturários comia também em casa, embora não fosse uma comida muito melhor, em geral meus companheiros aumentavam minha porção com as deles, quando os guardas não estavam olhando. Ali pelas sete horas, um dos guardas taiwaneses ou, mais raramente, um dos soldados japoneses descia até lá e ordenava que nos preparássemos. Voltávamos para Wanchai no escuro. Os dias eram uma mistura de incerteza e de rotina.

Assim foi por vários meses, até que um dia os guardas se distanciaram de um caldeirão em que fervia uma sopa de arroz — um aguado e sujo mingau, sem nenhum sinal de carne ou vegetais, que eu ia comer pela sétima ou oitava vez em seguida — e que havia sido levado para o porão. Chegara carregado por dois cules que suavam por causa do calor e do peso do caldeirão. Os guardas foram se postar uns três ou quatro metros distantes e se dedicaram a fumar cigarros americanos. Quando fui pegar a minha ração um dos cules ergueu a cabeça e me olhou. Ele estava zangado ou, pelo menos, parecia estar. Muitas vezes uma pessoa assustada parece zangada. Tinha o rosto achatado dos chineses do norte e quando falou o fez com sotaque *twang*.

— À noite, vá para o telhado da casa em Wanchai — disse, num sussurro sibilante.

O sussurro e o sotaque tornaram as palavras esquisitas e levei alguns segundos para entender o que ele havia dito. Tive de lutar contra o impulso de lhe pedir em voz alta que repetisse o que dissera. Mas caí em mim, vi que ainda estava imóvel no primeiro lugar da fila e tratei de me afastar para comer a minha lavagem.

Será que é isso mesmo?, fiquei me perguntando pelo resto do dia. Eu não tinha a menor idéia de qual era o plano de Wilson, mas desconfiava que ele se comunicaria comigo de algum modo. Estava assustado; porém, ao mesmo tempo, fora para isso que eu ficara na colônia. Atravessar metade do mundo para perder uma guerra quando na minha terra já estavam fazendo um perfeito trabalho se deixando derrotar era uma grande piada. E passar a guerra inteira contando dinheiro teria sido uma piada exagerada demais para a disposição que eu tinha no ano de 1942.

As notícias do que havia ocorrido quando houvera a rendição eram incompletas e estimuladas por boatos, mas contava-se que algumas pessoas haviam fugido para a China. Portanto, aquele bem que poderia ser o primeiro momento de contato com o exterior. Mas também poderia ser, facilmente, uma armadilha — quer dizer, uma tentativa de agradar aos japoneses encobrindo ou inventando um conluio britânico.

— Então, o que você acha? — perguntei a Cooper.

Eu confiava nele. Não tinha ilusões sobre o que me aconteceria se me apanhassem: seria torturado. Também não tinha ilusões sobre o que eu faria caso isso acontecesse: diria todos os nomes. Creio que achei que deveria me beneficiar das opiniões de Cooper, uma vez que se fosse torturado eu o trairia para os japoneses de qualquer jeito. Não sei o que ele pensava da minha lógica uma vez que jamais conversamos a respeito.

— Acho que você não tem escolha — respondeu ele.

Estávamos sentados nas nossas camas, no ex-bordel. Os japoneses, por motivos conhecidos apenas por eles, tinham determinado que quatro de nós dormissem em cada quarto. A calma de Cooper, que surpreendia por existir em um homem com tal confusão na vida pessoal, era muito útil — era uma força que ele sempre tinha, menos quando a precisava para si mesmo. A srta. Farrington, a jovem com quem ele desperdiçara tempo e sonhos, estava no campo de prisioneiros de guerra Stanley com o pai. Ocasionalmente, Cooper perguntava-se em voz alta como ela estaria, fingindo que sua verdadeira preocupação era que a moça se apaixonasse por algum, como ele dizia, "sapo oportunista" enquanto estivesse no campo. E eu tentava distraí-lo daquele pensamento.

— Sim, está bem — anuí.

Era verdade. Não faria sentido ter assumido o risco em teoria e depois o rejeitar na primeira oportunidade prática.

Havia dois caminhos para o telhado. Bem junto da nossa janela passava a escada de incêndio que, na verdade, não era fixada no edifício, mas sim pendurada nele. Era uma estrutura frágil que aparentava ser capaz apenas de mal sustentar o peso de um homem. (O sr. Luk não tinha o tipo de se preocupar indevidamente com precauções contra fogo mas, como Cooper explicou, "essa escada não está aqui por causa das meninas, mas sim para a tranqüilidade dos clientes".) O cortiço adjacente ficava, a cerca de um metro, do outro lado da estreita ruela parecida com as movimentadas passagens estreitas entre os edifícios de Wanchai. Um homem realmente corajoso e atlético poderia arriscar-se a saltar. Vinha um cheiro de coisas podres da viela lá embaixo. Se eu subisse pela escada de incêndio teria uma boa chance de não ser visto pelos guardas; porém, se fosse visto, não teria uma explicação aceitável para provar que minha ação era inocente. O outro caminho para o telhado era pela escadaria principal, em caracol, que circulava ao redor de um espaço aberto ao pé da qual sempre havia pelo menos dois guardas, fumando e tagarelando. Em geral, eles deixavam que circulássemos livremente entre dois ou três andares; os dois andares acima do nosso estavam vazios e, depois deles, um último lanço de alguns degraus levava à porta que se abria direto para a última laje. A escada principal estava sob vigilância dos guardas e por isso mesmo parecia menos furtiva. Se eu fosse visto, poderia fingir que não o notava ou dizer que ia tomar um pouco de ar.

Depois de olhar com firmeza para Cooper e respirar fundo, abri a porta e comecei a subir a escada o mais devagar, o mais silenciosamente e o mais displicentemente que podia. Os japoneses, como sempre, falavam em voz alta, acomodados em cadeiras. Não parecia que pudessem me ouvir, se bem que pudessem me ver através da balaustrada, caso olhassem para cima. Mas não olharam. Cheguei lá em cima e, rezando com ardor, girei a maçaneta. A porta se abriu facilmente e sem fazer barulho. Muito depois — anos depois, quando pensei a respeito — compreendi que ela deveria ter sido engraxada. À direita do que parecia um telheiro, de onde eu saíra, apoiava-se uma escada de madeira que ligava o prédio vizinho ao que eu estava. Na outra extremidade da escada achava-se o último homem que eu esperaria ver ali: o irmão de Ho-Yan, Wo Man-Lee. A escada, provavelmente, era para facilitar-lhe a fuga caso um japonês aparecesse na porta.

Quando ele me viu, jogou o cigarro que fumava lá embaixo, na viela entre os dois edifícios. Aproximou-se da escada e, com muito cuidado, começou a andar em cima dela, olhando direto para a frente, nunca para baixo. Tive a impressão de que se tratava de uma questão de dignidade física. No final da escada ele relaxou e arregaçou as mangas. Estava com um terno escuro e camisa branca com o colarinho aberto por cima das lapelas.

— Wo — disse eu.

— Sr. Stewart.

— Eu não esperava você.

Achei que se tratava de uma constatação que tinha algum interesse, porém ele a recebeu como mero assunto de conversa.

— Trago um recado do sr. Wilson. Ele me disse: "Arranje-me dinheiro japonês". Ele disse: "Diga aos outros que esperem mais requisições". Ele disse: "Pense em como conseguir partes de um rádio". Ele disse: "Na próxima vez mando instruções por escrito, desta vez não é seguro". Tem algum recado para ele?

Não consegui pensar em nada. Sacudi a cabeça.

— Hum... É bom receber notícias dele.

Wo assentiu, voltou-se e tornou a atravessar sobre a escada, na ponta dos pés. Em seguida, puxou-a para o outro prédio e escondeu-a sob o parapeito. Fez outro aceno de cabeça para mim, mais amigável, e desapareceu por um alçapão. Respirei profundamente, várias vezes, o ar sujo de Wanchai, entrei no prédio e desci a escada. Eu devia ter ficado fora do meu quarto pouco mais de dois minutos, mas parecia-me ter sido uma década. Quando me sentei na cama é que percebi como tremia.

Descobri que o pessoal do banco estava à minha frente. Eles já vinham pensando na questão do rádio. Receptores eram, é claro, mais fáceis de conseguir do que transmissores e dois deles já estavam escondidos em escrivaninhas da rua Queen´s Central. Também havia transmissores lá, na parte fechada do edifício, perto do que havia sido a sala do contador-chefe. Foi assim que começou.

A primeira coisa prática que fiz foi entregar um pacote de dinheiro, em notas, para um clérigo que disse, ou melhor, ciciou: "Wo me mandou". Alguns dias depois Mitchell, um funcionário do banco de nível superior, entrou no meu quarto do antigo bordel.

— Conseguimos montar um rádio — informou.

Foi a primeira coisa que contrabandeamos para o campo de prisioneiros de guerra Stanley, via Wo e seus companheiros. O radiotransmissor foi enviado em várias partes. A grande preocupação era que os japoneses encontrassem uma das partes com um de nós ou o rádio canibalizado que estava escondido no compartimento falso atrás do armário da portaria.

Eu também passei mensagens, algumas vezes escritas, mas em geral não, de Wilson para outras pessoas do campo e peguei as respostas. O tema principal era como as coisas poderiam ser contrabandeadas para o campo. A organização para a qual trabalhávamos era o BAAG, British Army Aid Group, Grupo de Ajuda do Exército Britânico, que se achava espalhado pelo sul da China em áreas mal controladas pelos japoneses. O BAAG promovia fugas e passava notícias em todas as direções. Eu não sabia o que estava ocorrendo e não sei se queria saber.

Alguns meses depois, no começo de 1943, fomos transferidos de Wanchai para bairros mais próximos da matriz. Trabalhávamos durante muitas horas, porém a vigilância era menos severa. Os japoneses se haviam convencido de que não havia nada que pudéssemos fazer. Então, éramos vigiados por soldados taiwaneses, que não eram tão empenhados e não tinham inclinação para a violência. Podíamos nos movimentar mais livremente dentro do prédio do banco. O contrabando se tornou mais fácil. Nossas acomodações eram mais confortáveis.

— Nenhum bancário normal trabalha tantas horas — comentou Cooper. — Assim que a guerra terminar vou abrir um processo exigindo pagamento para as horas extras.

Um dia, ao sentar-me na cama, senti um volume embaixo de mim. Ergui o cobertor, peça do exército de lã já bastante esgarçada, e vi duas laranjas, das quais uma havia sido descascada e a casca ajeitada em seu redor para formar uma flor. Era uma das travessuras de Ah Wang. Eu não tinha a menor idéia de como ele conseguia, mas a partir daí, mais ou menos a cada dez dias, eu encontrava pequenos presentes em cima ou embaixo da cama — pacotes de *pak choi* ou outros vegetais chineses, peixe cozido envolvido em folha de lótus, carne de porco cozida. A comida vinha fria e nunca era muita, principalmente depois que eu a dividia com meus companheiros de quarto, mas tenho impressão de que era ela que me mantinha vivo. Eu ficava ao mesmo tempo com medo e comovido ao pensar em Ah Wang, que nada indicava ter nascido para herói, correndo riscos para nos ajudar.

A colônia não florescia como parte da Maior Esfera de Co-Prosperidade do Leste da Ásia. Havia pouquíssimas pessoas ligadas a ela: o provérbio "Encrenca em Hong Kong, vá para a China" estava tendo seus efeitos. O suprimento de energia elétrica e de água era inconstante. As escolas haviam parado de funcionar e o atendimento médico funcionava mais ou menos. Era uma grande surpresa o fato de os japoneses estarem administrando tão mal as coisas. Embora a nossa parte em Vitória não houvesse sido afetada, porque lá havia muitos soldados por perto, em outras partes da colônia grassavam saques e pequenos crimes. Havia toques de recolher pouco obedecidos e ocasionais tiroteios. Os japoneses atiravam mais ou menos indiscriminadamente nas pessoas e — o pior — viviam esbofeteando a cara de todo mundo desde que amanhecia até o anoitecer. Precisavam conquistar a ajuda de gangues para tentar manter a paz. Mais uma vez Wilson tivera razão: sem a ajuda dos policiais da ilha — que haviam fugido, tinham sido presos ou mortos na luta — a lei e a ordem se haviam tornado um grande problema. Os quintas-colunas que tinham ajudado os japoneses achavam-se no direito de se apoderar do que bem quisessem.

Durante a guerra havia a tentação de imaginar o que estava ocorrendo nos demais lugares. Esse era o motivo pelo qual as longas e numerosas horas passadas no banco sempre eram tão bem-vindas. Quando eu virava a esquina e via os leões de pedra aos pés do edifício 1 da rua Queen´s Central, sabia que logo estaria respirando o ar fresco do amplo espaço oferecido pelo alto teto em abóbada do banco, meu coração sentia-se melhor. O resto do tempo eu ficava preocupado ou sonhando de olhos abertos. O que estaria ocorrendo com David e minha avó? Será que a guerra na Europa ia muito mal? (Os japoneses publicavam um jornal em inglês, o *Hong Kong Daily News*, que nos alimentava com indigesta dieta das derrotas dos Aliados.) O que estaria ocorrendo na China? Onde estava Maria? Será que continuava viva? Seríamos enviados para um campo de prisioneiros? (Sempre surgiam boatos a esse respeito.) Se assim fosse, teríamos comida suficiente? O que aconteceria se os japoneses nos apanhassem? E havia a pergunta que eu fazia a mim mesmo sem cessar, que era o "por quê": por que eu, por que nós, por que ali, por que Maria, por que cada um de nós fazia o que estava fazendo naquele lugar em que nos encontrávamos? Por que tínhamos sido abandonados?

Talvez fosse bom se na primeira vez que conversasse com Wo Man-Lee lhe perguntasse quais eram seus motivos para estar metido naquilo.

Eu trabalhava no térreo, que era o maior espaço do banco, desempenhando a maçante função de andar de um lado para o outro, com as mãos atrás das costas, olhando atentamente para tudo como se soubesse o que fazia e esperando que precisassem de mim para resolver pequenos atritos com clientes insatisfeitos. Esse é o setor dos bancos que mais se parece com o gerenciamento de um hotel. Não havia muito que fazer, pois a parte do banco que lidava com o público jamais era pesada. Eu andava de um lado para o outro quando ouvi uma voz alterada, olhei à procura do problema e vi, para meu enorme espanto, Wo discutindo com um dos caixas. Era a primeira vez que o via num contexto não clandestino e por um momento pensei que fosse desmaiar pelo choque. O olhar do caixa encontrou o meu e, sem falar, ele implorou que me aproximasse.

— Posso ajudar? — perguntei em inglês.

— Cavalheiro ter problema — respondeu o alarmado caixa, também em inglês.

— Talvez eu possa solucioná-lo — ofereci-me, sempre em inglês.

E indiquei uma mesa com duas cadeiras num canto junto ao balcão de atendimento, fora do alcance dos ouvidos dos caixas.

Wo acompanhou-me. Parecia estar muito contente. Ao mesmo tempo, havia certa ferocidade na atitude dele. Atravessava o grande salão do banco como se estivesse determinado a comprar o edifício. Puxei uma cadeira para ele, que gostou do meu gesto. Sentamos.

— Isso é uma loucura — disse eu.

— Uma coisa deu errado.

— O quê?

— Vou desaparecer por algum tempo.

— Os japoneses...

Ele deu de ombros. Eu era uma das poucas pessoas que poderiam traí-lo, uma vez que fazia parte do punhado de gente que sabia quem era o nosso principal ponto de contato chinês. Agora compreendo, quando torno a pensar no fato, que ele deve ter pensando em me ameaçar ou me matar e rejeitou as duas alternativas apenas por motivos práticos. Dificilmente poderia me ameaçar com algo pior do que os japoneses poderiam fazer comigo. Não sabia com quais dos meus colegas eu havia falado a seu respeito, portanto me matar não garantiria sua segurança. A única coisa garantida era desaparecer. Entre trinta e seis alternativas, fugir é sempre a melhor.

Eu permanecia sentado, sem falar. Achava que era impossível parecermos um bancário e um cliente discutindo. Devia haver informantes entre os funcionários, por isso eu disse em voz alta:

— Bem, se não há mais nenhuma coisa que eu possa fazer pelo senhor...

Ele se ergueu e ajeitou o paletó. Fiz o mesmo e nossos rostos ficaram bem próximos. Sem pensar, eu me vi perguntando:

— Por quê? Por que se meteu nisso?

Wo puxou o punho das mangas da camisa, olhando para mim. Poderia estar se divertido, zangado ou nada disso.

— Talvez vocês vençam — respondeu.

E foi embora.

A Kempetai, polícia militar japonesa, fez uma devassa no nosso alojamento na madrugada do dia seguinte. Fui acordado com um pontapé nas costas. Uns seis soldados aos berros, sob comando de dois ou três oficiais da Kempetai, achavam-se de pé no meio do quarto que eu partilhava com Cooper e dois outros. Eles jogaram no chão os colchões nus sobre os quais dormíamos e deixaram nossas roupas em frangalhos. Um deles repetia aos gritos, sem parar e em japonês, o que me parecia ser sempre a mesma frase. Engraçado, lembro-me de ter pensado que ele devia estar praguejando — mas depois me disseram que não existem pragas em japonês. Não é interessante? De repente entendi o que o soldado dizia: "Onde o rádio? Onde o rádio?"

Nada havia de clandestino no nosso quarto, e eu não sabia onde o rádio estava escondido. Havia passado a Mitchell, nosso técnico de rádio, o aviso que Man-Lee nos fizera quando havíamos voltado ao alojamento na noite anterior. Ele respondera com apenas um aceno de cabeça.

Dali a algum tempo os soldados pararam de revistar o quarto e começaram a nos surrar. Tínhamos caído no chão, e eles se alternavam para nos chutar e cutucar com o cano dos rifles. Os homens da Kempetai supervisionavam o "trabalho". As primeiras pancadas na minha cabeça e na região baixa das costas foram terrivelmente dolorosas, porém pouco depois eu não sentia mais nada. Como alguém disse, apanhar é como comer comida quente demais, depois dos primeiros bocados você não sente mais a queimadura.

A gritaria e a surra demoraram por algum tempo. Enquanto uns chutavam, os demais os estimulavam a continuar.

Depois, fomos postos de pé, um a um. Eles amarraram nossas mãos juntas atrás das costas, com barbante, e nos forçaram a descer a escada. Cooper, que estava imediatamente à minha frente, caiu. Deslizou pelo meio lance e foi bater na parede em frente. Dois dos guardas o chutaram uma ou duas vezes, com pouco entusiasmo. Estavam ofegantes por causa do exercício. Essa é uma coisa que reparei que sempre ocorria no espancamento: é um trabalho pesado para os homens que espancam. Os soldados colocaram Cooper de pé. À ponta de baioneta, subimos pela traseira da carroceria de um caminhão. Muitos funcionários do banco já estavam lá, olhando para o chão, sob a mira dos rifles de bom número de soldados japoneses que estavam muito excitados. A maior parte da equipe superior do banco não se achava presente. A lona do caminhão foi abaixada por cima de nós e o interior do veículo assumiu o aspecto de um esquisito e quente crepúsculo. O caminhão subiu a rua até um edifício que eu não conhecia. Fomos jogados para fora, socados e chutados mais um pouco, depois jogados num aposento sem janelas cuja utilidade anterior é difícil de imaginar. As portas bateram, fechando-se, e ficamos no escuro.

— Vocês me meteram em mais uma boa encrenca — disse Cooper para todos em geral.

Não falamos de nada importante, pois estávamos agudamente conscientes de que os guardas nos escutavam. Uma vez que não tínhamos sido apanhados em flagrante, não foi difícil concluir que um informante nos havia traído. Era um conforto não estar sozinho — e um erro por parte da Kempetai. Fomos deixados em paz ao menos durante metade de um dia, tempo suficiente para descobrirmos que havia um balde num canto da sala.

Eles levaram primeiro Walker, o mais velho de nós. Quatro guardas irromperam no aposento e o arrastaram para fora. Não ficou claro se ele havia sido escolhido ao acaso. Ninguém falou enquanto ele estava ausente; deve ter sido por cerca de uma hora. Então, a porta se abriu e Walker foi atirado no chão. Estava inconsciente e à luz do dia que entrou na sala quando abriram a porta — depois daquele tempo numa escuridão absoluta a luz causava uma dor intensa no cérebro — vi que a cabeça dele sangrava muito. Em seguida, os guardas pegaram Cooper e o levaram.

Deram um trato em cada um de nós em seqüência. Fui o último a ser levado — era também o mais jovem — e pouco antes disso Walker voltou a si. Eles não tinham feito perguntas, apenas haviam batido nele. Tive a estranha esperança de que fizessem o mesmo comigo. Não vou descrever em detalhes o que ocorreu, mas apenas dizer que fomos submetidos a três sessões de tortura cada um, durante três dias. A preferida dos Kempetai era cobrir o rosto do detido com uma toalha e depois despejar água sobre ela. A vítima sente-se afogar. Não fizeram perguntas, pelo menos para mim. Talvez uma vez ao dia os guardas traziam uma tigela de arroz e trocavam o balde-privada de plástico cheio por outro vazio.

A terceira das minhas sessões com os guardas foi, pareceu-me, a mais demorada e levei algum tempo para voltar a mim. A experiência foi como voltar de uma anestesia. Sonhos misturados com a realidade; rostos e vozes iam e vinham. Eu via meus pais, Masterson, meu irmão, minha avó, Maria, todos falando entre si e comigo. Tinha consciência da dor e ao mesmo tempo estava desligado dela. Voltei à minha casa em Faversham por muito tempo dessa vez; estava deitado na minha cama num domingo de manhã ouvindo os sons que entravam pela janela aberta e vozes vindas da parte debaixo da casa. Era reconfortante e esquisito saber que meus pais estavam lá esperando por mim, quando eu sabia que haviam morrido.

Capítulo Oito

Quando recuperei completamente os sentidos, vi que estava deitado numa cama de campanha. Sentia dores generalizadas que levei alguns momentos para interpretar: logo acima das têmporas, minha cabeça doía e latejava a ponto de me impedir de enxergar; minhas costelas doíam quando eu respirava; alguma coisa massacrara a parte inferior das minhas costas, na região dos rins; meus joelhos e pés ardiam como se estivessem em fogo; as articulações dos meus dedos estavam negras, assim como as unhas que restavam. Senti cheiro de fumaça de cigarro. Virei a cabeça. Doeu um bocado. Masterson achava-se sentado em uma cadeira dobrável, ao lado da cama e fumava um cigarro de palha. Ele jamais fora gordo e agora estava uns dez quilos mais magro. Tinha envelhecido trinta anos.

— Onde estou?

— Sinto muito, mas não é em Kent, Tom. Você veio juntar-se a nós, sabe? Estamos em Stanley. Este é o hospital do campo.

Desde que a guerra tivera início, aquela foi a primeira vez que chorei. Doía. Masterson pôs a mão de leve sobre um dos meus ombros e até isso foi doloroso. Mas eu me sentia muito contente por não estar morto.

Curiosamente, apesar de eu não ter noção do que haviam feito com as minhas pernas, foram justamente esses ferimentos que me prenderam à cama por duas semanas. Não havia analgésicos no campo. Tínhamos ajudado a contrabandear uma certa quantidade, mas haviam acabado. Descobri que é muito difícil ficar deitado, inerte, esperando pela melhora.

Cooper deixou a cama antes de mim e saiu andando com ajuda de muletas improvisadas feitas com cabos de vassouras velhas. Ele me disse que os outros estavam bem, apesar de alguns terem sido machucados de tal maneira que haviam sido transferidos para o hospital do presídio Nós éramos meros internados num campo de prisioneiros; os que estavam na cadeia eram considerados criminosos pelos japoneses e, por isso, tratados muito pior.

Cooper se mostrava evasivo, mas seu ânimo era estranhamente elevado; sua cotação com a srta. Farrington achava-se em nível bastante alto. Ela era uma filha colonial meiga, levemente afetada, com cabelos castanhos cor de rato, que não apresentava mais a menor semelhança com o ardiloso fantasma que antes tanto atormentara seu pretendente solteirão.

O médico do campo vinha me ver todos os dias. Não havia muito que ele pudesse fazer sem remédios, mas verificava se meus ossos estavam se consolidando corretamente. As minhas costelas e meus dedos ainda estavam quebrados. Fui também examinado pelo dentista e fiquei sabendo que tinha o maxilar contundido, no entanto os dentes se conservavam intactos. Masterson me visitava todos os dias, conversava comigo e me contava os mexericos — mexericar era uma das atividades preferidas no campo.

— Vão encenar uma peça de Coward daqui a algumas semanas — contou-me. — É a primeira apresentação teatral desde que estamos aqui. Não sei se ela é de fato apropriada, mas a verdade é que não gosto muito de Coward. Emproado demais.

Passadas duas semanas, no primeiro dia em que deixei a cama, fui até uma cadeira dobrável e me sentei perto da janela. Foi quando descobri o que havia ocorrido. Cooper chegou e sentou-se na cama.

— Então, este é o seu último dia aqui — disse ele.

Tinham me avisado que assim que eu pudesse ficar de pé e andar — se bem que a possibilidade de me sentar numa cadeira ampliava essa definição, acho eu — determinariam em que lugar do campo de prisioneiros eu iria ficar.

— Bom — assenti.

Cooper deu-me um sorriso tênue, revelador de que estava pensando em outra coisa.

— Tommy... — recomeçou ele.

No instante em que o ouvi me chamar assim, eu soube que alguma coisa estava errada. Meu primeiro pensamento foi para Maria. Por isso, quando ele me disse do que se tratava minha reação inicial foi de alívio.

— Tenho más notícias. Fomos traídos, você sabe. Resolvemos nada lhe dizer a respeito até que você ficasse mais forte. O fato é que eles descobriram as duas pontas da operação. As pessoas aqui no campo com o rádio e nós. Catorze deles, Todos do BAAG. Temo que Wilson esteja entre eles. Foram torturados e executados na praia.

Ele virou a cabeça, talvez involuntariamente, a fim de olhar pela janela. Parte do campo dava para a praia Stanley.

— Por que não me contou antes?

Perguntei, isso mais para dizer alguma coisa do que por qualquer motivo real. Não iria fazer a mínima diferença. Cooper nada tinha a acrescentar, e eu nada a comentar. Ficamos sentados, em silêncio, por algum tempo. Eu não conseguia pensar em nada que quisesse saber ou dizer. Um dia ou dois mais tarde ficamos sabendo, pelo telégrafo de bambu, que Ah Wang, o cozinheiro, havia sido executado. Isso era tudo que sabíamos — não mais do que isso. Para mim esse foi o pior momento da guerra. Algumas outras pessoas do banco foram removidas do campo para a prisão. Nunca mais voltaram.

O campo de prisioneiros Stanley era composto por um prédio de apartamentos, um certo número de chalés e construções improvisadas no terreno que pertencera à Faculdade St. Stephen. Cerca de dois mil civis estavam internados lá. Havia mais ou menos um número igual de homens e mulheres e cerca de cem crianças, cujos pais tinham ignorado a ordem para a retirada ou que haviam nascido depois disso. O presídio de Stanley era adjacente ao campo, porém os japoneses tinham nos ordenado que evitássemos olhar para ele. De vez em quando grupos de prisioneiros eram levados do presídio para a praia e executados. O método preferido era a decapitação.

Os prisioneiros de guerra eram mantidos a alguma distância dali, para os lados de Sham Shui Po ou de Kowloon. Os voluntários haviam sido levados para Kowloon como PDG, Prisioneiros de Guerra, enquanto que suas esposas tinham sido internadas no campo Stanley. Não lhes era permitido comunicar-se, mas deixavam que enviassem dinheiro uns aos outros, desde que se tratasse de notas do Banco de Yokohama no valor de cinco ienes. Era um modo de os maridos dizerem que ainda estavam vivos. Então, as esposas podiam mandá-lo de volta. Algumas dessas notas foram sempre as mesmas, indo e vindo até o fim da guerra.

Depois da repressão, a maior parte dos bancários — de outros estabelecimentos além do banco — foi enviada para o Stanley. Alguns ainda ficaram em poder dos Kempetai e outros no hospital da prisão. Mitchell morreu lá. Muitos outros tiveram o mesmo fim. Fui um dos que tiveram mais sorte Eu me saí bem falando cantonês ou admitindo que falava. Escapara dos Kempetai por um fio. Sentia-me como se houvesse gastado toda a minha sorte. Ajudou o fato de os guardas taiwaneses falarem um dialeto diferente. Eu não conseguia esquecer da traição nem do destino de Wilson e de Ah Wang.

Mas significava alívio estar em Stanley. O campo de prisioneiros era menos claustrofóbico do que o alojamento em Bank. Ar e sol eram as melhores coisas. Comparados com os internos, nós, bancários, éramos brancos como vermes. O cenário, numa baía rodeada por montanhas, era lindo de um modo incongruente. Algumas pessoas, de formação mais refinada do que a minha, acreditavam que a beleza física do lugar é que as mantinha vivas. As piores coisa de Stanley eram o excesso de gente, a falta de privacidade e a comida. Eu tinha um quarto no barracão maior, que dividia com três outras pessoas. Claro que uma delas era Cooper.

O campo organizava a si mesmo na maior parte. Os japoneses deixavam os internos dirigi-lo, pois não tinham recursos para fazê-lo. Era uma extraordinariamente complexa estrutura de comitês e blocos representativos, que organizavam tudo, desde de cozinhar a lavar roupa, desde assistência médica até aulas. Muitas vezes o nosso trabalho obrigatório era irritante e pouco significativo, mas também havia uma impressionante grandiosidade nele. As hierarquias civis se haviam duplicado no campo com uma perfeição essencial.

O dia era todo estruturado ao redor da comida. Em chinês o termo para comida é o mesmo que para arroz e assim era também no campo: sopa de arroz, *congee*, para o café da manhã; *congee* no almoço, às vezes com alguns fragmentos de vegetais. O jantar era o grande acontecimento culinário do dia. Consistia em arroz com tudo que os cozinheiros pudessem arranjar para torná-lo mais interessante — um pedacinho de peixe ou, como uma vez já no fim da guerra, a carne de algum exausto e velho búfalo dos Novos Territórios ou, ainda no fim da guerra, o ocasional suprimento de carne de uma lanchonete que era parte da remessa para a Cruz Vermelha. Aprendi a gostar até do arroz queimado e grudado que às vezes fica preso no fundo da panela. O gosto de queimado dava a ilusão de sabor. É um gosto do qual consigo me lembrar até hoje.

Depois do café da manhã nos dedicávamos a tarefas e trabalhos partilhados — no meu caso, horticultura e serviços de manutenção. Fazíamos as coisas o mais vagarosamente possível para não desperdiçar energia. Havia um período de repouso após o almoço e, então — depois de ficarmos algum tempo à luz do sol, que era a melhor coisa do campo —, as aulas. Elas faziam uma grande diferença. Eu pude melhorar meu francês escolar com o médico do campo que, quando jovem, morara alguns anos em Paris. O professor Cobb — o único homem no campo, de acordo com os que o conheciam, que não parecia ter perdido peso durante a internação, porque já era esquelético — dava aulas de literatura chinesa. Eram as minhas preferidas. Mais tarde ficamos sabendo que os detentos do presídio ficavam sentados num banco, em confinamento solitário, olhando o dia inteiro para uma parede branca, a fim de "meditar sobre seus crimes". O juízo de alguns dos presos cediam. Tenho certeza de que o meu teria cedido.

O regime alimentar induzia a impulsos de letargia que eram quase superpoderosos. Muitos internos tinham até morrido por isso. As rações eram suficientes apenas para sobreviver, e os emaciados internos do campo podiam ser mortos por males que na maioria das vezes são considerados pequenos e passageiros desconfortos — uma tosse, uma dor de estômago. O que nos mantinha vivos era a crença de que a guerra ia acabar e seríamos libertados. Quando alguém perdia essa esperança não vivia por muito tempo mais.

Depois que recuperei as forças, ou pelo menos o máximo que conseguiria recuperar com uma dieta de mingau de arroz, procurei as pessoas que conhecera lá fora. O moral encontrava-se surpreendentemente elevado, no mínimo porque se ele baixasse as pessoas tenderiam a morrer. O pessoal do banco preferia estar dentro do campo a ficar fora dele. Todos se achavam sob o pesado domínio da ansiedade causada pelo que ocorrera com nossos colegas que haviam caído nas mãos da Kempetai. Mas também sabíamos que nada havia a fazer, nada havia que pudéssemos fazer. A grande e angustiante preocupação era que a Kempetai poderia descobrir mais a respeito do BAAG, o que a levaria a prender e executar mais gente. Na verdade, essa era a preocupação de antes também.

Eu ia voltando para o barracão, um dia, a fim de descansar um pouco depois de trabalhar em câmera lenta na horta, quando vi alguém que tinha certeza de conhecer, mas não identificava. Aquela era uma sensação que ocorria muito no campo de prisioneiros, onde as pessoas mudam demais fisicamente. A mulher vinha saindo por uma porta à minha frente. Usava um vestido limpo, estampado com flores, que aparentemente servia para disfarçar a perda de peso. Algo me era familiar no determinado ângulo de inclinação da cabeça e no modo de caminhar. Ela carregava um balde com a alça passada pelo braço, como se fosse uma bolsa.

— Sra. Marler? — perguntei.

Ela se voltou. Torci para manter meu rosto tão impassível quanto o da sra. Marler. Um rosto cor de mogno e tão magro que as faces eram como um campo cheio não de linhas, mas sim de fendas. Os cantos da boca estavam firmemente curvados para baixo. Ela não tinha idéia de quem eu era.

— Tom Stewart, do *Darjeeling* — esclareci. — O rapaz que aprendeu cantonês por causa de uma aposta...

— Ah! — Então, a sra. Marler sorriu, mostrando dentes amarelados e muito longos, por causa das gengivas retraídas. — O amiguinho das freiras. Sim, é claro!

Ela me contou que era uma "cabeça-de-bloco", que na terminologia do campo significava líder de um comitê de reclusos. Perguntei-lhe pelo marido e o rosto dela voltou mudar.

— Bert não está... Ele anda meio desanimado. Não sei se... Será que pode ir nos visitar? Quem sabe isso o animaria um pouco. — Em seguida, tornando-se firme outra vez. — Vá nos ver amanhã, depois da aula. E pode me chamar de Beryl.

No dia seguinte depois de assistir à aula do professor Cobb sobre poesia da dinastia Tang — das quais a preferida dele era a de Wang Wei — fui visitar os Marler. Eles moravam em algo que parecia ter sido a sala da caldeira de um chalé habitado no mínimo por vinte e quatro pessoas. Havia espaço para uma cama de campanha, que eles fechavam durante o dia. De algum modo, Beryl arranjara água quente e, assim, havia chá.

Marler estava sentado no chão. Tinha o olhar abaixado quando cheguei. Deu para ver que algo estava muito errado, não apenas no físico, mas também no espírito dele. Era como se todo o ar houvesse escapado do seu corpo.

— Sr. Marler, como é bom vê-lo de novo!

Ele ergueu a cabeça, talvez pensando que sorria. Sua esposa lidava com canecas.

— Stewart.

— O senhor está bem — eu disse em cantonês e em tom alegre, demonstrando que era brincadeira.

A princípio ele não reagiu. Então, lentamente, respondeu:

— Pelo que vejo, tem aproveitado o seu cantonês.

— Oh, sim. A melhor coisa que fiz foi aprendê-lo. Aliás, devo isso ao senhor. Não pode imaginar o quanto me tem sido útil. Uma das coisas que mais me aborrecem aqui no campo é não ter como treinar meu cantonês. Estou com medo de esquecer tudo, porque a minha memória parece uma peneira. Em pouco tempo, esqueci todo o chinês que sabia.

— Tenho certeza de que você vai estar fora daqui antes que isso ocorra — disse Beryl, em tom alegre. O marido não se manifestou. — Você reparou, no *Hong Kong Daily News*, que os locais em que os Aliados sofrem as mais terríveis derrotas ficam perto do Japão? É terrivelmente encorajador. Não vai demorar muito agora, não vai mesmo.

Como que falando do fundo de um poço, Marler disse:

— Eles vão executar todos os prisioneiros dos campos antes de perder. Nenhum de nós vai sair de Stanley.

A desesperança dele era tão crua que parecia uma gafe social. A gente sentia medo quando uma pessoa começava a falar assim, pois no fundo do coração todos os internados sabiam que o desespero era contagioso. Nem Beryl nem eu sabíamos para onde olhar. Ficamos sem dizer nada por uns dez minutos e, então, fui embora. Uma semana mais tarde Marler morreu. Quando isso acontecia, podia acontecer muito depressa.

— Poderemos abrir um hotel em qualquer outro lugar — disse Masterson um dia, alguns meses depois da morte de Marler.

Estávamos trabalhando na cozinha, lavando vegetais. Era uma tarefa importante por causa do uso do "fertilizante noturno" — excremento humano — como adubo. No bolso de cima de Masterson vi um cigarro já enrolado, prazer especial reservado para depois do trabalho. Ele era conhecido por trocar comida por fumo, fato esse que provocava as poucas discussões que tínhamos.

Cooper, interrompido no meio da exposição de alguns aspectos das muitas virtudes da srta. Farrington, não pareceu muito animado. Depois, recompondo-se, recomeçou:

— Mary disse...

— Em Kowloon, você quer dizer? Como no tempo do sr. Luk? Entrar em competição com a Península, só que com menos pretensão?

Masterson sacudiu a cabeça.

— Em qualquer lugar, de modo geral. Fora do país. Em Lantau, em uma das ilhas ou até mesmo em Stanley.

— Não. Em Stanley, não.

— Bem, então na baía Big Wave ou na baía Repulse ou em outro lugar onde as pessoas possam ir passar férias ou os fins de semana.

— Mas não os adúlteros, Hong Kong não é o bastante grande.

Masterson sempre falara da importância do adultério para o bom negócio que era um hotel. Era uma das coisas que ele dizia ser o truque de Hong Kong do ponto de vista dos hoteleiros profissionais.

— Tem razão. Não se preocupe, há uma porção de outras motivações. Recepções de casamento, fins de semana, algum lugar para ir.

— Mary disse que, quando a guerra acabar, vai comprar um veleiro e velejar todos os fins de semana.

Por um instante eu pude até sentir o movimento de um barco sob meus pés. Sentar-se no convés com uma cerveja, depois de nadar, pescar, mergulhar; descobrir praias em ilhas desertas. Às vezes a sensação da liberdade pode se tornar muito dolorosa, cortante. Esperança e desesperança são iguais em seus significados opostos, e a forma extrema de uma pode se transformar facilmente na outra. Então, é preciso manter o equilíbrio.

O impulso de fazer alguma coisa tornou-se mais agudo porque parecia que íamos ganhar a guerra. Podíamos perceber isso pelo modo que os guardas taiwaneses agiam: eles sussurravam detalhes de notícias, de boatos sobre as derrotas sofridas pelos japoneses e o progresso dos Aliados. Um cule que trouxe combustível para o incinerador (quando foram queimados lençóis estragados pela disenteria) contou ao professor Cobb sobre o desembarque na Normandia. Como Beryl observara, nem mesmo o *Hong Kong Daily News* podia esconder a tendência da guerra, uma vez que suas notícias a respeito das derrotas dos Aliados davam como palco dos acontecimentos lugares cada vez mais próximos de Berlim e de Tóquio. Os aviões dos Aliados começaram a surgir em todos os lados. Alguns despejavam bombas; uma bomba americana matou catorze pessoas num chalé. Os internos canadenses foram repatriados. A idéia da nossa eventual libertação tornou o campo de prisioneiros mais difícil de controlar. Havia rumores de que seríamos trocados por civis japoneses que os australianos tinham aprisionado em campos também. Havia mais vida a cada dia; eu visualizava novos horizontes.

No início de agosto de 1945 ouvimos dizer que os russos haviam declarado guerra ao Japão. Era o primeiro sinal de que a guerra estava terminando. Na noite da quinta-feira, dia 16 de agosto de 1945, fui à cozinha depois do jantar para ver se havia sobrado um pouco de água quente.

— Estão dizendo que alguma coisa aconteceu no Japão — contou-me Beryl Marler. Ela estava sentada a uma das mesas, verificando a lista de afazeres. — Um chinês contou a alguém. Parece que foi uma bomba.

Havíamos nos tornado peritos em analisar a textura dos rumores — o que era possível, o que era definitivamente insensato, percebíamos a diferença entre acontecimentos desejados, especulação informada e notícias verdadeiras enviadas pelo telégrafo de bambu. Talvez seja apenas com uma percepção tardia que consigo me lembrar da sensação de que naquele momento soube que poderia ser verdade. Eu disse:

— Tomara que tenha sido uma bem grande.

No dia seguinte recebemos uma ração especial de cigarros e, pela primeira vez durante a guerra toda, um rolo de papel higiênico. Foi quando tive certeza de que havia terminado. Dei minha ração de cigarros para Masterson.

— Espero que você tenha razão — observou ele. — Vou fumar todos estes cigarros, e se a guerra não tiver terminado nunca o perdoarei.

No dia seguinte o *Hong Kong Daily News* anunciou que o imperador amava os seus súditos a tal ponto que decidira permitir que a guerra terminasse. Fomos avisados para permanecer no campo até que a situação se esclarecesse e para evitarmos comemorações excessivas.

Capítulo Nove

Plough
Faversham
1º de setembro de 1945

Querido Tom,

Fiquei feliz com o seu telegrama. Estávamos muito preocupados e era difícil acreditar que a falta de notícias significa que tudo está bem. Anne e eu temos muita vontade de ver você. Ela diz que é engraçado pensar que tem um cunhado que não conhece. As crianças também querem muito conhecer o "tiotio".

Sinto muito ser obrigado a dizer que a alegria de saber que você está vivo mistura-se com tristeza. Vovó, que andava mal de saúde havia alguns anos, teve um derrame cerebral no verão do ano passado e morreu depois de curto período de doença. Ela se manteve animada durante toda a guerra, até mesmo quando isso era muito difícil, e costumava dizer para si mesma que tinha boas chances pela frente. Espero que isso lhe sirva de conforto ao receber esta triste notícia.

Vou parar de escrever para ter o que lhe contar quando você vier para cá!

Seu irmão,

David.

Missão São Francisco Xavier
Chung King
Szechuan
19 de setembro de 1945

Caro Tom,

Não posso transmitir o alívio que senti ao saber que você está vivo e bem. *Deo gratia*. Pior do que não saber nada é ouvir boatos. Você sempre esteve no meu pensamento e muitas vezes pedi à comunidade que o incluísse em suas preces.

Como pode ver por esta carta, estou em nossa missão de Szechuan. Estive aqui durante três anos, antes de permanecer por muito tempo em Hunan. Tivemos racionamento de comida, o povo está cansado da guerra, mas estamos todos bem.

O padre Peter Wu, que você não conhece, vai para Cantão e de lá, provavelmente, para Hong Kong, então lhe entregará pessoalmente esta carta ou pedirá a alguém da missão que o faça, se ele não puder. Deverei ir para Chung King e ficar lá por algum tempo, dependendo das necessidades da nossa missão.

Dou graças pela sua sobrevivência.

Sua no amor em Cristo,

Irmã Maria.

Masterson e eu fomos para a Inglaterra no navio SS *Abergavenny*. Tivemos sorte por se tratar de um navio de passageiros; os navios das tropas do exército eram menos confortáveis. Ficamos na mesma cabina. Eu peguei o beliche de cima. A cabina era do mesmo tamanho que a ocupada por mim no *Darjeeling*. Contaram-me que ele fora afundado em ação no Atlântico Norte, com a perda de toda a tripulação.

Eu passava a maior parte do dia possível ao ar livre, andando pelo convés. No começo dava apenas uma ou duas voltas, depois, aos poucos, pude andar durante uma hora de cada vez. Comecei a acreditar que ia ficar bom. Não se tratava de uma conclusão determinada: muitos dos egressos do campo de prisioneiros nunca mais recuperaram a saúde.

Masterson passou a viagem inteira sentado em uma espreguiçadeira no convés, lendo. A biblioteca do navio tinha uma seleção de ficção do século dezenove, principalmente livros de Dickens e de Trollope. Ele ficava com o paletó, o capote e, às vezes, enrolava-se num cobertor enquanto cruzávamos o Oceano Índico, o Mar Vermelho e atravessávamos o Canal de Suez. Em geral se absorvia de tal maneira no livro que era preciso chamá-lo duas ou três vezes para que erguesse a cabeça.

Quando chegamos ao Mediterrâneo eu estava, se não no estado de saúde de antes da guerra, bem melhor. Podia fazer exercício até ficar com a respiração alterada sem que meu coração e meus pulmões ficassem histéricos pelo esforço. Minha digestão funcionava bem desde que evitasse alimentos gordurosos e queijos. Minhas gengivas haviam parado de sangrar. Outros ex-internos também iam melhorando e ganhando peso. Podíamos perceber a diferença nos nossos reflexos nas partes de metal do navio. E esse fato também deixava claro que Masterson não melhorava, não se tornava mais forte. Ele precisava de ajuda para subir escadas e deixava passar na sua frente as pessoas que vinham atrás dele em corredores e nos passadiços. Mostrava-se perfeitamente calmo e estóico a esse respeito.

— Tudo isso são águas passadas — costumava dizer.

Uma ou duas vezes teve uma dor de cabeça tão intensa que se notava a palidez por baixo do amorenado da pele; ao redor dos olhos, todos os músculos se mantinham contraídos. Então, ele me pedia que lesse em voz alta o livro que lia no momento. Eu tentava dar vozes diferentes aos personagens até ele me implorar que parasse.

Chegamos a Tilbury logo depois do amanhecer e a essa altura eu já estava havia mais de uma hora de pé no convés, com a bagagem ao lado. Havia névoa e o céu se mostrava nublado daquele jeito tão inglês. Era como se a cor cinzenta houvesse escorrido do céu e contaminado tudo que era visível. Eu pensara em ir direto para Faversham, mas, quando desembarquei e fui para a fiscalização alfandegária com meus documentos temporários e uma simples mala de lona, descobri que não poderia. Em vez disso, peguei um ônibus para Londres.

Algumas vezes me perguntei o que teria acontecido se aquele houvesse sido um dia de outono azul e brilhante, se uma moça de vestido leve houvesse sentado a meu lado no ônibus e começado a conversar comigo. Nem por um momento eu tivera certeza, quando me dirigia para Londres, se iria ou não voltar para Hong Kong. Tinha a sensação de que minha aventura, ou experiência, poderia haver terminado em Stanley. Mas aquela primeira manhã, talvez ao primeiro olhar, fez com que eu tivesse certeza de que não queria ficar na Inglaterra. Meu país parecia-me pardo, plano demais e sem vida. As palavras ditas em inglês e a voz da pessoas davam-me a impressão de que estavam se esforçando para ser razoáveis e para se desculpar, ao contrário da franca e contínua argumentação cantonesa. Não havia cor em lugar algum. Não havia calor, e com apenas trinta e dois anos eu tinha uma dor surda nos dedos que haviam sido quebrados. Havia destruição causada por bombas em todo lugar. Partes de Londres estavam como se tivessem sido arrasadas por um rolo compressor. Aquela não parecia a capital de um império vitorioso.

O ônibus me deixou na estação Waterloo. Minha idéia era passear pelo centro da cidade, ver a Trafalgar Square e o Piccadilly mais uma vez; todavia, eu estava tão cansado, fraco, que, de repente, a mala ficou pesada demais. Encontrei um bar no piso inferior da estação e sentei-me diante de uma xícara de chá exageradamente forte e com leite demais.

Um trem ia sair para Faversham no final da tarde. Peguei-o com o passe que retirara em Hong Kong. Haviam-se passado alguns anos desde a última vez que eu viajara de trem, por isso a viagem foi agradável, deliciosa. Quando saímos de Londres, meus olhos encontraram lenitivo nos dourados e vermelhos das folhagens do outono. Fumei tantos cigarros que me senti como se fosse Masterson. Na estação de Faversham fui a pé para o Plough. A cidade estava mais ou menos intacta: localizava-se a uma distância das docas suficiente para escapar do bombardeio. Vi um ou dois rostos familiares, porém ninguém me reconheceu.

Quando cheguei ao Plough, dei a volta pelo o quintal a fim de que a minha respiração se regularizasse antes de eu entrar. Abaixei-me para pôr a mala no chão e quando me endireitei vi que meu irmão David me olhava. Ou melhor, aquele que seria meu irmão David se ele ainda tivesse cinco anos de idade e estivesse ali, de pé, com as mãos nos quadris e uma expressão desconfiada no rosto.

— Você deve ser Martin — falei.

O olhar de suspeita escureceu, depois ele disse:

— Tio!

— Isso mesmo. Sou seu tio Tom.

Apertamo-nos as mãos com muito formalismo. Então, ele se virou e saiu correndo para dentro, gritando:

— Ele chegou!

Eu bem que temera aquilo, mas tudo bem. David, atarracado, de cara fechada e perspicaz como sempre, não pôde esconder quanto estava alegre por me ver e eu a ele. Sua mulher, Anne, era muito mais bonita do que eu esperava; alta (no mínimo da altura de David ou até um pouco mais alta), delicada e muito viva, esperta. Ele tomava o maior cuidado com ela, como se não pudesse acreditar na própria sorte; era uma cena linda e emocionante de se ver. Martin era, exatamente e em cada detalhe, como David fora quando criança. Tom, o filho mais novo, era tímido, mais bonito e pouco falava.

Martin estava muito interessado no fato de eu ter estado num campo de prisioneiros. Ele me interrogou durante o jantar — uma perna de ovelha assada que Anne conseguira com muita dificuldade e que eu mal experimentei. Para Tom a novidade da minha chegada já perdera o encanto e ele estava distraído, fazendo força para se manter acordado. Havia grossas fatias de pão com manteiga fresca recém-batida.

— Vocês tinham tendas? — perguntou Martin.

David e Anne trocaram um olhar. Eu olhei para eles indicando que estava tudo bem.

— Não, na verdade, não.

— Você subia em árvores?

— Não.

— Pescava?

— Não.

Alguns internos do Stanley de vez em quando tentavam apanhar peixes na praia, porém o esforço que eram obrigados a despender era tanto que os pescadores respiravam com dificuldade e ficavam com uma fome desesperada, e perigosa, por causa do exercício. Pelo mesmo motivo, por mais tentadora que a água fosse, ninguém nadava. Tudo isso era difícil de explicar.

— Vocês cantavam?

— Não... Bem, cantamos uma ou duas vezes.

O garoto não tentou esconder a decepção.

— Ele é doido pelos Cubs' — explicou David.

— Fizemos um barco com barril — contou-me David.

— Espero que me levem passear nele — respondi.

E os quatro disseram:

— Ele afundou.

— Eu fiquei com medo — acrescentou Tom, em voz baixa, porém firme.

Nos dias que se seguiram vi conhecidos. A maior parte dos garotos com que eu tinha ido à escola havia estado na guerra. Alguns — não um número enorme, mas também não muito pequeno — haviam sido mortos. O pior incidente acontecido ali fora quando uma bomba atingira diretamente um frágil abrigo e matara um grupo de estivadores, quatro dos quais eram de Faversham. Muitas das mulheres haviam tido de trabalhar nas plantações e parecia incrível elas terem se mantido saudáveis, em boa forma e douradas; a pele delas não assumira aquela aparência de couro seco causada pelo bronzeamento dos trópicos, tinha a cor do trigo maduro. Havia cidra, cerveja e muito que comer. (Depois de terminado o racionamento, meu irmão nunca mais comeu coelho.) Eu me acalmei um pouco. Ali na minha terra, no interior, as coisas não pareciam todas cinzentas. Durante as tardes eu ia dar uma volta na cidade, seguindo caminhos que existiam desde que eu ia à escola. Os caminhos me pareceram mais curtos do que eu me lembrava, no entanto, como eu estava muito fraco, isso equilibrava tudo.

Eu deveria voltar para Hong Kong dentro de três meses. Quando passou metade do tempo comecei a ajudar David no Plough; colocava a papelada em ordem, à noite, lavava copos e quando fiquei mais forte carregava barris de cerveja. Pude perceber, pelos livros-caixa e arquivos, que houvera um período em que minha avó cuidara da contabilidade. A letra dela, elegante e ritmada, estava presente neles em vários momentos: quando era uma jovem recém-casada; mais tarde, quando nossos pais haviam morrido, até que pudéramos ajudá-la e, então, eu passara a cuidar dos livros; depois de novo, no fim da vida dela, durante a guerra. Fora bom vovó ter o controle das faculdades mentais até que o derrame a matara.

Duas semanas antes da data de eu voltar para Hong Kong, David foi dar uma volta comigo. Sem dizer nada, fomos até a praia, passando pelos campos de lúpulo e pelo pomar. O muro ainda lá estava e continuava se desmanchando. Subimos nele e ficamos sentados, a cavalo, com as pernas balançando dos lados. Em dez anos, nada mudara muito na propriedade e na paisagem.

— Então? — disse David.

— Vou embora.

Ele soltou o ar que prendera ou suspirou. Sacudiu, então, a cabeça.

— É o que Anne disse que você ia fazer. Sabe que o *pub* é seu também. Mais ainda do que meu.

Talvez até aquele momento eu ainda não tivesse absoluta certeza do que pretendia fazer, mas a idéia de partilhar o *pub* com David levou-me a decidir.

— Não. Vou Para Hong Kong. É muito bonito da sua parte, mas...

— Negócio não encerrado... — disse David, que sempre fora o mais esperto. Enfiou a mão no bolso do paletó e tirou um envelope de papel-manilha. — Um sexto dos lucros até vovó morrer e, depois, metade até agora. Ainda não tenho o bastante para comprar a sua metade, mas vou ter.

— David...

— Foi o que combinamos.

Peguei o envelope. Nessa noite, mais tarde, contei o dinheiro: mais de quinhentas libras. Eu nunca tivera tanto dinheiro na minha vida.

Dois dias antes de embarcar de volta para Hong Kong encontrei-me com Masterson em Londres para almoçarmos. Eu ia passar as duas últimas noites num hotel para tomar um gostinho da cidade. Encontramo-nos no *grill-room* do Café Royal — escolha dele. As paredes e o teto eram cobertos de quadros com mulheres nuas. Ele não tirara o sobretudo e estava sentado a uma mesa de canto, com toda aquela roupa. Lia um livro quando me aproximei: *Brideshead Revisited*. Claro, estava fumando. Quando cheguei à mesa, ele ergueu a cabeça e sorriu. Não parecia melhor, nem pior.

— Peça alguns trocados ao nosso amado banco — disse ele, à guisa de cumprimento e olhando para as pinturas —, quem sabe possamos comprar algumas como essas para as nossas salas de jantar.

A risada provocou-lhe tosse. Conversamos pouco enquanto comíamos. Estava difícil conversar, coisa que nunca acontecia com Masterson. Quando tiraram a mesa, ele disse:

— Tom... tenho uma notícia. Não vou voltar.

Levei alguns instantes para compreender o que acabava de ouvir. Não sei por que fiquei tão surpreso. Em retrospecto, aquela decisão parecia mais do que óbvia. Só que para mim Masterson era Hong Kong e parecia-me impossível a idéia de que a ilha podia existir sem ele, ou vice-versa.

— Alan, eu... Não sei o que dizer.

— Não estou bem, como você sabe. Eu gostaria de ficar com Catherine — era a irmã dele — e... — ele sorriu — gosto das filhas dela. Já não sou moço. Você dirige o hotel melhor do que eu, e vou viver de rendas, luxuosamente, no Surrey, gastando os frutos do seu trabalho.

— Mas...

— Já está tudo organizado na minha cabeça — interrompeu-me ele, sério e tranqüilo. — Sei que não é uma coisa fácil de aceitar, assim de repente. Sei que você pode tocar o trabalho sozinho e, se quiser, o lugar é seu. — Masterson fez uma pausa, então acrescentou: — Está tudo por sua conta, agora.

O que eu poderia dizer? Agradeci, sentindo que alguma coisa fundamental da minha vida acabava de mudar. Depois disso, conversamos mais livremente. Às três da tarde senti que alguém se aproximava da mesa e parava atrás de mim. Masterson sorriu.

— Catherine.

Voltei-me. A irmã de Masterson era alta, bonita e elegante. Parecia vinte anos mais moça do que ele.

— Senhor Stewart? — disse ela. — Espero que meu irmão tenha conseguido convencê-lo a dirigir o hotel. Ele me disse que o senhor é brilhante!

Nem me dei ao trabalho de fingir que resistia ao encanto dela.

Capítulo Dez

Quando voltei para Hong Kong, na primavera de 1946, a ilha começava a se recuperar. O suprimento de água e energia funcionava, ônibus e bondes se movimentavam, as ruas estavam limpas, lojas e escolas achavam-se abertas e as pessoas tinham voltado da China, que entrara numa guerra civil.

Chung King
21 VI 1946

Caro Tom,

Envio este bilhete apenas para dizer-lhe que está tudo bem por aqui. Estes não estão sendo os melhores tempos da China, como tenho certeza de que você sabe, mas o trabalho da nossa missão tem prosperado, apesar de tudo.

As pessoas se tornam mais receptivas às mensagens da Igreja quando os tempos são duros. Talvez eu já tenha feito esse comentário.

Fiquei contente por saber que seu trabalho no Empire Hotel vai bem. Vou visitá-lo quando minha ordem me permita ir a Hong Kong, mas no momento não sei quando isso poderá ocorrer. Irmã Benedicta passou por aqui quando viajava para o norte, no mês passado, e pediu-me que lhe enviasse os cumprimentos.

Sua,
Irmã Maria.

Aqueles foram os anos mais ocupados da minha vida. Hong Kong se recuperava, os negócios se aqueciam, o hotel se reerguia. Eu parecia trabalhar o dia inteiro todos os dias, mas quando penso naquele tempo lembro-me de ter passado fins de semana em Lantau; ia à casa de amigos que moravam lá e ia também aos Novos Territórios; viagens de barco; passeios a Macau; uma vida social agradavelmente energética. Eu também freqüentava um grupo de estudos organizado pelo professor Cobb, que passara um ano na Inglaterra se recuperando e voltara para ocupar seu lugar na universidade de Hong Kong. A disciplina era literatura chinesa e para mim envolvia também o aprendizado de ler em chinês. Eu sempre carregava nos bolsos fichas com termos em chinês e toda vez que tinha uma folga olhava-os a fim de memorizar os caracteres; lembro-me de ter feito isso no teleférico para o Pico, na Balsa Star, antes de encontros, e nos banheiros, quando ia a jantares. Adorava ter a possibilidade de carregar um idioma nos bolsos, para onde quer que fosse. Acho que as fichas são o que mais tarde se convencionou chamar de "cobertor de segurança". Em pouco tempo eu conhecia dois mil caracteres e lia razoavelmente bem o chinês básico.

Também comecei a sair com uma moça. Ela se chamava Amanda Howarth e tinha vindo para cá a fim de trabalhar na Jardines. Morava com os tios; ele era um dos mandachuvas em Hong. Nós nos conhecemos em fins de 1947, no passeio de barco organizado por alguém, num domingo, fora da baía Clear Water. Sua pele era linda e ela sempre usava chapéu, às vezes guarda-sol, mas gostava do calor. Na primeira vez em que a vi estava sentada com um grupo de pessoas no extremo da popa do barco, debaixo do toldo. Era pressionada, meio na brincadeira, a contar a história de um admirador secreto do escritório; ele lhe deixava flores, pequenos presentes e, num envelope vermelho de Ano Novo, dicas assombrosamente infalíveis sobre ganhadores das corridas de cavalos. Ela ria e todos os demais riam também. Muito bonita, no entanto o que tinha de mais atraente era o evidente talento de ser feliz. Esbarramos um no outro mais algumas vezes, em jantares e bailes, então as coisas seguiram seu rumo. Levei-a a uma casa de chá para testar-lhe a flexibilidade e ela pediu um prato de dobradinha e medusa. O garçom ficou do meu lado e também tentou convencê-la a desistir daquele pedido.

— Fedido demais — disse ele —, não para pessoa inglesa.

Amanda insistiu, o prato veio e foi evidente a sua grande dificuldade em comê-lo, não pelo mau cheiro — quase não tinha odor —, mas por causa da aparência escorregadia.

— Esse garçom deve ter aprendido que o termo fedido serve para atingir os europeus em todos os sentidos — comentei.

Havíamos comido menos de um terço do prato e escondi o restante num lenço para salvar a cara dela. Nós dois começamos a rir.

— Obrigada — disse-lhe Amanda, quando o garçom veio para retirar os pratos —, estava execrável.

Ele me deu um olhar desconfiado. A partir daí "fedido demais" passou a ser nossa frase-código.

— Ela parece uma boa moça — comentou Beryl quando a conheceu.

Deu para eu perceber uma porção de coisas não ditas na voz dela, mas ignorei-as. Beryl Marler era minha nova amiga. Viajara também no *Abergavenny*, quando eu voltara para a Inglaterra; naquela viagem quase não tínhamos nos visto, mas quando nos encontrávamos eu notava que ela estava se tornando mais desanimada, apática do que quando estava no campo. Encontrei-a também no navio em que voltei para Hong Kong, o *Pride of Wessex*, já bem mais animada, energética. Ia cuidar dos negócios do falecido marido, pelo menos por uns tempos.

— É o que Albert gostaria que eu fizesse — dissera-me no bar do navio.

Eu não havia reparado antes — ou o fato fora apagado pela presença ruidosa e mais visível do marido —, mas ela era uma tremenda bebedora de gim, daquelas que atingem um alto nível de consumo alcoólico sem nenhum efeito perceptível, a não ser uma leve animação. Aos poucos fui me adaptando a tomar uma dose de bebida a cada duas que ela tomava.

— Pensei em ir para casa e ficar lá, sentada, sendo apenas uma viúva, mas achei que isso não me servia. Esse é o problema com o Leste, ele destrói em você a tendência a agir em conjunto com a comunidade. Bert jamais pensaria, nem por sonho, que sua empresa poderia se desfazer em nada. Por isso vou me sentar à cabeceira da mesa de reuniões e dirigir os negócios permanecendo de olho em tudo.

Precisei reconhecer que aquela me parecia uma idéia ruim: achei que ela iria emergir de suas profundezas e os sócios de Marler a comeriam viva. Contudo, guardei esse prognóstico para mim mesmo e nos tornamos amigos por meio de um processo que parecia mais um reconhecimento de história partilhada do que qualquer outra coisa. Nós dois trabalhávamos arduamente, como todo mundo na colônia; era como se houvesse um acordo geral de procurar o esquecimento no esforço absorvente. Kipling, quando visitou Hong Kong nos primeiros anos do século, ficou impressionado pelo fato de não descobrir um só chinês que dormisse durante o dia.

1949 foi o ano decisivo na história de Hong Kong, o tempo em que tudo mudou. Mao e os comunistas ganharam a guerra civil. O Kuomintang fez as malas e partiu para Taiwan. Muito tempo depois, Cooper, na época uma das pessoas mais importantes do banco, disse-me que, quando voltara à colônia, em 1953, não conseguia acreditar na mudança.

— Havia alguma coisa diferente no ar — explicou-me ele. — Esse é o único modo como posso definir a situação. Para os iniciantes a cidade era agitada demais, muito cheia de gente. Achava-se naquele ponto em que um lugar lhe pareceria muito mais aglomerado a cada vez que você fosse embora e voltasse ou que se desse ao trabalho de reparar. Mais barulhenta, mais agitada, oferecendo menos possibilidade de se perceber o que estava realmente acontecendo. Mais crimes, é óbvio, e mais escondidos ainda. Tríades: todos aqueles xangaienses despencando por aqui e tomando os lugares dos homens locais que até então cuidavam tranqüilamente de seus negócios. Kuomintang: secretas do PC por todo canto. Mais divertimento, só que não para homens casados como eu, é claro, no entanto mais divertimento em geral.

Cooper tinha se casado com a srta. Farrington, agora sra. Cooper, em 1946, quando eu estava na Inglaterra. Tinham duas filhas.

— Lembra-se daquele negócio sobre ópio? — continuou ele.

Referia-se à criminalização do ópio em 1949. Era uma grande piada, uma vez que Hong Kong devia sua existência como colônia a uma impositiva venda de ópio para os chineses. Corriam rumores de que as Tríades que haviam ajudado os britânicos, principalmente a de Wo e seus associados entre elas, tinham invocado favores prestados e influenciado para que a droga fosse banida — o que, é claro, fez os preços subirem como foguetes até as estrelas.

— Lembro-me, sim.

— Uma vez perguntei a respeito para um dos mandachuvas do Palácio do Governo, um velho amigo do meu sogro. Você jamais verá alguém se esquentar tão depressa. O sujeito ficou literalmente roxo. Disse que aquela era o tipo da pergunta que apenas servia para inculpar as pessoas que a fazia. Devo dizer que era o caso de eu considerar a resposta dele como um "sim".

Hong Kong sofreu uma profunda mudança. As pessoas começaram a sobrar nas fronteiras em uma escala que fazia parecer pequeno o influxo ocorrido nos anos de 1930. Muitas delas eram pessoas que tinham motivos para fugir dos comunistas. Os motivos de algumas eram bons, os de outras, ruins. Favelas se espalharam pela ilha inteira e por Kowloon. Chamávamos os ocupantes de intrusos, o que fazia a presença delas parecer mais temporária do que de fato era. Empresas que tinham interesses em Xangai transferiram o máximo possível de suas operações para Hong Kong. Um bando de importadores-exportadores, espiões, ex-internados em campos de prisioneiros, bancários e outros europeus chegaram de Xangai e, como Cooper disse, tornaram a vida mais interessante. Um francês e um russo de Xangai entraram para o grupo de leitura do professor Cobb. Eram Prévot, um desleixado francês esquerdista, e Zhukovsky, um asseado russo branco. Os dois viviam discutindo — algo que até então não ocorria no nosso ambiente. Começava-se a ouvir falar das Tríades.

Não que isso fosse inteiramente novo, mas havia gente que antes tinha se referido às Tríades como coisas meio cômicas, só que elas estavam se tornando reais. As Tríades não eram menos reais para os ocidentais, por serem invisíveis. Beryl Marler se designava como perita no assunto. Isso graças aos interesses da sua empresa em construções. Ela ignorara conselhos e vendera a maior parte das ações da Marler´s Ltda. Seu pai tinha sido avaliador de imóveis e ela teve a sensação, que mais tarde se revelou verdadeira, de que dominava os rudimentos do funcionamento das construtoras. O crescimento rápido da população significava mais empreendimentos e mão-de-obra mais barata, ambas boas perspectivas para Beryl que contratou um grande número de pedreiros xangaienses (ela já tinha vários mestres-de-obras xangaienses). Alguns deles poderiam ser das Tríades ou não; mas de qualquer maneira traziam consigo histórias e boatos a respeito das gangues que ela colecionava, em parte por pura curiosidade e em parte pelo prazer de fazer gelar o sangue das pessoas para as quais os contava depois.

— Todo mundo pensa que tudo não passa de misteriosas cerimônias de iniciação, que tudo é armado para "derrotar o Qing e restaurar o Ming". Mas no fundo não é nada disso. Aqueles sujeitos dirigem a China. Sun Yat-Sen era um Tríade.

Chiang Kai-Shek é um Tríade. Não se trata de um pitoresco remanescente do passado que se devota ao segredo para garantir a própria segurança. É mais como um desafio entre a Máfia, os maçons e os Hong, todos misturados.

— Sim, Beryl. É isso mesmo. Todos nós seremos assassinados nas nossas camas.

Um dia, em novembro de 1949, logo depois da vitória comunista, Beryl e eu almoçamos juntos no Empire. Nosso novo *chef* xangaiense, Ah Ng — que preferia que o chamassem pelo nome inglês, Peter —, estava se saindo muito bem. Ele fizera sopa de cebola, seguida por garoupa *à la meunière*. Depois caminhamos um pouco para o oeste, em direção da Cidade Kennedy, Beryl por exercício e eu para clarear a cabeça depois de três meios *pints*[1] de gim-tônica. Não era um dia quente. Carrinhos de comidas e camelôs estavam ocupados. Quando viramos para leste, depois do Mercado Central, as ruas se estreitaram e os edifícios pareciam amontoados. Estávamos de braços dados. A ruela cheirava a óleo de peixe e havia roupas penduradas acima de nós. Uma folha de jornal, muito mal impressa, foi trazida pelo vento e prendeu-se na minha perna. Com alguma dificuldade, depois de várias tentativas, consegui chutá-la fora.

— Maldita chatice! — reclamei.

— Agora se trata de uma coisa da Tríade — recomeçou ela, não daquele seu modo empolgado, mas sim como quem se conforma com um fato. — É uma espécie de jogo que sorteia números. Como no Damon Runyon. As pessoas compram aqueles bilhetes numerados numa lotérica e depois o pessoal imprime essas folhas aí, que chamam de "jornal", com os resultados. Não se trata de jornal, mesmo, mas uma desculpa para os números impressos nele, e todo mundo compra.

---

1 PINT — Unidade de volume ou capacidade do Sistema Britânico Imperial equivalente a 0,568 l. (N.T.)

— Beryl — admirei-me —, muito Agatha Christieice da sua parte descobrir isso!

— É um grande negócio — afirmou ela, muito tranqüila e lisonjeada.

Viramos e começamos a voltar para a Central.

Decorrida uma semana, depois da aula para o grupo de leitura de Cobb, na segunda-feira à noite, cheguei ao Empire ali pelas nove horas. Ah Lo, o *barman* (uma descoberta de Masterson e, na opinião dos freqüentadores regulares, o fazedor do melhor martíni ao leste de Venice), viu-me entrar e ergueu as sobrancelhas. Fui até lá falar com ele.

— A senhorita veio procurar patrão — disse-me.

Como a maioria dos funcionários do hotel, ele sempre se dirigia a mim em inglês, deixando-me a escolha de falar em cantonês, se assim quisesse.

— Quando? Que senhorita?

— Acho que ela ainda aí...

Ah Lo voltou a polir cuidadosamente a coqueteleira com um pano de prato. Sentado ao balcão, diante dele, estava o inspetor Watts, da Polícia Real de Hong Kong. Trocamos cumprimentos de cabeça. Ele estava de farda, sentado diante de um gim rosado e um exemplar do *South China Morning Post*. Masterson me avisara que um hotel devia sempre ter um policial tratável ou dois. O dele, superintendente Putnam, era um esperto alcoólatra que havia sido importante figura no Stanley — a polícia ficava nos campos dos civis — e se aposentara logo depois. Watts chegara a Hong Kong depois da guerra. Era um homem cor de teca e macio como essa madeira: o tipo clássico do policial colonial. Eu jamais gostei dele.

Fui para o meu escritório e lá estava Amanda, evidentemente ainda não recuperada de uma grande crise de choro. Estava sentada na minha cadeira, atrás da escrivaninha. Por um momento achei que aquilo tinha a ver conosco — a última vez que nos havíamos visto fora num baile onde houvera algo entre uma discussão e um mal-entendido depois de uma confusão sobre quando nós iríamos dançar uma valsa. Mas o transtorno dela era demasiado para ter sido causado por isso. A ponta de seu nariz estava vermelha, como se estivesse resfriada.

— Amanda, minha querida...

— Desculpe — interrompeu-me ela. — Sinto muito, sinto muito. Eu não podia... Eu não sabia por que... Desculpe.

— O que foi? O que posso fazer?

— Eu... — ela rompeu de novo no choro.

Dei-lhe meu lenço e fui servir dois grandes cálices de xerez. Ela foi ao banheiro e retocou a maquiagem. Em seguida contou-me a história.

— O admirador secreto. Lembra-se? Eu lhe contei sobre ele, falei das flores, dos perfumes e tudo mais. Eu encontrava os presentinhos nas segundas-feiras pela manhã. Depois comecei a encontrar dicas para as corridas de cavalos, deixadas na minha mesa: um cartão com determinado cavalo marcado nas corridas de Happy Valley. Nunca mais do que um. No começo pensei que fosse brincadeira. Depois da terceira ou quarta vez tratei de verificar o resultado. O cavalo indicado havia vencido. Verifiquei mais duas vezes e os palpites estavam certos. Os presentes haviam começado a se tornar maiores, uma vez era um par de brincos de jade. Comecei a falar a respeito com as pessoas, como naquele dia no barco, e até com o sr. Grafton. — O sr. Grafton era chefe dela. — Mas àquela altura eu já estava bastante confusa. Não sabia o que os outros iriam pensar. O problema era que os presentes se tornavam cada vez mais valiosos. Às vezes apareciam, outras vezes não. Não havia um padrão de continuidade e isso era o que mais me confundia. Eu sentia que alguém me vigiava e não tinha como saber por quê.

Pensei em fazer-lhe um cumprimento, dizendo algo parecido com "Não posso imaginar um motivo para alguém vigiar você, Amanda". Mas não consegui dizer nada.

— E assim continuou por algum tempo. Um dia, encontrei na minha mesa um exemplar do *South China Morning Post*, com uma linha sublinhando o nome de um cavalo de um dos páreos da corrida que ia se realizar naquele fim de semana, em Happy Valley. Pensei: "Que tudo vá para o inferno — ela corou ao dizer isso —, vou apostar!". Mas não sabia como fazer, então pedi a Sally — uma amiga dela — que pedisse ao Tony — o namorado de Sally — que apostasse dez dólares por mim. O cavalo chamava-se Starboard View e ganhou de 8-1. Tony ficou impressionado e eu, sem fala. Duas semanas depois, Fever Heat, 12-1, a mesma coisa. E mais uma vez, ainda outra, mas sempre com intervalos irregulares. Eu já estava ficando louca. Não podia contar a ninguém A coisa se tornara séria demais.

— Foi então que, na semana passada, recebi outra dica, a primeira depois de algumas semanas. Helpful Secretary, sublinhado em preto e 9-1. Apostei vinte dólares e, na minha cabeça, já gastara o que ia ganhar numa arca que tínhamos visto, você se lembra dela? Chegou o sábado, tratei de ouvir os resultados, o cavalo em que apostei não só perdeu a corrida como também ficou dez corpos atrás. Adeus, vinte dólares.

— Bem, achei engraçado, mas pareceu-me que era também um tanto bizarro. Não me conformava. Quando cheguei ao escritório, hoje, encontrei um exemplar do jornal em cima do arquivo. Aí, lembrei-me do nome do cavalo. Só então compreendi...

Ela ia cair no choro de novo. Peguei-lhe a mão.

— Era o arquivo do sr. Grafton. Com os documentos do sr. Grafton. E é claro que alguns deles eram muito importantes. Segredos da empresa, esse tipo de coisa. E eu devia manter o arquivo sempre trancado, mas nem sempre me preocupava com isso, principalmente durante a semana porque é uma espécie de fechadura dupla, muito complicada, porque há outra fechadura na porta e... Bem, o fato é que eu recebia as dicas para apostas sempre que deixava o arquivo aberto. Imagino que o valor dos "presentes" variava de acordo com a importância dos segredos que eu "oferecia". Eles perceberam que eu não havia entendido o que estava ocorrendo e resolveram me dar uma lição. Agora, estou farta da Jardines, estou farta de Hong Kong e...

Peguei-lhe a outra mão e disse:

— Bem-vinda a Hong Kong.

Não deu certo. Eu pretendi parecer sábio, confortador, maduro, mas pareci pomposo e convencido. Amanda se desmanchou em lágrimas. No final da conversa estávamos noivos.

Eu mais ou menos deixara de esperar que acontecesse, mas naquele mesmo ano, uma semana antes do Natal, Maria chegou de volta a Hong Kong. Fiquei sabendo disso quando ela simplesmente surgiu na minha sala, depois que meu secretário, Ah Wing, bateu à porta e em seguida abriu-a com expressão esquisita no rosto. Havia uma pequena montanha de papéis na minha mesa, que tinha a ver com os salários do pessoal, e eu rosnava abrindo caminho através deles. Ergui a cabeça e vi Maria atrás de Ah Wing; ao primeiro olhar ela me pareceu assustadoramente idêntica a como era quando a conhecera, oito anos atrás.

— Obrigado, Ah Wing — disse eu.

A habilidade em disfarçar a curiosidade não era uma das virtudes dele, mas afinal nos deixou a sós. Dei a volta na escrivaninha. De algum modo era evidente que não iríamos nos tocar, mas Maria sorria abertamente, se bem que parecesse esforçar-se para sorrir.

— Bem, bem, bem.

De perto dava para perceber as rugas sutis nos cantos de sua boca e dos olhos; não eram sulcos profundos, mas apenas leves traços. Ela parecia uns vinte e dois quilos mais magra. Alguém que não a conhecesse diria que passara por dias difíceis. Havia uma novidade. Estava usando uma espécie de hábito modificado, que lembrava o uniforme de enfermeira.

— Você está mais velho, Tom. Mas parece ter boa saúde.

— São a vida virtuosa e os pensamentos sadios. E você continua mais ou menos a mesma. Isso é um elogio.

— Não é preciso elogiar a aparência de uma freira — respondeu ela, ainda sorrindo enquanto se sentava.

Por um breve momento tive impressão de que Maria se tornara a Irmã Benedicta.

Bateram à porta. Ah Wing trazia chá, sem esperar que eu pedisse. Fiquei ao mesmo tempo irritado e agradecido.

— Irmã Maria é uma velha amiga desde antes da guerra — expliquei-lhe. — Foi ela quem me ensinou cantonês.

Aquele esclarecimento era para todo mundo no Empire ficar sabendo. Ah Wing saiu, e eu servi o chá.

— Então, o que vai fazer agora? — perguntei a Maria. — Parece-me que as perspectivas na China são muito ruins.

— É bem mais complicado do que isso. De certo modo é mais fácil lidar com os comunistas do que com os nacionalistas. Eles são menos imprevisíveis e menos corruptos. Esse é um detalhe que ficou mais do que evidente em muitas áreas. Contudo, não somos pessimistas quanto aos anos que temos pela frente. Ao mesmo tempo, a mudança de regime coincide com o trabalho que precisa ser feito aqui. A ordem concluiu que minha presença em Hong Kong é aconselhável.

— Você está longe de sossegar um dia — comentei.

Tentei, porém não consegui manter minha voz despida de amargura.

— Nas atuais circunstâncias, não tão longe assim — garantiu Maria. — Não é de espantar o fato de guerra mundial, precedida e seguida por uma guerra civil em conjunção com as exigências estabelecidas pela total obediência a uma ordem religiosa, abrir um abismo de oito anos.

— É evidente que foi estupidez minha esperar outra coisa.

— Não é questão de estupidez. Simplesmente, nossas perspectivas são diferentes — observou ela, mais suavemente. E, em seguida, com maior suavidade ainda: — Oito anos é muito tempo.

Eu disse:

— Fiquei noivo.

— Ah. Posso saber o nome da sua... noiva?

— Amanda Howarth. Ela trabalha na Jardines. Mora com os tios no Pico, na rua Plantation. Vista bonita quando não há neblina. Chegou aqui há uns dois anos e pouco. Nós nos conhecemos num barco. É... é uma moça bonita.

Maria ficou ali, sentada, em perfeito silêncio e imóvel, por um ou dois minutos.

— Bem, foi um prazer rever você e renovar nossa amizade — disse ela.

Levantou-se para ir embora. E quando o fez deixou-me com a sensação de que algo que dependia de mim saíra completamente errado.

Missão São Francisco Xavier
Wan Chai
19 de dezembro

Caro Tom,

Percebi que no nosso encontro eu não agi como deveria diante da notícia do seu noivado. Por favor, desculpe-me das maneiras deploráveis e aceite minhas sinceras congratulações.

A missão vai realizar aqui um concerto de Natal, no dia 23 de dezembro. Padre Ignatius organizou tudo. Se você e a srta. Howarth quiserem vir como meus convidados, ficarei imensamente feliz. Serviremos refrescos depois do concerto.

Achei esquisito voltar a Hong Kong. Devo confessar que foi um certo alívio depois das privações durante o tempo da guerra na China.

Sua amiga,
Irmã Maria, OAAV.

— Hoje em dia você considera Hong Kong a sua casa, não? — perguntou Amanda, quando nos dirigíamos para o concerto de Natal.

— Não pensei nisso. Acho que sim.

— Já eu creio que jamais vou me sentir inteiramente em casa aqui. É tão...

Ela olhou ao redor e fez um gesto esvoaçante com a mão, a palma voltada para cima. Considerei-o como se quisesse dizer tão chinês, tão estranho, tão distante, tão pouco tropical.

— Tão malcheiroso — completou ela.

Eu ri.

— Sei o que quer dizer, Amanda.

Ela passou o braço pelo meu.

Entramos no *hall* da missão. Era o mesmo edifício em que eu entrara procurando freneticamente por Maria, no dia em que a guerra estourara, e por um instante senti uma espécie de vertigem, como se tivesse voltado no tempo. Tudo parecia ter acontecido a dez minutos, no entanto, quando acrescentei o que ocorrera depois, foi como se cem anos se tivessem passado. A sensação diminuiu quando entramos no corredor, que havia sido decorado com duas enormes árvores de Natal feitas de feltro, com estrelas de papel prateado e pequenas fadas pintadas à mão e espalhadas entre os galhos. Havia algo de chinês nas árvores; talvez por terem a forma de pinheiros chineses e não europeus. Pude ver que o salão adiante estava repleto de gente sentada em cadeiras dobráveis colocadas diante de um palco. Padre Ignatius, que recebia os convidados à porta do salão, me reconheceu.

— Esta é uma ocasião bem mais alegre do que a do nosso último encontro, sr. Stewart.

Havia sido durante o funeral que ele celebrara no campo.

— Não há dúvida, padre. O senhor está bem.

O que era verdade. Ele engordara um pouco e tinha a aparência corpulenta dos padres que estão no meio da carreira. Apertou minha mão com as suas duas, depois deu um aperto adicional e sincero.

— Por favor, entrem e peguem seus lugares. Maria reservou-os para vocês na primeira fila — disse.

Fizemos como ele dissera. O padre Ignatius, talvez como os católicos em geral, consegue atrair multidões. Um número surpreendente de gente boa e importante de Hong Kong estava no salão. Reconheci o perfil lancastriano do presidente da empresa fornecedora de energia elétrica; reconheci também um juiz nascido na Irlanda e um empresário francês. Na primeira fila, um dos consultores econômicos seniores do governador verificava as horas em seu relógio. Havia uma porção de portugueses, de macauenses e lá estava o sr. Yamashita, um católico de Nagasaki que havia emigrado para a América no decorrer dos anos 1920 e passara a guerra num campo de prisioneiros de guerra no Arizona. Sempre em busca de um rosto amigável, os olhos do sr. Yamashita encontraram os meus e ele fez um aceno de cabeça enquanto nos dirigíamos para os nossos lugares. Fora enviado a Hong Kong, com suprema falta de tacto por parte do seu patrão, o dono de uma empresa de petróleo, e àquela altura era o único japonês civil da colônia. Eu gostava dele; era um bom hóspede, precisava fazer um grande número de relacionamentos por causa do seu trabalho e o Club Hong Kong ainda tinha o bar onde se reunia todo tipo de pessoas. Ele não podia ir para o nosso concorrente, o Hong Kong Hotel, porque o homem que era seu barbeiro antes da guerra se tornara comandante da inteligência naval japonesa.

Um programa colocado sobre cada uma das cadeiras informava que iríamos ser brindados com algumas canções, alguns números de mágica e, depois, uma peça teatral natalina. Uma anotação feita no meu programa, na letra de Maria, determinava "Espero vê-los depois do espetáculo!".

A peculiaridade dos eventos organizados pelo padre Ignatius — no decorrer dos anos eu iria assistir a muitos deles — eram tão variados quanto as performances podiam ser. Era de pensar que ele iria atingir aos poucos um determinado padrão, ou padrão nenhum, porém foi ao contrário: algumas das suas produções poderiam ser transferidas sem nenhuma modificação para palcos profissionais, enquanto que outras eram tão ruins que a gente não conseguia definir se estava assistindo *Oklahoma!* em inglês ou em cantonês. Felizmente, acho eu, minha memória me poupa da maioria dos detalhes do espetáculo daquela noite. Lembro-me de Mary, uma chinesa radiantemente linda e genuinamente grávida, atraindo a atenção na peça; de uma profundamente intimidada Amanda ao ser chamada ao palco para escolher uma carta do baralho para o "Grande Maravilha", um jesuíta brasileiro, na realidade era o padre Agostinho, que fazia truques com cartas de baralho e moedas em festas infantis. Sua *pièce de résistance* residia em rasgar um exemplar do jornal *South China Morning Post* e reconstituí-lo magicamente como a *Macao Gazette*.

— Foi um bom espetáculo — disse eu a Maria, mais tarde.

Estávamos atrás do palco, na sala de aula e almoxarifado transformados, onde os convidados circulavam, bebendo e conversando em voz alta. Ela parecia contente com a maneira que as coisas tinham se desenvolvido. Amanda ria muito e falava pouco.

— Sim, acho que o espetáculo foi bom, mas todos nós estávamos um pouco nervosos.

— É muito esquisito dar um espetáculo abertamente em Hong Kong depois de anos em que... em que isso era mais difícil — comentou Amanda, tornando-se mais segura de si e dando largas a um entusiasmo transbordante.

— O que quer dizer com "mais difícil"? — perguntou Maria.

E, antes que eu pudesse interferir, Amanda disse:

— Oh, a senhora sabe! Na China, a guerra, os japoneses e... a senhora sabe!

— Ocorre que não sei.

— Maria... — comecei.

— Não. Eu só quis dizer que ser mais fácil seria impossível, que Hong Kong não é perfeita, porém foi bem mais fácil. Só isso.

— A China atravessou um longo período de desordem que incluiu uma invasão e a derrota diante de uma força estrangeira, além de sofrer uma guerra civil — lembrou Maria. — Muita gente morreu. A paixão de Cristo está sendo e vai ser revivida em muitos lugares do mundo durante a nossa existência e a China é um deles. Não compreendo onde se aplica a idéia de "fácil". Nós somos missionárias.

— Ora, vamos, Maria. É perfeitamente razoável que...

— Quanto à suposta superioridade de Hong Kong, devo dizer-lhe que esta ilha significa para a maioria de nós os aspectos menos atraentes da China, principalmente quanto à corrupção e lutas facciosas, sob um verniz superficial de procedimento legal e obsessão pelas aparências que consegue imitar e ultrapassar os chineses em um dos seus piores vícios. Ao mesmo tempo é uma contradição da dignidade para com os habitantes não-europeus a atitude incorporada no lema de Xangai "Nem cães, nem chineses" e no interesse fundamental do poder colonial britânico, que transforma tudo isso em uma única combinação de criminalidade, hipocrisia e espasmos de morte de dois impérios diferentes.

— Maria, essa é a maior...

— Então, por que não volta para lá — interrompeu-me Amanda. — Se aqui é assim tão horrível...

Vi um brilho passar pelos olhos de Maria, que apenas disse:

— Você quer ver gente morrendo? Gente inocente?

— Inocente do quê? — retrucou Amanda.

Devo admitir que eu estava impressionado.

— Nós duas sabemos o que tudo isso quer dizer. Hong Kong é, de muitas maneiras, um lugar corrupto e corruptor, porém fisicamente muito mais seguro do que a China e é nesse aspecto que o nosso dever para com a nossa missão nos traz para cá.

— Quer dizer que, então, aqui não é tão ruim?

— Eu disse, neste aspecto...

— E isso se parece com o que eu disse a respeito de ser mais fácil.

— Repito que esse é um termo que considero irrelevante em relação ao nosso trabalho missionário.

— Senhoras, senhoras... — intervim.

— Talvez eu tenha de lhes pedir que me dêem licença — cortou Maria. — O *señor* Pesquera parece estar perdido.

E ela atravessou a sala em direção a um homem que tomava ponche olhando para os próprios pés.

— Bem — observou Amanda —, essa é a sua amiga.

— Hum... Isso... É... — gaguejei. — Desculpe, ela às vezes parece um pouquinho...

— Um pouquinho?

— ...complicada, acho que essa é a palavra.

Amanda sorriu e apertou-me o braço.

— Gostei dela. Vamos até o bufê antes que comam tudo.

Senti uma verdadeira ternura por ela naquela noite. Compreendi também que eu não estava em condições de ser noivo de ninguém. Quanto mais prolongasse aquele compromisso, mais sofrimento iria causar a Amanda. Então, rompi o noivado. Foi durante uma conversa que prefiro não relembrar. Por três meses ouvi comentários de como ela estava sofrendo. Então, embarcou num navio de volta à Inglaterra sem que nos víssemos. Durante a viagem, conheceu um jovem oficial da Guarda dos Granadeiros, que voltava para casa depois de servir no exército na Austrália. Casaram-se alguns meses depois. O tio dela, da Jardines, parou de freqüentar o Empire. Ele havia sido um ótimo cliente e minha empresa hoteleira sentiu sua falta.

Capítulo Onze

Em 1953 eu estava com quarenta anos. Meu aniversário caiu num domingo. Fui acordado por um garçom, que trazia uma bandeja com chá e um telegrama:

> MUITO FELIZ ANIVERSÁRIO PONTO CONGRATULAÇÕES PONTO DINHEIRO PLOUGH CERCA DUAS MIL VOCÊ QUER PONTO TUDO BEM AQUI AMOR DAVID

Eu havia planejado um passeio de barco até a baía Silvermine, com piquenique em Lantau, mas a maior parte dos participantes havia caído de cama com gripe na semana anterior, e o passeio foi cancelado na sexta-feira. Enfiei o telegrama num bolso e resolvi passear a pé pela ilha de Hong Kong, coisa que não fazia havia muito tempo. Pedi na cozinha que preparassem uns sanduíches e os colocassem numa mochila com um cantil de água fervida, depois gelada, e alguns tomates. Quando estava no campo de prisioneiros, sentia muito a falta de tomates e depois de sair de lá eu os comia sempre que possível. Não sei por que os chineses não gostam de tomates.

Primeiro, fui direto para a rodovia do Velho Pico. Ela sobe quase na vertical e tive de fazer várias paradas para deixar descansar os revoltados músculos das pernas e acalmar o coração disparado. Nessas paradas, recuperava a respiração e admirava o panorama. O edifício do Banco de Hong Kong, com cerca de doze andares, ainda dominava o centro da cidade. A enseada fervilhava de movimento, como antes da guerra e talvez até mais. Via-se bem o Palácio do Governo e sua peculiar torre japonesa.

O terminal da linha do teléferico do Pico fica a trezentos e quatro metros de altura e levei mais de uma hora para chegar. Lá em cima encontrei um grupinho de caminhantes domingueiros, pessoas que moravam no Pico ou que haviam subido pelo teleférico para dar uma caminhada saudável nas alturas. A proximidade da igreja de St. John do inicial do teleférico era confirmada por algumas pessoas que tinham subido direto depois da missa, com as roupas de ver Deus, vestidos elegantes e chapéus, com os bem esfregados filhinhos no único dia da semana em que ficavam livres das babás. Em mangas de camisa, com short e botas, vestido para uma caminhada de verdade, eu me senti diferenciado e fisicamente virtuoso.

Escolhi o lado mais distante da montanha para descer e peguei a trilha que leva ao reservatório Pok Fu Lam. No trecho que ia dar na estrada circular ao redor do Pico, um casal confortava um menino que saíra correndo e caíra, ferindo os joelhos o bastante para o sangue manchar suas meias brancas. Parei junto ao reservatório para comer um sanduíche de presunto, dois tomates e em seguida continuei descendo em direção a Aberdeen. O local estava agitado, muita gente entrando e saindo, mas eu ainda não me sentia cansado como queria, por isso continuei andando pelo acostamento da estrada que subia e descia de vez em quando até chegar à baía Deep Water onde, com os pés doloridos, achei que poderia tomar uma cerveja no clube de golfe e depois ir de táxi para casa.

Então, quando comecei a descer para a baía propriamente dita, vi uma casa nova e enorme, com cerca de três quartos já construídos e um grande número de pedreiros chineses trabalhando nela. Da casa descortinava-se a baía inteira. A longa varanda tinha janelas francesas. Se bem que se localizasse apenas a quarenta e cinco metros ou pouco mais da praia, tinha piscina, o que na época era uma raridade em

Hong Kong. O estilo da construção era mais colonial europeu do que inglês.

— Qual é o problema? — perguntei ao pedreiro mais velho e mais carrancudo de todos, que usava camiseta e estava parado, com as mãos na cintura.

— Americano constrói casa, hoje ficamos sabendo ele arruinado — respondeu o homem, num cantonês pior do que o meu. — Não sabemos se nós receber.

— Isso é ruim... — comentei. — O americano mora em Hong Kong?

— Cingapura ou América.

— Posso dar uma olhada?

Ele se voltou para os outros homens e sacudiu os ombros. Passei pelo portão e percorri a curta alameda circular diante da porta. A vista da baía Deep Water — a alguns minutos de caminhada dali — era perfeita. Por dentro, a casa revelou-se muito maior do que parecia de fora, estendendo-se para os fundos e colina acima. Era tão grande que se tornava difícil imaginar qual a finalidade que o dono daria a ela. Mais tarde fiquei sabendo que ele fora posto para fora do Royal Hong Kong Yacht Club alguns anos antes e, por picuinha, vingança e auto-afirmação, resolvera fundar uma espécie de clube particular para si e seus amigos — e era por isso que todos os aposentos davam vista para o mar.

Beryl se demonstrou bastante cética. Apoiada na bengala que passara a usar, eu achava que mais como encenação do que por necessidade, ela disse:

— O que importa não é que seja um lugar lindo, como de fato é; o que importa é se as pessoas virão até aqui.

— Todo mundo adora ter algum lugar para ir. Seria como Lantau, Fanling ou qualquer outro lugar, só que muito mais conveniente. Podem até mesmo vir depois do trabalho, para tomar alguma coisa.

— Não estamos na Índia — observou Beryl.

E eu retruquei:

— Olhe, não entendo o que você está querendo dizer.

Nós nos achávamos diante do portão da casa da baía Deep Water na tarde da terça-feira seguinte ao fim de semana em que eu a descobrira. Uma brisa deliciosamente fresca soprava do mar.

— É como um cruzamento do Mediterrâneo com a Escócia — comentou ela, amolecendo um pouco.

— Obrigado.

Eu havia me informado. O proprietário, Jackie Lee, era um empresário americano que ganhara e perdera uma fortuna em especulações no petróleo, na China, na década de 1930. Voltara para a América, escapara da guerra, mudara para Xangai e perdera todo o dinheiro que tinha, principalmente porque apostara todos seus trunfos em que Chiang Kai-Shek ganharia a guerra civil. Aquela casa havia sido planejada para ser o seu retiro e com três quartos da construção prontos era, se bem que não barata, a coisa mais próxima de uma barganha que se poderia encontrar em Hong Kong.

— Bom *feng shui* — disse Maria.

Eu deveria ir tomar chá com ela e quando lhe telefonei dizendo que precisava desmarcar nosso chá por causa da casa, ela pediu para ir junto. Eu não tinha idéia se Maria alguma vez se hospedara num hotel, apesar de que para ela isso não era motivo para deixar de ter opinião definitiva a respeito. Ela parecia estar se divertindo com o espetáculo oferecido por mim e Beryl, com a qual se dava muito bem.

— Você é uma freira católica, Maria. Não deveria acreditar em *feng shui* — observei, irritado com o divertimento dela.

— Há diferença entre superstição e fé. Muitos devotos do Pai Ocidental batem na madeira e se recusam a passar embaixo de escadas.

— Isso nada tem a... — comecei.

— E quanto ao transporte? — perguntou Beryl.

Conversamos durante algum tempo a esse respeito. O rápido crepúsculo subtropical chegou e se foi, e as luzes começaram a acender-se aqui e ali ao redor da baía. Voltamos para o carro do hotel em que tínhamos vindo e voltamos para o Empire. Ah Ng tinha feito salada de caranguejo e torta de carne com batata, as especialidades do dia (uma antiga idéia de Masterson: "As pessoas adoram a sensação de clube".). Eu havia dividido o enorme salão principal de jantar em duas partes, organizando uma sala européia, decorada com painéis de madeira e cortinas escuras, e uma sala chinesa, com dragões dourados pintados sobre laqueado negro e uma inteligente disposição de espelhos — como no quarto de uma prostituta. Estávamos na sala européia.

Havia uma pergunta que eu queria fazer a Maria. Não sei por que ela me deixava nervoso. Esperei até começarmos a comer a torta de carne e ela ter bebido um de seus raríssimos copos de vinho tinto.

— Maria, você soube alguma coisa de Ho-Yan?

Ela colocou o garfo e a faca no prato.

— Wo Ho-Yan. Ele era alguém que mandei para Thomas da missão de Cantão — explicou ela a Beryl. — Ele ainda está trabalhando com o irmão. Eu os conheço desde que eram pequenos.

— Minha nossa! — surpreendeu-se, então, Beryl. — Wo Ho-Yan? O irmão de Wo Man-Lee? Um dos maiores criminosos da colônia!

— Ele é um gângster — disse Maria. — Aconteceu exatamente o que eu mais temia desde que vi Ho-Yan em Cantão pela primeira vez, muitos anos atrás. Mas talvez eu estivesse querendo demais de mim mesma. Pode-se ajudar uma pessoa, mas sem a ajuda de Deus não se pode transformá-la, e quando a pessoa recusa essa ajuda isso se torna ainda mais impossível. — Ela voltou-se, olhou-me diretamente e prosseguiu: — Sei que você fez tudo que podia para ajudar Ho-Yan, Thomas. Não poderia ter feito mais nada.

— Ho-Yan é um bom rapaz e acho que o irmão dele não é totalmente podre — afirmei. — De qualquer modo, Wo fez muito por nós durante a guerra e ficamos muito agradecidos a ele por isso.

— Ele faz favores apenas para si mesmo — replicou Maria. — Você não sabe do que está falando.

— Bem, eu posso afirmar que isso é muito sério — interferiu Beryl. — Vá devagar com esse sujeito, Tom. Aposto que não sabe que Wo Man-Lee é dono do maior número dos jornais da colônia. Todos chineses, é claro. Ele não toma partido... é esperto demais para isso. Alguns dos seus jornais são a favor dos britânicos, alguns são selvagemente contra. Todos eles publicam resultados de jogos. Lembra-se da folha de jornal que vimos naquele dia, que tinha quase que só listas de números? Era dele. E Wo Man-Lee está metido em uma porção de outras contravenções. Primeiro, imprimia os jornais para divulgar os resultados dos jogos, depois começou a publicar anúncios, então percebeu que conseguiria mais anúncios se publicasse artigos e aos poucos aqueles folhetos foram se tornando verdadeiros jornais. Se é que não são verdadeiras contradições ao termo... Nem é preciso dizer que ele voltou os olhos para as Tríades. Não que os jornais rendam tanto dinheiro quanto as drogas e a prostituição, mas até que são boas fontes de renda. Ho-Yan é o homem principal do lado legal do negócio. Ele cuida das construções e dos jornais. Investimos contra eles algumas vezes e é inútil dizer que perdemos. Difícil competir com uma proposta quando o sujeito que quer comprar está preocupado em evitar todo tipo de confusão. Todos os componentes desses grupos vêm do mesmo lugar. São desordeiros valentões vindos de Fukien[1]. Wo Man-Lee só confia em gente que vem da sua cidade: se um deles sair da linha, ele se vinga em todos os seus parentes. Muito inteligente e muito sórdido. Devo dizer que a torta está excelente, hoje.

---

1 FUKIEN — Província do sudeste do Mar do Leste da China e do istmo de Formosa. (N.T.)

Tentei imaginar Wo Man-Lee presidindo um conjunto de jornais e outras subdivisões ramificadas de um império do crime. Não foi difícil. Já Ho-Yan eu tinha um pouco mais de dúvidas — porém apenas quando se tratava de algo abstrato, como a idéia de Ho-Yan criminoso. Mas quando o imaginava em uma associação familiar, que é uma forma de lealdade, fazia todo o sentido do mundo.

Aqueles eram anos em que se começava a ouvir a palavra "Tríade" com certa freqüência, às vezes acompanhada por um esgar de horror outras por um arrepio de prazer, mas sempre em conexão com excessos criminosos e violentos. Ajudava bastante o fato de o instrumento preferido das Tríades para castigar os pequenos lojistas recalcitrantes ser um cutelo de açougueiro. O inspetor de polícia Watts era uma fonte particularmente rica em histórias sobre carnificinas. Era capaz de ficar sentado junto ao balcão de um bar descrevendo atrocidades para um círculo cada vez maior de apavorados e fascinados ouvintes. Lembro-me de uma das suas histórias, de certa vez que ele entrara num restaurante para atender a um chamado de emergência e fora recebido logo à entrada por um montículo de braços cortados. É desse modo que as pessoas gostam de pensar na cultura criminosa de Hong Kong. Isso tem a ver com lúgubres histórias sobre carnificinas e rituais de iniciação. No entanto, a maior parte da infra-estrutura de Hong Kong foi construída pela taxação do jogo legal. Se o jogo ilegal era tão extensivo quanto lucrativo, onde foi parar todo o dinheiro que arrebanhou? Havia também as drogas, as mulheres e os negócios "legais" das Tríades. Ninguém queria pensar nisso.

— Meu Deus! — disse Beryl. — Não vamos prolongar este assunto. Tom, diga-me que índice de procura haveria por um hotel aqui e o que você precisaria para colocá-lo em condições de funcionar.

E passamos a falar em dinheiro enquanto comíamos nossa torta de carne com batatas.

Capítulo Doze

Como resultado, comprei a casa das mãos dos executores da falência de Jackie Lee. Dei-lhe o nome de Deep Water Bay Hotel. Levei dois anos para atravessar o emaranhado de procedimentos legais e ultrapassar uma série de obstáculos cansativos demais para enumerar, cada qual parecendo que ia arrasar por completo o empreendimento. Quanto a dinheiro, usei o que recebera pela minha parte do Plough, que David me enviara, fiz um empréstimo no banco, introduzi Beryl como sócia comanditária e escrevi uma difícil carta para Masterson. Contei-lhe o que pretendia fazer, ofereci-lhe os ganhos de sócio comanditário na nova empresa e acrescentei que pretendia continuar dirigindo o Empire — afinal de contas, era um hotel muito maior — enquanto implantava o hotel da baía Deep Water. Ah Wing seria meu gerente. Eu achava que era quase certo Masterson aceitar. Um mês depois de ter lhe mandado a proposta, veio a carta dele:

Elms
Godalming
12-2-56

Meu caro Tom,

Sua carta me causou emoções confusas, como deve ter acontecido com Pigmalião quando sua criatura fez algo que ele não esperava. Não posso fingir que eu — ou melhor nós, a família mastersoniana "nós" — não preferiria ter o benefício da sua exclusiva atenção para o Empire. Mas tivemos esse benefício exclusivo durante uma década, com grandes lucros, e não seria elegante fazer de conta que não sabemos que a vida, as pessoas e os protegidos seguem adiante. É com imensa satisfação que aceitamos sua oferta de continuar dirigindo o Empire e dos interesses de 20 por cento na nova empresa, dentro dos termos da sua proposta.

Parece-me que os invernos ingleses não estão se tornando mais fáceis. Venha ver-nos assim que puder.

Amizade, Alan.

O desenvolvimento da construção passou a ser incrivelmente rápido. A construtora de Beryl aceitou um contrato para completar o projeto. Pedi-lhe que mantivesse os pedreiros que já estavam trabalhando na obra. Ela ficou em dúvida — "Tenho pessoal meu para esse trabalho, você sabe" —, mas aceitou a força da minha argumentação sobre integridade e o conhecimento que eles tinham do trabalho. No entanto, ela insistiu que o capataz — o homem de camiseta — respondesse para o seu contramestre que, por sua vez, respondia diretamente a ela.

— Não podemos insistir nisso, Beryl. Ele vai perder sua face.[1]

— Ele fala inglês?

— Não sei. Mas acho que não muito.

— Então, vamos lhe dizer que é porque precisamos que nosso capatazes e contramestres falem inglês. Mas apenas ele dará ordens e atenderá os seus trabalhadores. Garanto que vai aceitar e ficar bem.

Na construção, vendo Beryl dar ordens aos dois mestres construtores, compreendi porque ela se tornara um sucesso

1 PERDER A FACE — Expressão que, para os orientais, significa perder a dignidade, o orgulho. (N.T.)

como diretora da Marler. Como mulher no comando, ela foi imediatamente reconhecida por aqueles homens como uma figura: era uma Dama Dragão, forte, autocrática, formidável e sua autoridade era inquestionável. Tratava-se de um desempenho e um *status* que ela jamais alcançaria naquele tipo de trabalho na Inglaterra. Os homens absorviam suas palavras como nenhum pedreiro inglês faria. Era estranho, e de certa maneira terrível, o fato de a morte de Marler ter libertado aquela mulher e lhe proporcionado uma nova vida.

Quando o hotel da baía Deep Water já estava pronto e funcionando durante algum tempo tornei a ir para a Inglaterra depois de quinze anos. Eu sabia que podia me dar a esse luxo. O hotel ia melhor do que eu esperara e o restaurante, melhor ainda. Daquela maneira, minhas dívidas seriam pagas em dois ou três anos e começaria a entrar um lucro limpo.

Havia diferenças nesta viagem à Inglaterra. Na anterior eu dissera a mim mesmo que estava voltando para casa. Desta vez ia com intenção de voltar. E, também, desta vez iria voando. Era a minha primeira viagem de avião; fato esse que me parecia embaraçoso e por isso decidi não contar a ninguém. O avião era um Boeing 707 da BOAC, muito maior do que eu pensava, e o vôo levou um dia, com escalas em Cingapura, Délhi, Bahrain e Roma. Em Délhi, no meio da noite, comprei dois relógios fabricados na Índia, para dar de presente aos filhos de David. O dono da loja, a única que encontrei aberta, era um *sikh* e ver seu turbante inclinar-se por cima da vitrina, quando foi pegar os relógios, causou-me uma pontada de saudade de Hong Kong. Estiquei as pernas em todos os aeroportos, que naquela época não se diferenciavam uns dos outros, como viria a ocorrer. Pilotos e tripulantes mudavam regularmente, porém os passageiros não. Isso fez a viagem parecer ainda mais cansativa do que era.

David foi me pegar em Heathrow. Havíamos trocado fotografias de vez em quando, portanto eu esperava por mudanças. Mas assim mesmo a realidade foi chocante. Aquele homem de meia-idade, tão largo quanto alto, os cabelos agora grisalhos, com uma caricatura gorducha do rosto do meu irmão era David? O gigante que estava ao lado dele demonstrava também misterioso interesse na minha chegada. Então, compreendi que era Martin. Em uma das suas cartas, David comentara "o menino está esticando". E ele notou meu olhar.

— Os dois irmãos de Anne têm mais de um metro e oitenta e três — explicou-me, quando nos abraçamos.

A circunferência do seu corpo era tal que minhas mãos não se encontraram nas suas costas. E não estava apenas grande, mas também rijo e muito forte.

— Bom, até que enfim você não é o mais alto — comentei.

Martin pegou a minha mala. Magricela, era mais fácil tomarem-no como meu filho em vez de David. Era calmo, com olhar vivo. David e eu nos esprememos dentro do Morris Minor, e Martin sentou-se ao volante.

— Papai é um motorista horroroso — comentou ele. — Impaciente demais.

Do banco de trás, David emitiu um resmungo divertido. Como pai, era muito menos disciplinador e patriarcal do que eu esperaria.

Enquanto rodávamos pelos arredores de Londres e depois pelo Kent, a Inglaterra me parecia imensa, espaçosa, provinciana. Viajamos durante horas — uma sensação nova. Deixamos a cidade para trás. Martin me perguntou sobre o vôo e sobre o Oriente, enquanto eu olhava pela janela, admirando a variedade de tons de verde.

Anne nos esperava quando chegamos ao Plough. Enxugou as mãos no avental antes de apertar a minha. David se tornou um homem ainda melhor graças a você, pensei. Ela continuava ágil, bonita e nada envelhecida.

— Faz muito tempo — observou, com lágrimas nos olhos.

O Plough continuava exatamente como era, só que mais agitado, mais brilhante, mais limpo e, não sei explicar como, mais novo. O negócio ia muito bem. Tom se encarregava da direção do *pub*, enquanto Martin trabalhava em uma imobiliária em Faversham e, eu poderia apostar, caçava garotas. Passei duas semanas no Plough com eles e, depois, duas semanas viajando pela França. Eram as primeiras e verdadeiras férias que eu tinha. Achava que não havia muito que aprender nos hotéis, mas apreciei a comida, os trens e o ritmo de vida. Fui para o sul e perambulei pelo litoral do Mediterrâneo por alguns dias. Passei uma noite em Marselha, voltando lá pela primeira vez depois da viagem no *Darjeeling*; desde o dia em que conheci Maria.

Gostei do Med. De certa maneira ele me fez lembrar de Macau. Meu francês de escola voltou-me à memória mais rapidamente do que eu considerava possível. Os jornais, que lia com a ajuda de um dicionário, estavam repletos das dificuldades da França com a Argélia.

No dia anterior ao meu vôo de volta para casa, peguei um trem para Godalming a fim de ir visitar Masterson. Mais uma vez tive aquela sensação de verdes e amplidão. A irmã dele me havia dado indicações de como chegar lá, indo da estação: uma caminhada de dez minutos colina acima até uma casa que ele descrevera mais de uma vez para mim como um "clássico corretor de valores" Tudor. Encontrei-a com facilidade: *The Elms*. (No entanto, lá não havia olmos.) Uma curta alameda curva de cascalho levava à casa de fachada dupla, pintada de branco e com pilares pretos. Quando parei diante da porta vi que estava nervoso.

Uma das sobrinhas de Masterson atendeu a campainha, Era bonita e parecia uma mulher de negócios; estava vestida para jogar tênis.

— Tio Alan está na sala de visitas — informou.

E levou-me através do *hall*, que tinha uma pata de elefante como porta-guarda-chuvas. Entramos na sala de estar. Dali podia-se ver o gramado, muito mais extenso do que eu esperava, com grandes moitas de arbustos coloridos — rosa e azul — na parte mais distante e uma quadra de tênis de um dos lados, por trás de uma alta tela de arame, onde se desenvolvia uma partida; eu podia ouvir, mas não ver os participantes. Masterson achava-se acomodado em uma poltrona, com a luz do sol por trás. Ele levou um momento ou dois para se erguer. Como estava contra a luz levei alguns segundos para registrar sua aparência. Talvez aquilo houvesse sido deliberado por parte dele — nada de choques repentinos. Esse é o tipo da coisa em que Masterson pensaria. Estava envelhecido de maneira quase irreconhecível, e a história de um doloroso fracasso na tentativa de ser retirado de Stanley achava-se impressa nele. Desde a guerra ele nunca mais havia sido o mesmo. Era possível ver isso no seu olhar.

— Tom... — disse Masterson.

Sua voz também se tornara a de um velho, ligeiramente rascante. O efeito era de um lamento, quando ele jamais fora de se lamentar. Ou jamais fora, até então.

— Querida — continuou, voltando-se para a moça —, onde está escrito nos jornais que nosso visitante tem de morrer de sede?

— Desculpe, sr. Stewart — disse ela, toda alegre. — Posso oferecer-lhe alguma bebida?

— Não, obrigado. Estou bem.

— Ela está aflita demais para voltar à quadra e você paga por isso — observou Masterson.

Para crédito dela, a sobrinha simplesmente riu e saiu da sala.

— Almoço à uma hora — avisou por cima do ombro.

O efeito geral do dia estava bastante perto do que se tem ao visitar alguém num hospital. Havia a mesma dificuldade para encontrar o que dizer, a mesma sensação de que as energias do outro estavam sendo guardadas para o realmente importante trabalho de equilibrar a saúde. Masterson insistia de maneira dolorosa em lembrar a todos — sua irmã, as duas sobrinhas e seus dois gentis e jovens amigos — o meu trabalho em Hong Kong e que a prosperidade da família devia-se a ele. Fazia uma explanação desse assunto a cada cinco ou dez minutos. Depois de algum tempo eu me senti obrigado a lançar ao redor olhares que pediam desculpa, toda vez que ele começava de novo. Masterson comentou também quanto não gostava da Inglaterra, do seu clima, da sua falta de calor humano, da sua ineficiência, da sua endêmica indolência, das taxações punitivas, da hipocrisia, da mentalidade mesquinha e da "propensão ao sombrio" — nessa última definição havia um toque do antigo Masterson. Sua irmã, pude perceber por trás do sorriso rígido, recebia tudo aquilo como ofensa pessoal, o que talvez ela achasse mesmo que eram. Assim que se tornou possível de maneira decente — não cedo demais, depois que o almoço passou do salmão defumado para o café — as senhoras e seus convidados se desculparam e pouco depois os ruídos de lavar a louça que vinham da cozinha foram substituídos pelos alegres sons vindos da quadra de tênis.

Masterson e eu fomos para a sala de visitas. De vez em quando Catherine ou uma de suas filhas vinham ver se "precisávamos de alguma coisa". Às quatro e meia eu disse que tinha de ir para a estação pegar meu trem. Masterson ergueu-se.

— Bem, você sabe como me sinto a seu respeito e por tudo que está fazendo — disse. — Tomara que elas não tenham parecido muito ingratas.

De súbito, entendi: ele falava de si mesmo, de que achava que sua família inglesa não tinha idéia do que ele havia feito, de quem ele havia sido. Ali ele era apenas mais uma pessoa e seu passado não importava. Era esse o motivo de ter saído de casa, para inverter a situação. As pessoas saem da Inglaterra e, assim, o que foram não tem importância; mas se voltam, também não importa quem tenham sido enquanto estavam longe. Nada seria mais insuportável para um homem como Masterson do que estar em dívida para com alguém, sentindo constantemente a obrigação de ser grato.

— Espero que volte logo para junto de nós — respondi.

— Sim... — concordou ele. — Até mais.

Quando me vi fora do alcance da vista, no fim da alameda, saí correndo para ter certeza de não perder o trem.

A Guerra Fria foi benéfica para a hotelaria em Hong Kong. Ela ocorreu concomitante com os anos do *boom* em todos os aspectos — explosão demográfica, decolagem da economia, declínio das favelas e a construção de prédios de apartamentos. Antes disso, por muito tempo Hong Kong tivera a maior proporção de moradias públicas do mundo, uma grande parte delas paga pelo monopólio estatal do jogo legal. Posso até mesmo dizer que os chineses consideravam a boa vida uma vergonhosa e grande perda da face, o que ajudava a baixar as despesas do governo. Fiquei sabendo que esta circunstância é diferente em todos os demais lugares.

No entanto, além disso, a Guerra Fria em si foi benéfica para nós. Mantinha Hong Kong como centro de operações para todos os ocidentais com interesses na China. Isso garantia o afluxo de hóspedes, na forma de soldados, espiões, soldados-espiões, negociantes, compradores, prováveis compradores, aspirantes a fundadores *hongs*, ladrões, piratas, refugiados, jornalistas, representantes de vendas, políticos astutos e oportunistas de todos os tipos. Tanto o Empire Hotel quanto o Deep Water Bay Hotel prosperavam. Os americanos não tinham facilidade em se hospedar no Hong Kong Club por motivos óbvios e também porque no fim da guerra o presidente Roosevelt quisera que Hong Kong fosse entregue à China. Mas havia uma porção de americanos por aqui — era para onde muitos deles vinham do Vietnã, pela R&R além de todos os outros motivos da Guerra Fria — que gostavam de ter aonde ir e nós os recebíamos bem no Empire. Um dos nossos melhores hóspedes habituais, Cleveland Weston, era um agente da CIA que ia para o hotel quando queria ser visto agindo em público. Isso também era bom para os negócios. Assim como era boa a disputa contínua com o bar do Hong Kong Club. O *chef* Ng se empenhava com todas as forças. Do meu ponto de vista, ele jamais chegou aos píncaros conquistados pelo pobre Ah Wang, mas talvez sejam sentimentos meus de outro tipo que me fazem pensar assim. Eu morava mais ou menos na baía Deep Water e ia dirigindo para o trabalho — com a maior calma possível, sem perder a cabeça na Hong Kong do início dos anos de 1960 — ou um dos motoristas do hotel ia me buscar. Uma vez por semana dormia uma noite no Empire, pegando qualquer um dos apartamentos que estivessem vagos; um truque de Masterson para verificar se havia falhas no encanamento, no ar-condicionado ou nos colchões.

O grupo de leitura do professor Cobb reduziu suas atividades durante aqueles anos. Nosso intelectual francês, Prévot, agora tinha dois filhos pequenos e afirmava "Por enquanto estou lendo apenas Babar[1]". A ex-senhorita Simmons, que se tornara sra. Prévot, fez insistentes tentativas para reanimar o grupo, com sucesso apenas parcial. Antes ele usava talvez apenas uma roupa, bem limpa e bem passada, que foi substituída por duas outras sujas e amarrotadas. Numa das suas últimas idas às aulas de Cobb, estava com uma camisa branca encardida e uma gravata que parecia ter recebido uma gema de ovo inteira de alto a baixo. Estava alegre e falou muito em voltar para Paris.

Cobb ia ficando cada vez mais absorvido pela tradução do chinês para o inglês que fazia do livro *As Vidas dos Imperadores*. Em vez das narrativas e mitos dignificados oficiais tratava-se de uma cavalgada de assassinatos, adultérios, bebedeiras, maquinações de vinganças, mortandades, obsessões, de extraordinário amor pela crueldade por si mesma — no senti-

---

1 BABAR — Também Baber e Babur. Zahir ud-Din Mohammed. Mongol, conquistador da Índia que fez nela incursões periódicas, capturou Délhi e Agra. Fundou a dinastia Mogul. (N.T.)

do de que o passado da China imperial era um cano de esgoto transbordante de segredos revelados. Ele dizia ter certeza de que sua missão era dar a conhecer a um grande público essa escabrosa visão alternativa da história chinesa.

— Não que alguém venha a querer publicá-la — explicou. — Até mesmo os comunistas serão respingados por essa lama no caso de as pessoas começarem a ver paralelos com Mao. Com a China é assim. *Plus ça change...*

Um dia ele deixou escapar que recomeçara a ir à igreja, pela primeira vez desde que parara de freqüentá-la vinte anos atrás.

— Não tenho a menor idéia do porquê — comentou.

Estávamos sentados no seu escritório depois de encerrado o encontro com o grupo de leitura. Ele nos dissera que já havíamos "aprendido tudo que tinha para ensinar" — o que era uma evidente mentira. Parecia-me que se tratava mais de ele estar inclinado a economizar suas energias; já devia estar quase com setenta anos e *As Vidas dos Imperadores* seria sua última grande realização.

— Na verdade, não gosto muito de São João — acrescentou. — Ele não diz nada... pelo menos, para mim... Mas é bom manter a estética no seu lugar... Jane acha que é muito esquisito eu voltar para a religião. Ela não vai voltar. Mas sempre me procura para recapitular. Então, se em algum desses domingos você estiver disposto...

Marcamos a data. Eu estava curioso a respeito de Jane, que vira apenas uma ou duas vezes. Cobb era, com aquele seu jeito tranqüilo, um impiedoso separador de categorias. Ela era dez anos mais nova do que ele, animada e expansiva. Obedecera à ordem de desocupação para mulheres e crianças, em junho de 1940, e assim escapara de ir para o campo de prisioneiros Stanley. Esse tipo de coisa sempre cria pontos de atrito num casamento, mas com eles não fora o caso. De certo modo, Jane era bastante conhecida em Hong Kong porque tinha um programa semanal de rádio sobre jardinagem. O convite para encontrá-los *à deux* parecia ser uma importante ultrapassagem de linha na nossa amizade.

Combinei de encontrar Cobb na igreja, num local em que era mais elegante comparecer do que chegar na casa deles à hora do almoço. Devo admitir que tinha também um motivo muito menos digno: estava curioso para vê-lo ajoelhar-se para rezar, coisa que não conseguia imaginar.

Cheguei cedo, antes de Cobb, e fiquei fora da igreja, enquanto a congregação ia entrando. Entre os numerosos rostos, alguns conhecidos outros menos conhecidos, vi um que conhecera de maneira diferente, um homem com rosto profundamente enrugado e carrancudo que se aproximava da igreja com passos largos, vestindo um terno desleixado, de calças largas que lembravam as usadas por estudantes. Fumava um último cigarro antes da missa. Alguma coisa nele parecia quarenta anos mais jovem do que a idade que tinha. Esse pensamento me fez lembrar: o poeta Wilfred Austen.

— Senhor Austen? — chamei quando ele passava.

O homem parou e sua carranca aprofundou-se por um instante.

— Não se lembra de mim? — continuei. — Sou Tom Stewart. Levei o senhor e o sr. Ingleby para conhecerem alguns templos, em 1938, quando o senhor estava a caminho da guerra.

O rosto dele clareou. Um intenso encanto e suavidade transpareceram no lento sorriso.

— Mas é claro. Você é o sujeito taoísta. Do hotel. Se eu soubesse que ainda estava aqui eu o teria procurado. Sou uma daquelas criaturas do Conselho Britânico. Calcutá, Hong Kong, Tóquio. Tudo está um pouco diferente da última vez que vi esses lugares, só que para muito melhor. Uma das coisas mais notáveis a respeito da desintegração dos impérios é...

A essa altura Cobb chegou por trás de mim, usando o seu melhor Panamá, o dos domingos. Parou e ficou piscando, com ar expectante.

— Senhor Austen, perdoe-me por interrompê-lo. Este é o professor Raymond Cobb, da Universidade de Hong Kong. Professor Cobb, este é Wilfred Austen.

"Quando fragmentos do tempo podem passar,
Como fazem os diamantes, por largos espaços
E todas as nossas dores se transformam
Em sonhos é uma graça enorme",

declamou Cobb parecendo satisfeito, embaraçado e resoluto.

— Perdoe-me — acrescentou. — Creio que até então nunca tive a oportunidade de citar o trabalho de um autor diante dele.

— E eu me sinto duplamente privilegiado. Como dizia ao sr. Stewart, a coisa a respeito da desintegração dos impérios é...

Lá dentro da igreja St. John soaram notas do órgão. Sem uma palavra, nós três concordamos em entrar. Austen abriu caminho.

— A coisa sobre a adoração de ancestrais — dizia Austen, quatro horas e meia depois — é que se compara a uma religião racional e libertadora. Cristo estava errado a respeito de tudo isso. "Deixe os mortos enterrarem os mortos." Não, não. Assustadoramente, um disparate. Se venerarmos nossos ancestrais, estaremos livres do impulso humano e normal de venerar o passado, porque eles carregam o passado consigo. O que nos deixa livres para pensar no futuro. O futuro é mais importante do que o passado. É tarefa da religião...

— Uma delas — interferiu Cobb.

Ele estava fazendo um excelente contraponto. Austen aprovou a observação com um aceno de cabeça.

— ...uma delas, orientar as pessoas em relação ao futuro. Olhe aquela gente fazendo piquenique junto aos túmulos dos seus avós, pensando no amanhã. Esplêndido, esplêndido.

Estávamos sentados na encosta de uma colina nos Novos Territórios. Austen tinha um sanduíche de rosbife na mão direita e dava-lhe grandes mordidas a intervalos irregulares, sem parar de falar. Ele parecia comer, beber, fumar e falar quase ao mesmo tempo; havíamos terminado de almoçar fazia cerca de três horas. No decorrer da refeição a conversa se dirigira à adoração dos ancestrais e ao hábito de visitar túmulos, então Austen ficara ansioso por ver essa prática em ação. Então, eu telefonara para o Empire e pedira que um carro fosse nos apanhar no terminal da Balsa Star, do lado de Kowloon, e fomos para os Novos Territórios. Agora, nos encontrávamos sentados no chão, a discreta distância de algumas sepulturas junto das quais uma ou duas famílias aproveitavam alegremente o passeio de domingo. Um bebê bem embrulhado em roupas brilhantes, solene como um imperador, era o centro de cada grupo.

— Sim, bem... Não. Na verdade isso nem sempre é verdade — disse Cobb. — Não se pode considerar os cultos romanos familiares como dirigidos especialmente para o futuro ou como especialmente adequados para inculcar as virtudes que o império tentava inculcar. A idéia geral das Lares e Penates[1]...

— Sim, mas as circunstâncias imperiais são diferentes — contrapôs Austen. — Eles precisam enfatizar a virtude porque todos estão se tornando lentamente loucos. Estão envenenando a si mesmos com o poder. Os romanos, os holandeses, os britânicos e a seguir os americanos. O que ocorre no Vietnã está tornando isso mais do que perfeitamente claro. Evidentemente, a questão é se o mundo *precisa* de um poder imperial. Na verdade, é possível que precise. Talvez essa *carência* seja muito forte. É possível, mas não provável. E os poderes imperiais sempre são obcecados pelo passado. Não como essas

1 LARES E PENATES — Divindades ou espíritos que protegiam os lares, segundo antiga crença dos romanos. (N.T.)

pessoas. — Ele deu outra mordida no rosbife e indicou os grupos com o resto do sanduíche.

O almoço havia sido um desses sucessos sociais que no começo parecem um desastre. Jane Cobb, que nos esperava na Casa de Chá Yuen Kee, não escondera seu desagrado pela inesperada presença do nosso eminente convidado. Se Austen o notara, não dera demonstração; simplesmente, passara a fazer seu monólogo com mais insistência do que antes. Quando pedimos uma série de pratos, ele comeu com a fome devoradora de um jovem depois de uma boa caminhada, em vez de como um poeta de meia-idade que apenas estivera na igreja. À medida que fora envelhecendo se tornara mais dogmático, mais falador e menos disposto a ouvir. No entanto, tinha seu encanto e, assim, ali estávamos num cemitério chinês, onde um dos pais tirava com delicadeza a garrafa térmica das mãos do seu gordo bebê, que protestava com altos brados.

— Bem, pertencemos a um século asiático — comentou Austen, terminando o sanduíche. Um pedacinho de rabanete achava-se preso junto ao canto de seus lábios, como uma pinta de nascença. — Espero que eles façam melhor por nós do que fizemos por eles. E isso não iria fazer mal nenhum por aqui, quando acontecesse.

Ninguém lhe perguntou o que queria dizer. Fomos até onde estava o carro e voltamos para a Balsa Star. Eu fui então com Austen para a fila de táxis. Os Cobb subiram a ladeira — moravam num apartamento na rua Robinson — depois de o professor apertar nossas mãos e dizer: "muito agradável, muito agradável". Tempo depois, ele se referiu várias vezes àquele dia, dizendo que fora memorável, porém eu não tive oportunidade de conhecer melhor Jane, e nossa amizade não avançou um milímetro além do ponto em que chegara. Era como se aquele dia insólito houvesse ajudado a enfraquecer o potencial de amizade; aquela ocasião de encontrá-los como casal foi a única vez em que os vi juntos. Tomei uns drinques com Austen no bar do Empire, no dia seguinte, antes de ele ir para Kai Tak e pegar um avião para Tóquio.

Capítulo Treze

Masterson morreu pouco tempo depois. Foi vítima de um aneurisma durante o sono. Nesse sentido, sua morte foi rápida; em outro, ele vinha morrendo havia vinte anos, desde Stanley. Sua irmã me deu a notícia numa carta emocionante e afetuosa. Ela compreendia o irmão, e fiquei contente ao constatar isso. Catherine comentou na carta o "humor seco, agudo e o permanente ar de um bem-educado domínio sobre o espanto diante da comédia humana" de Masterson. A carta foi escrita no dia seguinte ao da morte dele. Uma semana depois recebi outra carta dela, desta vez seca, avisando que ele me deixara algum dinheiro e ações do hotel que me davam poder de voto — se bem que não em quantidade suficiente para vencer os votos das ações da família, que estavam nas mãos de confiável empresa administrada por advogados de Londres e de Hong Kong. Eu conhecia Rathbone, que dirigia a empresa em Hong Kong; era um homem gordo que se vestia de modo esquisito, tinha voz macia e lendário conhecimento sobre os modos de evitar pagamentos de impostos no Reino Unido. Eu não previ dificuldades.

Naquela ocasião, eu estava com a mente ocupada por outras coisas. Havia encrenca à vista, como explicou o inspetor Watts falando por cima da borda do seu costumeiro copo de gim cor-de-rosa.

— Há uma expressão estranha nos olhos de todo mundo ou no modo como evitam encontrar os da gente. Uma espécie de tédio. Vi essa expressão milhares de vezes. Palestina.

Malásia. Você pode imaginar. Num momento o sujeito está olhando furioso para a sogra e no outro pica o vizinho em pedaços pelas juntas, com seu facão malaio. Impulso assassino. Aí, ele acaba consigo mesmo ou nós chegamos e o matamos a tiros. Depois, os companheiros dele sempre dizem que viram a coisa chegando. Claro, num lugar onde todo mundo vive perambulando com seus malditos e grandes machetes é de esperar que esse tipo de encrenca aconteça de vez em quando. Para citar sordidez mais chocante, Indonésia. Uma vez que eu estava de plantão e entrou um grupo; um ajudante ameaçara o cozinheiro com uma faca de cozinha. Companheiros os separaram. Todo mundo para a delegacia. Foram feitas declarações, o patrão agradeceu ao ajudante pelo muito tempo de serviço, demitiu-o, pagou tudo que era devido; deu-lhe mais uma quantia como indenização e uma carta de referências. Tudo isso ali, diante de nós. O ajudante foi embora, todo sorrisos. Dois dias depois a caldeira explodiu e destruiu metade do prédio. Por milagre, ninguém morreu. O ajudante colocara parafina na caldeira em vez de gasolina. Uma coisa nunca vista. Isso é a Indonésia, o lugar mais perigoso em que já estive... — Watts tomou um gole do gim cor-de-rosa — até estar em Mongkok ontem à noite.

A audiência — cerca de seis clientes habituais — foi percorrida por um arrepio coletivo. A performance de Watts era mesmo de causar efeito, porém havia algo mais. A China estava enlouquecendo. Todo mundo tinha medo de que a Revolução Cultural se estendesse até a colônia. Em Macau já havia sinais disso. Soldados portugueses haviam atirado contra a Guarda Vermelha. Eu começava a acreditar que sentia que aquela atmosfera já estava me rodeando. Antes do tufão há um dia ou dois de céu completamente claro e uma calma perfeita. O tempo parece calmo, mas na verdade é violento. Era assim naqueles dias. Havia manobras de tropas e miniescaramuças ao longo da fronteira. Os jornais chineses andavam repletos de notícias sobre corrupção e previsões de iminente destruição.

Uma tarde fui a Mongkok para me encontrar com Maria. Um grupo de alunos adultos de inglês logo iria prestar exame e eu ia fazer-lhes alguns ditados e dar uma aula prática. O professor de inglês titular, padre Ignatius, sofrera um ataque de apendicite. O plano era nos encontrarmos na escola católica, em Mongkok. Peguei o ônibus junto à Balsa Star numa úmida tarde de verão. Pequenos grupos de piquetes e grevistas achavam-se nos terminais da balsa, de ambos os lados. Tinha havido uma série de inflamados protestos contra a subida dos preços da balsa — atitude essa bastante bizarra, uma vez que o aumento atingia apenas as tarifas da primeira classe.

O ônibus rumou para o norte, pela rua Nathan, tão apinhada e fervilhante como sempre. Cada vez que eu passava por ela via uma loja nova: Empório Taiwoo de Máquinas de Costura, com um enorme luminoso da Singer em néon vermelho. Jardim do Lótus Dim Sum. Loja de Chá Cabana do Desejo. Eletrônica Cheng Kee. Sam Alfaiate. Alfaiataria Festival dos Homens Auspiciosos. Uma grande filial da China Artes e Artesãos, que vendia mercadorias provenientes da China comunista. Consertos de Relógios Futuro Próspero: o Mais Barato o Mais Rápido o Melhor. As calçadas estavam repletas de pedestres carregados de pacotes. A única ocasião que eu havia visto a rua Nathan sem movimento fora no dia seguinte à invasão japonesa.

Caminhei os últimos noventa e poucos metros até a escola. Os edifícios eram muito juntos, como todos os demais da colônia, às vezes parecendo que os balcões convergiam lá em cima. Levei um ou dois encontrões. Havia muitos homens de pé ou agachados pelas ruas. O Empire Hotel me parecia completamente longe.

Maria, com um olhar aflito ou de preocupação que não era o seu, esperava por mim do lado de fora do portão da escola.

— Tudo bem? — perguntei.

— Oh, sim. Tudo bem. Eu temia que você fosse retido no meio de uma demonstração ou algo parecido.

— Claro que não. Só encontrei um pouco de braços erguidos, pessoas agitando seus livrinhos vermelhos. Engraçado, eles fazem pensar nas cadernetas de depósitos bancários, não acha?

Gentil e reprovadoramente, ela bateu no meu braço com um panfleto religioso dobrado. Entramos na sala de aula, que já estava cheia. A aula durou uma hora e meia. Eu estava sem prática. O ambiente era abafado, a tarde estava quente e úmida, minha sensação era de grande esforço. Terminada a aula, Maria ficou na classe para falar com os alunos e prometi esperar. Íamos voltar juntos para a ilha de Hong Kong, de balsa e depois de ônibus. A conversa com os alunos, qualquer que fosse, levou algum tempo.

— Desculpe — disse Maria, quando por fim chegou. — Houve mais envolvimento do que eu esperava.

Estava escuro quando saímos. Imediatamente senti que havia algo errado. O número de homens na rua tinha aumentado muito e pairava no ar um clima de expectativa enquanto eles ficavam por ali parados, muito juntos uns dos outros, fumando e olhando ao redor. Era difícil passar pelos grupos desajeitados e resistir ao impulso de andar mais depressa. Jamais corra num local apertado. Esse era um conselho-padrão.

Tínhamos percorrido talvez um terço da ruela que ia dar na rua Nathan quando um rumor começou a descer pelas travessas. Não parecia um som humano, era mais como o barulho de um fenômeno da natureza: uma tempestade ou o roncar de um terremoto. Todos se voltaram numa só direção, oposta ao lado em que estávamos, depois correram pelo caminho por onde tínhamos vindo; primeiro um ou dois homens, como se de repente se tivessem lembrado de um compromisso urgente, e depois se transformaram em uma massa deslizante. Nós nos voltamos e saímos correndo também. Não havia escolha: se não seguíssemos na direção da turba, seríamos esmagados pelos seus pés. Alguns homens praguejavam, outros choramingavam chamando pela mãe. Seus rostos estavam pálidos e transtornados pelo medo. Alguém me empurrou com força, pelas costas, e quase perdi o equilíbrio, porém Maria segurou-me por um braço e com incrível força deu-me um impulso que me permitiu equilibrar-me. Quase no final da rua conseguimos entrar por uma viela. Acima de nós, toldos que se juntavam impediam que a luz penetrasse na passagem. Um pequeno grupo de homens já estava lá, muitos ofegando, com as mãos apoiadas nos joelhos. Um deles, com camisa de mangas curtas e canetas enfiadas no bolsinho, vomitou bem na minha frente. Ninguém falava. O ronco na rua atrás de nós foi diminuindo à medida que a multidão em pânico se distanciava. Esperamos durante alguns minutos. O homem parou de vomitar e, com ambas as mãos apoiadas na parede, ficou dizendo baixinho, para si mesmo, "porra porra porra porra porra".

— O senhor está melhor? — perguntou-lhe Maria.

O homem a empurrou. Ela se irritou, zangou-se, mas não se perturbou, para minha surpresa.

— Para que lado devemos ir? — perguntei.

Minha impressão era de que, se chegássemos às ruas principais, fora daquele amontoado de prédios de apartamentos, estaríamos salvos.

— Espere um pouco — disse Maria.

Sacudi os ombros e obedeci. Alguns dos homens que tinham ficado ali, escondidos conosco, já haviam ido embora, porém os demais nos acompanharam, depois que espiei para um lado e para o outro da ruela pela qual tínhamos vindo. Estava vazia — não com poucas pessoas, mas completamente deserta. Não havia o menor ruído. No local mais superpovoado da Terra isso era assustador. Viramos a esquina e todos os demais se espalharam, correndo em direções opostas, enquanto Maria e eu íamos para a rua Nathan. Caminhávamos o mais depressa que podíamos. Eu tinha consciência de estarmos sendo observados do alto dos prédios. Depois de percorrermos cerca de duzentos metros a ruazinha virou para a direita e, de súbito, houve uma explosão de som. Uma multidão, a cerca de quarenta e cinco metros de nós corria para todos os lados no pouco espaço da encruzilhada formada pela intercessão de duas ruas. A princípio não consegui perceber um padrão no que estavam fazendo; em seguida, vi que seus braços estavam ocupados, que carregavam todo tipo de mercadorias — caixas, engradados com garrafas — e pensei que estivessem desocupando um prédio. Aí, compreendi que estavam saqueando. Era visível a individualidade no rosto de cada um daqueles homens — um par de dentes faltando aqui, um esparadrapo ali —, mas ao mesmo tempo toda e qualquer peculiaridade se perdeu na louca correria da multidão.

— É melhor voltarmos — disse Maria. — Temos de chegar à rua Nathan.

Demos a volta, sempre nos esforçando para não correr. Eu podia sentir os olhares das pessoas às nossas costas. Um homem, segurando um engradado com frangos mortos e ainda com as penas, olhou-nos com uma expressão vazia por um momento, como se fosse colocar-se à nossa frente e bloquear o caminho; porém ele viu que eu o observava esperando o que ia fazer e teve um instante de imobilidade durante o qual Maria e eu passamos. A ruela tinha uma outra suave curva, em seguida mais uma, e se alargava um pouco, de modo que os edifícios já não pareciam inclinados sobre a nossa cabeça. Justamente no local em que ela se alargava ouvimos ao longe o mesmo rumor parecido com um ronco. Em seguida três ou quatro jovens, com os rostos rígidos pelo medo, passaram correndo, gritando, empurrando um o outro, caindo, rolando e saltando em pé, como acrobatas. Teria sido uma cena engraçada se não fosse o terror estampado no rosto deles.

À nossa direita havia uma loja de móveis com a frente, por acaso ou preventivamente, protegida por um tapume. No entanto, assim mesmo chamara a atenção dos saqueadores que já haviam derrubado parte do tapume e arrombado a porta, que se encontrava escancarada.

— Venha — disse eu, pegando Maria pelo braço.

Entramos. Fechei a porta. Eu esperava ver uma devastação, mas lá dentro havia apenas uma insignificante desordem e um forte cheiro de madeira canforada. Cômodas e móveis de escritório tinham sido empurrados e ficado em desordem, mas não estragados. Uma escrivaninha no fundo do salão, que era ao mesmo tempo área de venda, de exposição e marcenaria, estava com todas as gavetas abertas. Tinham entrado para roubar dinheiro.

O barulho lá fora se tornou mais forte. Através das frestas de uma das janelas coberta por tábuas, vimos uma multidão passar correndo, gritando e xingando. Inesperadamente, alguém deu violento chute na porta; um chute tão forte que ela se abriu e tornou a se fechar, batendo na cara de quem queria entrar. Por fim, a porta soltou-se das dobradiças e caiu para dentro da loja. Cinco ou seis homens entraram. Arquejavam, furiosos, enlouquecidos. Um deles tinha um distintivo com a efígie do presidente Mao, o único que vi naquele dia. Era evidente que eles não sabiam o que fazer. Mas a violência faria parte do que quer que fosse que fizessem. Uma cacofonia de sons vibrava lá fora, enquanto dentro da loja o silêncio pesava.

Maria, que se mantinha de pé um passo atrás de mim, adiantou-se e deu oportunidade para que os homens a vissem. Ao primeiro olhar eles não perceberam que se tratava de uma freira, mas provavelmente sentiram que havia algo de oficial nela; apenas o bastante para um toque de mágica. Ela apontou para a escrivaninha saqueada e disse, com voz absolutamente calma:

— Não ficou dinheiro algum. Se quiserem levar os móveis, podem levar.

O homem que estava mais à frente, o que trazia o distintivo de Mao, não sorriu, apenas soltou uma espécie de grunhido. Seu rosto recuperou um pouco da cor. Foi aí que notei:

os outros homens pareceram ficar aliviados. Qualquer coisa que houvessem estado prestes a fazer havia sido descartada, não queriam fazê-la mais. O homem que usava o distintivo de Mao olhou ou redor, para a loja em desordem, voltou-se, empurrou os que estavam no seu caminho, dirigiu-se para a porta e saiu. Os demais o seguiram. Havia neles talvez uma tênue demonstração de timidez. Percebi que eu estava prendendo a respiração.

— Santo Deus! — murmurei.

— Não blasfeme — disse Maria.

Esperamos ali por meia hora e fomos para a rua Nathan sem outros incidentes.

Esses acontecimentos foram o início do que veio a ser conhecido como as *Riots*[1]. Essa foi a experiência mais de perto que tive com elas. Houve incidentes parecidos, muitos atentados com bombas e considerável número de mortes. Muita gente entrou em pânico. Eu não, porque se os chineses resolvessem tomar Hong Kong de volta era só interromper o suprimento de água; o mundo não ia ficar de cabeça para baixo por causa de uns poucos membros da Guarda Vermelha gritando e agitando exemplares do Livrinho Vermelho. Por fim, mandaram os gurcas[2] e as coisas logo se acalmaram. Quanto a mim, aluguei uma casa de campo em Cheung Chau, a mesma em que moro hoje. Ocorreu-me que Masterson teria descrito o que eu estava fazendo como "assistir às *Riots*". Os inquéritos abertos contra as *Riots* inculparam e acusaram de fomentar desordem as pessoas que haviam feito declarações públicas sobre a corrupção que grassava na colônia.

---

1 RIOTS — Revoltas. (N.T.)

2 GURCA — Grupo étnico de Rajput predominante no Nepal. Membro desse povo a serviço dos exércitos na Inglaterra e na Índia. (N.T.)

Capítulo Catorze

Cooper, meu velho companheiro na viagem no *Darjeeling*, na guerra e no campo de prisioneiros Stanley, agora era um extremamente importante figurão veterano do banco. Havia feito estágios nos Estados Unidos e no Reino Unido, depois, no final da década de 1960 havia retornado à colônia para trabalhar os últimos poucos anos antes da aposentadoria. Ele e a sra. Cooper, a ex-senhorita Farrington, de vez em quando iam passar fins de semana comigo em Cheung Chau. Ele perdera quase todo o cabelo, mas em compensação continuava elegante, em forma, inteligente e pouco interessado no trabalho, como sempre. Ela parecia muito mais apaixonada por ele do que quando eram mais jovens. Suas duas filhas, ambas adolescentes, estudavam num internato na Inglaterra. Era sempre chocante ver como ele ficava mais feliz durante as férias escolares.

Num domingo à tarde eu esperava os Cooper, suas filhas e alguns amigos para o chá. Passei a manhã fazendo pequenos consertos e arrumações, depois fui até a cidade comprar algumas coisinhas — eu prometera servir-lhes o bolo-da-lua. Minha descida para a cidade foi bloqueada por Ming Tsin-Ho, meu vizinho mais próximo, que estava sentado na varanda da sua casa. Aquela pequena área de estar era pequena, porém muito irritante porque era ali que ele costumava ouvir música cantonesa, principalmente nos fins de semana. Cumprimentou-me quando eu ia passando, mas de um modo que não era simplesmente um cumprimento.

— Senhor Stewart — disse —, notícias extraordinárias!

— Sim?

As *Riots* haviam parado há pouco tempo. Pensei que estivesse havendo uma recrudescência de manifestações, lutas e bombas ou uma turba reunida diante do Palácio do Governo. Mas não estava ligando muito para o que poderia ser.

— Wo Man-Lee foi preso! Um enorme escândalo!

Senti meu coração bater mais depressa e fora de ritmo.

— Preso?

— Assassinato... tráfico de drogas... conspiração... extorsão. Enorme, enorme escândalo!

O sorriso dividia a cara dele em duas partes. Tentei descobrir por quê. Mais tarde fiquei sabendo que os Wo possuíam ações que controlavam o estúdio de cinema que fizera a maior parte dos filmes do irmão dele. Daí a delícia do homem. Qualquer coisa que significasse má notícia para seu gêmeo era motivo de comemoração.

O pessoal do barco do banco chegou quando a tarde ia a meio, ofegando um pouco por causa da subida. A maior parte dos adultos era formada por funcionários do banco e suas esposas. Faziam a costumeira mistura dos falsos felizes e dos espertos descontentes. Todos cheiravam a creme de bronzear, álcool e água salgada. As filhas de Cooper e suas amigas — era difícil contá-las, a impressão que me ficou foi de uma profusão de pernas morenas e abrigos de praia — foram direto para a frente da casa.

— Estão tentando hipnotizar umas às outras — explicou a sra. Cooper. — Estiveram fazendo isso o tempo todo.

Ming tinha razão quanto à prisão ter sido um grande escândalo. Meus convidados não falavam de outra coisa. E a voz deles tinha a costumeira nota Tríade de horrorizada excitação.

— Ele está diretamente ligado às *Riots* — disse alguém. — É preciso fazer uma limpeza total. Vai haver uma grande agitação, muito drama, algumas prisões na alta-roda e depois tudo voltará ao normal.

— Claro que não é diferente do que ocorreu na nossa terra, com os gêmeos Kray ou com outros... — observou um outro visitante.

Cooper fez um giro rápido sobre sua cadeira e disse, com certa relutância:

— Há algo mais nas Tríades do que isso tudo. Não se trata apenas de gente agitando cutelos. A coisa começa assim, pequena, mas sempre acabam querendo esquentar o dinheiro. É quase como se eles tivessem uma só mentalidade. Sujeitos como Wo hoje em dia estão fora de moda e são empecilhos para os novos camaradas. Por que se arriscar com dinheiro criminoso, de drogas e jogo, quando se pode ganhar dinheiro limpo com propriedades? Claro que drogas, mulheres, jogo e tudo mais significam muito dinheiro em caixa, todavia o futuro reside em parecer o mais respeitável possível. Não se trata de nada diferente da Jardines e de todo aquele grupo, se você olhar direito. Wo mandou seu filho para a Harvard. Isso irá mostrar a todos.

E Cooper olhou para mim, como que me convidando a dizer eu-conheço-a-história-de-Wo. Recusei, em silêncio.

— Bem, o julgamento promete ser sensacional — comentou um homem. — Imagino que evidência eles terão conseguido. Acho que o ponto principal é que ninguém fala alguma coisa a respeito.

Lembro-me de ter pensado que aquela era uma boa observação. A conversa passou para golfe e mexericos sobre a mulher do governador.

O caso apareceu em todos os noticiários no dia seguinte, apresentado naquele estilo único de Hong Kong em que a mais insignificante informação está presente nas pausas, omissões e insinuações. Os Wo eram descritos como "proeminentes empresários locais", designação que, quando justaposta às acusações — que tinham a ver com drogas —, indubitavelmente clamava Tríade. Wo Man-Lee fora libertado sob fiança com garantias de um julgamento reservado. Wo Ho-Yan não fora acusado de nada. Com certeza, como face legal da empresa, naquele momento a deveria estar dirigindo.

— Interessante — disse Beryl, que fora ao Empire naquele dia para tratar de negócios. — Eles devem ter perdido a proteção que tinham. Ou será que ainda a têm? Veremos. Todo tipo de coisa pode acontecer por trás do palco, sem dúvida. Eu nunca tinha visto meus rapazes tão surpreendidos com um acontecimento, como agora.

— O que eles acham que vai ocorrer?

— Bem... — Beryl fez uma careta, que era a expressão que adotava às vezes para indicar uma filosófica resignação com os mistérios do Oriente. — Acham que Wo Man-Lee não vai parar atrás das grades, digamos assim. Ah, aí está ele.

Ela tomou o restante de seu primeiro gim-tônica e se ergueu para cumprimentar o homem baixinho, de meia-idade, que se aproximava da nossa mesa com a mão estendida.

Naquela semana, algumas vezes, quando eu entrava de repente numa sala qualquer onde havia mais de uma pessoa todos ficavam repentinamente em silêncio. Não era agradável a sensação que aquilo me causava. O fato de eu ter conhecido Ho-Yan não era segredo, é claro, e ainda havia empregados no Empire que se lembravam dele — e que poderiam até tê-lo conhecido, pelo que sei. Recorri ao meu refúgio de sempre, muito trabalho, para não pensar em se eu tinha a ver ou não com o que ia ocorrer com os irmãos Wo. Telefonei duas vezes para Maria, deixando recados na missão, porém ela não deu retorno. Achei que era um modo de ela não meter o nariz naquele assunto.

Olhando para trás, para aqueles dias, posso ver como eu limitava a minha vida, evitando contato com as pessoas. Sem perceber, estava me retraindo. Mas naquele momento não percebi. No fim de semana fui de novo a Cheung Chau sem planos para visitar quem quer que fosse. Levei alguns livros, discos, uma cesta com mantimentos e tomei minha habitual garrafa de cerveja junto à amurada da balsa. Pensava em passar alguns dias agradavelmente sozinho. Também planejava consertar o fogão que andava funcionando mal; iria colocá-lo em ordem seguindo o diagrama esquemático do fabricante.

No sábado pela manhã, antes que os primeiros juncos e lanchas dos navegantes de fins de semana chegassem, eu estava sentado na varanda, admirando a baía lá embaixo, tomando café e lendo o *South China Morning Post*. Já tinha ido à cidade e voltado. Fazia um dia claro, quente e calmo, não exatamente o tempo pré-tufão, mas parecido. Houve um toque de campainha seguido por pesadas e confiantes batidas na porta. Pensei que poderia ser uma entrega de telegrama — porém carteiro nenhum bateria daquele jeito. Fui até a porta, passei a corrente e a entreabri. O rosto que vi lá fora era tão inesperado que levei algum tempo para reconhecer o inspetor Watts. Ele estava de short, com meias três-quartos brancas, uma amarrotada camiseta sem mangas — o tipo de indumentária que jamais usaria se estivesse de serviço. Tinha na mão esquerda um chapéu-panamá meio amassado e batia com ele na perna. Havia uma rigidez em Watts que seria embaraçosa em outro homem.

— Olá, espere só eu abrir isto... — pedi, retirando então a corrente.

Ele se manteve imóvel e com ar de quem pede desculpas, enquanto dizia:

— Bem, olá para você também... Espero que não se importe. Vim dar um passeio e nadar um pouco. Ordens do médico, para manter a saúde em dia. Sei que não preciso dizer isso a você, que é um incansável andador e tudo. Então, convidei-me para vir tomar um café. Sei que deveria ter telefonado antes.

— Claro que não, é um prazer e chegou bem a tempo. Acabo de fazer café.

— Não tem empregados? Sorte sua.

Ele entrou, com as mãos às costas, olhando abertamente ao redor. Mais do que em qualquer outra profissão, um policial jamais deixa de ser policial. Um homem que adquire o hábito de suspeitar e desconfiar vai achar que a vida jamais lhe dará um motivo adequado para livrar-se desse hábito. Watts aproximou-se para ver melhor o relógio de carrilhão que Beryl me dera num Natal dez anos atrás.

— Andei estudando esse modelo. Em geral, são relógios feitos em Paris, como você deve saber. Os mandarins eram loucos por eles, no século dezoito. Eu sempre achei que se fosse um pouco mais inteligente poderia dizer algo original a respeito dos chineses com base nesse fato. Este relógio aqui não é ruim. Posso avaliá-lo, se você quiser. Conheço um sujeito em Tsim Sha Tsui que é capaz de saber quanto você tem de grana durante o tempo em que lhe aperta a mão, mas comigo ele é honesto.

A mensagem contida naquelas palavras era algo assim: eu posso não ser muito esperto, mas tenho à minha disposição recursos que me permitem isso. Watts distanciou-se do relógio e passou a observar outras peças enquanto eu ia pegar seu café. Quando voltei para a sala de estar, ele não estava lá. Saíra para a varanda e sentara-se em uma das cadeiras de palhinha, folheando meu *South China Morning Post*. Fumava e deixava a cinza cair no chão. Voltei à cozinha para pegar um cinzeiro.

— Bonita a sua casa. Dá para ver porque gosta tanto dela. Ar puro que compensa seus pulmões de Hong Kong.

— Obrigado.

— Na Malásia, tínhamos uma casa no topo de uma colina. Era como na Escócia. Lá existem quase tantos atletas quanto na Escócia. Ar bom. Barato. Muito menos úmido, que é o principal. Não aproveitei o lugar tanto quanto gostaria, no entanto, é claro que não foi sempre um país seguro... e bom. Engraçado, se bem que estivesse passando por uma guerra civil, de muitas maneiras era mais honesto do que Hong Kong. Na maior parte do tempo você sabia em que terreno pisava. Aqui não é assim, verdade?

Esse foi o momento mais abstrato de Watts que conheci. Ele agia da maneira que os homens retraídos assumem quando estão prestes a fazer uma confidência.

Parecia esperar por uma resposta.

— Não, mesmo. Aqui há mentirosos — eu disse.

— Mentirosos. Boa palavra para defini-los. Mentirosos.

Ele se levantou e foi até o parapeito da varanda. Um jardim se estendia por quinze metros ou mais, até o ponto em que a encosta da colina descia quase na vertical. Um *fah wong* vinha uma vez por semana para regar as plantas e dar uma manutenção geral, além disso o jardim era obra minha.

— Você gosta daqui, não? — perguntou Watts. — Gosta mesmo daqui. Uma porção de gente gosta do dinheiro, dos impostos, das mulheres, de estar longe da sua terra ou gosta do Oriente em geral. Mas você gosta especificamente de Hong Kong. Por si mesma. Coisa extraordinária.

— Quando já ultrapassamos determinado ponto da vida e acumulamos história num lugar é a ele que pertencemos. A maior parte das minhas lembranças e dos meus amigos está aqui.

— Sim, você tem uma porção de amigos aqui. Aquela festa... — Watts sorriu. Ele estivera na inauguração do Deep Water Bay Hotel. — Uma bela noite. Acho que nunca cheguei a mijar champanhe até então. E o dia seguinte também foi bom...

Ele voltou-me as costas e ficou olhando para Hong Kong por cima do jardim.

— Amigos em diferentes níveis de relacionamento, como aquele professor, a sra. Marler e a sua amiga freira. Irmã Maria.

— Bem, na verdade as duas últimas se acham no mesmo nível desde que as conheci num navio. O *Darjeeling*. A Irmã Maria me ensinou cantonês naquela viagem. Por isso ficamos nos conhecendo. Muito tempo depois, Beryl e eu estivemos no mesmo campo de prisioneiros.

— Eu não sabia disso — admitiu ele. — Mas é engraçado ouvi-lo mencionar a Irmã Maria. Há algo que me incomoda a respeito dela. Na minha consciência. Não sei o que fazer. É difícil. Não vejo claramente qual é o meu dever, se como amigo ou como policial.

Watts voltou a sentar-se.

— É isto: a Irmã Maria nos ajudou muito. Não a mim diretamente, mas a colegas meus. Eles estavam tendo problemas de tradução. Encontramos umas fitas gravadas e o que diziam nelas achava-se numa espécie de dialeto. Alguma coisa como fukinês. Você sabe como é na China: percorra uns noventa metros de estrada e vai chegar a um lugar onde falam outra língua. O problema era que ninguém sabia traduzir o que diziam nas fitas. A maior parte das pessoas não falava em dialetos ou não queria nos ajudar. É que o homem que prendemos é muito importante e muito, muito assustador, mesmo, principalmente para os que têm família ou amigos no lugar onde nasceram. É um caso famoso, saiu em todos os jornais.

— Wo Man-Lee — disse eu.

Ele assentiu.

— Então, temos essas evidências e não podemos usá-las. É frustrante. Mas aí alguém teve uma luz e lembrou-se de que havia uma missão religiosa envolvida com aquela parte da China; fizemos algumas pesquisas e encontramos uma pessoa conhecida sua, que fala aquele dialeto e, o que é mais importante, está disposta a nos ajudar. Fator considerável.

Senti que gelava inteiro.

— Maria está ajudando vocês.

— O alvo da nossa investigação, quando discute negócios importantes com subordinados de confiança fala apenas no dialeto da sua aldeia. A estrutura da organização criminosa está inteiramente integrada com aquela antiga aldeia. Todo mundo de lá se conhece. Altamente secreto. Não havia jeito de penetrar. Tivemos a grande sorte de encontrar uma pessoa que conhece o dialeto e está disposta a ajudar. É uma saída que nenhum de nós havia vislumbrado. A coisa é... Bem, para ser franco, a coisa é se a pessoa que está nos ajudando também tem sorte.

— Não estou entendendo.

— É complicado mesmo. Não foi por acaso que esse homem não havia sido preso até agora. Ninguém quer falar sobre ele. Não porque o adorem, mas porque todos têm um medo infernal dele. Se você falar dele hoje corre o risco de amanhecer morto amanhã. E a sua amiga está fazendo bem mais do que falar sobre ele. Ela é indispensável no processo de enfiá-lo numa cela para o resto da vida. Esse é um risco extremamente alto.

— E você quer que eu... que eu diga isso a ela?

— Ocorre que tenho consciência, uma coisa que nem sempre é útil para um policial... mas eu a tenho. Estamos usando a Irmã Maria. Ela está arriscando a vida. Não sei se ela sabe disso. Não sei se esse ponto ficou claro.

— Entendo.

Pensei por um instante.

— O que veio fazer aqui? — perguntei.

— Como assim?

— Quem o mandou vir? Qual é o recado que deve me dar?

Eu tinha impressão de ter sido míope a vida toda e de, subitamente, estar usando óculos.

— O que quer dizer?

Watts ficara vermelho e se erguera.

— Você foi mandado aqui para me dar um recado. Para fazer uma ameaça disfarçada em preocupação.

— Não ouvi isso.

— Muito bem. Dê o fora.

Fui até a porta da frente e a abri. Ele parou depois de passar por mim e voltou-se. Sua expressão era esquisita, amarga. O rosto estava contorcido, mas não pela raiva; era como se sentisse uma emoção próxima da tristeza. Então, disse:

— Você ficou aqui por tempo demais.

Fechei a porta na cara dele.

A primeira coisa que fiz depois de Watts ter saído foi me sentar à mesa do escritório e escrever tudo que me lembrava da conversa que havíamos tido. Descobri que minha respiração se tornara rápida e curta; a ação de me lembrar e escrever foi me acalmando e tratei de pensar no que poderia fazer. Senti que se passasse o recado de Watts, no interesse de quem quer que fosse seu chefe, poderia ser uma espécie de traição — eu poderia estar fazendo o jogo dos bandidos. Ao mesmo tempo, senti que não seria direito deixar Maria na ignorância daquele aviso. O fato é que eu fora colocado na posição de me ver forçado a fazer o que alguém estava querendo e que dava para perceber que se tratava de uma manobra maligna.

Decidi dedicar aquele fim de semana a pensar no problema. Mas toda vez que parava alguma atividade física, quando trabalhava no jardim ou consertava o fogão, o desafio voltava. No fim da tarde fui para a cidade, de lá para a praia e nadei até me sentir cansado como nunca me sentira, com os braços e pernas endurecidos a ponto de começar a ter câimbras. Caminhei de volta para casa e me joguei na cama. Mas quando fechei os olhos não pude me impedir de rememorar a conversa com Watts. Levantei, coloquei um disco de Louis Armstrong na vitrola e tomei uma dose de uísque. Então, fui para a cozinha e trabalhei um pouco mais no fogão. Quando fui me deitar de novo, tentei ler. Apaguei a luz e tentei dormir. E o fim de semana passou assim.

Na segunda-feira fui falar com Beryl. Ela mudara o escritório para a Ponta Norte, onde sua empresa se achava envolvida num complicado e múltiplo contrato de construção de casas com prazo apertado. Para demonstrar boa vontade, como ela colocou, mudara o escritório para a primeira fase do projeto que estava sendo terminada. Quando entrei em sua sala de canto, Beryl conversava com Leung, um dos jovens componentes da sua guarda pretoriana de cantoneses. Ele espalhara sobre a mesa, entre os dois, uma porção de folhas de papel cobertas por números. Ela gostava de ter homens sob suas ordens.

— Ah, Chan, será que pode me dar licença por um momento? — disse, sorrindo.

Leung sorriu e retirou-se. Puxei uma cadeira para perto da escrivaninha, contei-lhe a história de Watts e perguntei o que achava que eu podia fazer. Beryl estufou as bochechas, seguindo um velho hábito que agora parecia estranho: ela sofrera um leve derrame no ano anterior, que reduzira a mobilidade do lado esquerdo do seu rosto.

— O inspetor Watts, é? Acho que ninguém jamais desconfiaria disso. Watts. A gente sempre tende a achar menos suspeitos os que trabalham contra as drogas. Os velhos tipos coloniais... Bem, você conhece os recursos deles para apressar e baratear resultados e tudo mais, claro que sem querer imaginar os resultados, mas ainda assim... Bert, lembra-se? Ele sempre dizia que jamais conhecera um tira que não se dobrasse pelo menos um pouco.

Cada vez que Beryl mencionava o marido levava um ou dois minutos para retomar o fio da conversa. Esperei.

— Bem, isto é Hong Kong — disse ela por fim, ríspida. — Suponho que a idéia seja você passar a ameaça adiante sem demonstrar que reconheceu que é uma ameaça. Essa é uma saída. Pode contar, apenas, essa estranha conversa que teve com um policial e dizer a si mesmo que fez o que podia. Uma vez que Maria receba o recado, não importa o que você pensa. Isso salvaria a sua cara. Esperto.

Eles haviam me deixado espaço para que mentisse a mim mesmo. Dava para perceber isso.

— Mas e se alguma coisa acontecer? — perguntei.

— Bert — tornou a dizer Beryl e pigarreou. — Albert certamente teria posto Watts pra correr e se recusaria a fazer esse trabalho sujo para ele. Posso até ouvi-lo falando. Depois iria se roer inteirinho por dentro preocupando-se com isso, sem dizer uma palavra.

— Bem, é...

— Se você preferir fingir que Watts estava dizendo a verdade e que a maior preocupação dele é que Maria não esteja percebendo o risco que corre, tudo que ele disse é besteira da grossa. É claro que ela entende perfeitamente bem a situação. Conhece aquela gente desde que nasceu.

— Você pode ter razão, mas existe um lado inocente em Maria. Pode parecer idiota... Ela é uma maldita freira, mas... Você sabe o que quero dizer. Sabe, ela pode pensar que foi tudo dito.

Beryl sacudiu a cabeça.

— Não. Ela não iria pensar isso.

— De qualquer maneira, ela sabe que está arriscando a vida.

— Aí não seria o caso de dizer a ela. E, por outro lado, também não faz mal nenhum lhe dizer.

Inclinei-me para trás, apoiando-me no espaldar da cadeira. Ficamos olhando um para o outro.

— Sei que você vai recusar — disse Beryl —, mas eu posso falar com ela.

Foi a minha vez de balançar a cabeça.

— Sinto muito — disse Beryl, como forma de despedida.

Durante as quarenta e oito horas seguintes fiquei incapaz de decidir se Maria estava num perigo mortal ou se simplesmente eu exagerava, ou interpretava mal, o semi-amigável aviso de um semi-honesto policial. Mantive-me longe de Maria e dediquei a maior quantidade de tempo possível ao trabalho. Ia da baía Deep Water ao Empire pelo menos duas vezes por dia. Tive um longo, exaustivo encontro com Rathbone, em sua função de curador da família Masterson. Ele deve ter pensado que eu estava louco, pois precisava repetir tudo que me dizia pelo menos três vezes.

Ao final da manhã de quarta-feira achei-me sentado no bar, observando as coisas e verificando um profundamente corrupto novo guia de restaurantes em Hong Kong. Nele havia um grande anúncio dos dois hotéis e generosas menções aos dois estabelecimentos. Jim Connor, um repórter-estrela do *South China Morning Post*, irlandês alcoólatra e companheiro sofredor das primeiras noites do padre Ignatius, entrou no bar não correndo, mas bastante apressado. Carregava um chapéu, um *laptop* e um exemplar do seu jornal.

— Um *power* duplo e água, por favor, Arthur — pediu.

Arthur era o nome inglês de Ah Lo, o *barman*. A bebida chegou. Connor tomou-a de um gole, fez um sinal para Ah Lo colocá-la na sua conta, cumprimentou-me com um aceno de cabeça e levantou-se do banquinho para sair.

— Certamente isso redefine o conceito de rapidez — comentei. — O que está ocorrendo nesta manhã subtropical?

Connor tinha o hábito de falar de jeito ridiculamente empolado. Quer dizer, quando você se dirigia a ele de modo simpático. Ele continuou a se arrastar para a porta ao mesmo tempo que falava comigo, ofegante, com cheiro de uísque fresco no hálito.

— Wo Man-Lee acaba de conseguir fiança. Eis a maior história desde a Crucificação. — Essa era uma frase-padrão de Connor. — Por sorte eu estava lá... e olhe que fui sem esperar a menor chance. Até que ponto um velhaco pode ser consciencioso? Mortimer Troy estava presente como advogado de Wo, tão macio, tão mole que não serviria nem para recolher merda, se você quisesse. A porra da fiança é maior que o preço do meu apartamento. A palhaçada de sempre. Cidadãos honestos de um lado. Cidadãos estabelecidos de outro. Benfeitores daquela coisa e contribuintes para a trapaça. Raízes profundas na comunidade. Transparência no caso do governo. Absoluta falta de evidência física. Reputações a manter, negócios para tocar. Wo sentado ali, na primeira fila, como se posasse para uma foto de formatura. O promotor público faz uma apresentação paupérrima. Bingo. A coisa mais boba que já se ouviu, sabe?

Eu não conseguia me mexer nem pensar. Era como se minha mente e meu corpo estivessem completamente atados. O que aquilo queria dizer? Era uma notícia boa ou má? Poderia ser que o governo não estivesse levando Wo Man-Lee o bastante a sério e ele fora legalmente superado. Mas isso era difícil de acreditar. Era mais provável que Wo manejara os cordéis, relembrando favores e arranjando visitas parecidas com a que fora feita a mim. Se assim fosse, a notícia era má. Mas eu ainda achava que não podia contar a Maria sobre a visita de Watts. Não tinha havido nenhuma mudança substancial — a não ser o fato de que possivelmente Wo sairia livre.

Ou assim parecia. A outra grande novidade apareceu na tarde do dia seguinte. Beryl me telefonou para o escritório. Como ela detestava telefonar eu soube de imediato que acontecera alguma coisa importante.

— Beryl... o que foi?

Havia uma espécie de ronco na voz dela desde o derrame, que não se percebia pessoalmente, mas ouvia-se bem ao telefone.

— Tom. Acabo de saber uma coisa que um dos meus homens apanhou no telégrafo de bambu. Wo Man-Lee escapou da gaiola.

Por um momento pensei que ela estivesse se referindo à liberdade sob fiança. Mas em seguida me toquei de que aquilo não era novidade.

— O quê? Ele saiu de Hong Kong?

— Ninguém sabe para onde foi, mas vai ser um choque se não estiver em Taiwan. Por todos os motivos mais do que óbvios. Ele deixou uma carta lamentando ser obrigado a agir dessa maneira e expressando também falta de confiança na justiça colonial.

Taiwan.

Fugir para o Kuomintang; sem extradição; uma vida bem confortável, liberdade garantida, sem quaisquer legalidades desagradáveis.

— Meu Deus. O que isso significa para... para a nossa amiga?

Nós dois ouvimos os estalidos no telefone.

— Acho que seria bom se você e ela conversassem — disse Beryl.

Segui o conselho. Os dois carros do hotel estavam ocupados, então entrei na fila de táxis do Empire — um detalhe terrível do hotel que devia fazer Masterson se revirar no túmulo — e fui para a missão em Wanchai. O centro estava calmo, mas as ruas adjacentes mostravam-se repletas de gente e movimentadas; todas as lojas achavam-se abertas. Haviam inaugurado uma joalheria na esquina, pegada à missão, e um esplendidamente feroz *sikh* permanecia de pé à porta, com sua espingarda, turbante e barba negra, fuzilando com o olhar todos que se atreviam a passar pela calçada. Eu não conseguia apagar as lembranças daquela vez em que havia rastejado por ali, com o estômago enjoado, procurando Maria e dominado pelo pânico causado pelo estourar da guerra. Tentei convencer-me de que não havia sido tão terrível assim.

Inútil dizer que Maria não estava.

— A Irmã está em outro lugar — explicou, com paciência e falando devagar, o homem que desempenhava mais ou menos funções de zelador e que estava no *hall* de entrada.

Usava calças amplas e túnica. Fumava, sentado diante de um engradado com a abertura para baixo, com um jogo de xadrez chinês em cima.

— A que horas ela vai voltar?

— Desculpe...

— Droga! — desabafei em inglês e ele riu educadamente.

Maria poderia e deveria estar em qualquer lugar: visitando alunos ou um daqueles viciados em drogas aos quais a missão se dedicava cada vez mais; com o padre Ignatius; no posto da nova missão instalada na cidade murada de Kowloon; nos Novos Territórios; em qualquer lugar. Decidi esperar. Havia uma cadeira dobrável no outro extremo do *hall*, peguei-a e me sentei nela. O zelador nem sequer tentou esconder a curiosidade. No entanto, não demorou a sucumbir ao apelo do seu jogo e voltou a jogar xadrez chinês sozinho. Da escadaria acima vinha o murmúrio de vozes das famílias e sons de televisões. De vez em quando uma pessoa entrava ou saía, sempre me olhando com aquele jeito franco tão deles. Um ou dois chegaram a perguntar "Quem é ele?", mas o zelador fingiu não ouvir. Acho que me considerava um pretendente maluco.

Já passava das sete da noite quando chegara à missão. Resolvi que esperaria até a meia-noite, calculando que se Maria não voltasse até essa hora era porque iria passar a noite fora. E ficou evidente que o zelador decidira permanecer ali até que ela chegasse ou que eu fosse embora. Estava absorto na milésima partida do jogo quando Maria chegou, às cinco para a meia-noite, caminhando tão rápida e silenciosamente que quase passou despercebida por mim. Quando ia começar a subir a escada, o voluntário guardião da sua virtude e eu nos levantamos.

— Maria.

Ela me olhou, surpreendida, distraída e distante ao mesmo tempo.

— Tom — disse, de modo amigável.

Mas fora como se tivesse levado alguns segundos para se lembrar do meu nome. Não me perguntou o que fazia ali.

— Precisamos conversar — falei.

E até para mim aquela pareceu uma coisa grotesca de se dizer altas horas da noite.

— Vamos subir — decidiu Maria e cumprimentou com firmeza o zelador. — Boa noite, Ah Tung.

Ele sorriu para ela e franziu as sobrancelhas para mim.

Subimos. Eu não havia mais estado na parte residencial da missão desde que estourara a Segunda Guerra Mundial. Havia cheiro de comida, desinfetante e de banheiros comuns. Àquela hora os corredores estavam em silêncio, se bem que algumas luzes ainda se achassem acesas. Depois de passarmos por algumas portas do corredor, Maria abriu uma delas. O quarto era desoladoramente vazio. Havia uma cama com um exemplar do *De Imitatio Cristi* sobre o travesseiro. Parecia que alguém havia devolvido o livro, jogando-o ali. O mobiliário se resumia a uma mesa, uma cadeira, um crucifixo na parede e uma pequena e estreita estante com livros de idiomas. Tudo iluminado por uma lâmpada nua.

Maria sentou-se na cama e me indicou a cadeira. Seus movimentos pesados demonstravam que estava exausta.

— Maria, precisamos conversar sobre uma coisa que aconteceu há alguns dias — comecei.

Contei-lhe a visita do inspetor Watts. Ela ouviu sem comentar e sem mudar de expressão.

— Você deve ter ficado numa situação difícil — observou quando terminei.

— Isso não importa, Maria — respondi. — O que importa é o que vamos fazer. Primeiro, ele conseguiu a fiança, o que demonstra seu poder ou demonstra que o governo não está disposto a fazer nada... ou ambas as coisas. Depois, deu o fora daqui, provando que está fora do alcance e que pode fazer tudo que bem quiser. Você ficará muito exposta se permanecer aqui. Ele não pode perder a face, o que acontecerá se parecer que alguém pode ajudar a polícia a pegá-lo, a jogá-lo na cadeia e fazê-lo parecer fraco. Você precisa fazer algo que lhe devolva a face, que dê a impressão de que tem medo dele. Peça à Ordem que a mande para outro lugar. Vá para Roma e aprenda outro idioma ou algo parecido. Vá para as Filipinas dar aula para órfãos. Afaste-se daqui por muito tempo. Não sei para onde deve ir, mas suma de Hong Kong. Por favor.

— As razões pelas quais você está afirmando que "devo" ir embora de Hong Kong são exatamente as razões pelas quais devo permanecer aqui. Não tenho escolha.

— Isso é puro orgulho, Maria. Ficar aqui é o mesmo que cometer suicídio... Pura teimosia. Você já demonstrou ter muita coragem. Insistir em ficar aqui seria uma forma de fraqueza e, repito, de orgulho.

— Você é livre para me acusar de praticar o que chamamos de pecado mortal, apenas porque não vou fazer o que quer que eu faça.

— Até mesmo o modo como você fala cheira a orgulho. Domine esse orgulho e faça a maldita coisa que deve fazer, pelo menos uma vez na vida.

— Simplesmente, você não tem noção do que essa situação envolve. Está falando confiante demais de uma coisa que não conhece.

— Conheço você e é o que importa. E graças a você, que sabe perfeitamente disso, conheço Wo Man-Lee e sei o que ele é capaz de fazer. Maria, se ficar em Hong Kong não dará escolha a ele. Será aberta a estação de caça a ele e às pessoas como ele se ficar claro que podem ser traídos e se o traidor não for punido... É assim que eles interpretam os fatos, é assim que as coisas funcionam.

Estávamos na verdade gritando um com o outro, como se faz durante uma amarga discussão, só que aos sussurros. A minha raiva e a certeza de que não podíamos ser ouvidos eram da mesma intensidade e paralelas.

— Esquece quem sou e o que represento — argumentou Maria. — Mesmo que eu quisesse, não iria sair fugida de Hong Kong como se fosse a criminosa. Não pretendo viver na sombra por causa de ninguém. Meu Senhor não permite isso.

Eu sabia de antemão que se Maria mencionasse Deus as chances de fazê-la concordar comigo não existiriam. Mas continuei tentando.

— Não culpe Deus por sua maldita teimosia. Isso nada tem a ver com Ele. Ele me criou, assim como a você, o que é algo que parece estar esquecendo, Maria. Acredito que Deus também esteja preocupado. Ele prefere que você permaneça viva, desempenhando o seu trabalho e não que bata teimosamente a cabeça nas barras da jaula de um leão desafiando-o a comê-la.

Maria suspirou, balançou a cabeça e nada disse. Pude sentir minha raiva desaparecendo, ou se assentando, e dando lugar à tristeza. Talvez isso estivesse ocorrendo também com ela.

— E os seus paroquianos e a comunidade? — perguntei, mais calmo.

Sem hesitar um segundo, mas também sem nenhum calor, ela disse:

— E acha que servirei melhor aos interesses deles me alienando, fugindo?

— Se você... Se alguma coisa lhe acontecer não servirá aos interesses de ninguém, apenas aos de Wo Man-Lee. É claro que você pode compreender isso. Se ficar, dará a ele a oportunidade de se firmar de novo. Você está agindo como uma heroína de filme de faroeste e não existe uma boa razão para isso.

— Quando você permaneceu em Hong Kong e foi parar no Stanley, havia uma boa razão?

A voz dela mudara completamente. Era como se as palavras saíssem dos seus lábios sob forte pressão. Seu tom era amargo — amargura, sentimento que eu jamais esperara dela. Parecia tratar-se de algo que ocorrera no dia anterior e não havia cerca de um quarto de século. Ponto perdido para mim.

— A situação era diferente — consegui dizer. — Tudo, a época e as circunstâncias eram diferentes. Pelo amor de Cristo, Maria, tratava-se de uma guerra mundial. Eu havia feito uma promessa. Você sabe de tudo. Além disso, se eu tivesse ido embora com você poderia ter morrido. Muita gente morreu na China ocupada. Não posso acreditar em você trazendo de volta essas coisas...

— Talvez você acreditasse com facilidade se soubesse o que de fato aquele tempo significou para mim. E tenho de acreditar que se soubesse não teria ficado aqui...

Aquela era uma coisa tão insultuosa de ser dita que não encontrei resposta. Não era o caso de aprofundar mais aquele assunto. Ficamos em silêncio por alguns segundos.

— Vai haver um inquérito judicial — disse Maria, ainda amarga, ou no mínimo sarcástica, mas caridosamente não dirigindo o sarcasmo para mim —, pelo menos foi anunciado.

— Já é alguma coisa.

— É mesmo? Desconfio que não. Vão surgir as costumeiras nuvens de palavras e determinação para ocultar realidades desagradáveis com uma neblina britânica de nobres intenções e hipocrisia.

— Mas todos os fatos virão à tona. — Ela sacudiu a cabeça e fiz a última tentativa: — Você tem de enxergar a lógica disso tudo, Maria. Não há sentido em ficar aqui. Olhe a situação por este ângulo: Wo foi embora do território e nunca mais poderá voltar; pelo menos enquanto a acusação estiver suspensa sobre a cabeça dele, inclusive a de ter fugido em situação de fiança judicial. Você deve ir embora também. Vocês dois estarão quites, só que ele perderá mais do que você, que continuará viva.

— Ou eu posso acabar com a minha vida — disse ela, a voz se tornando muito amarga outra vez. — Pode ser isso que eles querem.

Deveria haver alguma coisa para dizer, mas se havia eu não sabia o que era. Não podia pensar nisso.

— Lembra-se de Fanling? — perguntou Maria, com muita suavidade.

— Claro que sim. Penso naqueles momentos o tempo todo.

Ela sorriu.

— Eu também. Estou feliz. Agora, você tem de ir.

Desta vez eu fui.

Dois dias depois Maria desapareceu. Saiu da missão pela manhã, devendo ir para a clínica de reabilitação de drogados, na Walled City. Uma das outras freiras, Irmã Euphemia, deveria ter ido com ela, mas passara mal do estômago e desistira no último instante. Poucas pessoas viram Maria na Balsa Star, viajando na segunda classe, no entanto ela não chegou à clínica, e a polícia não descobriu ninguém que a tivesse visto do lado de Kowloon. Era como se ela simplesmente houvesse desvanecido.

Só à noite fiquei sabendo do desaparecimento. Padre Ignatius me telefonou e contou. Pude perceber pela voz dele que não sabia apenas aquela notícia, mas também o que se escondia por trás dela. Ele me disse que a polícia estava fazendo o possível e que não havia como eu ajudar.

O sumiço de Maria foi a grande história por alguns dias, uma história por algumas semanas e, depois disso, transformou-se na lembrança de algo escandaloso. Imediatamente começaram a circular boatos sobre ela e as Tríades; não sobre Wo, mas sobre ela ter traído, por meio de seu trabalho com viciados, os chefões locais que vendiam drogas nas ruas. Durante cerca de um mês depois de ela ter desaparecido parecia-me que via seu retrato em todo canto, em cartazes. Essa foi a sensação mais próxima que conheci de ter sido enfeitiçado. Então, seu rosto começou a ser coberto por cartazes de busca de outros desaparecidos, até que não mais o vi em lugar algum.

Quando aceitei que ela estava desaparecida para sempre? Parte de mim soube que assim era no momento em que ouvi dizerem pela primeira vez que ela nunca mais seria vista; a minha parte que esperava notícias também era capaz de aceitar o fato. Uma outra parte de mim jamais aceitou, nem entendeu e nem mesmo acreditou no que acontecera e continua a não acreditar. Ainda posso ver claramente Maria virando a esquina do Mercado Central ou de pé dentro de um bonde em movimento ou, ainda, numa fotografia quando alguém vira a página do jornal que lê. Mas o rosto que vejo é o de Maria como era muito tempo atrás, anos antes que ela se desvanecesse.

Quanto aos detalhes do que acontecera, durante muito tempo procurei não pensar neles. Tinha pesadelos, acordava chorando, havia momentos em que o trabalho de não pensar em Maria me parecia ser a única coisa que eu fazia. Então, decidi encarar os fatos, tentar elaborar o que ocorrera e adaptar-me o melhor possível. Essa foi a conclusão a que cheguei. Como, certamente, Maria havia lutado e gritado, eles deveriam ter se visto obrigados a silenciá-la o mais rápido possível; então, eu achava que a haviam drogado, com clorofórmio ou uma injeção, e a jogado dentro de um carro. Tudo isso deveria ter acontecido perto do terminal da Balsa Star em Kowloon, talvez enquanto que nas proximidades se desenvolvia um incidente qualquer a fim de desviar as atenções. Em seguida eles a teriam levado para algum lugar, provavelmente nos Novos Territórios, onde a tinham matado e se livrado do cadáver. Com certeza, tudo fora feito com o mínimo necessário de agitação.

Foi aberta uma sindicância três meses depois que Maria desapareceu. Tentei apresentar às autoridades um relato da minha conversa com o inspetor Watts, mas o juiz encarregado decidiu que não era relevante. A sindicância foi apresentada para veredicto aberto. A opinião geral foi que Maria se apaixonara por um dos viciados em drogas com o qual seu trabalho a pusera em constante contato.

Capítulo Quinze

Tristeza é a emoção mais difícil de se descrever por causa de sua ausência de força; trata-se de algo passivo, que mais nos submete do que nos estimula. É difícil individualizá-la por si mesma. Quando Maria desapareceu, uma parte de mim foi-se com ela. Minha capacidade de amar, que sempre me pareceu evasiva e equivocada, estava ligada à minha relação com Maria. Descobri isso após sua morte. Antes eu não sabia. Essa é uma história conhecida. Não há nada de original na dor.

Com certeza, a aversão é um conforto. Wo dissera não gostar de Taiwan profundamente e que não via a hora de voltar para a sua terra adotada. Os jornais controlados pelos Wo começaram a editar pequenos artigos sobre o caso que fora aberto contra ele, fazendo alusão a anônimos e corruptos inimigos dentro da força policial. Havia implicações ocasionais de que ele deveria voltar para se submeter a julgamento. Eu sabia que isso nunca ocorreria; o escândalo da sua fuga havia sido mais ou menos controlado, contudo o que envolveria o seu retorno iria destruir a administração colonial. Eu gostava de pensar nele apodrecendo na sua vila nos arredores de Taipé. Desejava que morresse logo.

Beryl apoiou-me com firmeza. Estava completamente furiosa com o que tinha acontecido, viu tudo com clareza e não falou sobre o assunto com ninguém, a não ser com o seu mais confiável e antigo funcionário e comigo. Ao mesmo tempo, insistia em ver o acontecido como uma vitória.

— Maria destruiu Wo e onde quer que esteja agora está olhando para nós aqui embaixo e rindo dele. Se ela houvesse fugido sem alarde para Cingapura, a fim de trabalhar numa clínica de recuperação de viciados em ópio, num leprosário ou algo parecido, ele só teria de ficar alguns anos em Taiwan e voltar depois que seus irmãos tivessem reclamado o suficiente e "molhado" mãos suficientes. Do jeito que as coisas estão, ele vai apodrecer lá até o dia em que morrer.

— O inquérito não vê a situação desse modo. Não há uma só palavra que incrimine os Wo.

— Não diga bobagens, Tom. Você sabe que não é assim que Hong Kong funciona. Todo mundo ficou sabendo o que ocorreu. Maria os forçou a ir longe demais, sabia o que estava fazendo. — Então, o ardor de Beryl se aplacou um pouco e ela pensou por um momento. — Suponho que, de certa forma, isso tenha tornado mais difícil ajeitar as coisas.

— Ela era tão teimosa, malditamente teimosa.

Durante uma semana depois do desaparecimento de Maria comecei a me forçar a usar os verbos no passado quando falava dela.

— Maria não iria querer ir embora silenciosamente — disse Beryl.

Beryl me acompanhou quando a missão realizou uma missa em intenção de Maria, seis meses após seu desaparecimento e poucos meses depois que fora declarada legalmente morta. O padre Ignatius encarregou-se de cuidar dos documentos necessários e do memorial. Ele era bom no lado prático e administrativo das coisas.

Fui pegar Beryl com um dos carros do hotel. Ela ainda morava no mesmo apartamento que comprara quando estava no meio da sua carreira de construtora e que ficava em uma área que estava sendo comprimida por prédios que se expandiam pelas encostas das colinas a partir da Central. Sua governante deixou-me entrar e encontrei-a na sala, ajeitando o chapéu na frente de um espelho, com um gim-tônica sobre a lareira.

— Tenho horror a essas cerimônias — disse eu em vez de cumprimentá-la.

Beryl meneou a cabeça como se dissesse que não era naquilo que eu devia pensar. Deu-me o braço e fomos para o carro.

A igreja estava lotada. Era a primeira cerimônia religiosa a que eu comparecia desde aquelas duas vezes, com Austen e depois com Cobb, e a primeira vez que assistia a uma missa católica. Não me lembro de quase nada que ocorreu durante o serviço, exceto de perguntar a mim mesmo, o tempo todo, de onde viera toda aquela gente — esse fato me fez sentir que o pedaço da vida de Maria que eu conhecia não passava de um fragmento da existência dela.

A outra coisa de que lembro é do elogio fúnebre do padre Ignatius que foi, para minha surpresa e pelo menos no começo, muito engraçado.

— Existe um ditado inglês — disse ele, com sua voz impressionante — e quase todas as vezes que eu conversava com a Irmã Maria, especialmente quando o assunto envolvia questões de princípios ou parecia envolvê-los — sorriu depois de dizer 'parecia', o que provocou algumas risadinhas —, eu tinha impressão de que esse ditado guiava a conduta dela. Ele diz: "Por que ser difícil, quando, com um pequeno esforço a mais, você pode ser impossível?".

Então, falou sobre vários aspectos do trabalho dela, muitos do quais eram novidades para mim.

Depois do serviço houve uma reunião do lado de fora, curiosamente alegre para aquela textura emocional. Foi muito mais uma celebração do que o clima para o qual me havia preparado. Eu tinha oferecido o Empire ao padre Ignatius para a recepção, mas ele educadamente recusara, então havia uns magros e poucos sanduíches na sala principal da missão. Quando estava indo embora, uma pequena e velha freira européia, curvada a mais de trinta graus da vertical, veio na minha direção, amparada por uma jovem Irmã chinesa. A freira jovem estava radiante. Percebi que a velha era cega.

— Senhor Stewart — ela disse.

— Sim, Irmã.

— Não está me reconhecendo... — seu sotaque era francês.

— Bom Deus, Irmã Benedicta! É claro que a reconheço.

— Hoje é um dia triste.

— Sim.

— Ela era teimosa.

— Sim.

— Vocês tinham isso em comum.

— Existem vários aspectos nos quais eu era inferior a Maria, e esse era um deles.

A Irmã Benedicta sorriu.

— Tem certeza? — Então, balançou a cabeça. — Sinto-me velha demais. Ninguém deveria viver mais do que seus filhos.

A longevidade pode ser uma forma de malvadeza. Foi por volta dessa época que comecei a procurar pela notícia da morte de Wo Man-Lee. O ativo e esbelto rapaz que eu conhecera agora era um fumante compulsivo e todos sabiam que tinha problemas de coração. Ele não queria morrer em Taiwan.

Seu irmão Ho-Yan não durou tanto. A pressão de gerir os negócios da família foi demais para ele. Morreu de ataque cardíaco e foi substituído pelo filho de Wo Man-Lee, Tung-Ko, que era um jovem sério, pouco dado a risos, nada simpático, e falava um impecável inglês com sotaque americano graças a ter estudado em Harvard. Não demorou a ficar claro que ele era um negociante habilidoso. Engoliu um bom número de jornais chineses concorrentes e diziam que comprara, por intermédio de uma subsidiária, ações majoritárias de uma das estações locais de televisão. Tornara-se dono de estabelecimentos que cobriam todo tipo de mídia de todos os pontos de vista políticos. Ao mesmo tempo o valor das ações da família subiu como um foguete. Investiu em alguns negócios no Mercado de Ações, depois de constituir o sistema de se tornar o dono de ações particulares e públicas por intermédio de uma empresa com subsidiárias que entregou todo o controle a ele. A companhia *holding* chamava-se Po Lam Holdings. Partindo de muito ricos, os Wo tornaram-se bilionários. Falava-se que Tung-ko tencionava entrar para o Legco, um Conselho Consultivo nada democrático que tinha influência sobre o governo. Eu o odiava.

No passado, trabalhar me ajudou bastante a atravessar os tempos difíceis. Conforme fui ficando mais velho percebi que isso se tornava cada vez menos verdade. Minha mente vagueava com mais freqüência, e a capacidade de agir diante de inventários, problemas com funcionários, margens de lucro do restaurante, reposição de mobília, subida de preço dos mantimentos e dos impostos sobre a ocupação de quartos passou a diminuir, a se restringir, como a área embaixo de um foco de luz que recebe toda a claridade emitida deixando tudo mais no escuro. Eu a perdi; e à medida que envelhecemos vamos perdendo antigos apetites. O *chef* Ng perguntou se podia sair do Empire e ir para o hotel da baía Deep Water, dizendo que queria um ritmo mais tranqüilo de vida e uma cozinha menor para dirigir (mas, é claro, nada disse sobre diminuição de salário). Em outros tempos esse fato teria me parecido um drama todo espinhoso, que requeria cuidadoso preparo, tato e capacidade de negociação para explicar aos demais acionistas do Empire porque eu não estava explorando o suficiente os meus próprios funcionários. No momento, o fato não me parecia um grande problema prático e poderia ser resolvido com algumas cartas conciliadoras. Uma parte de mim perdera também a dramaticidade.

Deve-se sempre ser cuidadoso com o que se deseja. Enfim, isso é algo que não muda com a idade. Rathbone, o rechonchudo advogado especializado em investimentos com quem sempre tive excelentes relações profissionais, chamou-me ao seu escritório certa manhã. Pensei tratar-se de uma reunião de rotina para revisão das contas do hotel. Olhando para trás, hoje vejo que eu deveria ter sido alertado pelo toque maior de formalidade na carta de convocação e pelo fato de o local de encontro ser o território dele e não o meu, como sempre fora. Talvez — dando crédito ao esperto e afável homem — fosse de fato essa a sua intenção. A secretária de Rathbone conduziu-me à sala dele, num andar alto de um bloco de escritórios na rua Des Voeux, com adorável vista para a enseada. O ar condicionado estava tão frio que permitia que ele usasse um terno risca de giz de três peças e até um relógio de bolso com corrente.

Administrar um hotel ensina as pessoas a farejar dinheiro. Nem se trata apenas de gente que tem enorme quantidade dele, mas também de gente que vive lidando com dinheiro, seu ou dos outros; gente que tem no dinheiro o seu elemento natural. Esse era um cheiro que se encontrava cada vez com maior freqüência em Hong Kong e do qual o advogado emanava lufadas particularmente fortes. Rathbone atravessou com tranqüilidade a sala na minha direção, de mão estendida.

— Tom — disse —, que bom você ter vindo.

Sentamo-nos nas poltronas à frente da sua mesa e repassamos com rapidez a situação da empresa. Tudo estava bem, como eu sabia que estaria. Os lucros das ações da família Masterson aumentavam lindamente numa companhia *holding* de Hong Kong e a salvo da insaciável fome do sistema de impostos do Reino Unido.

— Bem — começou Rathbone, por fim, fechando a pasta com papéis.— Agora, tenho a comunicar algo que com certeza não será muito bem recebido. Não há eufemismo capaz de suavizar esta notícia, então não vou procurar um modo para minimizar a surpresa. Os Masterson receberam uma oferta direta pela compra do hotel, não baseada em sua lucratividade como forma de avaliação... lucratividade, devo dizer, que se tornou formidável graças ao seu esforço... mas sim no valor da propriedade, especificamente no seu valor potencial, que depois da demolição dará lugar a um novo empreendimento. É uma oferta bastante considerável e, para não fazer rodeios, aviso-o de que os Masterson me orientaram a lançar mão dos poderes de decisão que tenho sobre os investimentos deles para aceitar a oferta.

Não estou certo se tive algo que possa ser definido como um discreto e identificável primeiro pensamento. Várias idéias me passaram pela cabeça ao mesmo tempo. Uma delas foi a de que o comprador em perspectiva deveria ter descoberto quem era a família, depois que soubera que ela detinha a maioria dos votos sobre o controle da empresa, e entrado em contato com os Masterson sem que eu soubesse. Essa era uma coisa que não ocorria por acaso. Os documentos da empresa não citam os Masterson como proprietários — as ações deles referentes ao Empire Hotel apareciam sob o nome dos curadores. Com esse pensamento, instantaneamente, veio-me a certeza de que Rathbone tinha de estar envolvido. Não sei como pude pensar nisso com tanta segurança, mas assim foi. Inclusive devia ter sido ele mesmo quem tratara do negócio. E de certa maneira essa era uma atitude honesta: esperava-se que ele cuidasse dos interesses da família e aquela era uma oferta de fato muito vantajosa, mesmo que houvesse sido gerada por ele. Como mediador, deveria estar ganhando uma porcentagem dos compradores, além da taxa de administração do fundo. Era algo que também fazia sentido. E era, também, um modo de agir cínico, esperto, lucrativo e, uma vez que eu ficasse satisfeito em vender, todo mundo se daria bem com o negócio.

Uma parte do meu cérebro não parava de repassar esses pensamentos. Uma outra apresentava total ausência de surpresa. Só alguém muito estúpido não concluiria que o terreno sobre o qual se erguia o Empire valia uma grande quantidade de dinheiro. Hong Kong crescia para cima e, durante o tempo todo, construções baixas eram demolidas e substituídas por arranha-céus. Como o espaço na ilha era estritamente finito, bens de raiz iriam sempre continuar tendo seus valores subindo, o que queria dizer que esse tipo de investimento estava disparando. A empresa construtora de Beryl, por sua própria conta, fizera mais dinheiro nos últimos três anos do que nos trinta anos anteriores. Uma vez Cooper me perguntara:

— Por quanto tempo acha que ainda vai tocar este hotel em frente?

Eu sacudira os ombros, dizendo:

— Pelo tempo que a família quiser que o faça.

E chegara o momento em que os Masterson não queriam mais... Aquele pensamento provocava uma dolorosa pontada de rejeição. E então, misturada com tudo isso, ocorreu-me uma idéia que era como náusea. Não conseguia expulsá-la da minha mente. E se fosse a família Wo que queria comprar o hotel? O filho era conhecido por adotar o sistema de "diversificar" o império da família. Imóveis eram uma aposta certa em Hong Kong, assim como um notório bom negócio para lavar dinheiro. Fazia absoluto sentido que se tratasse de uma oferta pelo Empire vinda dos Wo. E era algo que me faria querer matar alguém, pois, se assim fosse, eu me tornaria o alvo de piadas.

Percebi de repente que devia estar em silêncio havia quase cinco minutos. No contexto de um encontro no escritório de Rathbone esse era um tempo extremamente longo. Esforcei-me para controlar a voz.

— Posso perguntar a identidade dos compradores?

— Eles querem permanecer desconhecidos, por enquanto — Rathbone murmurou.

Mas, como o inspetor Watts tinha observado, eu morava em Hong Kong havia muito tempo.

— Eu estaria sendo desleal comigo mesmo se desse impressão de que essa idéia nunca foi levantada até agora — argumentei. — Ouvi numerosas propostas de gente interessada no Empire, precisamente nessas condições. Meras sondagens, é claro. Sempre respondi às tentativas com as palavras

"Se o hotel for posto à venda, eu o avisarei". Sem dúvida seria de considerável interesse dos seus clientes uma situação em que ofertas competitivas sejam estabelecidas. — Rathbone piscou. — Os Masterson, claro, quero dizer. Tenho certeza de que eles iriam apreciar um leilão aberto da propriedade como uma boa possibilidade de aumento do lucro.

Ele sabia que eu sabia. E sabia que eu sabia que ele sabia.

— Tenho razões para não querer saber quem são os compradores — acrescentei, de homem para homem — muito mais que para saber quem são.

Não estou certo de até que ponto o advogado entendeu o que eu disse, mas entendeu o suficiente. Sua expressão se desanuviou. Moveu a caneta tinteiro sobre o protetor de couro do tampo da mesa no qual havia uma folha limpa de papel mata-borrão.

— As entidades financeiras envolvidas são de interesses europeus com expectativa de médio prazo extremamente otimista sobre a economia de Hong Kong, em particular, e na esfera do sudoeste da Ásia, em geral. Estão usando a perícia de *hongs* locais, porém a maior parte do capital vem da Europa ocidental. Em outros termos — acrescentou com suavidade —, "não se trata de ninguém que você conheça".

Senti que meu corpo todo relaxava e ele percebeu.

— Não é nem preciso dizer que a natureza especial da sua contribuição para o crescimento do Empire não vai passar despercebida — voltou ele. Agora estava gostando da situação; adorava agradar; o bom negócio era aquele em que todos se tornavam mais ricos, mais felizes, mais lisonjeados. — Meus clientes sabem que o senhor vale mais do que o representado pela proporção da sua posse de ações da empresa, assim como ela é hoje. Portanto, pretendem fazer um acerto dessa diferença quando o hotel for vendido e tenho certeza de que essa diferença vai refletir a estima deles.

Tive uma visão dos sobrinhos de Masterson, do Surrey, cada qual com suas bem nutridas esposas e uma quadra de tênis. Perguntei:

— Quanto?
Ele me contou.

Aqueles anos foram iluminados para mim pelas atividades de uma nova e profundamente inútil instituição, a CICC: Comissão Independente Contra a Corrupção. As *Riots* e seus escândalos subseqüentes, que haviam trazido o tema corrupção mais para a superfície do que sempre estivera, mais um enorme escândalo envolvendo um inspetor de polícia britânico corrupto — em oposição, claro, ao outro tipo de inspetor de polícia britânico — demonstraram que algo tinha de ser feito. Esse algo era a CICC, um organismo com poderes para prender e interrogar qualquer pessoa que bem entendessem com base em quase qualquer pretexto. Uma grande parte da polícia se aposentou, fugiu ou foi expulsa do serviço. O melhor de tudo: o inspetor Watts foi preso e morreu de ataque do coração enquanto sob custódia.

Telefonei para Connor, do *South China Morning Post*. Pedi-lhe que se encontrasse comigo num lugar onde não houvesse jornalistas e ninguém que pudesse me reconhecer. Fomos tomar um drinque no bar Wanchai. Num canto, um grupo de marujos britânicos tinha alcançado, fazia tempo, o mais alto estágio de intoxicação; agora todos eles estavam quietos, largados, abobalhados e incapazes. Connor olhou então em volta ternamente.

— Não venho aqui há séculos — disse. — Tem a reputação de ser um pouquinho alegre demais. A marinha americana costuma vir também. Numa noite dessas, um barco britânico e outro americano fundearam no ancoradouro ao mesmo tempo. Você provavelmente sabe que isso significa encrenca garantida. Eram por volta de cinqüenta ianques e outros cinqüenta marujos britânicos, todos bêbados de perder o rumo de casa. Os navios ianques seguem a lei seca, não se esqueça, então eles vêm com mais sede do que os do nosso lado. Os dois grupos passaram se medindo a noite inteira. Por fim, o americano maior e mais feio se aproximou do *brit* maior e mais feio. Silêncio completo. O ianque perguntou: "Então? Por que vocês, *brits* bastardos, não estão lutando no Vietnã?" O *brit* se levantou e respondeu: "O Chi Minh ainda não nos pediu para fazermos isso". Jesus, fodeu tudo. O inferno se desencadeou. Foram necessários duzentos policiais militares para acabar com a briga, e o bar inteiro acabou destruído. Escrevi sobre isso no jornal, primeira página.

— O dono deve ter ficado encantado.

— Sim. Ficou mesmo. O seguro valia o dobro do valor real do bar e arrumou a vida dele. Comprou um bar nos Novos Territórios.

Connor tomou um longo gole da sua San Miguel. Ele tinha, como explicara, mudado do uísque para a cerveja a fim de ir um pouco mais devagar. Mesmo no escuro do bar dava para perceber que não estava bem.

— Muito bem, o que posso fazer por você? — quis saber.

— Acho que seria mais ao contrário — respondi.

Coloquei na mesa um envelope de papel-manilha com uma cópia das anotações que havia feito depois da visita de Watts. Connor ergueu as sobrancelhas.

— Não quero explorar você — disse eu, e deixei uma nota de cem dólares pelas bebidas.

Demorou umas duas semanas até que pude ver meu ato frutificar. Connor não contou a história diretamente relacionada com Maria — e eu não esperava mesmo que o fizesse —, mas escreveu um artigo de primeira página dizendo que o *Post* tinha agora "fortes evidências" ligando o ex-inspetor Watts com o chefe da Tríade M. L. Wo, atualmente exilado em Taipé. A reputação de Watts foi destruída postumamente. Isso não trouxe Maria de volta, mas fez com que eu me sentisse um pouco melhor.

Depois da venda do Empire eu não me aposentei propriamente, mas passei a viver mais devagar. De fato, cheguei a considerar a idéia de procurar alguém que se associasse comigo e fazer uma contraproposta para comprar o velho hotel, mas decidi que simplesmente não era capaz de arranjar energia para isso. Quando pensei no gasto de uma enorme quantidade de dinheiro em troca de vigorosa batalha de negócio e política seguida por anos de aperto, durante os quais seria obrigado a aplicar toda a sobra de caixa no empreendimento... Bem, não foi assim tão difícil ver com clareza qual deveria ser a escolha. Eu passava a semana na baía Deep Water e os fins de semana em Cheung Chau. Minha vida se tornara mais simples e mais limitada do que nunca. Não posso dizer que me sentia mais feliz do que antes, no entanto aquela situação oferecia pouca chance de mudanças inesperadas e menos possibilidades de que alguma coisa saísse errada.

O começo dos anos da década de 1980 trouxe um evento público que atraiu bastante atenção do mundo inteiro. A sra. Tatcher foi a Beijing, superanimada por sua vitória nas ilhas Falklands, e tomou algumas atitudes que os chineses consideraram tão detestáveis que a questão da soberania de Hong Kong foi publicamente reaberta. Essa poderia ser a única conclusão, uma vez que o resultado foi conseguido. No decorrer de várias décadas anteriores o assunto da retomada em 1997 nunca havia sido levantado, a não ser por turistas. Atualmente era impossível estar em companhia de qualquer um sem comentar o assunto. Eram travadas longas discussões, que focavam o assunto por todos os ângulos, com selvagens oscilações de humor de ambos os lados, tanto em público quanto em particular, não semanal ou diariamente, mas também no decorrer de simples conversas. Achei fácil não me envolver; é fácil ser estóico quando não se dá a mínima para o que ocorre. A sabedoria adquirida pela colônia mudou. Antes, centrava-se no fato de que os comunistas não reconheciam os tratados injustos que haviam sido feitos com Hong Kong: "Tudo lixo, meu velho. Os comunas não querem este lugar de volta porque está cheio de Tríades, Kuomintang e, de qualquer modo, eles não reconhecem os tratados. Mantêm aqui um exército de dois milhões de soldados. O que podemos fazer? Gritar buu e fazê-los sair correndo?". Depois, passaram a dizer: "Os chineses não precisam assumir Hong Kong, vão comprá-la. Veja os proprietários... — (Preencha o espaço em branco com o nome de qualquer uma das grandes novas companhias de Hong Kong) — trata-se de dinheiro de Pequim. Eles precisam de uma renovação estrangeira, meu velho. Por que balançar o barco? De qualquer maneira, até 1997 eles terão tomado conta de quase tudo. Não é interesse deles deixar que as coisas saiam erradas". E agora dizem: "Todas as apostas deram em nada. Estamos mudando nossas empresas para as Bahamas".

Durante anos, para mim foi perfeitamente óbvio que os chineses iriam querer pegar Hong Kong para eles em 1997. E por que não o fariam? Pensei que se ainda estivesse vivo — teria oitenta e quatro anos — iria começar a considerar a possibilidade de voltar para a Inglaterra. Mas primeiro trataria de ver para que lado o vento estava soprando. Meu testamento havia sido feito fazia tempo e deixava tudo para David e seus filhos. Com alguma sorte, Wo Man-Lee já estaria morto e não faria muita diferença o que eu fizesse. Mas as coisas não ocorreram desse modo.

Cobb, emérito professor que então era, morreu cedo, em 1983. Depois de se aposentar, em 1975, ele permanecera na colônia apesar de que suas viagens de pesquisa e de participação em congressos o levavam com freqüência para longe. Quando voltava sempre me dava uma notável opinião Cobbista sobre o lugar onde havia estado, dizendo, por exemplo, depois de passar três meses em Berkeley: "Clima muito úmido". E acrescentava "Nem um pouco bom para a preservação de originais de livros". Depois de um período semelhante na Sorbonne, nada comentou a respeito das tentações, das luzes brilhantes, da vida cultural ou da cozinha de Paris. Dissera, simplesmente: "Algumas pessoas lá são... muito barulhentas." Falava sobre *The Lives of the Emperors* do mesmo jeito distante, divertido e embaraçado, como se isso fosse um prazer culposo ou uma indiscrição que não conseguia deixar de sentir. Jane Cobb, que não fez segredo da sua intenção de voltar para o Reino Unido depois de se aposentar, sentia-se recompensada por todas aquelas viagens. Ela sempre comprava alguma peça de roupa exorbitantemente cara, onde quer que fossem, depois a confeccionava em diferentes tamanhos para dar de presente de Natal para as amigas.

Até onde eu soube, Cobb jamais passara um único dia doente. Era aquele tipo de homem que parece ter mais ou menos a mesma idade durante toda a vida; a magreza foi sua maior característica o tempo todo, desde que o conheci. Desse modo a sua morte, causada por intensa hemorragia cerebral, foi uma completa surpresa, apesar de ocorrer aos oitenta anos. Aconteceu no meio da noite, sem que Jane acordasse. O choque terrível foi guardado para a manhã. A tradução de *The Lives of the Emperors* ficou inacabada. Jane me perguntou se a ajudaria a organizá-la, mesmo que incompleta, para ser publicada.

— Eu gostaria que fosse você a fazer isso — ela me disse. Parecia tímida, como se soubesse que eu seria incapaz de recusar depois do que estava por me dizer. — Ele o considerava como seu melhor amigo. Pediu que eu falasse com você se algo lhe acontecesse...

E eu disse sim. Fiquei contente, surpreso e um pouco assustado. O original ainda estava no escritório de Cobb, na universidade; não no abarrotado e professoral escritório que uma vez ocupara, mas sim numa pequena e moderna sala de canto, ainda com aquela bela pintura em pergaminho e o Buda de madeira. Os papéis estavam em três caixas de papelão e pareciam mais caóticos do que realmente eram, uma vez que percebi que vários capítulos tinham sido datilografados em diferentes versões, marcados por números escritos no topo das páginas do lado direito. O escritório de Cobb teve de ser desocupado para dar lugar a um jovem e ávido professor chinês de literatura que de vez em quando parava na porta, embaraçado mas ansioso, e oferecia ajuda para empacotar os pertences. Jane pediu-me que lesse o livro primeiro, porque ainda não tinha coragem de fazê-lo. Quando disse isso, seu rosto estava vermelho, e ela me pareceu aflita, muito só e muito inglesa. Levei o original para o Deep Water Bay Hotel, prometendo entrar em contato assim que terminasse.

Com o passar dos anos eu havia transformado o espaço que ocupava no hotel em um tipo de escritório-quarto. A sala que estava cheia de livros e documentos comunicava-se por uma passagem em arco com um cômodo em forma de L, onde ficava a cama que, por sua vez, dava para uma sacada com vista para a baía. A austeridade era supostamente um modo de me lembrar que se tivesse algum tempo livre deveria passá-lo em Cheung Chau. Em teoria, claro, podia usar as dependências comuns do hotel — mas há algo esquisito em um proprietário de hotel parecer que está vigiando seu próprio estabelecimento. Minha cadeira de leitura ficava no aposento da cama, mas algumas vezes eu ia ler na sacada, a menos ou até que a luz começasse a atrair mosquitos. Foi onde me sentei com a primeira caixa de páginas datilografadas de Cobb. Li durante a noite toda. Foi como assistir a uma parada do passado; não um desfile triunfal, mas sim uma fantasmagoria, uma visão do que as pessoas podiam ter de pior. Nela estavam expostas todas as variedades de ódio, assassinato, luxúria, traição, miséria, violência, inveja e ira. Cobb falava da literatura Chinesa como o maior conjunto do mundo de escritos que valorizavam a tradição, continuidade, alusão, calma, distância — Ele disse, uma vez: "Essa é melhor câmara de eco, a mais civilizada conversação que já existiu". ("Conversação" era a palavra que Cobb usava para definir um conjunto de escritos ou aprendizado.) Este era o lado sombrio da obra. O Primeiro Imperador de Qin, o imperador que construiu a Muralha da China e ordenou que se queimassem todos os livros, era o espírito geral do *The Lives.*

Fiquei acordado a noite toda e liguei para Jane pela manhã.

— Acho que é admirável. É... bem, um bocado horripilante, mas admirável. O que quer que eu faça?

— Não tenho a menor idéia. Penso que, se for publicável, Raymond gostaria que eu publicasse, mas não sei como...

— Bom, tenho uma idéia — disse eu.

Deep Water Bay Hotel
Hong Kong
17 de maio de 1983

Caro Sr. Austen

Por favor, desculpe-me deste contato impertinente e não solicitado de um simples conhecido muito distante. Meu nome é Tom Stewart. Sou o administrador de hotel que o senhor conheceu em 1938, quando estava a caminho da guerra civil chinesa. Tornamos a nos ver quando o senhor passou pela colônia por ocasião de uma viagem do Conselho Britânico pelo Oriente.

Não sei se vai se lembrar desse nosso segundo encontro. Ocorreu na Catedral St. John, ou melhor, igreja St. John, como então era chamada. Eu estava com meu amigo Raymond Cobb, um professor da Universidade de Hong Kong. Almoçamos e fomos juntos para os Novos Territórios assistir ao costume chinês de visitar as tumbas dos ancestrais.

É com relação àquele dia que estou escrevendo para o senhor. Sinto muito ao dizer que o professor Cobb faleceu: a sua morte repentina é compreensível pelo fato de que ele estava com oitenta anos. Nos últimos trinta anos da vida o professor se dedicou à tradução de um livro chamado *The Lives of the Emperors*, uma história da China através da vida de seus líderes. Ele descrevia o livro como um Suetônio chinês. Não existe outra tradução. O trabalho de Cobb não foi terminado, mas a última versão do original tem algo em torno de duzentas e vinte mil palavras.

O livro me parece extraordinário. Estou escrevendo — e espero que seu coração já esteja mais calmo — para perguntar-lhe se poderia dar uma olhada no trabalho de Cobb e sugerir o que se poderia fazer para publicá-lo. Apesar de Cobb sempre ter conversado comigo sobre o projeto, meu conhecimento de como o mundo das publicações funciona é mínimo e ficaria muito grato por qualquer conselho.

Com certeza compreenderei se o senhor, por qualquer razão, não puder ajudar; sei que deve ser muito ocupado.

Sempre me recordo da sua visita a Hong Kong e gostaria de que ela se repetisse com freqüência.

Sinceramente,

Tom Stewart

Mandei a carta via o editor dele em Londres. Uma semana mais tarde chegou um telegrama de três palavras: "COM PRAZER AUSTEN". Tirei uma fotocópia da última versão do original e a mandei para o mesmo endereço. Durante um jantar, eu disse a Jane o que havia feito e tenho certeza de que, por baixo da carapaça de tristeza, ela ficou contente.

Não tive notícias de Austen por várias semanas e já não as esperava — apesar de ir olhar a caixa do correio todas as manhãs, muito mais ansioso que de costume, e procurar por um envelope endereçado à mão com letra desconhecida e um selo do Reino Unido. Minha experiência ensinou-me que uma resposta muito esperada sempre chega no momento em que não se espera. Quando a gente senta na soleira da porta de entrada ansioso por ver a silhueta do carteiro e entra para fazer uma xícara de café, quando volta encontra a carta enfiada por baixo da porta. Eu já estava começando a ficar impaciente com a demora da resposta de Austen — o leve porém definitivamente irracional caráter do meu pedido inicial ia cada vez me irritando mais — quando Ah Wing bateu à minha porta numa pesada manhã de verão com nuvens baixas e umidade alta e entregou-me uma carta, dizendo:

— Misturei-a com minha correspondência sr. Stewart, desculpe.

Reconheci imediatamente a carta; ou melhor, reconheci que não a reconhecia, e por isso soube o que deveria ser. Abri-a com a lembrança distante, bem distante, das sensações de receber o resultado de exames.

Church House
Ottery St. Mary
1º de agosto

Caro Sr. Stewart,

Devo avisá-lo, em primeiro lugar, que esta carta vai lhe dar uma resposta muito mais ambígua e confusa do que o senhor tem o direito de esperar.

Lembro-me do professor Cobb com grande clareza e li a tradução feita por ele com avidez, apesar de não conhecer nada sobre cultura chinesa. Poderia parecer, por isso, que não me interessaria, mas sem dúvida foi ao contrário. A cavalgada na escuridão que o texto descreve é tão extraordinária que me remeteu a algo completamente frívolo: uma observação de Kafka citada numa biografia contemporânea na qual ele afirma que uma conversação com entendimento mútuo "é como ter um desfile da literatura do passado do mundo estampada na cueca".

Entretanto, eu não sou, como já disse, autoridade em nada que tenha a ver com o Oriente e, portanto, devo buscar o veredicto de alguém que conheça as fontes desse tema, que são completamente desconhecidas para mim. Escrevi para um velho amigo, Donald Shuttleworth, que ensinou chinês por vários anos na Universidade de Londres e que também traduziu algumas poesias da dinastia Tang. O senhor deve ter ouvido falar dele. Descrevi o trabalho e disse que não pedia uma leitura acurada, apenas uma passada de olhos para que pudesse me dar alguma indicação sobre a qualidade da tradução — como quem tira uma amostra para saber se há petróleo na região de perfuração. Ele concordou em uma carta na qual percebi certa dose de divertida curiosidade que me surpreendeu; espero que o senhor não me considere impertinente se lhe disser que essa resposta concordando com o pedido insinuado de uma leitura rápida do original não significa nada definitivamente positivo. Enviei a tradução para Shuttleworth e achei que seria melhor anexar a esta minha carta a cópia da resposta que ele me enviou e que me permitiu que fizesse.

Gostaria de ter a liberdade de indicar ao senhor a medida que me parece que deve tomar a seguir. Acredito que o livro seria bem recebido se publicado e agradeceria que esta minha opinião fosse citada nele.

Ultimamente venho lendo livros de uma extraordinária escritora francesa chamada Simone Weil. Um de seus memorialistas conta que no último encontro com ela lhe disse "Espero que nos encontremos no outro mundo". E ela respondeu: "No outro mundo não haverá encontro nenhum". Tomara que ela estivesse errada.

Seu,
Wilfred Austen

Esta era a carta Shuttleworth:

47 Old Church St.
Chelsea
27 de julho

Caro Wilfred,

Fiquei intrigado por sua carta, como você deve ter percebido na minha primeira carta. Conheço um livro do professor Cobb sobre a forma poética *yuë-fu*, que é a única publicação dele no meu campo de interesse. Até receber a sua carta, não tinha conhecimento de que ele havia parado de publicar qualquer outro trabalho acadêmico para se concentrar no projeto em questão. Mas o ponto que mais me interessou foi o fato de que com todo o meu conhecimento eu não tinha a menor idéia da existência de um tipo de texto em chinês como o *The Lives os the Emperors*. Imaginei se o trabalho não seria uma edição revisada de outros materiais biográficos ou um improvável título de alguma publicação que alguém já poderia conhecer — existe impressionante volume de material histórico escrito na tradição clássica para o qual esse título seria bastante apropriado. A primeira suposição é a mais aceitável. O trabalho em questão não corresponde a nenhum original chinês. É um tipo de antologia biográfica sobre os imperadores chineses, editadas juntas e formando uma só narrativa. E como tal tem um interesse considerável.

Cobb envolveu-se com dois tipos de enormes problemas. Primeiro, o estilo do texto é moldado no chinês clássico; usando um termo impreciso, eu diria que "soa" como uma tradução. É algo que vários tradutores têm procurado capturar, entre eles Arthur Waley e eu mesmo; não estou querendo me vangloriar quando digo que a influência dessas tentativas são perceptíveis no trabalho de Cobb. Isso tem a ver com a limpidez da superfície verbal e com a aparente vulgaridade apaixonada que de fato esconde uma grande intensidade de sentimentos. Não existe nenhum equivalente tão exato em inglês.

O outro ponto no qual Cobb concentrou esforços foi ao costurar sua tapeçaria. O livro é de grande interesse para mim, especialista que sou em chinês clássico, mas se é capaz de interessar a um editor e conquistar um grande número de leitores, devo admitir que não sei.

Do seu, sempre,

Don.

— Vou arranjar um editor, Jane — eu disse a ela. — Deixe comigo

Essa foi minha promessa — mas se soubesse o que estava dizendo, não o teria dito.

Achei uma lista de editores num livro de referências e fiz uma pesquisa verificando as obras publicadas por eles, existentes na biblioteca da universidade. Comecei pelo início da lista e fui seguindo adiante. Cada ciclo de apresentação-à-rejeição demorou semanas e até mesmo meses. Cada rejeição se apresentava — depois que eu abria a carta, sempre muito educada, algumas vezes interessada, outras vezes aparentando pesar genuíno — com a explicação de que o livro não era indicado para publicação. Algumas das cartas davam uma razão relacionada com o tamanho do texto ou com seu perfil achinesado, sua erudição, sua profundidade, sua dificuldade, com as condições do mercado, com problemas específicos ligados ao fato do tradutor estar morto ou, ainda, por ter um estilo que ficava entre narrativa e antologia; e, afinal e simplesmente, que o tema — esta razão era a mais apresentada — "não é exatamente do nosso interesse". De todas as cartas, as que davam uma explicação eram as mais irritantes. Após cada rejeição eu fazia uma marca no nome da editora em questão, arquivava a carta e começava de novo. Muitas das cópias voltaram emporcalhadas, não apenas com marcas de dedos, mas também com manchas de chá, de catchup, borrões de água; encontrei até um desenho de criança. Quando as recebia de volta, pegava minha lista de editores, fazia uma nova cópia do trabalho, escrevia outra carta de apresentação, colocava tudo num envelope e viajava até o Posto Geral do Correio, na Central, para enviá-lo como encomenda registrada.

O grande benefício que tive com o esforço de publicar *Lives* foi que comecei a me corresponder com Austen. Ele me escreveu algumas semanas depois da sua primeira carta, dizendo que queria saber o que eu pretendia fazer, após o choque inicial. Respondi e depois de pouco tempo estávamos trocando cartas regularmente. Ver a caligrafia espasmódica, desigual e mesmo louca, dele num envelope jamais deixou de me ajudar. De uma forma curiosa, tenho impressão de que para Austen eu representava uma escolha que não fora obrigado a fazer. "Fiquei na Inglaterra e tornei-me um membro do sistema que, apesar de tudo, é algo de que seria impossível eu participar estando fora daqui", escreveu-me ele. "É bom poder contar a alguém a história de quando conheci pessoalmente a rainha, mas sempre me pergunto — se bem que seja tarde demais para pensamentos objetivos a respeito — qual o preço que paguei por isso em relação ao meu trabalho."

Pude sentir que ele era um solitário. Talvez esse tenha sido mais um ponto no qual nós dois nos identificávamos.

Capítulo Dezesseis

Wo Man-Lee morreu de câncer no pulmão no inverno de 1983. Li a notícia no *South China Morning Post*, numa matéria com o título "Fugitivo Morre". Fiquei surpreendido ao notar que nada sentia a não ser uma sensação de alívio. Se houvesse na minha vida algo que eu ainda estivesse esperando, não tinha a menor consciência dela. Num dia do começo do ano, em fevereiro, depois de uma das minhas idas ao correio com um pacote, decidi que precisava de ar livre e um pouco de exercício. Eu não podia escolher nenhuma atividade demorada porque teria de estar na baía Deep Water no final de tarde, a fim de supervisionar os arranjos finais para uma festa. Beryl chegaria mais tarde: era o seu octogésimo aniversário. Os "rapazes" dela iam oferecer-lhe um jantar íntimo e estavam fazendo o possível para que tudo saísse certo. Leung, seu braço direito, tinha me pedido pessoalmente que supervisionasse os arranjos e é claro que concordei. Assegurei-lhe que o *chief* Ng em pessoa faria a comida, e ele ficou contente.

A festa seria dali a poucas horas. Então, decidi ir de teleférico até o Pico, andar ao redor do topo da montanha e depois pegar um táxi para me levar até a baía Deep Water. Fazia um dia lindo; era aquele tempo claro de inverno que em Hong Kong corresponde a um dia de primavera num clima temperado. Durante a caminhada do correio até o terminal inferior do teleférico do Pico — uns cem metros colina acima, pude sentir o efeito por não estar praticando exercícios — uma ou duas vezes tive a curiosa sensação de estar sendo observado; tratava-se do instinto humano que nenhuma ciência conseguiu explicar. Mas não havia razão alguma para essa sensação, até onde eu podia saber — e, de qualquer maneira, em Hong Kong a gente sempre tem a impressão de estar sendo observado o tempo todo. Devia ser um lugar desafiador para um espião; talvez seja por isso que eles parecem gostar tanto daqui.

Havia uma fila para o teleférico, e a maior parte dela era composta por crianças de uma escola em excursão. Tive de aguardar o segundo bondinho e peguei lugar na frente. Como sempre, a seção da subida mais íngreme era num grau que ficava mais perto da vertical do que qualquer outra que alguém pudesse se lembrar. Podia ouvir a alegre excitação das crianças atrás de mim e os professores apontando e dando, em cantonês, os nomes dos principais pontos do panorama lá embaixo. Como era comum ocorrer no meio do dia, dificilmente alguém entrava ou saía do bondinho nos pontos de paradas intermediárias do percurso até o topo.

Conforme fui ficando velho descobri que adquirira um leve medo de altura. Ou talvez, conforme os prédios na Central foram se tornando cada vez mais altos, parecendo quase alcançar a altura do Pico, a minha consciência da sua altura foi aumentando. O fato é que, de qualquer modo, eu já não sentia o mesmo prazer que antes a subida pelo teleférico me proporcionava. Fiquei contente ao chegar ao terminal lá em cima e saí andando pela estrada Mount Austin, que era primeira parte do caminho que dava a volta na montanha. Uma hora de caminhada seria o suficiente.

Havia mais gente do que eu esperava: turistas europeus, bem como crianças de escolas continuando a subir para a antiga casa do governador, no topo — apenas uma ruína e um jardim, desde que havia sido destruída pelos japoneses. Saí andando com facilidade, admirando a vista na direção de Cheung Chau, acalentando a idéia de passar o fim de semana lá, depois da festa de Beryl, com um livro e uma garrafa de vinho. O jantar seria uma estranha combinação de seus companheiros de trabalho, seu sobrinho por casamento, que a visitava vindo de Londres, e eu. Eu fizera aos rapazes dela a afirmação solene de que as partes do evento que estavam sob minha responsabilidade seriam um sucesso, mas avisara que não podia garantir que a tarde desse completamente certo. Ia ser uma mistura de pessoas muito diferentes.

Enquanto caminhava, senti de novo, uma ou duas vezes, que estava sob vigilância. Mas creditei o fato a uma leve ansiedade por causa da festa de Beryl.

Quando virei a esquina da rua Lugard avistei águias planando nas correntes de vento, a uns trinta metros abaixo do topo do Pico. A visibilidade era maravilhosa, excepcionalmente boa, e as colinas ao redor de Kowloon lá estavam, parecendo modelos em *papier mâché* delas mesmas. O último trecho da rua Lugard era uma subida, e eu estava ofegante quando cheguei de novo ao terminal do teleférico. Com um aperto no coração vi que havia fila para táxis: eu fora apanhado pela mudança de turno do meio da tarde. À minha frente, dez pessoas esperavam em silêncio e tristemente. Um táxi chegou, deixou três turistas americanos, em seguida cobriu o taxímetro com uma capa vermelha, indicando que estava fora de serviço, e foi embora.

Eu não tinha nada para ler. Pensei em pegar o bondinho para descer e seguir de lá, mas havia uma fila enorme para o teleférico do Pico e, com certeza, haveria também uma fila para táxis, no terminal lá em baixo. Finalmente chegou um táxi e enquanto ele parava pareceu surgir do nada um grupo de cinco turistas britânicos, todos rapazes e barulhentos. Não pensaram sequer em entrar na fila; simplesmente foram até o táxi e começaram a se enfiar nele, rindo e fazendo piadas. A pessoas à minha frente, que eram chinesas, olharam para eles intimidadas mas, isto tem que ser dito, não especialmente surpresas. Passei por cima do corrimão de metal que mantinha a fila em ordem e me dirigi para o táxi enquanto os dois últimos homens ainda iam entrar. Coloquei a mão no braço de um deles. Era um sujeito grande, com cabelo curto e cheirava a cerveja. Usava um brinco.

— Desculpe-me, mas tem uma fila, e estas pessoas estão esperando há algum tempo.

Ele parou e voltou-se.

— E que porra isso tem a ver comigo, seu merda?

— Vocês furaram a fila. Talvez não soubessem que tinha uma, mas deveriam sair do táxi e deixá-lo para estas pessoas.

O rapaz ergueu as mãos para o meu peito. Tínhamos mais ou menos a mesma altura, mas ele devia ser uns vinte quilos mais pesado. Abriu os dedos, apoiou-os logo abaixo dos meus ombros e me empurrou. Cambaleei para trás quase um metro. Um depois outro e logo os demais rapazes saíram do carro e me rodearam. O grandalhão me empurrou de novo.

— O que vai fazer comigo, seu peido velho? Venha, vai me encarar?

Toda vez que ele me empurrava eu dava espaço. Não disse mais nada. O rapaz estava ficando cada vez mais bravo e era evidente que alimentava a própria raiva. Aquela atitude se parecia estranhamente com a indução própria, com a fúria auto-incitada que vi entre os soldados japoneses durante a guerra. Eu tinha certeza de que ele ia me agredir.

Um jovem chinês, que não era nenhum daqueles que estavam na fila, se aproximou de mim meio por trás e meio pelo lado. Era um jovem bem-vestido, parecia ter dezoito anos e dava para perceber que estava tenso. Disse, como que recitando o texto de um desses livros que ensinam inglês:

— Posso ajudá-lo?

— Foda-se, china — gritou um outro jovem, que não tinha falado até então.

Também cheirava a álcool. O jovem grande que me empurrava olhou para o jovem chinês por um momento e voltou-se novamente para mim, com a cara fechada. Seus olhos estavam injetados. Levantou outra vez os braços e ia me empurrar de novo quando o jovem chinês, agindo de maneira incomparavelmente mais rápida do que o tempo que eu levaria para descrever o gesto, adiantou-se e fez um movimento de puxar e bater em direção aos braços estendidos do outro. Pareceu não haver transição alguma entre a ação do homem que vinha para me empurrar e seu desmoronamento sobre os joelhos; ele ficou no chão, gritando, com ambos os braços soltos e inertes à sua frente. Um outro britânico deu um passo atrás, em seguida andou para a frente, com um braço erguido para desfechar um soco. Mais uma vez o chinês, numa velocidade totalmente diferente, deu um passo adiante e, com a lateral rija da mão, acertou-lhe violenta pancada na ponte do nariz. Uma tremenda quantidade de sangue começou a verter pelas narinas do rapaz e ele foi ao chão.

— Porra, é um daqueles chinas *kung fu* — disse outro dos jovens.

Os três não saíram correndo, mas simplesmente se viraram e andaram rápido de volta ao terminal deixando os dois amigos para trás. O jovem chinês segurou-me por um braço e me fez entrar no táxi.

— Perdoem-nos — disse para as pessoas da fila.

Acho que eu nunca tinha visto tamanha coleção de rostos completamente atônitos. Ele falou algo que não entendi para o motorista — que pareceu um tanto relutante, mas não havia como dizer não a um passageiro como aquele. Só depois de algum tempo fui capaz de me recompor.

— Obrigado. Mas quem é você? — perguntei.

Falando cuidadosamente, num inglês escolar, como se fossem palavras que ele estivera praticando, o jovem respondeu:

— Sou seu neto.

Parte Três

Irmã Maria

Zhen Lu
Hunan
10 de outubro de 1942

Querido Tom,

É estranho escrever esta carta sem saber se você está vivo ou morto. Mesmo que esteja vivo, não sei sobre seu paradeiro mais do que você sabe sobre o meu. E se, e quando, você receber esta carta não sei se ainda estarei viva. Existe uma antiga história chinesa chamada *Canto da Última Dor*, na qual o imperador vai até a terra dos mortos para achar a alma de sua amada consorte. Selam o juramento de se amarem na futura vida através da eternidade. É uma triste história famosa. A nossa é um tanto parecida com essa antiga história chinesa, uma vez que você poderá estar morto enquanto escrevo ou eu poderei estar morta quando você ler minhas palavras e ambos estamos perdidos um do outro agora.

Dei à luz nosso filho. Se receber esta carta, você vai saber disso. Escolhi para ele o nome de Zhu-Lee. Era como o meu pai se chamava.

Zhu-Lee nasceu há duas semanas. Amanhã vou entregá-lo a uma colega da nossa comunidade, Irmã Gabriel, que viajará com ele e uma ama-de-leite para Shen Lo, uma aldeia na costa de Fukien, perto de onde nasci. Existe lá uma família chamada Ho. São marido e mulher que perderam o filho único há dois anos e não podem mais ter filhos. Vão criá-lo como se fosse deles. Os Ho não saberão sobre a minha vergonha. Acreditarão que eu era sua amante em Hong Kong, que fugi para salvar minha vida enquanto você ficava para trás, lutando, e que morri no parto.

Dizem que quando a gente diz uma mentira deve incluir nela o máximo de verdade que puder. E assim é na minha fraude. Fui sua amante. Você não ficou para lutar. Parte de mim morreu no nascimento. Essas são mentiras espertas.

Não darei muitos detalhes sobre o que aconteceu depois que nos separamos. Foi difícil ir para um lugar tão longe quanto Cantão, mas uma vez lá entrei em contato com a comunidade e todos me ajudaram. Fui para nossa missão em Szechuan, onde não ocorreu a ocupação japonesa. Lá percebi que estava grávida. Irmã Benedicta me ajudou. Mandou-me para cá, para a casa de uma família sua conhecida, e deu um jeito para que a Irmã Gabriel viesse ficar comigo na ocasião do parto. Irmã Gabriel é parteira. Então, só dois membros da minha comunidade sabem o que aconteceu. Padre Luke, o meu confessor, também sabe. Mas ele está preso ao segredo do confessionário. Posso voltar para a Ordem sem nenhuma vergonha exceto a que reside no meu coração.

Nosso filho ficou deitado sobre meu peito o dia todo. Ele é pequenino e bonito. É cheio de preguinhas. Você deve estar pensando em como sou capaz de me separar dele. A resposta a isso eu não sei, mas sei que devo fazê-lo. Traí a minha vocação, porém ela ainda é real. É algo que ninguém pode negar. É algo sobre o que tenho certeza, mas não consigo explicar. Temo que você não possa me entender, por isso lhe peço que aceite esta situação como um fato. Se a minha atitude o faz perguntar se tenho ou não algum amor pelo nosso filho, amor de verdade, tudo que posso dizer é que o sentimento que tenho por ele é tão grande que não me arrependo de nada do que aconteceu, mesmo com todas as conseqüências.

Vivo perguntando a mim mesma por que fiz o que fiz. Por que fizemos o que fizemos. Por algum tempo quis me convencer que consenti porque desejava fazer com que se tornasse impossível você me deixar. Acreditei que era meu dever impedi-lo de voltar para Hong Kong. É verdade que eu pensava mesmo isso. Mas não foi esse o motivo dos meus atos. A resposta é que fiz o que queria fazer. É preciso que você fique sabendo disso.

Estou deixando esta carta para nosso filho ler quando crescer e entregá-la a você, se ele decidir que deve ir procurá-lo. Se esta carta chegar às suas mãos, deixo para você decidir o que deve dizer a ele.

Tenho medo do amanhã tanto quanto... não, até mais do que tive medo quando nos separamos. Deus é amor. Mas algumas vezes o amor pode ser terrível.

Amor,
Zhang Sha-Mun
que você conhece como Irmã Maria.

Parte Quatro

Matthew Ho

Capítulo Um

— Um bom coelho tem três tocas — disse meu sogro.

Era um de seus ditados favoritos. Estávamos em 1996, um ano antes da capitulação. Tínhamos ido ver uma casa no subúrbio Mosman, de Sydney.

— A localização é boa — comentou minha mulher. — Cinco minutos a pé da balsa. Vista da água. Bom *feng shui*. Muitos chineses na área, boas lojas de comida e restaurantes. Boas escolas. Segurança. Clima subtropical, parecido com o de Hong Kong, porém com mais dias de céu azul. E o dólar australiano está fraco, o que faz deste um momento excelente para comprar.

— Mas depois de comprarmos, uma parte significativa das nossas posses estará imobilizada nessa moeda fraca — contrapôs minha sogra. — O dólar de Hong Kong é atrelado ao dólar americano. É forte. O australiano não é. É fraco. Sua economia é baseada no comércio de mercadorias. Nosso capital de investimentos vai perder valor— concluiu.

Antes de se aposentarem, meus sogros eram professores de matemática.

— No entanto, é uma cidade muito atraente — argumentei. — O futuro de Hong Kong é incerto; o de Sydney não. Propriedades daqui não perderão valor. Esta é uma casa grande e tem lugar bastante para todos nós. Pense que com cinco milhões de dólares só poderemos comprar muito menos do que isto em Hong Kong. Aqui teríamos muito mais espaço. O sogro teria um jardim. Poderia praticar seu *tai chi*. A sogra teria boas chances para atividades sociais. Mei-Lin teria uma excelente educação. Aqui o custo de vida é mais baixo que o de Hong Kong. Se depois de um tempo decidirmos que não gostamos e não houver acontecido nenhuma mudança significativa em Hong Kong... muito bem, voltaremos para lá.

Minha mulher e eu tínhamos combinado que não voltaríamos, mas que iríamos apresentar essa opção aos pais dela.

— O ar daqui é bom — constatou meu sogro, respirando forte.

Nós dois sabíamos que ele seria fácil de convencer.

— Vocês não precisam anular o contrato de aluguel em Sha Tin — minha mulher lembrou aos pais.

— Não mudou nenhum dos motivos que tivemos para sair de Hong Kong — completei.

— Mei-Lin já disse que gosta daqui — acrescentou minha mulher.

E era verdade. Minha filha já tinha um pequeno zoológico de brinquedo com coalas e cangurus.

— Qual alternativa, além de ficarmos apodrecendo em Hong Kong? — perguntei.

— Seu avô ficou — rebateu minha sogra.

Ao vê-la contra-atacar assim, sorri por dentro porque queria dizer que ela estava para concordar.

— É diferente para ele — respondi.

Minha sogra caminhou para o pórtico da casa. Lá embaixo, na baía, dois australianos examinavam o mastro de um veleiro enquanto um terceiro, pendurado lá no alto, ajustava algumas regulagens. Não havia nuvens. Podíamos ouvir crianças brincando, aos saltos, duas casas adiante. Minha mãe, que já tinha visto a casa na primeira vez em que minha mulher e eu viéramos, não havia dito nada até agora.

Ela considerou:

— Fica bastante longe da China.

— Um milhão de dólares australianos é um bom preço — disse minha esposa.

— Estaremos seguros aqui — completei.

Meu sogro olhou ao redor e assentiu.

— Um bom coelho tem três tocas — pontificou.

Capítulo Dois

Nasci e cresci, até a idade de oito anos, em Shen Lo, uma aldeia no litoral de Fujian. Shen Lo é a aldeia de origem da minha família. Minha avó deixou Fujian ainda criança para ser educada por missionários. Depois, foi morar em Hong Kong onde conheceu meu avô e ficou apaixonada. Quando começou a guerra, meu avô ficou para lutar contra os japoneses e, por insistência dele, ela deixou a China em busca de segurança. Ele lhe deu um colar de ouro que poderia ser vendido caso ela precisasse de dinheiro para se manter segura durante a guerra. Apesar de eles não saberem naquele momento, minha avó já carregava consigo o filho dele. Esse filho, meu pai, nasceu em setembro de 1942. Minha avó faleceu logo depois do parto, mas teve tempo para saber que seu filho estava bem. Meu pai herdou o colar. Existe também uma carta que minha avó escreveu para ser entregue ao meu avô se o filho deles algum dia o encontrasse.

Depois da morte da minha avó, meu pai foi mandado para Shen Lo, onde um casal chamado Ho criou-o como se fosse seu filho. O pai adotivo do meu pai era professor, mas os tempos eram tão duros que teve de trabalhar como pescador para manter a família. Então, quando os comunistas venceram a guerra, as coisas foram gradualmente melhorando e ele voltou a lecionar. Meu pai era uma criança esperta, mas doentia e muito talentosa nos estudos. Chegado o tempo, foi para a universidade em Beijing e estudou matemática. Lá conheceu minha mãe, uma moça local cujos pais eram membros do

Partido e que estava na universidade também, estudando medicina. Apaixonaram-se e se casaram, apesar da oposição dos pais dela. Por causa dessa situação eles deixaram Beijing depois que ele terminou o curso, mas antes de ela completar sua qualificação. Apesar de que ele poderia ter conseguido emprego para dar aulas no nível universitário, naquele momento na China dava-se grande ênfase ao valor da vida no campo, então preferiram ir para Shen Lo, onde meu pai daria aulas na escola e minha mãe trabalharia como enfermeira. O clima da costa era menos severo que o de Beijing, o que fazia bem a meu pai. Foram felizes em Shen Lo.

Nasci na aldeia em 1966. Minhas primeiras lembranças são de um jardim coletivo no fundo da casa onde meu pai plantava brócolis. Todos na aldeia podiam sentir o cheiro do mar. Meu pai era um homem alto, magro, usava óculos, contava antigas histórias chinesas e fazia sombras nas paredes com as mãos contra a luz de uma lanterna. Às vezes davam peixes e carne de porco de presente a eles em agradecimento a favores prestados. Mas quando veio a Revolução Cultural, meu pai foi denunciado anonimamente para a Guarda Vermelha. Forçaram-no a se humilhar diante dos seus alunos e mandaram-no para um campo de reeducação em Hunan. O clima lá não era bom para os pulmões dele, e o trabalho físico era extremamente pesado. Vivia sendo atormentado e perseguido por sua aparência não ser totalmente chinesa. Ele estava no campo havia seis meses quando minha mãe ficou sabendo da sua morte. Isso foi em 1969, quando eu tinha três anos. Minha mãe herdou o colar e a carta.

Ela precisava trabalhar, por isso eu passava muitos dias com minha tia-avó. Não ia à escola. A Guarda Vermelha tinha destruído o sistema educacional. Minha tia-avó ensinou-me a ler e escrever, assim como a algumas crianças da vila que iam à casa dela. Mas só dava aula para um pequeno número de crianças que fossem filhas de pessoas que conhecia muito bem, por causa do risco de ser denunciada. A Guarda

Vermelha reunia constantemente todas as crianças da vila. Nessas ocasiões havia muita cantoria, gritos e todos os pequenos eram encorajados a atacar elementos contra-revolucionários. Quando os guardas gritavam, o rosto deles se contraía e os olhos esbugalhavam. Um deles, chamado Chen, costumava me escolher e sempre ficava na minha frente enquanto cantavam palavras de ordem. Ele disse que meu pai havia tentado destruir a revolução o que significava que eu também iria tentar destruir a revolução e por isso deveria fazer um gesto para demonstrar minha lealdade. Todos da Guarda diziam que a revolução seria permanente, que deveria continuar sem cessar. O povo acreditou e cooperou no começo, mas gradualmente foi perdendo a fé e parou de colaborar. Ou colaborava com o corpo, mas não com o coração. A Guarda Vermelha percebia isso e ficava ainda mais enfurecida.

— O que você vai ser quando crescer? — perguntou-me minha mãe uma vez, quando voltou das visitas a pacientes.

Enquanto conversava comigo, lavava verduras. Eu não sabia, mas várias pessoas haviam morrido de difteria nos dias anteriores. Já com oito anos nessa época, pude perceber que ela estava muito cansada.

— Motorista de trator ou pescador.

— Não quer ser médico ou engenheiro?

— Eles são mandados para as fazendas. É melhor ficar na fazenda da gente mesmo.

Ela virou-se para a pia.

Dois ou três dias depois minha mãe me disse para pôr na mala dela um objeto que eu quisesse levar comigo porque estávamos saindo de viagem para visitar parentes em Guangzhou. Eu disse que não sabia que tínhamos parentes em Guangzhou, e ela respondeu que havia muitas coisas que eu não sabia. Peguei uma caixa que meu pai me dera no Ano Novo Chinês. Dentro dela havia um distintivo com uma estrela vermelha que ganhei de um amigo numa corrida. Minha mãe passou a noite toda arrumando nossas coisas.

Bem cedo de manhã, antes que o sol nascesse, ela me acordou, vestiu-me com roupas novas que eu nunca tinha visto, deu-me uma tigela de sopa e me disse que precisávamos ir logo porque aquele ia ser um longo dia. Percorremos uma enorme distância depois de sair da aldeia, indo muito mais longe do que eu já fora através dos campos nos quais as primeiras pessoas começavam o seu dia de trabalho nas plantações de arroz. Por fim chegamos à beira de uma estrada e paramos para esperar. Quando o dia começava a nascer, um ônibus chegou. Era barulhento e sacudia tanto que tive a impressão de sentir meus dentes se soltando. Eu estava animado e minha mãe, quieta. Deu algum dinheiro para o motorista e nos sentamos ao lado de uma velha senhora com muitos dentes de ouro e que carregava um frango no colo. Acomodei-me no colo da minha mãe, também, e a mulher perguntou-lhe se ela queria trocar o seu franguinho pelo franguinho dela. Minha mãe sorriu e eu fiquei apavorado.

Andamos de ônibus por muitas horas. Durante algum tempo atravessávamos campos, depois voltávamos para a costa. Mais e mais pessoas subiram no ônibus. Fiquei com calor e com fome. Minha mãe me deu arroz embrulhado numa folha. A velha senhora olhou para mim e tive certeza de que estava querendo que lhe oferecesse um pouco de arroz, mas não ofereci. A viagem continuava se prolongando mais e mais. Chegamos a uma cidade maior do que todas que eu conhecera até então. No espaço de uma hora vi mais gente do que tinha visto durante toda a minha vida. Andamos por algum tempo e chegamos a uma estação de trem onde havia muito barulho e confusão, com pessoas apressadas e gritando. Fiquei assustado novamente, mas minha mãe parecia saber o que fazer e isso me acalmou.

Esperamos num imenso salão principal que tinha o teto mais alto que eu já vira, depois pegamos um trem. Ele ficou ainda mais cheio do que o ônibus. Sentei-me no colo da minha mãe outra vez. Mas ali as pessoas eram mais simpáticas e amigáveis que as que viajavam no ônibus, especialmente quando o trem começou a andar. Quando perguntavam à minha mãe para onde íamos, ela apertava meu braço e dizia que íamos visitar parentes. Em seguida, perguntava pelas famílias da pessoa e passavam a conversar. Numa das paradas, alguns policiais subiram no trem, que não se moveu. Guardas Vermelhos acompanhavam os policiais e não falavam. Os policiais é que pediam documentos às pessoas e faziam perguntas. Não paravam na frente de todos, mas pararam ao chegar diante da minha mãe.

— Dê-me seus documentos — disse um policial.

Examinou os documentos da minha mãe, depois abaixou a cabeça e olhou para mim. Era um homem alto, um nortista, e sua respiração cheirava a vinho de arroz.

— Para onde vocês vão, pequeno imperador?

— Temos parentes em Guangzhou — respondi.

— O que eles fazem?

— Ninguém me disse.

Ele e o outro policial sorriram; aí o que me interrogara empertigou-se e devolveu os documentos para minha mãe, com os olhos já fixos na próxima pessoa a ser inquirida. Minha mãe apertou meus dois braços. Eu podia sentir as batidas do coração dela. Ninguém falou até que os policiais e a Guarda Vermelha desceram do vagão. Então, o trem começou a fazer mais barulho, em seguida deu um grande solavanco e finalmente passou a se mover para fora da estação. Minha mãe respirou fundo e lentamente. Os passageiros voltaram a conversar e repartiram a comida que tinham trazido. Começou a escurecer. Tentei andar pelo trem, mas estava muito cheio. Quando eu tentava me espremer a fim de passar entre as pessoas, elas me olhavam com ar zangado e me mandavam sair dali. Um garoto da minha idade me disse que, se estivéssemos na aldeia dele, iria lutar comigo. Sua mãe apenas riu.

Viajamos por toda aquela noite, uma parte do dia seguinte e quando chegamos a Guangzhou já havíamos comido toda a nossa comida. Minha mãe nunca tinha estado em Guangzhou e até mesmo eu podia dizer que ela não parecia muito confiante. Tentamos encontrar um mapa da cidade, mas não havia nenhum na estação. Acabamos por nos aproximar de uma mulher que tinha largado as pesadas malas no chão para descansar. Minha mãe mostrou-lhe um endereço num pedaço de papel. Ela falou num dialeto que eu não conhecia, enquanto apontava numa direção. Saímos andando. Tudo que me lembro da caminhada é que eu queria muito saber voar. Imaginei que me erguia no ar, carregando minha mãe comigo, e que ia para qualquer lugar que quiséssemos. Finalmente, chegamos a um conjunto de prédios que se pareciam com alguns dos novos construídos na nossa aldeia, só que umas cem vezes maiores. Eram todos muito feios. Minha mãe pegou o endereço e me fez sentar num banco onde ela pudesse me ver, enquanto ia dar uma espiada nos prédios ao redor. Um homem cuspiu e quase nos acertou. O prédio a que tínhamos de ir era o mais distante. Ela acenou me chamando e subimos as escadas. O cheiro de comida sendo feita me deixou faminto. Eu jamais havia subido tantas escadas. Então, minha mãe bateu numa porta, parecendo-me muito tímida. Uma mulher atendeu e olhou para minha mãe, que parecia prestes a rir mas estava triste ao mesmo tempo.

— É você, Ah Chan — disse a mulher.

— Sou eu — confirmou minha mãe. — Este é Ah Man — acrescentou, levantando minha mão.

A mulher se abaixou.

— Eu sou sua nova tia Wen — disse-me. — Sua mãe e eu éramos mais do que irmãs. — Então, olhou para minha mãe e convidou: — Entrem.

Tia Wen vivia num quarto com o marido e seu bebê de nove meses. De vez em quando a mãe dela ficava por um tempo com eles, mas naquele dia não estava lá e o marido também tinha saído. Sentei-me e bebi água com açúcar enquanto as duas mulheres falavam em voz baixa encostadas na pia. O bebê era gordo e sorriu para mim. Os olhos da mulher brilharam. Minha mãe pareceu mais jovem. Quando ouvimos passos lá fora tia Wen levantou-se, foi para a porta e esgueirou-se para fora; poucos minutos depois tornou a entrar com um homem que era seu marido. Ele usava um quepe com uma estrela vermelha na frente. Essa é a última coisa de que me lembro antes de cair no sono.

Quando acordei já era de manhã, e o marido havia saído para o trabalho. O bebê estava sentado no chão e tia Wen cozinhava arroz.

— Achávamos que você não ia mais acordar — ela disse. — Sua mãe saiu para ir se encontrar com alguém, mas vai voltar logo.

— Você é de Beijing? — perguntei.

Eu sabia que minha mãe era de Beijing. Ela sorriu.

— Não, sou daqui, mas fui cursar a universidade em Beijing. Conheci sua mãe e seu pai lá.

— Meu pai está morto agora.

— Era um bom homem. Se você for como ele quando crescer, será um bom homem também.

— Sim, eu sei.

Tentei ensinar ao bebê algumas canções de pescadores de Fujian, mas como era muito novo, apenas cantei para ele. Minha mãe voltou de tarde. Olhou para mim e disse:

— Espero que não tenha comido todo o arroz da nossa pobre tia Wen.

— Bem que ele precisava disso — respondeu tia Wen. Eu comera seis tigelas de arroz e um pouco de verdura. — Achou o que foi procurar?

— Penso que sim — assentiu minha mãe.

Ficamos em Guangzhou por mais três dias. Não saí muito porque não queríamos despertar a curiosidade da vizinhança. Na terceira noite dissemos adeus à tia Wen e ao bebê. Eu acho que o marido dela estava contente por ver que íamos embora. Descemos as escadas e nos encontramos com um homem que eu não conhecia. Ele tinha apenas três ou quatro dentes, todos pretos. Não gostei dele. Ele nos fez caminhar por uma hora até uma garagem onde havia caminhões estacionados. Um cadeado estava pendurado no portão, mas o pino não fora apertado, e o homem abriu-o com uma peça de metal. Entramos. Ele levantou uma beirada da lona na traseira de um dos caminhões e gesticulou para que eu subisse. Eu não queria subir, mas minha mãe disse que estava tudo bem e subi. Era muito escuro por trás da lona e havia umas caixas que eu acho que continham algum tipo de maquinário. Minha mãe subiu e em seguida, o homem. Ela lhe perguntou quanto tempo iria demorar e ele respondeu "Iremos quando formos". Foi tudo o que ele disse e, para minha surpresa, vi que tinha sotaque fujianês. Pensei que seria uma longa espera, mas em pouco tempo ouvimos passos ao lado do caminhão, um pigarrear seguido de uma cuspida e alguém entrou na cabina. O motor foi ligado, o caminhão balançou ruidosamente e se moveu.

No começo era barulhento e apertado, no entanto mais confortável do que o trem. Pelo menos, assim foi enquanto ainda estávamos perto de Guangzhou e as estradas eram melhores. Conforme nos dirigíamos para longe, as estradas foram se tornando mais esburacadas, difíceis, e as caixas começaram a dançar de um lado para o outro. Minha mãe apoiou as pernas na beira da carroceria e pressionou as costas contra as caixas mais próximas, mantendo-as no lugar para que não escorregassem para cima de nós. Ela e tia Wen tinham preparado alguma comida para a viagem; depois de um tempo minha mãe pegou um pouco de arroz, uma perna de galinha e deu-os para mim. O homem bebia algo alcoólico de uma garrafa que carregava numa bolsa passada por seu ombro.

A viagem durou várias horas. Minha mãe sorria para mim e dava para ver seus dentes no escuro. Então, o caminhão parou. Ouvi a porta abrir e o motorista andar para longe. O homem que estava conosco deslizou até o extremo da carroçaria e agachou-se ao lado da lona. Depois de um minuto, ergueu a lona e olhou para fora. Desceu e fez sinal para que o seguíssemos. Quando tentei me mexer, não consegui. Minhas pernas estavam dormindo. O homem praguejou, voltou para o caminhão e me segurou de pé até que o sangue passou a circular novamente. Doeu bastante. Aí, saímos. Estávamos no meio de campos de arroz com uma pequena cabana, que lembrava um abrigo de ônibus, uns quinze metros à frente. Deve ter sido para lá que o motorista foi. O homem se inclinou e seguiu quase correndo por uma trilha entre os campos. Fui atrás dele e minha mãe atrás de mim. Os campos tinham leves diferenças de nível, com paredes de terra entre eles e quando chegamos a dois campos de distância não estávamos mais à vista do caminhão. O homem diminuiu o passo e tomou fôlego. Ofegava. Então, seguimos através de mais campos. Havia um quarto de lua e por isso não era tudo preto-piche, exceto quando algumas nuvens o cobriam. Uma ou duas vezes paramos por causa da escuridão. Continuamos assim por muito tempo, até que o homem parou tão de repente que colidi com ele.

— Chegamos — disse. — Agora, faça o que eu lhe falei.

— Eu me lembro — minha mãe respondeu, mas parecia desconfiada.

— É aqui mesmo — insistiu o homem.

Minha mãe hesitou um momento, depois procurou algo dentro da túnica. Olhou em volta e tirou o que me pareceu um pedaço de corrente. Percebi em seguida que era o colar de ouro. Colocou-o na mão do homem, que pareceu relaxar.

— Nenhum policiamento aqui — afirmou o homem. — Garantido. Cerca cortada. Cruze a fronteira onde eu disse. Caminho fácil. Lembre-se, rua Boundary. Mas fique atenta aos macacos.

E ele foi embora, sem se despedir.

— O que são os macacos? — perguntei.

— Não se preocupe. Ele estava brincando. Temos de ir andando, logo vai amanhecer — apressou-se minha mãe.

Ajoelhou-se e me abraçou. Estava trêmula. Levantou-se e virou-se para a direção em que devíamos ir.

Atravessamos muitos campos. Algumas vezes o caminho se desviava para um lado por algum tempo antes de retornar para a direção que precisávamos seguir. Uma vez andamos três lados de um campo quadrado de arroz. Em outra havia pântanos. Já estávamos molhados e isso não fez diferença. Minha mãe começou a andar mais devagar. Chegamos a uma cerca baixa e de arame farpado; minha mãe seguiu ao longo dela e achou um lugar onde os arames haviam sido cortados. Ela manteve o buraco aberto e eu passei. Esperei enquanto minha mãe passava também. Cortou-se numa perna, mas nada sério. Ali a água era mais funda, porém havia uma pequena árvore e presas a ela por uma corda havia algumas tábuas amarradas uma junto à outra. Ajudou-me a subir nas tábuas e começou a andar dentro da água. A lua tinha se escondido nas nuvens e estava muito escuro. Pouco depois minha mãe nadava, batendo as pernas com força enquanto a correnteza nos puxava de lado. Cuspiu e tossiu como se um pouco de água tivesse entrado pela boca. A água do rio achava-se bem mais fria do que eu esperava.

— Você é uma boa nadadora, mãe.

Eu falei alto, apesar de ela me ter dito para ficar quieto. Minha mãe continuava batendo as pernas e tossindo. Então, pôs os pés para baixo por um momento e alcançou o fundo. Descansou e deu um pequeno grito quando recomeçou a empurrar de novo.

— Plantas... Pensei que ia ficar presa — ela disse.

Estávamos na outra margem do rio. Andei barranca acima entre os juncos rasteiros enquanto minha mãe puxava a prancha de tábuas pela corda; depois de ajeitá-la entre os juncos, veio atrás de mim. Agachou-se. Seu peito subia e descia e ela tossia. Quando conseguiu falar murmurou:

— Agora temos de ser muito cuidadosos, até passarmos além das plantações. Se eu parar, você deve parar também e não se mexer até que eu o faça. Se eu abaixar a cabeça, deve se deitar no chão, não se mexer nem emitir nenhum som até eu dizer que pode.

— Por causa dos macacos? — perguntei.

Mas sabia que era.

— Você tem de fazer o que eu mando — frisou ela.

Continuamos a andar, atravessando aqueles novos campos. Ali havia menos cobertura do que tínhamos tido do outro lado do rio. À minha frente erguiam-se colinas. Senti que poderíamos ser facilmente observados de cima delas. Mas ainda estava muito escuro. Uma ou duas vezes deitei-me no chão e minha mãe pôs a mão sobre mim para me fazer continuar completamente deitado até que o som de passos chapinhando na água do campo de arroz morresse ao longe. Era um som muito alto. Eu não podia acreditar que nossos passos não seriam ouvidos a quilômetros de distância. Então, minha mãe deitou-se e enfiou o rosto no chão. Ficou tão imóvel que pensei que tivesse se machucado. Quis me arrastar na sua direção, mas ela fez gestos com a mão para que eu ficasse onde estava. Então, percebi que estava bem. Ficou deitada por minutos. Lentamente, pôs-se de pé e seguiu em frente de novo. Um pássaro levantou vôo de uma touceira de junco bastante perto de nós e ela se deteve. Um homem estava parado entre os juncos, a menos de meio metro. Um tipo de homem que eu nunca tinha visto. Seu rosto era largo e os braços longos. Usava uma espécie de gorro na cabeça e carregava uma espingarda. Na cintura, trazia uma longa faca. Sem pensar, corri para a frente e segurei a mão de minha mãe. Ele não parecia um macaco. Parecia um guerreiro. Ficou parado nos olhando. Naquele momento a lua tinha saído novamente. O homem continuou nos olhando. Eu jamais imaginara que uma pessoa poderia permanecer tão imóvel. Então, ele se virou e foi embora. Não fez barulho.

Chegamos à rua Boundary por volta do meio-dia.

Anos depois, quando contei para meu avô a história de como cruzamos a fronteira, ele disse:

— Sempre tive simpatia pelos gurcas.

Capítulo Três

Quando chegamos pela primeira vez a Hong Kong, minha mãe e eu ficamos com parentes dela em Mongkok. O pai deles, primo irmão da minha mãe, havia fugido para Hong Kong em 1949 e tinha sido membro do Kuomintang.Tinha uma cicatriz de bala no lado do abdome na qual de vez em quando me deixava encostar um dedo. Mais tarde, quando fiquei com uma cicatriz de vacina contra varíola, imaginava que era uma cicatriz de bala também.

Morávamos todos em um aposento. O apartamento ficava no oitavo andar de um bloco. Era muito difícil viver daquele jeito, porém eu era jovem demais para notar. Depois de bastante tempo minha mãe arrumou um emprego numa farmácia e, não muito depois disso, tínhamos um aposento só para nós. Não sei como furamos a fila, mas o primo da minha mãe era importante no sindicato de eletricistas, ainda tinha seus antigos contatos do Kuomintang e também estava no Comitê de Residentes. Comecei a freqüentar adequadamente uma escola, a St. Mary. Eu era muito bom em matemática por causa dos ensinamentos de minha tia-avó, mas meu cantonês não era bom e riam do sotaque que eu tinha. Então, a prima da minha mãe começou a me ensinar a lutar *wing chung* e entrei em algumas brigas, que venci. Os fujianeses tinham reputação de serem durões. Logo fui abertamente acolhido no grupo de outros fujianeses e as coisas começaram a se tornar difíceis. Minha mãe não ficou sabendo. Mas ganhei uma bolsa de estudos para a escola sênior e deixei-os para trás. A bolsa fez minha mãe muito feliz.

Por causa da Revolução Cultural, eu não tinha nenhuma verdadeira experiência escolar. Depois que comecei a sair vencedor nas brigas, descobri que gostava muito da escola. Os professores eram severos, mas coerentes, e isso me dava segurança. Minha mãe era muito mais feliz do que tinha sido em Shen Lo. Ela me disse uma vez que, quando chegara em Hong Kong, percebera que havia estado apavorada a cada momento da sua vida nos últimos cinco anos. Eu tinha saudade de viver junto ao mar, do ar e dos barcos de pesca. Mas em todos os outros aspectos Hong Kong era melhor. A grande família Yip, que ocupava dois apartamentos no nosso andar e que a maior parte tinha vindo de Guangzhou dez anos atrás, nos adotou e fez com que nos sentíssemos parte da família deles. Yip Xu era uma semana mais velho que eu e brincávamos juntos o tempo todo. Eu o ajudava na lição de casa e ele me deixava andar na sua bicicleta. Minha mãe evoluiu em seu trabalho até estar gerenciando um ramo da farmácia em Tsim Sha Tsui. Depois que ela aprendeu bem o cantonês, começou a tomar aulas de inglês, três noites por semana.

Dois dias depois do Ano Novo Chinês, em 1984, minha mãe me interrompeu quando eu estava estudando. Lembrome bem disso porque tinha acabado de comprar uma calculadora de bolso Casio com dinheiro que guardara do Ano Novo Chinês. Foi a primeira calculadora com visor de cristal líquido que tive. Faria dezoito naquele ano e me preparava para os exames. Queria estudar engenharia elétrica na Universidade Chinesa perto de Sha Tin.

— Ah Man, posso falar com você? — perguntou-me.

Eu conhecia essa fórmula; significava a revelação de algum tema de grande importância geral mais do que uma simples conversa ou uma repreensão. Desliguei a calculadora.

— Você se lembra das histórias que eu lhe contei sobre seu avô, o pai do seu pai?

— Claro.

Cresci ouvindo a grande história de amor e como ele havia ficado para trás a fim de lutar contra os japoneses invasores.

— Há uma coisa que não lhe contei, porque quando você era pequeno eu não sabia. Fiquei ciente disso depois que mudamos aqui para Hong Kong, mas não sabia escolher o momento de lhe contar e resolvi que o faria quando você fizesse dezoito anos. Não vou dizer o que deve fazer, mas penso que chegou a hora de você saber. É isto: o seu avô ainda está vivo. Ele ainda mora em Hong Kong.

— Eu pensei que ele tivesse morrido lutando contra os japoneses.

— Foi o que me contaram, mas não é verdade.

Estendeu-me um pedaço de papel no qual estava escrito: Tom Stewart, Deep Water Bay Hotel, estrada baía Deep Water, Hong Kong.

— Como... Por quê?...

— Meu primo sabe a verdadeira história. Alguém que ele conhece trabalhou fazendo alguns reparos no hotel e quando essa pessoa mencionou o nome ele reconheceu. É o mesmo homem que estava no campo de prisioneiros durante a guerra contra os japoneses.

Eu não sabia o que fazer. Meu primeiro pensamento foi que jamais conseguiria falar com aquele homem, que nada tinha a ver comigo. Senti ódio, como se ele fosse culpado de algo. Mas em poucos minutos o ódio passou: aquele homem nada tinha feito contra mim. Então, pensei que se fosse procurá-lo ele simplesmente se recusaria crer que eu era a pessoa que lhe diria ser. Ninguém da aldeia da minha avó poderia comprovar essa história. Eu poderia ser um impostor. Poderia estar atrás de uma herança. Se eu fosse seria para vê-lo virar-me as costas recusando-se a me reconhecer. Fiquei imaginando isso tudo quando já estava deitado. Ao acordar, pela manhã, encontrei um envelope apoiado na beira da cama. Reconheci-o. Era a carta que a minha avó tinha escrito para meu avô durante a guerra, quando ela estava na China e ele em Hong Kong, sem que nenhum dos dois soubesse se o outro estava vivo.

Fui de ônibus até a baía Deep Water para ver o hotel. Era um longo prédio baixo, acima do nível da rua. Andei pela calçada. Um chinês de uniforme branco estava polindo um carro. Como eu não havia feito nenhum plano, fiquei sem saber o que fazer e resolvi voltar. Permaneci no ponto de ônibus e deixei os dois primeiros passarem. Aí, vi um europeu descendo a rua na minha direção. Ele se dirigia para a praia. Era um senhor de idade, mas ainda bem aprumado. Tinha cabelos brancos e nariz grande. Caminhava rápido, balançando os braços. Olhamos um para o outro quando passou. E eu soube que tinha de ser ele.

Duas semanas depois voltei lá e fiquei esperando perto do hotel. Queria olhar bem para o meu avô e descobrir que tipo de homem ele era. Mas não o vi. No dia seguinte voltei, mas dessa vez peguei emprestada a motocicleta nova de Xu. Um táxi parou diante do hotel. Meu avô saiu dele e entrou no táxi. Segui o táxi até a Central e ele foi para o correio. Em seguida, foi pegar o bondinho do teleférico e subiu até o Pico. Deixei a motocicleta acorrentada e peguei o bondinho logo depois dele, ficando na parte de trás. Quando descemos, ele saiu andando pela estrada que rodeava o pico da montanha. Passei a segui-lo, mas percebi que estava muito exposto. Como só havia um caminho para ele fazer, fiquei no terminal do teleférico esperando que aparecesse no fim do percurso circular. Esperei por uma hora. Ele foi pegar um táxi. Havia uma fila e alguns europeus começaram a criar caso. Iam bater no meu avô. Lutei com os europeus e fui embora com meu avô no táxi. Foi aí que eu lhe disse quem era. O que mais me lembro daquele momento é que nem por um segundo ele duvidou ou suspeitou de mim. Sabia que era verdade. Ficou muito pálido e repetindo sem parar:

— Eu não tinha a mínima idéia.

Meu avô pagou toda a minha educação desde o dia em que nos encontramos. Convidou-nos para morar com ele, mas minha mãe e eu achamos que seria muito estranho mudar de Mongkok para o Deep Water Bay Hotel. Então, em vez disso, ele passou a subsidiar nosso custo de vida. No início minha mãe quis resistir, mas meu avô foi muito firme e perguntou se ela deixaria que o fizesse como se fosse um presente para ele. Ele sabia o que queria dizer perder a face. Então, quando entrei na universidade para estudar engenharia elétrica ele me ajudou pagando as taxas e quando minha mãe ficou doente por um ano, tendo de fazer várias operações, pagou tudo também.

Gostei da universidade. Gostei do fato de ela ficar nos Novos Territórios. Gostei da sensação que dá saber que se pode pensar e falar sobre qualquer coisa que se queira. A essa altura, sim, comecei a pensar em mim como um hong konguiano e a sentir orgulho de Hong Kong. Ali havia mais política do que eu imaginara. Havia um clube onde eu treinava *wing chung*. Havia muitas garotas.

Na primeira semana do curso de engenharia elétrica, fiquei conhecendo meu futuro sócio de negócios, Lee Wong-Ho. Sentamos um ao lado do outro na sala de aula. Não demoramos a conversar. Ele era mais determinado do que qualquer rapaz da nossa idade. Sempre muito confiante. Seus pais tinham fugido de Guangzhou no decorrer dos anos 1950. Continuamos conversando depois da aula e também no metrô que nos levou para casa. Ele morava perto de Mongkok. Estávamos animados por termos nos entendido bem e tão rápido. Já na rua, quando nos separamos, ele disse:

— Nós dois vamos fundar uma empresa e ganhar cem milhões de dólares americanos.

— O.k. — eu disse.

Ah Wong tinha muitos amigos. Ele era quem conseguia mais amigos, apesar de eu ser mais sociável. As pessoas eram atraídas pela segurança dele. Uma delas foi uma garota chamada Sha Lin-Xu, que estudava odontologia. O nome dela em inglês era Lily. Depois de poucos encontros em grupo, eu a convidei para assistir a um filme comigo. Ela recusou e nunca mais nos falamos por aproximadamente três anos, nós apenas nos cumprimentávamos.

— Eu achava você um imbecil — disse-me minha mulher tempos depois. — Vivia fazendo piadas com aquele seu sotaque fujianês e se orgulhava tanto por sempre estar entre os três primeiros alunos da classe!

— Você me achou imbecil por ser sempre um dos melhores da classe?

Ela fez uma expressão "dá licença?" e um gesto de "deixa pra lá", com as duas mãos. Não insisti com a pergunta.

Wong e eu tínhamos o acordo que depois da universidade fundaríamos uma empresa, no entanto primeiro teríamos de passar algum tempo trabalhando para conseguir dinheiro e ver quais as oportunidades existentes. Compareci a entrevistas depois do final do último semestre de estudo e arranjei emprego como engenheiro numa companhia que fazia caldeiras e aquecedores industriais. Tratava-se de uma firma familiar, com chances de promoção limitadas, mas era uma boa oportunidade para aprender. Isso foi no verão de 1989. Wong arranjou emprego como arquiteto especializado em reformar e equipar restaurantes.

No dia seguinte ao que ele me disse que começara naquele trabalho nós ouvimos a notícia do massacre de Tiananmen[1]. Todos estavam chocados e revoltados. A atmosfera de Hong Kong mudou. Fomos a um protesto. Marchamos pelo centro da cidade. Levávamos cartazes acusando os líderes do Partido Comunista de assassinato. Havia rumores sobre como várias centenas de pessoas tinham sido mortas. A maioria das

---

1 TIANANMEN — ou TÍEN-NGAN-MEN, em português Praça da Paz Celestial, a maior praça pública do mundo, que fica em Pequim, defronte à entrada da Cidade Proibida. Essa praça foi palco de grandes manifestações estudantis pela democratização do país, entre abril e maio de 1989, e do massacre promovido pelas forças blindadas do exército a 3 e 4 de junho desse mesmo ano. (N.T.)

vítimas era composta por estudantes da nossa idade. Sabíamos que algumas das pessoas mortas na praça eram amigos ou parentes de amigos nossos. Sha Lin-Xu foi conosco. Ela chorava e cantava palavras de ordem ao mesmo tempo. Eu estava tão imbuído pelo choque do que ocorrera em Tiananmen que me esqueci de tentar impressioná-la. Durante a manifestação fomos separados do resto do grupo e fui para casa com ela de metrô. Ocorreram mais manifestações nos dias seguintes e nos encontramos várias outras vezes.

— Ela gosta de você — disse-me Wong, certa noite depois que nós três fomos ao cinema juntos.

— Não parece... — retruquei, querendo estar errado.

— Eu a conheço desde que Sha Lin-Xu tinha três anos e sei o que estou dizendo.

Então, no dia seguinte eu telefonei e a convidei para sair comigo, para um encontro de verdade, só nos dois, sem nenhuma manifestação para ir. Ela aceitou o convite. Fomos assistir a um filme de Jackie Chan. Seis meses depois estávamos casados.

Sei que meu avô leu a carta da minha avó porque lhe perguntei e ele me disse que havia lido. Mas nunca me contou o que ela dizia.

Capítulo Quatro

Compramos a casa em Mosman e mudamos para Sydney em 1996, quatro anos atrás. Senti que com a Devolução[1] chegando eu devia fazer algo pela segurança de minha família. A Austrália tem um programa de imigração acelerada para cidadãos em perspectiva que tenham um bom capital disponível. Para se qualificar a tornar-se cidadão australiano é necessário passar dois anos no país: setecentos e trinta dias. Não é necessário que esses dois anos sejam em dias consecutivos. Minha mãe, mulher, filha, sogro e sogra se qualificaram após os setecentos e trinta dias da sua chegada a Sydney e agora são cidadãos australianos. Eu tinha apenas cento e oitenta e quatro dias a meu favor do total necessário. Isso era motivo de discussões com minha mulher.

— Quando você conseguir completar os dois anos aqui vai estar com trezentos anos de idade — disse ela.

— Meu trabalho não vai sempre me requisitar por tanto tempo — respondi.

— Você é um astronauta. Vive em aviões, sempre respirando aquele ar ruim.

— Se eu trabalhasse em navios ou trens, ficaria muito mais tempo fora.

---

1 DEVOLUÇÃO — A ilha de Hong Kong foi cedida à Grã-Bretanha em 1860. Em 1982 foram abertas negociações entre a China e a Grã-Bretanha que culminaram com a assinatura de um acordo, em agosto de 1984, que previa a devolução de Hong Kong para a China em 1997. (N.T.)

E os argumentos iam por aí.

Mas minha mulher estava certa. Eu passava muito tempo viajando. O escritório central da nossa empresa era em Hong Kong, onde eu tinha um escritório em Tsim Sha Tsui. Lá havia um pequeno quarto, que antes era um *closet*, onde ficava uma cama que às vezes eu usava. Quando me sobrava algum tempo, e as balsas não estavam muito lotadas, eu ia ficar com meu avô em Cheung Chau. Trabalhava no meu computador durante a travessia da balsa e tinha um celular com três bandas que funcionava em qualquer lugar que estivesse. Meu sócio também tinha um. Algumas vezes, quando eu estava na balsa, ele me ligava da nossa fábrica na Cidade de Ho Chi Minh. Outras vezes me ligava do escritório, quando eu estava em Xangai ou Sydney. Uma vez eu me encontrava no banheiro de um hotel em Chengdu na província de Szechaun.

Nossa empresa chamava-se AP Enterprises. Meu nome chinês é Ho Man-Wei; meu nome inglês é Matthew. O nome inglês do meu sócio, Lee Wong-Ho, é John. Nossa companhia fabrica e vende aparelhos de ar-condicionado e nos especializamos em soluções do tamanho industrial para prédios e instalações industriais. Este é um campo em grande desenvolvimento na China, que é o principal foco do nosso negócio. Obtivemos a representação de uma firma alemã chamada Weigen AG. Nosso plano de negócios para médio prazo é nos concentrarmos nos aspectos industriais do ar-condicionado. Então, quando a China se tornar mais próspera, pretendemos passar para o mercado personalizado e doméstico de ar-condicionado. É uma área não desenvolvida e com enorme potencial. Nesse momento a que estou me referindo, nosso escritório central ficava em Kowloon e tínhamos fábricas subsidiárias em Guangzhou, Xangai e na Cidade de Ho Chi Minh, onde as máquinas eram construídas. Hong Kong era extremamente importante para o nosso negócio como a base legalmente incorporada da nossa companhia. Não há leis para empresas no continente chinês, por isso pode ser um lugar difícil para transações de negócios.

Infelizmente, havia um problema no nosso plano e na nossa empresa. Estávamos perdendo dinheiro. Imediatamente depois da quebra da Ásia, em 1997, aproveitamos a oportunidade para nos expandir agressivamente confiantes em que a depressão seria apenas temporária. Fizemos pesados empréstimos em bancos. Apostamos numa expansão rápida da firma. Contudo a expansão não foi rápida. A região se recuperou mais devagar do que esperávamos. Somando-se a isso, tivemos problemas nas nossas fábricas em Guangzhou e na Cidade de Ho Chi Minh. Eu estava diante da possibilidade de perder tudo que havia construído com trabalho duro desde que chegara a Hong Kong como refugiado. Foi o período mais difícil de minha vida. À noite sonhava que estava de volta a Shen Lo durante a Revolução Cultural, com minha mãe, minha mulher e minha filha, diante de uma multidão que gritava palavras de ordem para nós.

Capítulo Cinco

— Tenho de ser honesto, não acho que a lagosta de Ah Li continua sendo tão boa quanto era — disse meu avô enquanto subíamos a colina para a casa dele em Cheung Chau.

Tínhamos nos encontrado na cidade e jantado na casa de chá.

— Algumas vezes é boa, outras nem tanto — comentei. — Essa é a verdade.

— O talharim estava bom.

— O talharim que ele faz é sempre bom.

Meu avô ofegava um pouco quando chegamos à sua casa, mas ele havia subido a encosta sem parar. As caminhadas que costumava fazer eram muito boas para sua saúde. Ele também tomava muito chá e café, o que o ajudava a manter-se magro. Insistia em morar sozinho, apesar de já estar com oitenta e sete anos. Havia uma moça da cidade que fazia a limpeza e a comida para ele.

Meu avô foi a primeira pessoa que conheci que tinha dinheiro. Seu modo de viver me influenciou muito. O jardim diante da casa dele tem caminho de pedregulhos, sempre bem definido pelo rastelo, e uma lanterna japonesa de pedra. Ele mesmo cuida do jardim. No *hall* há um porta-guarda-chuvas. Temos um parecido em Sydney e há um também na entrada do nosso apartamento em Londres. Chove mais em Sydney do que em Londres, mas o tempo em Londres é menos previsível e uso mais o guarda-chuva quando estou lá.

A casa do meu avô tem seu maior espaço numa grande sala com a mesa de jantar numa extremidade e cadeiras confortáveis do outro. Quando está sozinho, ele usa a mesa de jantar como escrivaninha. Naquele dia, ela estava coberta por um grande pilha de papéis que reconheci como sendo o livro escrito por um amigo dele, falecido, que o avô vinha tentando publicar havia muitos anos. Uma parede da sala é ocupada por uma janela que dá para o Mar do Sul da China. Janelas francesas se abrem para o jardim dos fundos. Ao lado da janela, a parede é forrada por estantes de livros. As outras duas paredes são cobertas de fotografias minhas, da minha mulher, de Mei-Lin, da minha mãe e dos pais de minha mulher. Uma pequena porta dá para a cozinha.

Eu perguntava sobre o original do livro pelo menos uma vez por ano. Menos do que isso iria demonstrar que não tinha nenhum interesse. Mais do que isso seria tocar com muita freqüência em um assunto doloroso.

— Alguma notícia? — perguntei.

O rosto do meu avô mudou. Olhou para além de mim enquanto punha a carteira e chaves numa mesinha auxiliar. Havia algo diferente na expressão dele.

— Bem, algo se tornou um pouquinho diferente. Sem que eu procurasse, entraram em contato comigo demonstrando interesse no livro e querendo vê-lo.

— Mas avô! Que ótima notícia!

— Só que há um problema. Não posso atender ao pedido.

Ele parecia relutar em dizer algo mais.

— Não entendo — insisti.

— O contato veio de uma empresa nova, chamada Hong Kong Heritage. Uma editora que faz parte do império de Wo. Eu não gostaria de ter nada a ver com eles. Um editor de lá ouviu falar sobre o livro. O que não é surpresa, pois qualquer um do campo editorial que tenha metade do cérebro recebeu o maldito livro pelo menos uma vez. Então, estou fazendo um rascunho de uma carta educada para dizer-lhes que não me encham o saco.

Meu avô não tinha nenhum contato com qualquer parte das empresas que pertencessem à família Wo. Não assistia ao canal de televisão deles, não ouvia a estação de rádio deles, não ia ao cinema que estivesse passando filmes rodados nos estúdios dos quais eles fossem sócios, não comia em hotéis ou restaurantes de propriedade deles, jamais comprava ou lia publicações das editoras nas quais tinham algum interesse nem voava por companhia aérea da qual detivessem ações. Se as balsas fossem vendidas e os Wo as comprassem, ele nadaria até Cheung Chau. Como muitos outros magnatas de Hong Kong, os Wo deram uma enorme quantia de dinheiro ao Partido Conservador inglês para que disputasse a eleição geral de 1992. Uma vez perguntei ao meu avô, de brincadeira, se aquilo queria dizer que o governo britânico também era dos Wo e que, se assim fosse, ele não poderia ir para a Inglaterra até que outro governo assumisse o país. Achei que essa piada até que não era ruim. Ele saiu da sala. Eu tinha um contato de negócios numa das empresas dos Wo que não queria utilizar por receio de entristecer meu avô. A ironia é que eu não sabia qual o motivo de tanta mágoa dele com os Wo, já que se recusava a me dizer.

— Faz tanto tempo que vem tentando publicar o livro do seu amigo, avô... — comentei.

— Sim, mas não a qualquer preço — respondeu ele. — Olhe, trata-se de coisas passadas e não quero que assombrem a sua vida inteira. É um velho problema meu. O futuro é mais importante do que o passado. Vamos falar sobre qualquer outra coisa. Mei-Lin já deu algum sinal de estar se tornando metodista?

Minha filha estava na Escola Metodista Mosman de Moças e meu avô brincava, dizendo que ela iria crescer para se tornar uma metodista. Conversamos sobre ela até que chegou a hora de dormir.

Meu sócio ligou de manhã. Eu tinha acabado de comer uma tigela de mingau na loja de massas. Os chineses dizem que os pobres gostam de mingau porque nele sentem o gosto de como é ser rico e os ricos gostam porque lhes lembra o tempo em que eram pobres. Estava tomando café, um mau hábito ocidental que aprendi com meu avô. Ninguém mais tinha chegado ao trabalho.

— Ah Wong, bom dia. Tudo bem? Onde você está? — eu quis saber.

— Olá, Ah Man. Estou em Chek Lap Kok. Não deu para ir no vôo de Xangai para Guangzhou, então vou pegar um avião da Dragonair para ver se alcanço outro vôo para Guangzhou. Ai-ai-ai! O avião vai sair daqui a quarenta e cinco minutos. Espero chegar a tempo para a reunião. Chan não é capaz de medir seus próprios genitais sem ajuda.

Chan era o genro de um membro sênior do Partido Comunista cuja cooperação era importante para nossos interesses em Guangzhou. Tivemos de dar o emprego para Chan, como uma espécie de *guanxi*. Seu apelido era Gordo Fodido Idiota.

— E eu vou para a Cidade de Ho Chi Minh — disse eu —, hoje à tarde ou amanhã, depende de com quem conseguirei falar na Alemanha. É melhor voltar com o maior número de respostas possível.

Enquanto falávamos, Min-Ho, a secretária da empresa, entrou, cumprimentou-me com a cabeça e começou a mexer nas cartas que estavam sobre a mesa dela. Minha mulher diz que Min-Ho é a pessoa que se veste do modo mais inteligente que já viu, tanto assim que com isso afugenta os homens.

— Eles dão uma olhada nela e pensam "Não, ela é muito cara" — diz minha mulher.

Uma vez comentou isso com Min-Ho e Min-Ho lhe disse que não ligava. Sua família trabalhava na indústria de artigos para vestuário e quase tudo que ela vestia era de confecção de altíssimo nível. Além de ser uma secretária eficiente, é excelente para dar conselhos na compra de roupas e presentes.

Às dez e dez, uma hora antes de todos os outros, Wilson Chi entrou. Wilson é o irmão mais novo de alguém com quem cursei a escola técnica.

Usava um boné de beisebol e óculos escuros, apesar de não estar fazendo sol. Trazia consigo o que parecia um gibi japonês. Quando retirou os fones do *walkman* das orelhas pude ouvir o barulho de música *pop*. Wilson diz que sua ambição é ganhar dinheiro suficiente para trabalhar apenas três meses por ano.

— Você vai destruir seus olhos e perder a visão — avisou o Min-Ho.

Wilson tirou os óculos escuros.

O trabalho dele é manter um *site* na rede para que as fábricas possam encomendar componentes diretamente, os clientes verifiquem os pedidos e o escritório de Hong Kong supervisione os dois lados do processo e gerencie a situação do estoque. Os alemães gostam muito dessa idéia.

— Fiquei acordado até as quatro da manhã, trabalhando — ele disse e então, vendo-me sentado à minha escrivaninha e percebendo que aquilo queria dizer que eu devia ter passado toda a noite ali, acrescentou: — em casa, claro.

Ergueu o *laptop* como prova.

— Preciso que você confira o *logon* remoto para o servidor — disse eu. — Vou para o Vietnã e quando fui para lá na última vez tive problemas para receber meu *e-mail*. Você disse que iria resolver isso.

— Se me lembro corretamente, acho que eu disse que o problema tinha a ver com o quadro de distribuição da instalação elétrica do hotel.

— Tive dificuldades na fábrica também.

— Lá é tudo muito primitivo.

— Uma vez que nós dois concordamos que a coisa não funciona e que seria melhor se funcionasse, estamos em perfeita harmonia.

Wilson sentou-se à sua mesa e começou a tirar o computador do estojo. Senti remorso por tê-lo repreendido na frente dos outros. Acho difícil tratar com ele. Não se trata de um subordinado natural, o que me torna consciente de não ser um chefe natural. Meu sócio lida melhor com ele, apesar de ter natureza mais áspera do que a minha.

Passei o dia inteiro trabalhando com o acúmulo de soluções a ser tomadas que havia crescido desde a partida do meu sócio, dois dias atrás. Ele e eu seguimos a regra de que quem fica em Hong Kong cuida de resolver todas as dificuldades que aparecerem e, como um de nós está sempre viajando, isso quer dizer que o tempo no escritório é quase todo gasto em resolver problemas. Como dizem os americanos: "Negócios são uma coisa desgraçada depois da outra".

Às seis horas apenas Min-Ho e Wilson ainda estavam no escritório. Eu lhes disse até logo, tirei minha mala do armário e fui pegar o trem para Chek Lap Kok. No balcão da Vietnam Airlines havia uma pequena fila.

— Poderia me dizer que tipo de avião é, por favor? — perguntei quando chegou minha vez.

— Airbus — disse a moça.

Dei-lhe minha passagem e meu passaporte. A Vietnam Airlines possui uns aviões russos antigos que caem freqüentemente. Quando fui para a sala de embarque, telefonei para meu avô. Expliquei que tinha de ir para a Cidade de Ho Chi Minh.

— Vou ligar para Lily e avisá-la — ele disse.

Ia dizer-lhe que eu mesmo falaria com minha mulher, mas a troca de notícias não era a principal razão pela qual ele queria ligar para Sydney. Fora presenteado com uma família bastante tarde na vida e ainda agia como um homem que ganha um brinquedo novo. Depois de falar com ele liguei para Sydney.

— Alô — atendeu minha filha.

Mei-Lin fala inglês com sotaque australiano. Ela tem seis anos.

— Como está minha pequena flor?

— Eu fui a melhor nos testes de desenhar e de ligar palavras com fotografias. O professor disse que meu tigre é mais assustador do que um tigre de verdade.

— Muito bem. Você deve ter tido um trabalhão.

— Demorou cinco minutos. Beth-Ann me convidou para ir nadar no fim de semana, em Avalon, mas a mamãe disse "talvez" e que eu tinha de perguntar para você.

— Claro que pode ir nadar, querida. Posso falar com a mamãe?

— Você deveria ligar do escritório, não do celular — disse a minha mulher quando atendeu. — É muito caro.

— Tive de sair rápido, não queria perder o avião. Por que ela ainda está acordada?

— Porque quis esperar o seu telefonema — respondeu minha mulher — e eu disse que podia.

Dava para ouvir a televisão, ao fundo.

— O que está assistindo?

— Papai e mamãe estão assistindo a um daqueles seriados de detetive. Eu estava estudando.

Minha mulher era dentista antes de ter Mei-Lin e estava se preparando para um exame a fim de revalidar o diploma e se qualificar para exercer a profissão em Sydney. Nós queríamos ter outro filho, mas ela se recusava a isso até que eu pudesse ficar mais em casa.

— De qualquer maneira, estou economizando — justifiquei-me —, porque se não estivesse falando com você estaria na loja do aeroporto comprando presentes.

— Então, vou desligar já — ela disse.

Rimos e desligamos. Dei uma volta por Chek Lap Kok, andando rápido para fazer algum exercício. Quando chamaram meu vôo, embarquei no Airbus 320. Estava cheio. O homem ao meu lado ficou digitando valores num *laptop* até que a porta da aeronave foi fechada. Decolamos com quarenta e cinco minutos de atraso. Eu estava sentado junto à janelinha e quando passamos por cima da baía de Hong Kong ela parecia uma cuia preta com luzes na borda.

Capítulo Seis

O aeroporto de Tan Son Nhat não é agradável. As autoridades vietnamitas estão preocupadas com as tentativas de contrabando de literatura subversiva e fitas de vídeo estrangeiras para dentro do país, por isso submetem todas as bagagens ao exame de raios X na chegada. É um processo lento que provoca a formação de longas filas. Daquela vez um homem que estava à minha frente na fila da alfândega trazia fitas de vídeo. Já era bem tarde quando entrei na sala de desembarque.

Escolhi o motorista de táxi mais velho que se aproximou de mim. As estradas do Vietnã são perigosas e minha teoria é que quanto mais velho o motorista, mais cuidadoso deve ser. Mostrei-lhe o endereço do hotel em caracteres vietnamitas. Ele assentiu e partimos.

— Bons negócios? — perguntei quando entramos na Cidade de Ho Chi Minh.

— Melhor do que em 1998. Ainda ruim — disse ele.

No hotel, dei meu nome e me entregaram formulários para assinar. No Vietnã sempre há muitos formulários. O preço do quarto especificado no formulário era de cem dólares americanos. Eu disse:

— O preço que nos deram foi de quarenta dólares.

— Esse é o nosso preço especial para negociantes — explicou a recepcionista.

Peguei o fax de confirmação na minha mala e mostrei-o a ela, que digitou um outro formulário e me entregou sem dizer uma palavra. O preço dessa vez era de quarenta dólares.

— Desculpe — falou a moça, com um sorriso.

Era muito bonita. Tocou uma campainha no balcão; apareceu um homem que carregou minha mala para cima até o meu quarto. Dei-lhe gorjeta em *dongs*. Estava muito tarde para ligar para Sydney, então fui direto para a cama.

Meu avô me ensinou a fazer café, e o café que ele e eu fazemos é o melhor da Ásia. Depois desse, o segundo melhor é o do Vietnã. É uma das coisas que gosto na Cidade de Ho Chi Minh. Na manhã seguinte tomei café no hotel e segui para a fábrica em Cholon. O percurso durou meia hora e quase tivemos três acidentes. No Vietnã há mais ciclistas do que na China e nenhum deles pára num cruzamento. Pedi que o motorista do táxi me deixasse na avenida Hung Vuong perto da esquina onde fica nossa fábrica. Uma das portas laterais estava aberta. Entrei, subi as escadas e imediatamente virei para a esquerda, na direção do escritório de Nguyen. Da escada podia ver quase todo o espaço do andar. Estava movimentado, mas nem tanto assim.

Sorri para a secretária de Nguyen, Mah, e fui direto para a sala dele. Podia vê-lo através do vidro. Estava sentado à sua mesa, usando um boné de beisebol, e mantinha a cabeça abaixada sobre alguns papéis. Olhou para cima quando entrei e por um momento surgiu uma expressão de terror no seu rosto. Em seguida, deu um grande sorriso.

— O sol nasceu duas vezes hoje — disse-me.

É um provérbio chinês para o encontro inesperado de dois amigos. Ele o disse em inglês e seu inglês era excelente, quase tão bom quanto o meu.

— Como você está? E, por favor: como está sua família?... Lily está bem? E Mei-Lin?

— Sim, obrigado... E o seu filho? Ele já terminou os exames?

— Foi o melhor da classe — respondeu Nguyen, aprumando-se um pouco. Fez um gesto por sobre minha cabeça para Mah e ela entrou na sala. — Esqueci minhas boas maneiras. Chá?

— Obrigado.

Percebi que o olhar que dirigiu à secretária continha outras instruções. Quando ela saiu, ele se inclinou e começou a tirar algumas pastas com papéis de dentro deu uma gaveta de baixo.

— Posso interessá-lo com os números das nossas últimas operações? — perguntou-me.

A razão da minha visita ao Vietnã era a que segue: estávamos perdendo dinheiro na fábrica de lá, com custos consideravelmente maiores do que o retorno e começáramos a desconfiar que havia uma fraude em ação. A natureza da fraude envolvia o pagamento de trabalhadores que não existiam. Eu tinha ido à Cidade de Ho Chi Minh para descobrir evidências disso. A dificuldade residia em que a nossa operação era um empreendimento conjunto com membros anteriores do governo da Cidade de Ho Chi Minh, que haviam providenciado o capital e também ajudado na legalização de autorizações e licenças. Se houvesse uma fraude era bem provável que estivessem envolvidos. As dificuldades seguintes eram que as leis do Vietnã não são muito fortes, que seria difícil provar uma fraude e entrar com um processo por isso. Naquele momento estávamos na situação que os americanos chamam de perder-ou-perder. Se houvesse uma fraude seria um problema enorme, mas, se nossa fábrica estivesse perdendo dinheiro por outro motivo, também seria um grande problema.

Aquele não era um dia frutífero. Não consegui realizar meu primeiro intento. Nguyen manteve-me no escritório e a única oportunidade que tive de dar uma olhada na fábrica foi quando saímos para o almoço. Pedi-lhe que déssemos um passeio pelo andar. Não me pareceu ter muita gente trabalhando nas máquinas como eu esperava. Tudo que vi foi que os retornos ainda eram ruins. Os últimos números eram piores do que os dados que havíamos recebido recentemente em Hong Kong.

— Nossa qualidade é alta, mas nossos preços também são — observou Nguyen. — Máquinas ocidentais — disse e indicou o aparelho de ar-condicionado no teto, acima da sua mesa.

Não era um dos nossos modelos. Por um segundo pensei: "Não devo dizer nada sobre custos de trabalho. Ele vai perceber que estou pensando no tamanho de nossa força-trabalho e que talvez eu esteja desconfiando de fraude". Em seguida, pensei: "Não, seria muito óbvio. Se eu evitar o assunto vai perceber que tenho suspeitas". Então, dei de ombros e disse:

— Mas se você pudesse torná-los mais baratos...

Ele sorriu:

— Os proprietários de um negócio sempre acham os preços muito altos.

Retribuí o sorriso:

— E os proprietários sempre têm razão.

Fechei minha pasta e fiquei de pé. Tínhamos terminado por aquele dia. Fui para o hotel para me arrumar antes do jantar. Nguyen havia insistido em sair comigo. Eu sabia que isso iria ocorrer. Ele havia telefonado para um primo que tinha um restaurante perto do Hotel Continental. Era um bom restaurante e a comida deveria ser boa.

Tomei uma ducha. A água não estava quente o suficiente. Vesti o terno de trabalho, em seguida achei que estava muito formal e troquei-o por uma camisa de mangas curtas e calças. Era uma camisa que fizera minha mulher dar risadinhas por causa do tecido brilhante e eu só a usava quando estava longe de casa. Como tinha uma hora para gastar fui a pé para o restaurante. As ruas se achavam cheias de gente, movimentadas e coloridas. Eu me sentia contente em andar sem destino. Sempre que viajo acho o final de um dia de trabalho muito solitário.

Cheguei cedo, mas Nguyen e a esposa já estavam lá, sentados numa mesa redonda, no meio do salão e posta para seis. Levantaram-se e nos cumprimentamos. Os outros chegaram enquanto ainda estávamos de pé. Thieu era uma antiga figura da burocracia da cidade e Lau trabalhava no Ministério do Interior. Ambos eram membros seniores do Partido. Thieu trouxera sua mulher, que era parente da esposa de Nguyen. As duas eram lindas e estavam elegantemente vestidas.

Nguyen falou com o primo e pediram a comida.Todos beberam cerveja. A atmosfera era muito amigável. Falamos em inglês. Conversei com a mulher de Nguyen sobre o filho deles. Discutimos economia. Falei sobre Sydney, depois sobre a síndrome do astronauta e todos me demonstraram simpatia.

— As pessoas dizem que a internet isso, a internet aquilo — comentei. — Mas o fato é que ela está mudando a cara dos negócios. Logo ninguém precisará ir a lugar algum, tudo será virtual, tudo será através de videoconferência. Quando? Talvez no próximo ano, talvez na próxima década. Todas as coisas sempre dizem respeito ao futuro: na próxima semana, daqui a algum tempo, nunca. Sim, isso soa bem. Aí não haverá mais vôos para mim. Não haverá mais a comida excelente na Cidade de Ho Chi Minh, pois que desculpa poderei dar à minha mulher? Ficarei perto dela e da minha família, dirigindo meus negócios de casa. Mas quando?

O garçom trouxe tigelas de *phô*. Era uma versão moderna do caldo de carne que meu avô fazia quando não se sentia bem. O broto de feijão, o *chilli* e a hortelã foram servidos num pequeno prato branco colocado ao lado. Sempre achei que a comida vietnamita tem gosto definido, porém suave. Quando o garçom se retirou, Thieu inclinou-se para a frente. Pude sentir desconforto por trás do sorriso dele. Seus olhos brilhavam.

— Vou lhe dizer uma coisa. A internet não é amiga do povo vietnamita.

— Com certeza ela é apenas uma ferramenta, passível de bom ou mau uso, como qualquer outra — respondi.

Nguyen falou algo em vietnamita e voltou-se para mim.

— Estava explicando "ferramenta" — justificou-se.

Thieu falou rapidamente em vietnamita e Nguyen então traduziu:

— Ele disse que a internet está cheia de mentiras. É como um rio, uma torrente de mentiras. Muitas calúnias sobre o Vietnã. Diz que o Partido tem como sua maior obrigação proteger o povo das mentiras, do mesmo modo que age para manter a água que o povo bebe livre de excrementos.

— Não muito diferente da televisão, eu acho — observou Lau, mais velho e mais calmo do que o colega. — O importante é o que transmitem.

— A televisão pode ficar sob nosso controle — Thieu argumentou. — A internet é muito difícil de controlar.

Um ano ou dois atrás, o governo havia fechado todos os cybercafés no país e confiscado todos os equipamentos de computação deles. Conversei com Thieu sobre esse assunto por um tempo, até que o garçom voltou para tirar nossos pratos. A sra. Thieu perguntou-me que presentes ia levar para minha mulher e minha filha, assim a conversa mudou de rumo. O resto da noite foi calmo. Bebi mais cerveja do que pretendia.

Depois do jantar, fui a pé para o hotel. Estava muito mais frio, porém não menos úmido e havia pouco movimento na rua. Ainda passava muita gente de bicicleta. Um grupo de mochileiros ocidentais rodeava um dos companheiros que vomitava na sarjeta. Uma prostituta me abordou em *putonghua*. Eu lhe disse "Não, obrigado". A caminhada fez com que me sentisse um tanto bêbado.

Quando cheguei ao hotel, verifiquei meu *e-mail*. Encontrei a mensagem de uma palavra do meu sócio:

— Então?

Digitei a resposta:

— Não sei ainda. Plano B.

De manhã Nguyen e eu fomos a pé para a fábrica. Nas ruas, vários carrinhos de mão estavam em plena atividade, vendendo macarrão e competindo entre si. O cheiro fez minha boca se encher de saliva. Trabalhamos com documentos e pedidos de encomenda enquanto a secretária trazia xícaras de chá de vez em quando.

— Onde você gostaria de ir almoçar? — perguntou-me Nguyen, à uma hora da tarde.

Empurrei minha cadeira para longe da mesa e então me espreguicei.

— Não estou com muita fome — respondi —, mas estou com um pouco de sono e meio lerdo por causa do atraso do vôo e da cerveja de ontem à noite. Acho que o melhor é ir dar uma caminhada. Então, quando eu voltar talvez esteja pronto para continuarmos.

— Bem, eu não gosto de perder uma refeição se puder evitar — disse ele, fazendo um gesto de brincadeira envolvendo o estômago com ambas as mãos.

Era verdade, ele estava ganhando peso. Mas ainda era elegante. Espreguicei-me e bocejei mais uma vez, ao mesmo tempo que me dirigia para a porta.

Quando saí da fábrica andei duas quadras, olhei para a esquerda e para a direita, em seguida parei um táxi-bicicleta.

— Pagode Thien Hau, por favor — indiquei.

O ciclista era jovem, forte, e chegamos rápido. Havia uma multidão de vendedores de incenso e peregrinos do lado de fora dos portões do templo. Entrei e olhei em volta. Foi então que eu o vi: um chinês por volta dos sessenta anos parado ao lado de uma das urnas gigantes da nave principal do templo. Usava óculos com lentes grossas. Acenou com a cabeça para mim. Aproximei-me e demos um aperto de mãos. Saímos para o jardim, andando lentamente.

— Ah Fu — disse eu —, é bom vê-lo de novo.

— Gosto de vir aqui agradecer a Thien Hau — respondeu. — Vim com meu irmão na noite antes de ele ir embora do Vietnã.

Thien Hau é a deusa do mar. Em Hong Kong costumam fazer uma enorme festa para ela. Muitas pessoas do mar vão àquele templo e oram antes de sair do Vietnã.

— Thien Hau cuidou bem dele — comentei.

Fu virou-se para mim. As lentes dos óculos faziam seus olhos parecerem grandes. As beiradas das pálpebras estavam vermelhas.

— Tive medo de ir embora — falou ele. — Deveria é ter tido medo de ficar.

O irmão de Fu partira depois que o Norte vencera a guerra civil. Era um homem de negócios com bons contatos no governo do Sul. Por causa disso e por ser chinês ficara em posição vulnerável. Na época, Fu era professor universitário e havia ficado. Perdera o emprego logo a seguir e desde então vivera de trabalhos humildes. Seu irmão fora para Hong Kong onde passara três anos num campo de refugiados. Quando fora liberado arrumara emprego numa empresa de eletrônica e acabara conhecendo o pai do meu sócio. Eles costumavam jogar *mah-jong*. O pai do meu sócio dissera que o irmão de Fu tinha a melhor memória para *mah-jong* do que qualquer outra pessoa que conhecia.

— Devemos ir lá para fora? — quis saber Fu.

Havia muita gente no jardim. Paramos junto ao muro do templo. Fu pegou um caderno de notas com espiral e as páginas cobertas por minúsculos caracteres chineses, a escrita de um verdadeiro especialista.

— Claro que é muito difícil dar cifras exatas. Existem muitos ângulos diferentes, homens vindo e indo, entregas. Mas observei os movimentos de entrada e saída da fábrica durante as horas de trabalho por mais de duas semanas e pude calcular o provável número de empregados presentes durante esse período... que obviamente não inclui doenças prolongadas ou férias, que suspeito serem improváveis. Mas quem deve considerar isso é você... Eu acredito que o provável número de empregados está entre setenta e cinco e oitenta e cinco, com limite superior absoluto de noventa. Esse é o número de todos que entraram no prédio, sem contar os que faziam serviços de entrega, mas incluindo trabalhos temporários ou algo parecido.

Ele me deu o caderno que continha as provas documentais. Dei-lhe um envelope que tirei de um bolso do paletó. Quinhentos dólares americanos eram de fato um bom pagamento, que Fu precisava e merecia. Pegou o dinheiro como se fosse um insulto.

— Obrigado. Seu trabalho foi excelente. Como... — comecei a perguntar.

Fu estava bastante orgulhoso para sorrir.

— Carrinho de macarrão — respondeu.

Já fora do templo, chamei outro táxi-bicicleta e voltei para a fábrica.

Naquela noite mandei um *e-mail* para o meu sócio:

— É o que temíamos e pior ainda. O número verdadeiro de trabalhadores chegaria no máximo a noventa, porém está mais próximo de oitenta. A folha de pagamento, como você sabe, é de 135. Quando um de nós vem para cá, Nguyen deve incluir trabalhadores temporários. É claro que os oitenta têm de trabalhar muito duro para atingir o nível de produtividade que apresentam. Mas isso não é relevante. Temos um grande, grande problema.

Capítulo Sete

No dia seguinte voei de volta para Chek Lap Kok e peguei uma conexão para o aeroporto de Baiyun em Guangzhou. O vôo foi muito turbulento. Depois tomei um táxi para o apartamento do primo de Ah Wong, que se chamava Lai, como sempre fazia. Ele sabia que eu iria chegar. Não havia problemas em usar o apartamento porque Lai quase sempre estava fora. Entrei. No *hall* de entrada havia tinha dois pôsteres, um de Bill Gates e outro de Mao Zedong.

Uma moça estava sentada à mesa na cozinha de Lai. Quando ela viu que era eu, seu olhar demonstrou frustração.

— Eu sou Man, o sócio das fábricas do primo de Lai.

— Eu sou Jade — respondeu ela. — Supostamente sou namorada dele.

— Você deve ser modelo ou atriz. Dá para perceber só de olhar.

A moça fez um beicinho, parecendo contente.

— É, às vezes trabalho como modelo.

Sentamo-nos para assistir à televisão, uma minissérie histórica sobre a Guerra do Ópio. Eu havia levado para Lai uma garrafa de Chivas que comprara no *free shop* de Chek Lap Kok. Bebemos um pouco dele. Às onze e meia, justamente quando eu ia dormir, Lai chegou. Ele é engenheiro e trabalha numa das grandes fábricas que pirateiam os *softwares* da Microsoft. A fábrica é especializada em Windows NT e 2000, os quais personalizam, e em dar assistência para diversos negócios individuais. Era uma idéia brilhante. Lai vivia dizendo que a assistência deles era melhor que a da Microsoft. A empresa pertencia ao Exército de Libertação do Povo.

— Desculpe-me, desculpe-me — disse ele a Jade. — Grande crise no trabalho. Telefonei, mas o seu celular estava desligado. Não sabia onde você estava.

Ele tentava parecer alegre, mas percebi que estava numa encrenca. Jade tirou o celular da pequena bolsa que parecia cara. Estava ligado e funcionando. Dei boa noite imediatamente e fui para a cama. Durante quase meia hora, pude ouvir os dois discutindo, até que a porta bateu quando ela foi embora.

Eu nunca dormia bem em Guangzhou. Acho que é por ser uma cidade movimentada demais. Acordei cedo e fiquei na cama. Ouvia Lai movendo-se. Só dormia melhor nos fins de semana. Tentei continuar deitado, mas não deu, então me levantei. Ele estava deprimido.

— Gastei cem *yuan* ontem à noite. Perfume. Jantar. Boate. A porra de cem *yuan*. Comi a mulher? Não. Perdi a namorada que tinha? Sim. Merda. Qual o problema comigo? Diga você, Astronauta.

Esse era o apelido que Lai me dera. Desconfio que, pelas minhas costas, outros no escritório também o usem.

— Talvez você seja muito feio.

Ele balançou a cabeça de um lado para o outro e olhou seu reflexo na janela. Em frente ao que estávamos, havia um novo edifício de apartamentos com roupas penduradas em muitas janelas.

— Não, não pode ser isso.

— Pobre demais?

— Definitivamente, não.

— Estúpido demais?

— Não e, de qualquer modo, as mulheres não se importam com isso.

— Talvez ela seja a amante de um negociante rico, de Hong Kong, e teve vergonha de lhe contar.

Lai estalou os dedos e virou-se de costas para a janela na qual ainda admirava seu reflexo.

— Eu sabia que você ia descobrir. — Sentou-se num banquinho junto ao balcão da cozinha e suspirou. — *Aeeyah*. Talvez ela me queira de volta. Isso tudo é muito cansativo. Talvez fosse melhor eu me casar. Como vai a sua família?

— Muito bem.

— Vai ver o Idiota Gordo Fodido?

— Não, estou em Guangzhou a passeio, porque gosto da companhia dos seus habitantes bem-educados, tranqüilos, com mentes filosóficas, do clima temperado, do ritmo calmo de vida e do estilo saudável.

Saímos para o trabalho. Lai me deu carona na sua motocicleta. É um BMW. Quando Wong e eu fundamos a AP Enterprises, tentamos contratar Lai para trabalhar conosco, mas ele disse que, apesar de estarmos dispostos a pagar mais do que ganhava na China, seu nível de vida era muito mais alto em Guangzhou. Usamos a versão dele do Windows NT no nosso escritório. Nós o pagamos em dinheiro, em dólares americanos.

O sogro de Chan era o segundo homem mais poderoso do Partido em Guangzhou. A nossa empresa poderia ter falido se não fosse o contrato que conseguimos com sua ajuda. Era um contrato para fornecimento de aparelhos de ar-condicionado para um novo prédio oficial, em construção na margem do rio, que iria acomodar uma mistura de funcionários do Partido e funcionários públicos. Iríamos faturar um milhão de dólares americanos e gastamos cerca de duzentos mil para adoçar a boca dos que podiam nos ajudar a ganhar o contrato. E até que foi barato. Precisávamos do sogro de Chan. Infelizmente, isso queria dizer que "precisávamos" de Chan também.

Passei o máximo de tempo que pude daquele dia andando pela fábrica. O encarregado e o capataz, segundo homem na hierarquia, acompanharam-me. O encarregado era um cantonês de cinqüenta anos que tinha perdido o dedinho da mão esquerda num acidente industrial. A fábrica funcionava bem porque ele e o capataz a controlavam.

Não comi o dia todo porque sabia que haveria um jantar. Algum contato de Chan no Partido local ou da administração da cidade iria conosco. Isso sempre ocorria. Como não era ele quem iria pagar, Chan pediria comida demais. A equipe da cozinha ficaria com as sobras e ele ganharia crédito no restaurante para refeições futuras. Era esse o sistema.

Às seis horas, esfregando as mãos, Chan entrou no pequeno escritório onde eu trabalhava. Pegou uma garrafa de conhaque e dois copos do armário.

— Muito bem, muito bem — falou. — Foi um bom dia no trabalho. Hora do descanso.

Aceitei a bebida, mas não bebi nem um gole. Chan bebia mais do que a maioria dos cantoneses. Aquela ia ser uma longa noite. Senti saudade da minha casa.

— Wan Guo tem um Mercedes novo — contou-me Chan e eu não tinha a menor idéia de quem ele estava falando. — *Aeeyah*! Sessenta mil dólares americanos! Provavelmente pagou a mesma quantia pelo frete e pela licença de importação! Um SL com CD, ar-condicionado e todos os extras que se pode imaginar. Ele diz que o melhor de tudo é que o carro fez sua namorada se tornar duas vezes mais ativa na cama porque ficou com medo de perdê-lo para outra mulher! O homem que o vendeu para ele...

Chan continuou falando mais e mais. Bloqueei meus ouvidos, mas mantive-o falando com a manha de, a intervalos, soltar uns grunhidos, assentir e repetir algumas das suas últimas palavras em tom de pergunta.

— Foi para Xangai? — perguntei.

— *Aeeyah*. Pegou duas prostitutas e pediu uma suíte no Hyatt. O recepcionista disse...

Havia uma pequena chance de que o sogro de Chan estivesse presente no jantar. Se assim fosse a noite talvez não fosse perdida. Eu poderia sondá-lo sobre nossas expectativas e perguntar se havia algum grande contrato em andamento na cidade. Se ele não comparecesse, a ocasião seria apenas de manutenção do *guanxi*.

— ...por isso estou tão animado, pois acho que ele pode ser um contato muito importante para nós — concluiu Chan.

Ele parecia pensar que havia falado de modo coerente e rumo a uma conclusão. Tentei me lembrar do que dissera. Alguma coisa sobre "depenar" algum pequeno imperador ou um filho único ou ainda algum outro.

— Quem é, mesmo, o pai dessa pessoa?

Chan me olhou, incrédulo.

— É, simplesmente, o chefe do Partido de toda a província de Guangzhou e da Zona Econômica Especial.

A chance de que alguma coisa útil pudesse brotar do contato com o filho desse homem era zero. As pessoas são ricas em fantasias sobre como fazer negócios na China. O segredo é você conseguir falar pessoalmente com quem que detém o poder, negociar direto com ele, ser claro a respeito de todos os detalhes e estar preparado para pagar.

Chan tomou conhaque e falou durante uma hora e meia. Então, pegamos um táxi e fomos para o restaurante. Ele tinha um jipe Toyota novo, que ficou descrevendo e louvando por um bom tempo. Depois, falou sobre o restaurante.

— O *chef* de lá foi treinado pelo *chef* de Deng Xiaoping. A comida é szechuanesa. Picante, mas muito boa! Ingredientes frescos!

O restaurante ficava num hotel novo, construído com dinheiro japonês, porém administrado por gerentes chineses. Fomos para uma sala exclusiva. Havia espelhos nas paredes e uma bola de espelhos que girava no teto. O capataz da fábrica estava lá, parecendo muito bem lavado, limpo. Sentei-me ao seu lado. Amigos de Chan juntaram-se a nós. Eram todos príncipes e princesas, filhos das pessoas que tinham poder. Um usava óculos escuros. Havia uns dois ou três da hierarquia do

Partido local. Um deles, Xiang, eu já conhecia de uma outra vez. Ele usava um distintivo de membro do Partido no que parecia ser um paletó ocidental muito caro. Tinha uma pequena cicatriz acima de uma das sobrancelhas.

Foi servida muita comida. É difícil encontrar a boa cozinha szechuanesa e gostei da refeição mais do que imaginara que iria gostar. Serviram uma deliciosa sopa quente-ácida engrossada com sangue de galinha.

— Eu não tenho certeza a respeito de Tung — dizia um dos membros do Partido. — A cara dele não demonstra muita inteligência, mas fez um bom serviço quando matou todas as galinhas.

Houve um pânico em Hong Kong em 1997, depois da reunificação, quando um vírus de galinhas passou para a população humana. O governo matou todas as galinhas do território e a doença desapareceu.

— Não como galinha malpassada desde aquela época — falei.

Trata-se de galinha servida sangrando e pouco cozida.

— Ah, mas é um prato muito bom — garantiu Chan.

E, enquanto falava, ele ajeitou com os dedos um osso na borda da tigela. Os lábios dele brilhavam de gordura.

Serviram muitos pratos. Como concessão aos costumes cantoneses o jantar terminou com peixe feito no vapor, uma garoupa. A superstição diz que o peixe não pode ser virado, porque se for, o pescador se afoga. Notei que Chan olhava tristemente para a garoupa que não havia sido inteiramente comida. Todos os demais à mesa estavam tão empanturrados que mal podiam fumar.

Chan levantou-se. Esfregou as mãos mais uma vez.

— Esta é a parte difícil: a noite que termina — disse. — Quem quer se divertir um pouco?

Mais ou menos metade do grupo desculpou-se. Eu disse boa noite ao capataz.

— Acho que não vou conseguir comer mais nesta semana — comentou ele, com um ataque de soluços.

A maior parte dos membros do Partido foi para casa, mas Xiang disse que ia para uma boate. Quase todos os jovens príncipes disseram que iriam também. Chamaram táxis e entramos neles. O homem de óculos escuros ainda não os tinha tirado.

A boate chamava-se Xangai Palace. O Chefe do Partido Comunista, Jiang Zemin, nasceu em Xangai, por isso tudo na cidade é feito à moda da China, mesmo no sul. Dentro da boate havia luzes brilhantes e coloridas.

— Fibra ótica — informou Xiang. — Caro.

Sempre que vou a Guangzhou penso na primeira vez em que estive lá, em 1974, quando estávamos indo para Hong Kong. Naquele tempo me pareceu menos colorida. Depois haviam surgido cores e luzes brilhantes por todo lado. E lá você encontra tudo que quiser comprar.

Sentamo-nos a uma mesa. Garotas trouxeram as bebidas. Uma banda tocava música *pop* tão alto que não dava para conversar. Chan estava vermelho e suado de tanto comer. Mas demonstrava contentamento. Xiang tinha um leve sorriso nos lábios que poderia ser de sarcasmo. Havia tirado o paletó e pendurado no encosto da cadeira.

Dois homens começaram a discutir na mesa atrás de nós, acusando um ao outro de algo. Suas mulheres tentaram acalmá-los. Eles ficaram ainda mais bravos. Então, um deles agrediu o outro. Mas foi um soco mal dado, que pegou acima da têmpora. O homem que tinha sido atingido mergulhou por cima da mesa, atirando-se contra o oponente. Não foi um golpe muito científico, mas foi eficiente porque ele tinha uma grande vantagem de peso. A mesa, de vidro, tombou e quebrou-se. Três ou quatro empregados da casa chegaram e separaram os dois antes de atirá-los na rua. As mulheres os seguiram, tentando parecer desafiadoras. Os empregados voltaram e começaram a limpar a sujeira. A banda continuou tocando. Quando a canção terminou, a bagunça já tinha sumido.

— Por sorte não há um posto da Segurança Pública aqui — comentei.

— A boate pertence à Divisão de Segurança Pública — disse Xiang, com o sorriso sarcástico.

Depois de outras duas músicas, a banda fez um intervalo. Meus ouvidos zuniam. Decidi ficar por mais uma série de músicas e em seguida ir embora. Os demais começaram a conversar entre si. Xiang virou-se para Chan.

— E o pai de sua mulher, está gostando da aposentadoria? — perguntou.

Eu gelei. Chan, balançando a cabeça e fumando, disse:

— Literatura clássica. Pescando. Cuidando do jardim. Ele adora isso.

— É um cavalheiro culto.

Assim dizendo, Xiang olhou para mim. Seria uma grande perda da face se eu admitisse que não sabia do fato. Mas não tinha escolha. Perguntei a Chan:

— O seu sogro se aposentou?

O Idiota Gordo Fodido permaneceu olhando para o bar, através de mim.

— Ele se cansou de tudo, você sabe. Daquele trabalho. Da política. Das facções. Agora dedica a maior parte do tempo para os netos. Está muito mais feliz. Isso é ótimo.

Xiang se dirigiu a mim:

— Houve algumas mudanças no Partido de Guangzhou. Entende como são essas coisas? Modernização. Gente nova.

Falei:

— E será que há um modo de conhecer essa gente?

Nem mesmo tentei poupar os sentimentos de Chan.

— Claro. Mas são pessoas muito ocupadas. Difícil entrar em contato. Sabe como é.

Mudamos de assunto. A banda voltou e tocou outra série. Quando se interrompeu novamente, despedi-me e saí. Certifiquei-me de ter guardado o cartão de visita de Xiang. Chan estava bêbado e feliz.

— Boa noite — desejou-me.

Havia uma garota sentada no colo dele. Sem dúvida, ela também entraria na conta da firma.

Quando cheguei ao apartamento de Lai, já passava da meia-noite. Ele ainda estava fora. Telefonei para Wong do meu celular. Também tinha saído e deixei recado:

— Sócio, tenho boas razões para acreditar que estamos fodidos.

De manhã, Lai ainda não voltara. Estava dando duro no trabalho ou tivera sorte com alguma mulher.

Eu demorei dois dias para conseguir falar com Xiang por telefone.

— Por favor, desculpe-me do meu comportamento evasivo — explicou-se ele. — Meu chefe me fez sair correndo por Guangzhou inteira em busca de lugares para construir. Mal tive tempo de ir ao banheiro. Desculpe. E isso depois de uma noite tão agradável.

Eu não havia notado até então, porque Xiang falava um cantonês perfeito, mas ao telefone deu para perceber uma leve sombra de sotaque de Xangai. Era algo que explicava suas boas maneiras. E explicava outras coisas também. Marcamos encontro para o dia seguinte. Ofereci-me para pagar um jantar e ele recusou. Era bem-educado.

Lai voltou para casa naquela noite. Eu esperava por ele.

— O sogro de Chan está fora. Fiquei sabendo há duas noites. Foi uma emboscada de merda. Por que não me contou?

Ele pôs o *laptop* na mesa. Parecia mais cansado de trabalho do que de sexo. Indagou:

— O quê?

— O sogro de Chan. O nosso homem aqui. Ele está fora. Aposentado. Acabado. Fodido. Quem se importa? É tudo a mesma coisa. Estamos pagando o Idiota Gordo Fodido sem motivo algum. A piada somos nós.

Lai foi para a geladeira e pegou um *tsingtao*. Abriu-o e bebeu.

— Bem, está na cara que mantiveram a coisa em segredo. Quem está no lugar dele? Quem é o novo pessoal?

— Não sei. Vou me encontrar com alguém. Um sujeito chamado Xiang. Parece-me que ele é de Xangai.

A expressão de Lai dizia que não eram boas notícias. Apenas comentou:

— Vai sair caro.

— Espero que não tenha se incomodado por minha recusa ao tão amável convite para jantar — disse Xiang. — Mas os negócios fechados de acordo com a antiquada moda chinesa exigiam longos, elaborados e custosos jantares. Isso torna tudo mais lento. E engorda. É um desperdício de dinheiro e de energia. Na nova China precisamos de novas formas de negociar. Será que posso acreditar que não haverá problema em desviá-lo desse caminho tão comum?

Havíamos nos encontrado perto de um canteiro de obras na região oeste de Guangzhou, depois da ponte Liwan Park. A armação de aço de um prédio estava sendo erguida, e os andaimes de bambu a acompanhavam para cima. Era uma tarde típica de Guangzhou: cinzenta, molhada e úmida. Dessa vez conversamos em *putonghua*, isto é, em mandarim.

— De forma alguma. Eu concordo. Todos nós devemos ajudar a China a ir em frente. Este será o século dos chineses, combinando energias novas com vigores antigos.

Todo esse palavreado queria dizer, apenas, que estava havendo mudança de facção na cidade. Eu simplesmente demonstrava que também tinha consciência disso. Muito mais importante era o fato de que Xiang havia me chamado àquele local, ao seu encontro, para mostrar que tinha poder. O capataz da construção estava falando com ele quando cheguei. Não deu para ouvir nada, mas a atitude do homem era muito respeitosa.

Andamos em volta do terreno do novo prédio enquanto conversávamos. Por algum tempo ficamos trocando menções a pessoas que conhecíamos na hierarquia do Partido em Guangzhou. Foi péssimo. Muitos dos meus nomes eram desconhecidos para ele ou se haviam aposentado recentemente. Ocorrera o que nos velhos tempos se chamava de expurgo. Sem me fazer perder a face Xiang deixou isso claro. Depois falamos sobre a situação geral de Guangzhou e sobre as tendências na Zona Econômica Especial. Por fim, fomos ao ponto principal.

— Vai haver uma grande competição. Xangai quer ser a cidade mais importante da China de novo. Como filho adotivo do Sul, digo honestamente que será difícil resistir. A briga vai ser dura, muito dura. Nós aqui em Guangzhou teremos de ser tão competitivos, tão implacáveis quanto pudermos.

— Tudo isso faz parte do processo pelo qual Guangzhou está assumindo o resto da China. Reversão de posições...

Eu disse isso achando que era mais ou menos uma piada.

— O velho modo de se fazer as coisas tinha muitas virtudes. Solidez, consistência. *Guanxi*. Lento e estável. Ineficiente, mas seguro. "Pedras não viram pão", palavras do líder Mao. Mas talvez seja isso que precisamos fazer na China. Temos de transformar pedras em pão, tocar adiante. O mundo está mudando muito rápido. O fato é que dois bilhões de pessoas são chinesas. Mudanças lentas e graduais não vão funcionar. Precisamos de transformações revolucionárias em todas as esferas.

— Concordo, claro.

— O Partido aqui é... Guangzhou é uma cidade importante para a revolução. Inúmeras coisas cruciais transpiraram daqui. Muitos fatos ocorreram primeiro aqui, antes do que em qualquer outro lugar. Um novo mundo nasceu. Talvez não houvesse nenhuma revolução sem Guangzhou. Mas as coisas se foram se colocando meio que por baixo do pano. Pessoas também. São necessárias algumas mudanças. Uma faxina de primavera. Uma nova abordagem. Novos rostos, para uma nova era. Você entende?

— Perfeitamente.

— No processo de se tornar mais competitiva, a nova administração da cidade está requisitando todos os contratos já existentes que não avançaram além de certo ponto para que sejam submetidos a nova concorrência. Tudo isso faz parte do grande movimento anticorrupção e pró-eficiência. Começar de novo em uma página em branco. Expor as coisas. Abrir o capô e olhar o motor. Arrumar a casa! É claro que isso vai provocar um efeito de ruptura nas relações existentes. Algumas das situações que já se encontram estabelecidas poderão ser mudadas. Coisas que pessoas acreditavam já estarem prontas podem se demonstrar inacabadas. Competições que estavam terminadas podem acontecer novamente. Trata-se de um recomeço que engloba toda a cidade.

Ele se calou por um momento. Senti horror. O futuro da nossa companhia dependia do contrato para instalar aparelhos de ar-condicionado no novo prédio da administração da cidade. Se fosse reaberta a concorrência, nós provavelmente iríamos perder. Não há contratos reais na China, apenas relacionamentos, e os nossos se haviam tornado ineficientes. Falei:

— Parece uma receita para o caos.

Xiang sorriu.

— Sim, é o que pode facilmente ocorrer. Um passo atrás. Uma fórmula para congelar Guangzhou na situação em que se encontra. Nestas circunstâncias, as novas autoridades da cidade estão preparadas para isentar alguns contratos especialmente importantes do processo de reconsideração e reavaliação. Isso nos casos em que o trabalho é muito importante.

— O prédio para abrigar as autoridades locais deve constituir um desses casos, creio.

— Parece bem possível.

— E a natureza das formalidades para aprovação...

— Semelhante à anterior.

— Da última vez foi um processo árduo e caro.

— Guangzhou cresceu e se tornou muito mais importante desde então. No mínimo duas vezes mais importante.

Eu não podia acreditar nos meus ouvidos. O dobro do suborno que havíamos pago da última vez.

— Tão importante que as notícias das atividades por aqui são capazes de chegar até Beijing.

Xiang deu de ombros. Minha ameaça não tinha força, e ele sabia disso.

— As montanhas são altas, o Imperador está muito longe — ponderou, naquele cantonês com sotaque de Xangai.

Na manhã seguinte eu me sentia deprimido. Disse até logo para Lai, fui para a fábrica e trabalhei. Então, peguei o trem de Guangzhou para Kowloon. O percurso levou três horas. Uma vez levando-se em conta o tempo de ir até o aeroporto, o tempo de espera, o tempo embutido no atraso e em formalidades, a duração da viagem por trem é mais ou menos igual à de um vôo. Poderia usar a segunda metade da minha passagem aérea em outra ocasião.

Uma razão pela qual sempre viajo de trem é que ele percorre o mesmo caminho que fiz com minha mãe quando tinha oito anos. Ela também gosta de viajar de trem por essa mesma razão. A primeira vez que voltamos juntos para lá, no meio da década dos anos 1980, Shenzen tinha começado a surgir exatamente onde nos havíamos arriscado atravessando campos de arroz. Ela pegara minha mão e pude ver que tinha lágrimas nos olhos. Agora Shenzen era uma cidade. Muitos dos arranha-céus de lá eram mais altos do que os de Hong Kong. Quando algum prédio rachava ou caía, eles culpavam os construtores incapazes do outro lado da fronteira. Além disso, muitos dos empresários de Hong Kong mantinham amantes em Shenzen.

Estava escuro quando deu para avistar a nova cidade. É impossível dizer o que a gente sente ao ver uma cidade inteira num lugar onde antes não existia nada.

Durante todo o trajeto para Hong Kong pensei no que poderia acontecer se perdêssemos o contrato de Guangzhou. A AP Enterprises entraria em colapso. Ficaríamos sob intervenção. Eu perderia todo o dinheiro que meu avô havia ganho e colocaria a segurança da minha família em risco. Seria como voltar para o ponto em que havia começado. Ninguém iria me reprovar, nem mesmo minha mulher. O que tornaria tudo muito pior.

A estação de trem fica a mais ou menos quinze minutos de caminhada do escritório. Já era tarde para pegar a balsa para casa e, de qualquer forma, eu estava muito cansado. Amo o meu avô, mas ele fica sempre tão satisfeito em me ver que exige muita atenção da minha parte. Comi um prato de macarrão com carne seca ao vento no Xailung Noodle Bar. O proprietário, Yun, insistiu que eu tomasse um chá especial.

— Você está muito cansado — falou, observando minha mala no chão e meu *laptop* no banquinho ao meu lado. — Este chá limpa e fortalece. Muito bom para você.

Sentia-me gordo e sem saúde. Quando viajava eu sempre ficava assim. Então, precisava andar mais e tomar mais chá. Depois do macarrão comprei três jornais. Um dos jornais chineses pertencia ao império Wo. Como todos os outros jornais dos Wo, esse também tinha mudado da linha pró-britânica para a pró-Beijing no meio da década dos anos de 1990 e se mantinha assim. O outro era o *Apple Daily*, que deveria conter a versão oposta dos mesmos acontecimentos. Também comprei um exemplar do *Herald Tribune*. Meu plano era ler e dormir com informações dos últimos fatos.

Enquanto subia as escadas para o nosso escritório notei uma luz lá dentro. Encostei a orelha na porta e a princípio só percebi silêncio. Depois achei que ouvia vozes baixas. Ladrões estavam roubando nossos equipamentos de computação, foi minha primeira idéia. Ou se tratava de espionagem industrial. Peguei o celular do bolso e disquei 999, para a polícia. Apertei a tecla de transmissão e abri a porta. Apenas uma lâmpada estava acesa, mas dava para ouvir sons vindos dos fundos do escritório. Segui em frente. Eram as vozes de um homem e de uma mulher, vindas do ex-*closet* onde eu dormia. Empurrei a porta. Min-Ho e Wilson estavam na minha cama, que mal dava para acomodá-los. Quando me viram, separaram-se num sobressalto. Min-Ho gritou e procurou o lençol. Wilson cobriu-se com as mãos.

— Você devia estar em Guangzhou! Você está em Guangzhou! — disse ela.

— Desculpe, desculpe-me! — falou Wilson.

Ergui os braços.

— Não posso aceitar isso — declarei. — Amanhã cedo a gente conversa.

Há um hotel na rua da AP Enterprises mais abaixo. Eu já ficara num quarto deles uma vez, quando houvera vazamento num cano do escritório de cima. O recepcionista lembrou-se de mim. Quando lhe contei que precisava de um quarto porque havia encontrado dois funcionários na minha cama, ele me fez um preço especial.

Capítulo Oito

C. K. Leung é o cérebro de uma companhia chamada Marler Enterprises. Eu o conheci no funeral da dona da empresa, a sra. Beryl Marler, que era uma velha amiga do avô. Ela estava com mais de noventa anos quando morreu e ainda ia trabalhar todos os dias. Meu avô tem uma foto dela sobre a lareira. C. K. Leung, um dos homens que ele chamava de "os rapazes de Beryl", era um jovem de Mongkok quando Beryl prestou atenção nele e lhe deu uma oportunidade. Meu avô sempre fala dele como se fosse um impetuoso rapaz, mas hoje em dia Leung é uma figura poderosa, dirigente de grande empresa de construção que executa muitos projetos. No modo de pensar do meu avô ele ainda é um faminto e bem-educado jovem de vinte e cinco anos. Na realidade, trata-se de um homem pesadão, de gênio difícil, a meio caminho para os sessenta anos. O avô sempre me encorajou a procurá-lo como fonte de conselhos e apoio financeiro, o que tem sido embaraçoso, mas também muito útil.

Combinamos um encontro no Capitain's Bar, no Hotel Mandarim. Leung é um homem bem-sucedido que usa roupas caras, Rolex e gosta de mostrar que fica à vontade nos encontros formais. É um dos modos pelos quais mostra a que enorme distância deixou para trás a sua origem. Reparei que ele gosta de demonstrar esse fato particularmente para mim por causa da amizade que tem com meu avô.

Cheguei na hora marcada e fiquei sentado, bebendo água por meia hora. Leung apareceu andando devagar e parou para trocar algumas palavras com o Capitão que cuidava do bar.

— Muito ocupado no escritório — disse-me —, desculpe.

Sem que tivesse pedido, um garçom trouxe-lhe um copo com uma bebida que parecia uísque e uma pequena garrafa de água Perrier, metade da qual Leung despejou no copo, em seguida observou o salão para ver quem mais estava por lá. Cumprimentou com a cabeça um homem de óculos sem aros, que estava num canto lendo o *Financial Times*.

— Como vai o seu avô? — perguntou-me.

— Muito bem. Pediu-me que transmitisse os cumprimentos ao senhor, sua esposa e família. Espero que todos estejam bem.

Leung tinha três filhas e nenhum filho, fato que se sabia causar-lhe amargura. Encurtou a conversa. Simplesmente, disse:

— No que posso ajudá-lo?

Poderia dizer que essa era a parte das conversas que ele preferia. Gostava da sensação de poder. Eu não me importava. Falei-lhe sobre o estado das coisas em Guangzhou, e Leung ouviu sem fazer perguntas. Terminou o uísque e acenou pedindo outro. Fui incluído nessa rodada, uma vez que ele assumiu por conta própria que eu ficaria lisonjeado em acompanhá-lo na sua bebida.

— Nada bom — comentou.— Ouvi falar sobre as mudanças em Guangzhou. Não sabia que você tinha negócios lá. Esse homem, Xiang, tem poder ou é ligado a quem o tem?

— Ligado. Faz o trabalho prático e transmite recados. Um homem hábil, um cortesão. Mas o poder não está nas suas mãos, por enquanto. Tem a minha idade ou pouco menos. Os homens importantes estão sendo cuidadosos. Todos participam da corrente anticorrupção.

— Aqueles bastardos de Xangai não vão parar por nada — garantiu Leung, e um brilho de admiração passou pelos seus olhos. — Mas é preciso admitir que, mesmo dentro dos padrões do continente, é bom ter a chance de subornar alguém que faz parte de uma campanha de anticorrupção.

— Se isso tivesse ocorrido com alguma outra pessoa, provavelmente eu concordaria.

— Tem idéia de quanto perdemos na China durante o ano passado?

A Marler Enterprises havia diminuído os investimentos no continente. Passara a ter interesses em Xangai e na Zona Econômica Especial. Fiz que não com a cabeça.

— Cem milhões em Hong Kong. É fácil investir dinheiro, fazer estardalhaço, sentir-se um grande homem. Tirar o dinheiro de lá... isso é outra história. Meu conselho é: pague o suborno. No longo prazo será mais barato.

— Não temos essa quantia.

Leung engoliu o resto da bebida.

— Então, desculpe, mas você está fodido — falou. — Por favor, mande lembranças ao seu avô.

Eu havia acumulado milhagem suficiente a fim de voar em uma classe melhor para Londres. Min-Ho disse-me isso sem me olhar nos olhos. Wilson tornara-se tão bem-educado quanto era capaz. Foi uma mudança para melhor. Ninguém disse nada sobre o que havia ocorrido.

Prefiro os vôos longos aos curtos. É quando tenho oportunidade de assistir a filmes ou ler. Toda vez que não há ninguém ao meu lado, ou se a pessoa está dormindo, brinco com os jogos do meu *laptop*. Gosto do Donkey Kong porque me lembra Mei-Lin. Ou uso um simulador de vôo e finjo que estou pilotando o avião. Naquele vôo, agendado para sair meia hora depois da meia-noite, ninguém ocupava o assento junto do meu. Gostei disso. Tivemos de esperar uma hora para decolar porque o tempo de vôo iria ser mais curto do que de costume e não haveria terminais disponíveis em Heathrow tão cedo pela manhã.

Quando cheguei a Heathrow, dei graças pelo passaporte britânico que tinha conseguido por intermédio do meu avô. Geralmente, existe uma fila para não-cidadãos, e muitos deles são submetidos a uma entrevista humilhante. Naquela ocasião passei rápido pela alfândega e peguei o metrô no último momento antes de ele partir. A viagem para Golders

Green levou uma hora e meia. Gosto da sensação de chegar num dos três refúgios da família, naquele que existe em primeiro lugar para o meu uso. Infelizmente, hipotequei o apartamento em 1998 e por isso ele se tornou uma das coisas que perderíamos se a companhia falisse.

Tomei um banho e vesti roupas que deixava no apartamento. O ambiente tinha cheiro de fechado. O zelador deveria arejá-lo uma vez por semana, mas desconfio que nem sempre o faz. Abri a janela e respirei um ar misto de exalações de plantas e fumaça de dísel. A seguir, telefonei para minha mulher. Eram nove horas da manhã em Londres e sete da noite em Sydney.

— *Wei*?

Meu sogro. Não havia eco nem atraso na linha telefônica. Odeio quando isso acontece.

— Como vai o venerável mestre de *tai chi*?

— Genro! Como está Londres?

— Como sabe que estou em Londres?

— As garotas sempre deixam seu itinerário marcado junto do telefone.

Eu não sabia disso. Fiquei tocado. Minha filha veio falar comigo.

— Oi papai. Hoje a gente jogou "netball"[1] e eu fui a melhor. E algumas das meninas eram muito mais altas do que eu. Bati meu recorde no Pokémon. Sou a única pessoa da escola que conseguiu isso. E tirei o primeiro lugar em matemática. Vi um coala gigante que quero para o Natal. Tracey quis trocar comigo todos os seus pôsteres do Rick Martin, mas eu disse não. Você me compra um CD quando passar pela loja do aeroporto? Quando é que você vai voltar?

— Logo, logo. — Escrevi CD no bloco ao lado do telefone. — Como é que vão as aulas de violino?

---

1 NETBALL — Jogo de dois times no qual o objetivo é fazer uma bola grande passar por uma rede presa a um anel afixado num poste; os jogadores só se movimentam quando estão sem a bola: o que está com a bola não pode sair do lugar e tem de passá-la para o parceiro mais bem colocado. (N.T.)

— A sra. Howard disse que faço um barulho que parece miados de um gato sendo estrangulado.

Minha mulher veio ao telefone.

— Você deve estar cansado.

— Estou bem. Vou para a fábrica agora. Regatear os preços altos.

— "Peça dois *pence*, aceite um *penny*" — disse minha mulher, citando o avô.

Ela achava muito engraçados os ditados dele em inglês. Conversamos mais um pouco e nos despedimos. Às vezes o telefone faz as distâncias parecerem imensas.

Um minitáxi veio às nove horas e levou-me para Hertfordshire. Negociar com a Weigen é complicado. Apesar da matriz ficar perto de Düsseldorf, a subsidiária deles de além-mar encontra-se no Reino Unido porque a mão-de-obra é relativamente mais barata, a regulamentação de empregados é mínima e o inglês é um idioma muito útil para negócios. O escritório central fica em Hertfordshire. Muitas das pessoas que trabalham lá, principalmente gerentes antigos, são alemãs. A guarda de segurança é formada por caribenhos e as secretárias são inglesas. O motorista do táxi era paquistanês, com um sotaque tão forte que tive dificuldade para entendê-lo. O adesivo na parte de baixo do pára-sol do passageiro dizia "Caxemira Livre."

A corrida levou pouco mais que uma hora. Durante todo o trajeto havia muito verde. Chegamos ao complexo industrial e quase colidimos com um caminhão que ao virar a esquina ficou quase que completamente na contramão. Meu motorista abriu a janela e gritou algo em *urdu* para o do caminhão.

— Seu cuzão! — concluiu em inglês.

Paguei-o e entrei na sala de recepção. A recepcionista estava lendo uma revista ao mesmo tempo que falava ao bocal de telefone preso na sua cabeça. Ainda era a mesma mulher. Eu a reconheci, mas ela não me reconheceu.

— Sou o sr. Ho, vim ver o sr. Vogel — falei.

Ela apertou três botões e falou ao bocal do fone.

— A secretária do sr. Vogel descerá logo para acompanhá-lo — disse-me em seguida.

Esperei alguns minutos. Ao lado da poltrona de metal e couro havia um revisteiro com edições inglesas que comentavam as dificuldades conjugais de gente famosa. Quando me sentei e fiquei parado, comecei a sentir o movimento do avião no qual permanecera por doze horas.

— Sr. Ho! — chamou-me a secretária do sr. Vogel.

Também era inglesa. Tinha seios enormes. Era difícil não ficar olhando para eles. O sr. Vogel faz piadas sobre eles quando está bêbado. Passamos por uma porta com uma campainha e entramos no elevador.

— Vai ficar aqui por muito tempo? — perguntou-me ela.

— Apenas alguns dias.

— Deve sentir falta da sua família.

Presa a uma fita de couro, pendente no seu pescoço, uma caneta balançava entre os seios. Vogel estava à minha espera quando o elevador abriu.

— Matthew, meu amigo! Você parece ótimo!

Usava paletó vermelho. É fácil diferenciar os gerentes alemães dos ingleses pelas roupas. Deu-me um aperto de mão muito vigoroso. Ele se orgulha do seu inglês.

— Helena, traga duas xícaras de café do jeito que sr. Ho prefere, bem forte.

Gosto de Vogel. É inteligente e direto. Trabalhou na Weigen a vida toda. Sua mulher, que odeia a Inglaterra, vive perguntando quando voltarão para a Alemanha. Às vezes ela vai para lá, fica por um mês ou dois e ele garante que está solitário, porém mais feliz. Eles não têm filhos. Quando vou para a Inglaterra, Vogel faz questão de me apresentar a todos do escritório. E daquela vez fez isso de novo. Algumas das pessoas lembraram-se de mim e conversamos um pouco. Depois nos acomodamos para falar de negócios.

— Por coincidência Tommy Cheung também está aqui, em outra seção da empresa. Daqui a pouco ele virá dar um alô. Você o conhece, não?

Tommy Cheung detém a representação de outros negócios da Weigen no sudeste da Ásia, aqueles que não envolvem aparelhos de ar-condicionado. A matriz da empresa dele fica em Cingapura. Ele pertence à terceira geração de sino-americanos, educados em Stanford. Usa roupas caras. Até agora, nossa relação tem sido cordial, mas distante.

Expliquei para Vogel os descontos que estávamos querendo. Barganhamos por pouco tempo. A verdade era que eles poderiam nos deixar fora do negócio sem sofrer muito, uma vez que continuariam com a representação. Mas se isso acontecesse os negócios poderiam se desacelerar e causar uma perda de face. Eram muito orgulhosos do seu bom desempenho em relacionamentos. Prosseguimos discutindo números.

— Cinco por cento — propôs Vogel.

— Dez é o mínimo que necessitamos.

— Cinco é tudo que posso oferecer. Terei de confirmar com Düsseldorf.

— É possível que nossa reivindicação já não seja essa nos próximos seis meses.

— Cinco por cento destinados a cobrir faturas pendentes.

— Combinado. Obrigado.

Demo-nos as mãos. Tentei calcular qual seria o cálculo máximo real e se não devia ter proposto ficarmos em sete e meio. Quando Vogel e eu saímos da sala dele, Tommy Cheung vinha vindo pelo lado esquerdo. Pareceu surpreso em me ver. Trocamos cumprimentos, apertamo-nos as mãos. Houve uma breve conversa.

— Matthew, você tem condução? — perguntou-me Vogel. — Vocês podem voltar juntos, não?

Percebi um momento de hesitação em Cheung que em seguida respondeu:

— Claro. Vim com um motorista. Eu o levo.

— Vou para a Golders Green. Perto da A41, em direção ao centro de Londres.

— Seja onde for.

Descemos os três juntos no elevador. Cheung e eu nos despedimos de Vogel que, mais uma vez, apertou minha mão forte demais. Quando saímos, um inglês, de gravata e tudo, abriu a porta de um Mercedes para nós. Entrei primeiro e Cheung me seguiu.

— Motorista, por favor, vamos para... — fez um gesto para mim.

— Golders Green.

— Sem problema, senhor.

Conforme o carro entrou em movimento, Cheung pegou uma agenda eletrônica e anotou algo antes de a escorregar de volta para dentro do bolso do paletó. Bocejou. Soltou o botão do colarinho da camisa e recostou-se.

— Quando você chegou?

— Esta manhã.

— Eu cheguei na segunda-feira. O terceiro dia geralmente é o pior, não? Tomei melatonina, mas desta vez não funcionou tão bem quanto antes.

— Minha mulher me proibiu de tomar isso. Ela é dentista. Disse que interfere em muitos processos químicos no cérebro.

Cheung pareceu interessado.

— Meu pai vive dizendo que a única cura para a disfunção física causada pelo vôo a jato é chá de pênis de tigre — comentou — e um dia minha filha ouviu e perguntou-lhe: "Será que o senhor tem alguma idéia de como isso é feito?". Ela tem nove anos. Meu pai respondeu: "Claro, matam um tigre macho e cortam o pênis dele". Ela falou: "Que nojo, você é nojento, alguém podia cortar o *seu* pênis". Então, ela saiu batendo a porta e desapareceu. Nove anos! Nos Estados Unidos, empurram uma quantidade incrível de baboseira ecológica garganta abaixo das pessoas. É como uma religião. O meu velho tentou disfarçar, mas ficou realmente abalado. O que se pode fazer?

— A minha filha tem cinco anos. Espero que ela ainda não saiba o que é pênis.

Achei difícil imaginar Cheung como pai. A aparência dele é muito jovem e suave. Mas parecia feliz enquanto falava.

Mostrou-me a fotografia de uma menina dentuça, com tranças e óculos.

— É muito bonita — falei. — Expressão de personalidade forte. Sobrancelhas encantadoras.

— Ela anda nos deixando loucos insistindo em usar lentes de contato. Dizemos que não, até ela ser adolescente. Não, até o oculista dizer que pode. E ela tem acessos de raiva. "Vocês são os piores pais do mundo. Vou correr para longe, me esconder no mato e ser comida por um urso. Daí todos vão saber como vocês são horríveis comigo!" Meu pai é chinês, eu sou sino-americano. Minha filha é americano-chinesa. E assim as coisas vão indo. Pois é, o que se pode fazer?

Conversamos sobre nossas famílias durante todo o percurso de volta a Londres. Quando passamos por uma estação do metrô ele disse:

— Espere um instante. Conheço este lugar. Há um ótimo restaurante japonês aqui. Quer almoçar?

Eu nada tinha a fazer até o dia seguinte. Senti-me lisonjeado e disse que sim. O motorista estacionou e nós saímos.

— Eu ligo para você — disse-lhe Cheung —, daqui a uns noventa minutos.

Fomos para o restaurante. Dois *chefs* gritaram boas-vindas em japonês. Era um ambiente estreito e cheio de gente, como um bar de macarrão. Mas havia uma mesa vaga.

— Há grande variedade de comida em Londres, no entanto é difícil encontrar um bom *sushi.* Você tem ido bastante ao Japão? O *sushi* lá é inacreditável. Quando a gente está em Kyoto, eles dizem, "Não, não pense em *sushi* aqui, é muito longe do mar". E são apenas quarenta quilômetros.

Entendi: Cheung não era quieto. Era tímido. E quando começava a falar não parava mais.

— Eu acho esquisito comer comida crua — falei.

— Bom, parece que você é mais chinês do que eu. Quanto mais como *sushi,* mais quero.

— Por favor, peça para nós dois.

Ao dizer isso eu lhe dei mais face. Ele ficou agradecido. A garçonete se aproximou e Cheung falou com ela em japonês. Quando um homem fala em japonês com uma mulher sempre parece que está dando ordens.

— Estou impressionado — declarei.

Cheung deu de ombros.

— Morei dois anos em Tóquio, depois que saí da Stanford. Falo bem. Já o meu chinês é péssimo. Na verdade minha filha fala melhor que eu. Ela conversa com o avô em *putonghua*. Na escola, hoje em dia, eles estimulam o orgulho étnico.

A garçonete nos trouxe duas cervejas e um prato de vagem de soja. Fiquei surpreso. Cheung não parecia nem agia como um beberrão. Ergue o copo:

— A uma tarde livre.

— *Yum cha* — confirmei.

— Tento ter pelo menos uma tarde ou uma manhã completamente livre quando estou viajando. Não é sempre que dá para fazer isso, mas me sinto melhor quando consigo. Durmo um pouco, faço compras, telefono para a família, escrevo meus *e-mails*. Quando não dá, as paredes começam a se fechar. Tudo fica fora de equilíbrio.

A garçonete começou a trazer a comida. Cheung tinha pedido rolos de caranguejo-aranha; *sushi maguro*; enguia *teriyaki*; porco frito e mexido com brotos de aspargo japonês; tofu recheado com *sushi* e arroz muito frito. Mudamos da cerveja para saquê gelado. Cheung ficou corado. Falamos de negócios. Tornou-se claro que sua representação da Weigen se encontrava numa fase mais lucrativa do que a nossa.

— Mas acho que vamos entrar em fria na China — disse ele. — Os negócios crescem, crescem e ainda não ganhamos nenhum dinheiro de verdade. Além disso, nunca se sabe quando eles vão mudar as regras. É como se você entrasse numa quadra vestido para jogar bola-ao-cesto e todos viessem vestidos para jogar beisebol; aí, você pensa "Tudo bem, é beisebol", então vem um deles com seu taco e acerta a sua cabeça.

Cheung riu.

— Temos o mesmo problema — assenti. — No Vietnã também. Fábrica boa, boas perspectivas, economia crescendo. Tudo parece bem. O problema é que estamos sendo roubados e não há nada que possamos fazer.

— Não existe isso de não haver *nada* que possamos fazer — discordou Cheung.

E ergueu um frasco de saquê na direção da garçonete. Àquela altura éramos os últimos clientes.

— Concordo, em princípio. Mas...

Expliquei a situação. Cheung assentiu com a cabeça.

— Sem problema. Venda-nos a fábrica.

— Boa piada.

— Não é piada. Estamos nos expandindo tão rápido no Vietnã que voamos em vez de andar. Precisamos de uma nova fábrica e a localização em Cholon é perfeita. Tudo que teríamos a fazer seria reequipá-la. Weigen vai nos ajudar. Já fizemos isso em Cingapura. Compraremos a sua parte por um preço justo e nada daremos aos sócios fraudulentos. Usaremos ameaça para anulá-los. É só encostar um revólver na cabeça deles. Seria perfeito. Todos sairiam ganhando.

— Se achássemos tão fácil anular aquela gente, nós mesmos o faríamos.

Cheung, vermelho e bêbado, tratou de se recompor.

— Olhe, sabemos que os americanos contam umas piadinhas parecidas com esta: "Como que você se dirige a um gorila de quatrocentos quilos com uma arma de fogo?". "Senhor." Pois bem, é isso mesmo. Como é que você pode atrair a atenção do gorila de quatrocentos quilos? Simples, volte para junto dele com outro de quinhentos e cinqüenta quilos.

— Não acho que gorilas pesem tanto assim.

— No Vietnã, pesam sim. Temos um. Nosso sócio vietnamita é parente do Presidente.

— Entendo.

— Esta é uma boa regra para negociar na Ásia. Quando em dúvida, arranje um gorila maior.

Trocamos cartões. Eu paguei a conta.

Capítulo Nove

Meu avô não permitiria nenhuma publicação do império Wo na sua casa, então deixei o recorte da revista dentro de uma pasta de plástico no escritório. Quando voltei para Hong Kong peguei-o.

Astronautas *por* Dawn Stone

Você os vê em aviões por toda a Ásia. Para eles, voar é o mesmo que viajar de ônibus e compartilham o principal efeito: é muito demorado. São pessoas que passam tanto tempo voando que já foi apagada a última centelha de emoção ao viajar a trezentos quilômetros por hora num tubo de metal pressurizado. São pessoas que ficam falando ao celular até o último segundo possível. São pessoas que nunca olham para a tripulação de vôo quando entram pela porta do avião; de fato, são pessoas que passam mais tempo no ar do que os próprios tripulantes. São pessoas que passam tanto tempo no céu que os chineses criaram um novo apelido para eles: astronautas.

Quando você encontra um astronauta, há um jeito fácil de saber se trabalha para alguém ou se construiu a própria empresa: se estiver gastando o próprio dinheiro, você os encontrará no fundo do avião na Classe Econômica.

Matthew Ho, um jovem homem de negócios que está planejando lançar um gigantesco megadomínio na área das máquinas industriais, é um deles...

O artigo seguia falando sobre o tema síndrome do astronauta, usando a mim e mais um número de outros jovens empresários como exemplos. A srta. Stone e eu nos conhecemos num avião, quando então acredito que ela me imaginou como um possível entrevistado. Aconteceu que nos encontramos na classe executiva, graças à minha milhagem. Mas havia muitas outras inverdades no artigo. Quando foi publicado na revista *Ásia* não reconheci um simples comentário dos que eram atribuídos a mim.

Meu sócio ficou bravo quando viu o artigo.

— Maquinaria industrial! — Falou. — O que isso quer dizer? Essa mulher não sabe nada? Essa coisa não tem utilidade como publicidade do nosso negócio! Desperdício de tempo! Você devia mandar-lhe uma conta pelo desperdício de tempo! Mil dólares a hora no mínimo!

Talvez por ter ficado zangado daquele jeito ele não se lembrou do nome de Dawn Stone. Mas eu sim. Ela passara a ser sempre mencionada nas colunas de negócios desde que trocara o jornalismo por um cargo executivo na empresa publicitária de Wo. Aparecera em muitas das notícias veiculadas na época da Devolução. Mexericos a seu respeito diziam que tinha um caso com seu superior, um inglês chamado Oss. Depois da Devolução, Oss passou a cuidar de todas as operações de Wo além-mar, e, não muito depois, a srta. Stone tornou-se a diretora da empresa de publicidade de Wo. O próprio Wo geria os negócios na Ásia, como também supervisionava a expansão na China.

Mantive-me em contato com a srta. Stone por meio de troca de cartões de Natal, sendo esse um dos meios que os ocidentais mantêm contato com os *guanxi.* Tive uma ou duas oportunidades de ajudá-la, enquanto ainda era jornalista, com informações factuais e uma vez apresentei-a para alguns contatos em Guangzhou. As relações entre nós eram cordiais, apesar de que a havia encontrado pessoalmente apenas em três ocasiões. A primeira foi no vôo de Heathrow para Kai Tak.

Ela jamais havia estado em Hong Kong naquela época. Era jovem, parecia impetuosa e tentava demonstrar-se experiente. Ao mesmo tempo, fazia muitas perguntas. E inclusive prestava atenção nas respostas. Gostei do fato de ela não ser uma típica expatriada. Estava bem-vestida, mas não com roupas caras. Dava para perceber que se sentia nervosa. Falei sobre minha empresa. No Natal mandamos cartões um para o outro.

A outra vez que a vi foi para a entrevista. Uns seis meses depois. Mostrava-se muito mais confiante. Tinha muitas opiniões. Suas roupas eram mais caras. Seus olhos pareciam diferentes. Comportava-se como uma pessoa importante. Demonstrava-se mais consciente sobre questões de *status* e prestígio. Mas eu ainda recebia um cartão de Natal todo ano.

Nosso terceiro encontro foi em 1998, numa festa que ela deu para comemorar a promoção a diretora da empresa de publicidade. A festa foi no Felix, um restaurante que ficava na cobertura do Hotel Península. O fato de que fora capaz de alugá-lo por uma noite era um indiscutível sinal de *status*. Não havia a menor dúvida de que se tratava de uma executiva sênior de uma firma poderosa. Vestia um terninho vermelho. Seu cabelo deveria custar muito caro. Ainda parecia amigável, no entanto tudo nela expressava interesse no poder.

— Matthew — disse, quando nos aproximamos —, seja o que for que você fizer, não vá embora daqui sem dar uma mijada. Pelo que sei, nos domínios dos "granfa" a gente faz xixi diante de uma janela de vidro, vendo toda Hong Kong lá embaixo. Se isso não fizer você se sentir um Mestre do Universo, trate de mandar verificar seu nível de serotonina.

Virou-se para falar com outra pessoa. Como eu não conhecia ninguém na festa, não fiquei por muito tempo.

O vôo para Sydney pousou às oito da manhã. Na alfândega, um cão farejador fez parar uma chinesa idosa, uma avó, que estava tentando levar lingüiça e carne-seca ao vento para dentro do país, embrulhadas em vários sacos de plástico. Ela discutia com os funcionários da alfândega. Mas não iria ganhar aquela briga.

Não havia filas para táxi, que são tão freqüentes no aeroporto de Sydney. Fazia um dia lindo. Sentei no banco da frente.

— Vindo de longe, colega? — O motorista quis saber.

— Hong Kong.

— Passeio?

— Moro aqui.

— Já foi ao leilão de *sashimi* no mercado de peixe?

— Não.

— Iria adorar.

O motorista do táxi me deixou no Cais Circular. Gosto de ir para casa de balsa.

Pessoas passavam num fluxo apressado indo para o trabalho. O fato de estarem no início do seu dia me fez sentir cansaço. Comprei uma passagem para Mosman e fui me colocar junto ao parapeito. Aquela baía tinha um cheiro completamente diferente do cheiro da enseada de Hong Kong. Havia balsas para passageiros diários, navios de contêiner, iates particulares. O percurso era curto, entramos na baía de Mosman. Alguns poucos australianos desembarcaram e saíram andando na mesma direção que eu.

Parei na pequena loja ao lado do cais e comprei água mineral. É uma forma cara de beber água, mas também o jeito de me lembrar de me reidratar. Caminhei ladeira acima. Agradeci por ter apenas minha bagagem de mão. Dois australianos passaram rápido por mim.

— ...o professor odeia quando a gente chega atrasado — dizia um deles.

Quando virei a esquina e avistei a nossa casa, vi que havia umas trinta ou quarenta pessoas no jardim da frente. Todo mundo estava imóvel e com os braços erguidos. Meu sogro se encontrava de frente para eles e na mesma posição. Demorei um certo tempo para perceber que estavam praticando *tai chi*.

Continuei rua acima. Meu sogro sorriu e me cumprimentou com a cabeça, porém não parou de falar.

— Agora empurrem para adiante! Mãos lentas! Empurrem! Macaco Repulsivo!

Parei na porta da frente. Minha mulher veio da cozinha, usando avental, e abraçou-me.

Comentei:

— Há um monte de australianos no jardim da frente fazendo *tai chi* orientados pelo seu pai.

— Sim. Eu ia lhe contar. Umas pessoas o viram fazendo exercício e ficaram curiosas. Uma ou duas pediram que meu pai as ensinasse. Começou assim. Os australianos procuram muito por atividades ao ar livre.

Bebi um pouco de água mineral. Fomos para a cozinha, onde minha mulher passou a cuidar de algumas pequenas tarefas. Fiquei parado, olhando-a. Mei-Lin estava na escola. Nossas mães tinham ido fazer compras. Pela janela aberta vinha a voz do meu sogro.

— Criança pequena... dê a ela o seu dedinho. Tente afastá-la. Muito difícil! Criança muito forte! Criança tem bom *chi*! Sem bloqueios! Gente crescida muitos bloqueios! Fracos! Mau *chi*! Tem de ser pequena criança! Bom *chi*! Forte!

Sempre tento permanecer acordado no dia seguinte ao qual viajei de avião porque isso ajuda a ajustar o relógio natural. Mas não queria estar muito cansado quando Mei-Lin voltasse da escola, então fui me deitar por uma hora antes do almoço. Quando minha mulher me acordou, senti como se estivesse emergindo de águas muito profundas. Os australianos do jardim da frente tinham ido embora. Fui buscar Mei-Lin na escola e cheguei bem a tempo. Um grupo de garotinhas ia saindo pelo portão e corriam ao encontro dos pais.

— Pai!

Mei-Lin correu na minha direção e me abraçou.

— Você está mais alta!

— Eu sei — Mei-Lin fez uma reverência engraçada.

Passou por nós uma menina loira carregando um gravador e de mão dada com a mãe. A senhora sorriu para mim. Era muito elegante.

A menina disse:

— Até a manhã, Mi.

— Até, Ali. Diga para Deb que estou triste por ela estar doente.

Uma chinesa carrancuda passou com a filha, pisando duro e sem erguer o olhar. As duas usavam óculos escuros. Entraram num Mercedes. Mei-Lin fez uma careta às costas da menina.

— Quem é ela? — perguntei enquanto íamos andando.

— Michelle. É invejosa.

— Porque você é mais bonita?

— E nado melhor.

Fomos para casa. Naquela noite minha mulher fez um jantar especial. Mei-Lin ficou acordada até tarde conosco e com os avós. Depois do jantar minha mulher e eu conversamos. Contei-lhe sobre as dificuldades que estavam surgindo nos negócios e o que isso significava.

— Portanto, a conclusão é — esclareci — que iremos fechar a empresa, a não ser que continuemos com o contrato em Guangzhou.

— E isso quer dizer que perderemos todo o nosso dinheiro, a casa, o apartamento de Londres e que a nossa cidadania na Austrália possivelmente também ficará comprometida, porque falência quer dizer que não declaramos a verdade sobre a nossa solvência.

— Perderíamos tudo.

Minha mulher balançou a cabeça.

— E você não sabe por que essa teimosia do seu avô em não querer nem ouvir falar de Wo?

— Ele não me conta nada. Apenas repete: "O futuro é mais importante do que o passado".

Ela sacudiu a cabeça novamente.

— Então, é melhor você ir falar com a srta. Stone.

Capítulo Dez

Marquei hora com a secretária da srta. Stone para falar com ela. Escrevi uma carta e depois telefonei duas vezes. Deu para imaginar que agora deveria haver advogados importantes ao redor dela. Ajeitei meus compromissos de maneira a deixar esse horário livre.

Quando o dia chegou, fui ao escritório dela. Ficava num prédio novo à direita da enseada, em Admiralty. Era o último empreendimento de Wo. Nos primeiros cinco andares funcionava um *shopping center*. Havia um hotel no prédio. Um andar inteiro fora destinado a uma piscina com paredes de vidro. O escritório da srta. Stone localizava-se no qüinquagésimo sexto andar. O elevador se movimentava tão rápido que, quando desacelerou, causou um breve momento de perda de peso.

Fora do elevador, havia uma secretária sentada a uma mesa grande. Uma série de compartimentos, com paredes de vidro, estendia-se dos dois lados dela. Pessoas trabalhavam dentro deles. Além dos escritórios, havia janelas com vista para leste e oeste. Dei meu nome. A secretária pediu-me para esperar. Sentei-me num sofá vermelho e fiquei lendo revistas e jornais. Muitos deles eram de vários países diferentes e levei algum tempo para perceber que todos faziam parte do império de Wo. Havia duas telas de televisão acima e à frente de onde eu me achava sentado. O som estava desligado, mas deu para concluir que exibiam tomadas de um filme recente rodado pelo estúdio de Hollywood do qual Wo era dono de uma parte. As telas mostravam uma perseguição de carros seguida por explosões.

Esperei por quase meia hora. Outra secretária saiu de uma sala por trás da primeira e disse:

— A srta. Stone receberá o senhor agora.

Entrei. A primeira coisa que me chamou a atenção foi a vista da enseada, pela qual eu já esperava. Daquela altura toda, Kowloon parecia muito perto, como se eu pudesse dar um grande salto e atravessar a enseada num passo. Então, vi a srta. Stone. Ela falava ao telefone. A secretária indicou-me uma poltrona de couro diante da mesa. Nas paredes havia fotografias em preto-e-branco de gente com dentes ruins e que pareciam artistas de circo. Na mesa, onde as pessoas costumam pôr fotos da família, estava a foto de um carro. Um Mercedes SLK prata.

— Devo lhe dizer que acho que este vai dar certo. Sim, eu também. Vamos conversar a respeito mais tarde.

Desligou o telefone e levantou-se estendendo a mão.

— Matthew. Desculpe-me. Não queria me parecer com o assassino vagabundo do planeta Zorgon, mas me passaram esta ligação justamente quando a Janice foi buscar você e tive de atender. Que bom vê-lo, está com a aparência ótima. Alguém lhe ofereceu algo refrescante para beber? Não tome café, juro que eles usam a água da enseada para fazê-lo. Como vai a família? Janice, pode me trazer uma Perrier?

— Gostei dessas fotografias — comentei.

— São de Arbus e de Wegee. Dão um toque de extravagância chique. Do ponto de vista de Hong Kong, o principal dessas fotos é que são exorbitantemente caras.

— Como estas poltronas também.

— São da loja Conran, de Londres. Ou pelo menos uma delas é. Já nem me lembro mais. Tenho outras duas em casa. Muito bem, li seu projeto de negócios. Parecem bons. O que posso fazer por você?

Respirei lentamente, inalando e exalando algumas vezes. Pude ouvir meu sogro no jardim gritando para seus alunos de *tai chi*: "Respiração boa, *chi* bom! Respiração ruim, nenhum *chi*! Você morre!".

— A nossa idéia é nos expandirmos energicamente para a China.

— Certamente. Aliás, como está explicado no projeto.

— Encontramos algumas dificuldades que não estão descritas nele.

Expliquei nossa posição.

— O ponto principal do nosso projeto é, acredito, contar com excepcional cautela. Pode ser um negócio imenso. Entretanto, temos algumas dificuldades de curto prazo. Especificamente, um contrato importante, um dos que garantem o futuro da companhia, caiu em Guangzhou. Uma mudança na política local causou mudança nas regras do jogo. Você deve estar a par desse fenômeno. Precisamos conselhos, apoio e maiores investimentos a seguir, para resolver a situação. Precisamos de mais amigos em Guangzhou, Beijing, e — tossi de leve — em Xangai. Em resumo, precisamos de um novo sócio.

Ela me ouviu de forma diferente da que me ouvira quando era jornalista. Mais agressivamente. Quando terminei, permaneceu sentada, quieta e com os dedos entrelaçados.

— Então, em síntese, você está precisando de um "padrinho" poderoso na China. Alguém que lhe abra as portas, que gere interferência. Alguém com mais poder de fogo do que as pessoas com quem tem se misturado.

— Um sócio e aliado.

— Um gorila maior.

Tive um sobressalto. Ela sorriu:

— É uma expressão que andam usando por aí. E em troca?...

— Propriedade. Ações do nosso negócio. Um dia, vai ser um grande negócio, um negócio muito importante. Mesmo para o padrão do sr. Wo. Temos certeza disso.

Foi a primeira vez que esse nome foi pronunciado entre nós. A aposta estava crescendo.

— Você sabe que não trabalho diretamente com o sr. Wo. Meu chefe é Philip Oss.

— Você tem *guanxi* e sabe disso. É uma pessoa extremamente importante na organização. Eu sei que a apresentação dessa proposta ao sr. Wo só pode ocorrer por meio da sua competência.

A srta. Stone se ajeitou na cadeira. Depois falou:

— Está bem, você está dentro. Como disse, olhei para seus números e parecem estar muito bem. O ponto é que existe o fator de tempo. Ele vai para Londres amanhã de manhã comprar uma companhia de telefonia celular. O que é segredo, aliás. Ficará fora daqui por cerca de quinze dias. Tem de ser esta tarde ou nunca. Conversei com a secretária dele e posso arranjar-lhe uma entrevista às três. É mais ou menos daqui a... Opa, daqui a menos de meia hora. No escritório dele. Sabe onde fica?

Todo mundo em Hong Kong sabe isso. Ficava na cobertura daquele prédio mesmo. Fiquei sem saber o que dizer.

— Quanto tempo acha que essa entrevista vai durar?

— Se tudo correr bem, quem sabe? Se não, você estará de volta à rua em dois ou três minutos. E, só para você saber, não estarei lá. Tudo ficará nas suas mãos. Boa sorte.

— Obrigado. Quero dizer novamente que estou...

— Uma última coisa. Mas isto deve ficar só entre nós. Quando eu era jornalista na Inglaterra, trabalhei com um editor que era maluco por aparelhos eletrônicos. Costumávamos fazer o seguinte comentário sobre ele: "Se o cara não puder foder uma coisa ou se conectar com a memória principal, não fica interessado". Agora, se você omitir o trecho sobre sexo e trocar memória principal por modem, esse é o sr. Wo. No momento, ele está inteiramente voltado para a nova economia. Então, apresente-lhe um ponto de vista.

Desci ao térreo e fiquei andando pela rua por volta de quinze minutos, tentando acalmar meus nervos. Telefonei para meu sócio, mas o celular dele só dava caixa postal. Então, peguei o elevador para o sexagésimo segundo andar. Era um elevador privativo que só ia para aquele andar e tive de esperar enquanto um segurança na sala de espera telefonava para confirmar minha hora marcada.

Esperava deparar com a melhor vista da enseada que pudesse existir, mas quando cheguei ao sexagésimo segundo andar fiquei desapontado. Não havia janela alguma para fora. Fiquei sem noção de onde estava. Aquele escritório poderia estar em qualquer lugar.

A primeira recepcionista que apareceu guiou-me até uma segunda, apresentou-me e esta me mandou que me sentasse para esperar. Novamente, havia uma grande seleção de revistas publicadas pelas editoras da família Wo. Em uma das paredes havia duas grandes fotografias emolduradas de petroleiros e em outra um mapa eletrônico do mundo, com os países nos quais os Wo tinham investimentos que se achavam ressaltados em vermelho. Quase todo o mapa era vermelho. Era tentador descobrir quais eram os investimentos. Dava para imaginar a maioria deles: propriedades, frotas mercantes, mídia. Por um momento não pude entender porque quase toda a América do Sul estava em vermelho. De repente me lembrei de que Wo tinha adquirido recentemente uma grande quota de um portal da internet em espanhol.

Minhas experiências anteriores fizeram com que me preparasse para uma espera significativa. Sempre me pareceu haver correlação entre o senso de importância que uma pessoa dá a si mesma com o quão atrasada ela acha que pode estar. No entanto, exatamente às três horas a porta se abriu e um jovem chinês passou por ela.

— Boa tarde, sr. Ho. Sou Quentin Hong, assistente do sr. Wo. Posso convidá-lo a seguir-me?

Fui para dentro do escritório do sr. Wo. Mais uma vez sem vista para o exterior. As cortinas estavam fechadas. Um homem sentado numa cadeira de braços, na extremidade mais distante da sala, levantou-se assim que entrei. Era Wo. Parecia muito menor e mais frágil do que nas fotografias. Apontou para uma poltrona diante da dele. Usava óculos grossos e coloridos.

— Senhor Ho, alguém já lhe ofereceu uma bebida?

— Não tenho necessidade de nenhuma, obrigado, sr. Wo.

O assistente sentou-se numa cadeira de assento reto, colocada atrás e ao lado da de Wo. Pegou uma caneta e um bloco de notas. Wo tirou os óculos e esfregou os olhos. Depois olhou para o papel que tinha no colo. Era a carta que acompanhava o projeto da minha empresa. Tive tempo de observar o escritório. Havia um lindo quimono ornamentado pendurado numa parede e, acima dele, um par de espadas japonesas num estojo de exposição. Do lado oposto da mesa, perto da porta por onde eu entrara, ficava um tabuleiro de *Go* no qual uma partida se achava em andamento. A sala era iluminada com luzes suaves no teto e dois abajures de mesa, um deles ao lado da cadeira de Wo. Ele notou que eu olhava ao redor.

— Estou tendo alguns problemas com os olhos — disse. — A luz do dia os machucam. Por isso este arranjo.

Recostou-se para ler. Eu esperava ver um homem com mais força e energia, mas Wo parecia ser suave. Nenhum fogo escondido. Não agia como um magnata ou um multibilionário. Conclui que devia ser porque provavelmente não tinha necessidade disso.

Ele abaixou o papel.

— A srta. Stone falou comigo. Bons números — disse. — Posso acreditar neles?

— Sim, senhor, penso que sim. A China é uma fonte de oportunidades com enorme potencial para nossa companhia. Como sabe, faz um calor extremo em todo o país durante o verão. Aparelhos de ar-condicionado são raros por lá. Quando chegarem à China, poderão fazer tanta diferença quanto fizeram, digamos, no sul dos Estados Unidos. — Eu já havia usado esse argumento outras vezes e sempre fora eficiente. — Produzimos as melhores unidades de ar-condicionado industrial do mundo. Indo direto ao assunto, se o crescimento econômico da China prosseguir crescendo nas atuais proporções, a riqueza do país vai dobrar a cada seis ou sete anos. Quer dizer que no decorrer de doze anos a média da riqueza chinesa será quatro vezes maior do que é hoje. Estamos falando de um bilhão e dois milhões de chineses. Juntando esses fatos, na minha opinião, estamos diante da mais importante oportunidade de negócio da história da humanidade. Acredito que em médio prazo estaremos em posição de vender um número quase incompreensivelmente grande de unidades.

— Mas se o seu contrato em Guangzhou cair…

— Nesse caso não dará para acreditar nos números. Nossa empresa entrará em colapso.

Wo assentiu.

— Então, talvez eu possa investir na empresa que vai pegar o contrato no seu lugar.

— Tenho certeza de que seja qual for a sua escolha será um sucesso — falei.

— Se isso for verdade, certamente vai tornar a vida muito mais simples — observou ele, inclinando-se um pouco para olhar o assistente, que sorria.

— Mas menos interessante, talvez — eu disse.

Ele ficou me olhando por alguns momentos.

— De onde você é?

— Senhor, fui educado em Mongkok, mas agora minha mãe, minha mulher e minha filha...

— Quero dizer antes disso, você tem um sotaque.

— Senhor, nasci em Fujian. Vim para cá quando tinha oito anos, em 1974.

— Isso não deve ter sido fácil — disse ele em fujianês.

Eu não falava essa língua havia mais de vinte e cinco anos. Respondi:

— Não, senhor, não foi.

Wo sorriu.

— Bem, bem, um garoto do país. Meu pai veio de Fujian também. Disse que os fujianeses sempre fazem os melhores piratas e os melhores negociantes, mas os cantoneses fazem as melhores putas, os melhores cozinheiros e as piores sogras.

— Minha sogra mora na Austrália.

— Isso parece indicar que você arranjou as coisas corretamente. Ainda bebe muito chá Oolong?

— Sim, senhor. Sempre trago da China, quando volto de lá.

— Muito forte para mim. Faz-me mijar o tempo todo. Meu pai adorava. Dizia que mantinha um homem magro. Você tem essa aparência magra.

— É um pouco pelo chá e um pouco pela preocupação com os negócios, senhor.

— Ah, sim... negócios — disse Wo. Bateu duas vezes sobre os joelhos a pasta de plástico que continha o projeto. — Você deve saber o que se fala sobre o futuro. A China isto, a China aquilo. Também, a internet isso, a internet aquilo. Minhas empresas têm muitas áreas de interesse, mas este agora é o meu interesse principal, entende? O futuro. Outras pessoas estudam o passado. Concentro meus esforços no futuro. Há um bom negócio nestes pedaços de papel, mas vejo muitas outras idéias para bons negócios. Aqueles que me interessam dizem respeito ao futuro. A um mundo diferente. Diga-me como a sua proposta se encaixa nisto.

Wilson havia me dado uma idéia a esse respeito, que eu já usara quanto tentava levantar dinheiro dos bancos.

— Senhor, a nova economia significa muitos e grandes computadores. Computadores centrais. Especialmente na China, onde são tão poucos. Sistemas da internet, interruptores de retransmissão. Uma coisa que todos os computadores produzem é calor. Uma grande quantidade de calor. O tipo de calor que tem de ser eliminado com aparelhos de ar-condicionado. Se a China se tornar uma nova economia, vão precisar muito de aparelhos de ar-condicionado. O que é que o pessoal mantém funcionando sem parar na Califórnia, senhor?

Foi interessante: conforme eu ia ganhando a atenção de Wo ele parecia se acalmar. Demonstrava menos reações e não mais.

— ...portanto, uma economia com internet significa mais aparelhos de ar-condicionado. Alguém os fará. Se não nós, outros. Mas gostaria de que fôssemos nós.

Ele não reagiu. Olhava para baixo. Esforcei-me para não falar, para não interromper o silêncio. Pensou por talvez por um minuto e depois disse:

— Vou verificar a sua proposta e planos com meus amigos em Guangzhou. Se o negócio lá estiver de pé, seremos sócios.

Seu assistente levantou-se. Eu também. Dessa vez, Wo permaneceu sentado.

— Um garoto de Fujian, hein? — comentou. — Bom para você.

O assistente acompanhou-me para fora.

— Parabéns — disse-me. — Esse é o primeiro lance ao qual ouvi o sr. Wo dizer sim este ano.

— Não estou conseguindo sentir minhas pernas — confessei.

O elevador parecia descer em queda livre. Saí para a rua e por pouco um táxi não me atropelou. Fui andando para a Central. Estava com o celular na pasta, mas ainda não queria ligar para ninguém. Era como se já houvesse conversado o suficiente por ora.

Fazia um dia ensolarado e não muito úmido. Tirei o paletó. Passei pelos prédios que antigamente abrigavam o governo, do outro lado da rua, e segui por dentro do parque onde antes existia um campo de críquete. Havia muita gente sentada, falando e ouvindo música. Passei pelo Legco, atravessei a praça da Estátua e entrei no Prince's Building à procura de um café. Comecei a sentir pânico ao pensar no que iria dizer ao meu avô. Fui a uma loja de vinhos para comprar-lhe um presente, continuei andando para o terminal da balsa e comprei uma passagem para Cheng Chau.

Da balsa, liguei para o escritório. Ah Wong atendeu.

— *Wei*?

— Ele disse sim.

Wong deu um grito de guerra. Pude ouvi-lo chamando os outros. Houve uma aclamação.

— Você é um grande herói. E agora?

Percebi que não sabia.

— O pessoal dele vai cuidar de tudo. Entrarão em contato. Ouça, não vou voltar para o escritório hoje. Vejo você amanhã.

— Não se esqueça — disse Wong. — Cem milhões de dólares americanos.

— Pensei que você tivesse esquecido.

— Não, você não pensou isso.

Em seguida liguei para minha mulher.

— Alô?

— Ele disse sim.

Ela deu um profundo suspiro. Era como se tivesse contido a respiração desde a última vez que a vira.

— E quando você vem para casa? — perguntou-me.

— Assim que puder. Mas primeiro...

— Terá de contar para o avô.

— Sim. Estou nervoso.

Ela suspirou de novo e dessa vez o suspiro foi mais longo que o primeiro.

— Boa sorte.

As pessoas que pegavam a balsa eram diferentes a essa hora do dia. Era algo que eu já tinha notado. Depois do trabalho e de manhã todos na balsa são trabalhadores diários. Mas aquela balsa estava cheia de turistas e de pessoas que trabalhavam em horários diferentes.

A enseada estava agitada e uma ou duas pessoas pareciam estar com enjôo. Fiquei do lado de fora por cerca de vinte minutos e depois de ter saturado os pulmões com a brisa e a fragrância da enseada voltei para dentro. Na cabina, três garotos se amontoavam tentando assistir ao *Matrix* num DVD portátil. Os três usavam bonés com o símbolo da Nike.

Passamos pelos criadouros de peixes. Como era de tarde, os restaurantes perto do pequeno atracadouro estavam sossegados. Os pescadores noturnos não tinham saído ainda e os pescadores do dia ainda não haviam voltado. Comprei o *South China Morning Post* e comecei a subir a colina para dar a notícia ao avô.

Sabia que ele iria ficar aborrecido. Mas ia dizer-lhe que tinha feito aquilo porque sou um refugiado. Não tive escolha. O futuro é mais importante do que o passado. Fiz isso porque sou um refugiado.